I Narratori / Feltrinelli

SILVIA
DI NATALE

VICOLO VERDE

Feltrinelli

Prima edizione ne "I Narratori" febbraio 2008

ISBN 978-88-07-01741-4

Alla memoria di mia madre

1.

CINQUE ANNI

Sono passati cinque anni. Non sono tanti cinque anni, anzi è un periodo breve, a pensarci, anche se lui è cresciuto tanto, non è più il neonato che stava intero nella culla delle mie mani. Da un pezzo fatico a portarlo a cavalcioni sul fianco, non mi guarda più con occhi azzurro scuro, colmi di infinito spavento, la sorpresa stampata sulla fronte, pieno di rughe, bambino nato vecchio...

Cinque anni, tanto ci voleva perché non avessi più paura che ritorni febbraio. Sono forte adesso, so affrontarlo, non vedo le lancette che segnano l'ora senza muoversi, l'attesa... Non temo più l'attesa.

Il vicoletto Verde mi accoglie nella sua illusione di patio umido, e non importa se il gelsomino languisce sul muro che si sgretola davanti alla mia finestra e se la luce filtra con avarizia nella mia grotta...

Mi protegge, il vicoletto, dai ricordi, senza sottrarmeli: sono tutti qui, ammucchiati dentro, non ne ho perduto nessuno.

Non mi importa se non sento più le note del pianoforte dal piano di sopra, e so che dentro tutto è fermo e vuoto, lei non c'è più e lui... Quei passi lungo il corridoio di legno, di chi non ha imparato a camminare sui tacchi e si esercita per un ruolo che non è il suo, che nessuno gli ha assegnato, che lui solo si è dato, e in quello si è perduto... Non risuonano più neanche i suoi, di passi...

E le voci, quelle che mi cadevano dai piani alti, musica, risate, a volte troppo forti, sguaiate, segreti dati in pasto a chi neppure voleva ascoltarli, chiacchiere sciorinate nel vuoto... Il patio risucchiava tutto, costringendomi a raccogliere anche ciò che non volevo... Si è fatto silenzioso anche il patio, la casa si è svuotata, ci sono solo inquiline silenziose, studentesse che stanno il tempo breve di un semestre, poi vanno... Anche la schiera di biciclette si è sfoltita... è rimasta quella rovesciata, priva di una ruota, nell'attesa infinita che qualcuno la ripari... sono poche, non mi tocca spostarle, irritata, per entrare, come facevo prima...

All'ingresso il solito mucchio di giornali, quelli gratis, gettati come spazzatura davanti al portone, uno strepito di réclame... Continua ad arrivare anche la "Frankfurter Allgemeine", eppure lui chissà da quanto non paga più l'abbonamento... Sua madre, quando c'era, scendeva a raccoglierla ogni mattina, in vestaglia – quelle volte che arrivavo presto ci incontravamo –, discinta, arruffata, plichi di carta in mano e un saluto fugace...

La pioggia ha cancellato le strade di gesso tracciate da mio figlio – chino a percorrere con le automobiline le curve infinite della sua fantasia, le parcheggia in bell'ordine, una accanto all'altra, negli spazi segnati, onnipotente signore delle strade, architetto da cortile –, ha mescolato i colori, a ventaglio sfumato, grumi accumulati negli angoli, un arcobaleno di gesso che non oso calpestare... Lo salto come quando, bambina, in equilibrio su un piede solo, mi spostavo da un quadrato all'altro... Raggiungo la porta, la chiudo dietro di me... ripercorro il vicolo...

Cinque anni...

Ma c'è un motivo in più. Me lo dice la dottoressa dell'ufficio Invalidità e Pensioni. Vado lì, al mattino presto: pensavo di essere la prima, invece no, c'è sempre qualcuno che mi precede, in tutto... Il mio turno, il numero del mio biglietto è quello che stanno chiamando.

"Statisticamente, lei ha le stesse probabilità di ammalarsi di nuovo di una qualsiasi altra donna della sua età." La dottoressa mi osserva severa, mi scruta per vedere se ho capito, forse cerca un cenno di assenso, è convinta che debba rallegrarmi... Sono riammessa ufficialmente tra i sani, con le stesse probabilità di ammalarmi, i miei debiti azzerati con un colpo di spugna, ricomincio da capo. Una su dieci, se ho colto bene... Qual era la percentuale?

La dottoressa mi guarda senza sorridere, non è contenta di me, non ho avuto la reazione che si aspettava, teme che io non abbia compreso e che non riesca a valutare appieno le implicazioni di quell'affermazione. Ora diventa esplicita: "Lei non ha più diritto alla tessera di invalidità," mi dice. È quasi indignata. Che io pensi di approfittarne? Che non gliela voglia restituire, che sia un'usurpatrice di percentuali? Sento di arrossire... Ma che diamine, rinuncio volentieri a quel cinquanta per cento, all'entrata ridotta nei musei, alla tessera scontata dell'Azienda trasporti cittadini... Non l'ho mai usata quella tessera, non ho mai avuto il coraggio di mostrarla... Che pensava, dottoressa, che io, allo sportello del cinema, la tirassi fuori? Guardate, il cinquanta per cento, non lo vedete, voi, e invece... Chi ha perduto una gamba, un braccio, un dito, mica può nasconderlo, e perché poi?, nessuno si vergogna, ma un seno? Rinuncio volentieri alla tessera, eccola, la straccerei subito, all'istante, davanti a quel suo sguardo diffidente, se non fosse ricoperta di uno strato di plastica, rigido, e non ci volessero le forbici per farla a pezzi...

Cinque anni e sono ritornata fra i sani... Uguale a prima, quasi uguale... tranne quel difetto...

Avanti, dottoressa, me la vuol dare a bere? Mi prende in giro? Per chi mi scambia, per un'ingenua, una che crede a tutto purché chi parla porti un camice bianco? Non mi lascio ingannare. Chi ha sentito il soffio gelido passargli accanto e ha visto davanti agli occhi la litania delle speranze legate ai flaconi di intravenose, chi ha sentito la nausea delle terapie rovesciargli lo stomaco e ha letto il pallore nelle guance altrui, livide alla luce del neon, non si lascia ingannare dalle frottole statistiche... Sa che la diagnosi, una volta impressa sulla cartella medica, è un timbro che ci si porta dietro tutta la vita, indelebile come la data di nascita e il codice fiscale, è un marchio... Non hai bisogno di un tesserino, te la trovi innanzi ogni volta che ti guardi allo specchio...

Adesso non mi fa più paura, lo specchio.

Non sono passati inutilmente, cinque anni.

Tanto mi ci è voluto perché mi abituassi alla mia nuova uniforme, per riconciliarmi con me stessa, accettare la tregua, vivere nel "come se", senza ignorare il male ma neppure lasciare che si prendesse tutto, corpo, pensieri, il tempo, lo spazio, la mia vita e quella di chi è legato a me. Di cinque anni ho avuto bisogno per capire che non sarei stata più quella di prima, e non parlo dell'aspetto, quello è il meno... Sono diversa agli occhi di chi mi conosce da prima, diversi loro ai miei occhi... ma non soltanto... Ho fatto un patto con me stessa...

Posso parlarne, adesso, scriverne.

Ma ora che ho deciso, che mi metto alla scrivania, che passo in rassegna i fogli scritti a mano – la grafia indecifrabile, faccio fatica io stessa a leggerla –, c'è qualcosa che mi trattiene... Da dove inizio?

Prima, mentre già al trotto percorrevo i vicoli che scendono al Danubio, mentre pestavo con la suola flessibile la ghiaia lungo il fiume, tutto mi sembrava così chiaro.

L'acqua è scarsa in questi giorni, i salici sono all'asciutto, il fiume si trascina tranquillo, sonnecchiante, docile alla chiusa che lo frena più a monte... Ci passo accanto, al di là l'acqua è più alta, sciaborda contro le saracinesche... Corro sopra l'argine, all'ombra, la conca dei prati alla sinistra, rasento la siepe del campeggio... Nessun segno di vita, le spiaggette sono vuote... Una lunga chiatta scivola sull'acqua alla mia altezza, principessa danubiana con bandiera ungherese, carica di automobili, affonda per metà nel fiume. Giunta al lago, faccio una brusca virata e torno sui miei passi. Lo stesso paesaggio in controluce, il casco di un ciclista che mi passa vicino per un momento brilla come argento... Sprazzi di sole tra i rami... È strano come correndo le immagini si facciano più vivide, ravvicinate, grandi, anche la mente non sta ferma un momento, i pensieri si affilano, inseguiti da parole taglienti, è facile trovarle, mi sommergono... come una droga, tutto è facile, parole e immagini si mischiano, sono una cosa sola... Mi raggiunge un motoscafo, mi supera, si confonde con l'acqua che sfavilla, si lascia dietro un'elica di ondine... si allargano, le prime già si rovesciano sulla riva. La testa di un cane sporge dall'acqua con un grosso pezzo di legno tra le mascelle... Il motoscafo è inghiottito dalla chiusa, non lo vedo più, dov'è passato?, non certo nel cunicolo delle canoe, troppo stretto, ma a suonare un campanello le saracinesche si alzano... Ecco il ponticello di ferro, sulla riva sinistra barche incappucciate sonnecchiano agli ormeggi... Dopo l'ansa mi viene incontro la città sul fiume, una sagoma appuntita, coni sui campanili del duomo, contorni opachi di tetti ripidi... Lascio il fiume, ripercorro i vicoli, torno, sudata, rossa in faccia...

2.

UN FETO MAS GRANDE

So di preciso l'ora e il luogo dove tutto ebbe inizio. Un pomeriggio di settembre, a Malaga.

Cercavo disperatamente la *calle* e cominciavo a dubitare che lo studio potesse essere in una strada dall'aspetto così poco raccomandabile, che partiva dal porto e si addentrava nella città ancora caldissima. In giro, nessuno. Controllavo nervosamente il bigliettino con l'indirizzo. Il dottor Aguilar mi aveva dato appuntamento a un'ora andalusa, dopo le cinque. Ecco il numero. Mi infilai nella penombra del caseggiato, salii intimorita su per le scale, grata dell'illusione di frescura. Lo studio era al terzo piano, l'insegna in basso lo diceva. Mi trovai davanti la porta, il campanello, impossibile che venga qualcuno ad aprirmi, invece sì, *Buenas tardes*, il dottor Aguilar in persona mi aspettava.

Il corridoio era un cunicolo d'ombra, l'ambulatorio, chiuso da pesanti tende di velluto, rievocava più un salottino in stile castigliano che lo studio di un medico: sofà di velluto damascato e mobili antichi, eredità di una famiglia di *caballeros* andalusi, proprietari di *cortijos* e *latifundios*, ettari ed ettari di terra. Glieli leggevo in faccia al dottore, quei latifondi, aveva la gentilezza un po' arrogante del figlio di signori. Non fosse stato per il camice bianco – se lo infilò al mio arrivo – e per il diploma incorniciato – lo vidi subito – neppure ci avrei creduto, al medico. Gli esposi balbettando i sintomi: il seno era raddoppiato in quelle settimane, premeva sulle magliette, non ci stava più nei vestiti, non ci ero abituata e non sapevo come nasconderlo – questo però non glielo dissi. Raccontavo tutto di furia, senza un ordine, le parole non mi venivano, come fosse la prima volta che parlavo castigliano. Il dottor Aguilar mi ascoltava annuendo, l'aria leggermente annoiata, poi con gesto da torero tolse un telo e scoprì l'apparecchio poggiato sopra un grazioso tavolino di legno, accanto alla poltrona di velluto. Mi misi in qualche modo a mio agio sul lettino, denudai il ventre, sentii la nota sensazione di freddo mentre lui ci faceva scorrere sopra l'arnese di metallo. Cercavo di sollevare la testa e di scorgere qualcosa nel gioco d'ombre sullo schermo. Il dottor Aguilar ci puntò sopra un dito: "*Que feto más grande!*" sbottò. Era una macchia più chiara, un grumo... ora lo vedevo anch'io... Se ne stava comodamente accovacciato, ben fermo alla sua cintura... No, non correva alcun rischio, no, neppure le più accidentate *carreteras* andaluse potevano smuoverlo di lì, mica era un'oliva che basta scuotere il ramo per farla cadere, era protetto, lui, stava nel morbido, galleggiava... Io semmai, che facessi attenzione, alle buche, ai sassi... Il dottor Aguilar si era seduto alla sua scrivania, mi guardava adesso da una lontananza di legno lucido... Forse aspettava che prendessi commiato per spiattellarmi il suo onorario... Ma io, non so perché, esitavo ad andarmene, c'era qualcosa ancora, o era soltanto la sovreccitazione... D'improvviso mi si era sciolta la lingua, l'emozione sfociava in parole, non la finivo più. Il dottor Aguilar mi ascoltava con la gentilezza annoiata di prima, si fece però più attento quando gli dissi di quel nodulo sotto l'ascella. Era sparito proprio allora che tutto in me cresceva e si arrotondava.

"*Vamos a verlo...*" Tastò con cura, io mi ero già pentita di avergliene parlato, che cosa mi importava in quel momento, e invece continuavo a parlargliene, le analisi, le avevo fatte, eccome, radiografie, non c'era niente... "Tutto a posto," avevano detto i medici guardandole in controluce, la dottoressa non aveva avuto alcun dubbio: "Come pensavo: si tratta solo di un'innocua cisti. Meglio non rimuoverla, se ne va da sola, senza scomodare il bisturi". Il dottor Aguilar mi guardò scettico, una lieve espressione di fastidio sul viso abbronzato: "Per una cisti il posto migliore è quello lì!" disse e indicò una collezione di bottiglie panciute, recipienti di vetro come se ne vedono in un museo di Storia naturale, con dentro oggetti galleggianti nello spirito... Riconobbi il cranio di un bambino, un feto accartocciato su se stesso, il cordone ombelicale attorcigliato nel vaso... Distolsi gli occhi con orrore. Sentivo un odio profondo per quel medico con l'aria da *señorito* andaluso, che doveva aver fretta di tornarsene alla sua *finca* o alla villa al mare... era così arrogante... pretendeva di saperla più lunga lui, più di tutti i medici consultati fino a quel momento, e mica erano pochi, e avevano studi che non sembravano salotti castigliani ma odoravano di medicinali, e avevano mobili bianco-azzurri, pavimenti di moquette celeste e dietro il banco della ricezione uno stuolo di ragazze in pantaloni bianchi e casacca azzurra ad accoglierti... Medici al corrente delle tecniche più avanzate, delle opinioni che facevano scuola, non l'intervento operativo immediato ma la diagnosi cauta, che non fa violenza alla paziente... Non mi ero fidata di uno solo, macché, avevo chiesto, e tutti a dirmi la stessa cosa, rassicurarmi, togliermi ogni dubbio. Solo questo dottor Aguilar aveva osato contraddire la diagnosi. Mi sdegnai: in ogni caso, il nodulo adesso non c'era più, sconfitto dall'entusiasmo della crescita che si era impossessato delle mie cellule, come se quelle, impazzite, avessero sospeso qualsiasi forma di belligeranza. Fece spallucce, il *caballero*, intascò la parcella, mi ricondusse al buio dell'entrata, una stretta di mano di sfuggita... Il sole già cominciava ad allungare le ombre, la *calle* si era popolata di bambini, tanti bambini, una vera inondazione... una folla di madri... avevano aspettato al riparo fino a quell'ora per uscire tutte insieme come rondini... le donne incinte si erano date appuntamento in quella *calle*. Camminavano un po' chine all'indietro, era il ventre a portarle, lo capivo adesso... il caldo ancora pesava... avevo sete e dentro come una voglia, la felicità di quel momento esigeva uno sbocco, un contatto, la vicinanza di qualcuno che capisse anche senza dirgli niente. Mi ritrovai davanti a una fila di gelati dai colori psichedelici, in mezzo a un caldo zuccheroso, zeppo di bambini...

Boccheggio, ordino un gelato qualunque puntando il dito ai colori. La crema dolciastra che scende nello stomaco mi fa bene, mi sento affratellata con la folla appiccicosa, sorrido ai piccoli sconosciuti con le labbra sbavate di cioccolato. Quelli si fanno subito seri, smettono di leccare, solo le madri rispondono a un sorriso, prima di andar via mi fanno un saluto con la testa.

3.
LA DIGA DELLA COOPERATIVA

La ricerca in Andalusia non era ancora conclusa. Ne avevo di cooperative da indagare, *jornaleros* da intervistare, dati da raccogliere, cassette di interviste da sbobinare, frammenti di idee da sviluppare, il progetto, il libro tutto da scrivere... Ma era ancora tempo di raccolta, la vendemmia dei dati, correvo da un posto all'altro, in movimento costante, lontana dai compagni, sempre in mezzo alla gente e sempre sola... cioè, no, adesso non lo ero più, avevo dentro quel *feto más grande* a farmi compagnia, lo sentivo, non che si muovesse, ma era una presenza continua, non è facile immaginarsi la vita con uno sconosciuto. Ci pensavo mentre viaggiavo sul motorino di seconda mano che avevo comprato a Lebrija, un trabiccolo che ogni tanto non partiva... Per quelle strade era più che sufficiente, mi avevano assicurato: erano tutte buche, ma in quanto a traffico, potevo andar tranquilla, non ci passava nessuno. Io però un casco lo volevo lo stesso. Mi avevano guardato stupiti: che cosa me ne facevo di un casco, mica faceva i cento chilometri l'ora, il motorino, figuriamoci, andava a passo d'uomo o poco più, era solo per risparmiare la fatica di andare a piedi! Ma io ero inflessibile: senza casco niente motorino, non lo compravo!

Non lo dicevo, ma tutta quella prudenza era dovuta all'essere che non si vedeva, dovevo proteggere la mia testa, soprattutto per lui. Non cedevo! *Hombre*, se proprio lo volevo, che tornassi più tardi... Tornai, mi presentarono trionfalmente un oggetto impressionante, un casco rosso e nero, smesso da un qualche motociclista di quelli reboanti, gigantesco, di me da lì sotto spuntavano solo braccia e gambe, mi sentivo un palombaro! Non importava, prendevo tutto. Per avviare il motorino dovettero accorrere anche i garzoni dell'officina e quelli che stavano intorno a non far niente, aiutarono tutti, specialmente con i consigli e le congetture sul perché non partisse, e tutti a voler provare se era vero. Io sotto il casco sguazzavo nel sudore...

Quelle strade! Ne mangiavo di polvere! I sassi schizzavano al mio passaggio... Cercavo di evitare le buche più grosse, ma spesso neppure le vedevo tanta era la polvere, ci finivo in mezzo, mi attiravano, era un sobbalzo senza fine, arrivavo con le ossa rotte, disfatta, bianca, me l'ero mangiata strada facendo, la *carretera*! Sempre con la paura che il macinino su cui viaggiavo facesse le bizze e s'impuntasse. Mi vedevo sul bordo della strada, in mezzo ai campi solcati dalle strisce nere delle stoppie bruciate... In settembre l'Andalusia è peggio che in agosto, ha ingurgitato il calore dei mesi precedenti, è una fornace, un ribollire infuocato, un inferno... Strade in cui non passava nessuno. In caso di necessità neppure avrei potuto ricorrere a un telefono, e dove lo trovavo? Per chiamare chi? Mica l'avevano, il telefono! Cercavo di non pensarci, mi concentravo sulle buche, sembrano pochi dieci, venti chilometri...

Temevo sempre che non mi avrebbero aspettato, invece mi aspettavano... Del resto, dove sarebbero potuti andare? Con quel caldo e i pochi soldi in tasca! Piombavo nella piazza del paese, già il solo mio arrivare – a cavalcioni di quell'arnese e con quel mostruoso casco in testa – sollevava una nuvola di curiosità. Mi toglievo il casco e domandavo del tale. Se non era tra quelli che già stavano seduti ai tavolini o, se il calore era troppo, all'interno, appoggiati al bancone del bar, mi indicavano dove abitava, oppure, più probabilmente, era nell'altro bar... Andavo a cercarlo.

Eccolo lì, il mio uomo. Gentile, mi offre subito una *cerveza* che io rifiuto energicamente, accetto una gazzosa. Chiedo se per l'intervista non ci sia un luogo più tranquillo e meno torrido. "Certo, la cooperativa ha un *centro social*," mi risponde lui con orgoglio. Il *centro social* è uno stambugio spoglio, come tutti quelli che ho visto, stagni di fumo cosparsi di cicche, alle pareti una carta sbrindellata della provincia di Córdoba o un manifesto del Sindicado de obreros del campo o di un altro sindacato, a seconda del colore dei *jornaleros*, se l'avevano, un colore. Di solito le cooperative non avevano niente, né manifesti alle pareti, né tavolo, le sedie andavano a recuperarle al bar... Però c'era silenzio. Facevo comparire dallo zaino il registratore, le cassette... All'inizio mi guardavano con una vaga espressione di sospetto. Tiravo il fiato e snocciolavo le mie domande: la famiglia, i figli, la professione di suo padre? *Jornalero del campo*. La sua? Uguale. Il campo è il mio lavoro, da sempre, *semos una familia de trabajadores del campo*... Ma ora nel campo di lavoro non ce n'è più. C'è solo *paro*. Non avevo neppure più bisogno di fare domande, andavano avanti da soli, dovevo semmai cercare di fermarli, incanalare le risposte, sempre le stesse, *paro* e ancora *paro*, maledetto *paro*. Erano condannati a restare immobili mentre le macchine facevano il loro lavoro, quelle per raccogliere il cotone avanzavano anche in Andalusia, anno dopo anno si prendevano tutti i campi... non si salvava più nessuno... Le macchine li mangiavano, li *mataban*... facevano la fame, per colpa delle macchine. Era la fame di sempre, cioè, non proprio la stessa di quando loro erano piccoli, ora ti davano due soldi di sussidio ma bastava appena, se uno aveva dei bambini poi... Che vita era quella. Rimaneva l'olivo, dà lavoro l'olivo, e come facevano la raccolta i giornalieri andalusi non c'era macchina che potesse imitarli, perché loro la facevano con cura... Da come pronunciavano quella parola si capiva quanto amassero gli olivi, con quale delicatezza li trattassero. Era la loro ultima speranza, l'olivo... E le cooperative? Non era il governo a promuoverle? Non aveva promesso incentivi? Forse anche terra? Ma quale terra! L'avevano sperato, è vero, ma ora l'avevano capito... A una cooperativa di *jornaleros*, che terra vuoi che diano? E se anche gliel'avessero data, dove li andavano a trovare i capitali per coltivarla? Un credito, sì, avevano chiesto un credito, lo stavano aspettando, ma intanto erano in *paro*. Senza lavoro prima della cooperativa e senza con la cooperativa... Ecco come andavano le cose. Un disinganno, per loro e per me, da far venire il magone, la depressione, altro che allegria, rassegnazione, semmai.

Io invece non mi rassegnavo. La lista, quella che mi avevano dato a Siviglia, non era ancora finita, ce n'erano di cooperative da depennare! In quegli anni c'era stato un proliferare inaudito di cooperative, un vero fuoco d'artificio... l'utopia era divenuta realtà! Il sogno della terra che appartiene a chi la lavora.. *La tierra a quien la trabaja*, a chi l'innaffia con il sudore della fronte, come vuole la Bibbia! Il trionfo delle utopie anarchiche... La lista lo dimostrava, nomi su nomi, tutte cooperative *de producción*, nota bene, non *de servicios*, che sono cooperative di capitalisti e servono solo a mettere insieme il vino o l'olio o il girasole per vendere meglio. Le cooperative, quelle vere, sono *de producción*.

Le cercavo: *pueblo* dopo *pueblo* mi ero fatta, se non proprio tutta l'Andalusia, almeno le provincie di Córdoba e Siviglia. Ce n'erano dappertutto, anche nei paesi più piccoli: i *jornaleros* si davano da fare, mettevano insieme le braccia, andavano dal notaio, pagavano una quota piccolissima, un niente, eleggevano un presidente, quello che si era agitato di più, stabilivano la sede sociale, di solito l'indirizzo di uno di loro, ed ecco fatta la cooperativa. Poi aspettavano. Alcune neppure più esistevano, o esistevano solo sulla carta, molte, la maggior parte, conducevano una qualche fantasmatica esistenza, spesso erano famiglie camuffate, il fratello, il cugino, lo zio, il padre dell'amico...

Non mi davo per vinta... Ci doveva essere da qualche parte la cooperativa che cercavo, una che funzionasse, almeno un poco... cercavo l'utopia, io, non mi rassegnavo... Chiedevo a tutti, ai sindacati, alle sedi dei partiti, ai lavoratori del campo, facevano a gara per aiutarmi, mi davano sempre qualche nome, un indirizzo... Avevo cominciato a sospettare che lo facessero solo per levarmi di torno. Avevo torto. Volevano farmi piacere, sono gentili gli andalusi. Ai politici, poi, non mancavano mai le cooperative da mostrare su un vassoio ai visitatori, come modellini ben riusciti.

Mi mettevo in cammino, cercavo... In alcune cooperative i *compañeros* avevano le idee chiare. Caspita, se erano preparati, soprattutto politicamente, però anche in agricoltura i progetti non mancavano, per lo più in stadio di gestazione... Le idee, se non le innaffi di pesetas, rinsecchiscono presto al sole accecante dell'Andalusia...

Ma io non mi lasciavo abbacinare, proseguivo cocciuta: sotto il casco rosso e nero celavo una determinazione inflessibile. Ero indifferente alle *carreteras* più arrischiate, impermeabile al calore, pronta a passare le giornate alla ricerca di qualcosa o qualcuno e le notti in buchi torridi, grata di qualunque letto mi offrissero... Mi addormentavo su materassi di gommapiuma sui quali mi svegliavo inondata di sudore, in camere dove alle cinque del mattino letto, mensola, lampadario ballavano al passaggio dei camion carichi di braccianti. Bazzicavo per bar e osterie puzzolenti di fumo, dove mi portavano al termine di interviste che parevano non finire mai: c'era sempre un altro *compañero* da ascoltare. Mi districavo in una folla di amici, fratelli, cugini, parenti di tutti i gradi...

Però in quelle ultime settimane qualcosa era cambiato, non in Andalusia, dove l'estate non aveva più fine e la gente continuava a restare ferma: paesi, giovani, vecchi, comunità intere immobili nel *paro*... A cambiare ero io.

Cominciavo a sentire una certa riluttanza per quei bar pieni di fumo, anzi, mi disgustava proprio, il fumo; i fiori verdi dei capperi in salamoia – ne ero stata ghiotta solo qualche settimana prima – mi provocavano il voltastomaco, per non parlare dei *churros* zuppi d'olio, non ce la facevo più a intingerli nella cioccolata calda, alle cinque del mattino, quando la festa del paese era finita e tutti si raccoglievano intorno agli enormi calderoni neri dove l'olio friggeva... Mi bastava l'odore da lontano per farmi vomitare. Rifiutavo nel modo più categorico anche il *fino* – il vino giallo trasparente, quasi verde, squisito con le olive e i gamberetti. Non capivano perché, pensavano che facessi complimenti, che mi schermissi, insistevano. Quando proprio non ce la facevano a convincermi mi guardavano con un'aria tremendamente disillusa, mi sentivo in colpa, come si fa a deludere così la gente... Ma non potevo rivelare la mia speciale condizione, non perché pensassi che avrebbero disapprovato... Avevo imparato a muovermi tra loro, mi ero abituata a essere osservata come un essere calato da un altro mondo, una donna sola che beveva la *cerveza* con gli uomini... che faceva un lavoro che nessuno capiva... Ma ero straniera: non ero sottomessa alle regole che vigevano per le donne del posto, ero un'extraterritoriale... Il mio stato di donna incinta mi rendeva invece pericolosamente simile alle altre... chissà se non avrebbero cominciato a misurarmi con lo stesso metro e a chiedersi se non fossi pazza ad andare in giro in quelle condizioni... Forse mi sbagliavo: le donne andaluse lavoravano nei campi fin poco prima del parto... nelle campagne mettere al mondo bambini era ancora ritenuto una cosa abbastanza normale... Preferii non rischiare: affrontai in silenzio le lunghissime conversazioni in piedi, nell'aria spessa dei bar, sfidai l'espressione di disappunto al mio rifiuto di bere, continuai la mia indagine...

Abitavo nei paesi, c'era sempre una famiglia pronta a ospitarmi, se non avevano una camera libera la liberavano per me. Parlavo con le donne, mogli di *jornaleros* e *jornaleras* a loro volta, sgobbavano, avevano bambini piccoli intorno, magari quelli della sorella, della vicina... Io invece... Dove le avrei trovate le braccia pronte ad accogliere il mio bambino in caso di necessità o anche solo per aiutarmi... ero così lontana da mamme, nonne e sorelle, non avrei avuto vicine o amiche pronte a tenermelo. Un po' invidiavo le mamme andaluse: non avevano che uscir fuori e dare una voce alla vicina...

Quando cominciò la vendemmia delle *aceitunas verdes*, le prime olive che si mettono ancora acerbe sotto sale e si mangiano con l'aperitivo, cercai di farmi assumere. Andai con gli altri dal *capataz*, il caporale che assumeva gli operai, un omaccio prepotente, rozzo, che puzzava di vino. Tutti lo odiavano, anch'io, ma lui mi prese in simpatia. "Raccogliere *las aceitunas*, *Usted*?" Non era un lavoro adatto a me, perbacco! Dovetti insistere. Ci tenevo a lavorare come gli altri. Mi assunse di malavoglia ma poi, subito, voleva la controparte: che io lo accompagnassi al bar. Andare a bere con il *capataz*? Mi metteva in imbarazzo. Rifiutare però era un'offesa... Il *capataz* aveva fatto un passo avanti, mi aspettava... "*Vamos*..." Girai intorno lo sguardo a cercare gli occhi degli altri... ci osservavano immobili, una scena da western... Non potevo permettere che mi mostrasse in giro come un trofeo... Non mi mossi. Lui tornò indietro. Era furente. Trasse dalla tasca il portafogli, scelse le banconote, mi allungò duemila pesetas. Non raccolsi l'offesa...

Partimmo che era ancora buio, in uno di quei camion reboanti. Ero pigiata contro corpi più robusti e più attrezzati a sostenere gli scontri di quanto fosse il mio; le donne ridevano agli scossoni, assicurandomi che il peggio era ancora da venire, sorvegliavano le mie reazioni, erano bendisposte verso di me, le divertiva che facessi la *jornalera* per un giorno. Giunti sul posto, mi insegnarono come fare, si lavorava in coppia, ci tenevano che imparassi. Forse pensavano che mi sarei stancata subito... Non mi conoscevano!

La prima e ultima paga che presi come *jornalera* la spesi al bar offrendo *cerveza* ai raccoglitori della mia squadra. Per una volta, vennero anche le donne a bere insieme a noi.

Finalmente mi imbattei in qualcosa che a prima vista, se non era proprio l'utopia che cercavo, però le assomigliava. L'*alcalde* di Marinaleda aveva la barba folta e nera e lo sguardo sospettoso, appuntito. Mi scrutava, mi analizzava, mi attraversava con gli occhi, semmai fossi una spia, il nemico di classe in persona... Non era solo sospetto: valutava freddamente il mio potenziale di utilità... Fossi stata un reporter, anche il più scalcinato, l'inviato di una qualunque radio, della rivista meno letta nel mondo... ma una ricerca per l'università... a che serviva? A loro niente... I giornalisti invece servivano e lui li usava senza parsimonia, con spreco addirittura, erano i suoi megafoni, non faceva un passo senza avvertirli, li chiamava, che venissero nel suo *pueblo*... Quelli, affamati di notizie, avidi di sensazioni, accorrevano all'esca come cani affamati... Era straordinario, questo Fidel Castro andaluso, aveva trasformato il paese più anonimo della regione, un paese di *carretera*, antica colonia alemanna – non era raro a Marinaleda imbattersi in cherubini biondi e riccioluti e in *jornaleros* con gli occhi azzurri –, in un modello di democrazia diretta, un'enclave di giustizia contadina, un paese in lotta perpetua contro l'ingiustizia sociale... *La tierra a quien la trabaja*... la gestazione più laboriosa della storia... L'*alcalde* era un regista sofisticato, maestro nel variare i colpi di scena: *L'alcalde di Marinaleda in sciopero della fame, un paese digiuna, I jornaleros di Marinaleda occupano un cortijo, Jornaleros protestano davanti al municipio di Siviglia, Trabajadores del campo protestano contro il paro*... Gli abitanti di Marinaleda non erano da meno dell'*alcalde*, come attori ci sapevano fare, le donne specialmente... erano attrici smaliziate... non facevano che recitare la parte che avevano nella vita reale! Anche la trama era quella che vivevano ogni giorno, gli stessi gesti, i discorsi che conoscevano a memoria... Alla fine neppure loro sapevano più se stessero lottando per la vita o per i media...

Seppi che occupavano una *finca* di girasoli e ci andai. Li trovai sdraiati all'ombra, al margine di un latifondo, sembrava una scampagnata... Erano occupati principalmente a eludere la noia... Nulla è così esasperante come occupare un terreno, o una casa, o una fabbrica, è la forma più passiva di azione, costringe a star seduti, all'attesa... Parlai di cucina con le donne... i bambini giocavano, una ragazza olandese ritraeva gli occupanti, era la pittrice ufficiale. I prescelti, quando era il loro turno, si mettevano in posa: quelli che portavano gli occhiali se li toglievano, i *jornaleros* miopi stonano... Mi avvicinai all'*alcalde*, quali erano i piani? Mettersi in marcia per raggiungere un ampio spazio dove si sarebbe tenuta un'assemblea. Si doveva votare se proseguire o no l'occupazione... Cosa aspettavano per andarci? Ma la *televisión*! Avevano promesso di venire con le telecamere e tutto, dovevano esserci da un pezzo, arrivavano da Siviglia... Però si era fatto tardi, i *jornaleros* avevano fretta di tornare a casa, mica la facevano di notte, l'occupazione... Quella era una *ocupación de sol a sol.* Un tempo si lavorava dall'alba al tramonto, ora nello stesso lasso di tempo si occupava la terra...

Basta, non si poteva aspettare oltre, si tornava al paese... L'*alcalde* fece un cenno... Si rimisero in piedi, alzarono bandiere e stendardi, si incolonnarono secondo un ordine prestabilito: prima le bandiere rosse del sindacato, poi quelle verdi di Andalusia... Intonarono l'inno andaluso... Il sole già basso sfiorava le corolle, le ombre delle bandiere si allungavano nel campo. I *jornaleros* raggiunsero lo spiazzo, si sedettero in cerchio, l'*alcalde* pose loro la domanda quotidiana: "*Compañeros*, volete proseguire la lotta?". Mani alzate, una selva...

In quel momento, in basso, lungo la *carretera*, venne avvistata la macchina della tv, arrivava di volata, il rumore del motore rotolava tra i gambi dei girasoli.

Lo sentono tutti adesso, sono scattati in piedi, le mani che fanno schermo contro il sole... Una scia di polvere, la macchina si avvicina a tutta velocità, arranca verso la *finca*, eccola, l'*alcalde* già le è andato incontro, gli altri lo seguono. Un ultimo sobbalzo e l'automobile si ferma. Esce un ragazzo con la telecamera, poi una ragazza in abito leggero, scollato, viola a fiori chiari, di seta, un foulard dello stesso colore le avvolge le spalle, ha i sandali con i tacchi, fa fatica a camminare sulla terra spaccata e i ciuffi d'erba secca. Confabulano con l'*alcalde*, decidono qualcosa, l'*alcalde* chiama una delle donne, quella si alza, si avvicina a passi pesanti, strascicando i piedi, i pantaloni escono da sotto il grembiule da lavoro, è rotonda, informe, il viso quasi non si vede, circondato com'è da un fazzoletto nero piantato sotto il cappello di paglia, le guance sono lucide di sudore, ha un'età indefinibile, è stanca... La giornalista si mette in posa. "Sto bene così, con lo sfondo dei girasoli?" "Sei bellissima," risponde il cameraman. Lei si aggiusta il foulard, si liscia i capelli, sbatte le ciglia allungate col mascara... all'improvviso lancia un gridolino: "Guarda là, le mucche! Prendi anche quelle!". "Sono capre, *señora*," la corregge la *jornalera* con voce stanca. "Mucche o capre, che importa?" La giornalista snocciola il preambolo, poi avvicina il microfono al cappello di paglia, anche la *jornalera* spiattella il discorso preparato... Ora, dietro all'*alcalde*, i *jornaleros* sono tornati al posto di partenza, si rimettono in fila, marciano, le bandiere rosse e verdi spuntano tra i girasoli, le corolle sono impazzite, ruotano intorno agli steli, i gambi si raddrizzano, ondeggiano, l'inno ha sovrastato le cicale, il sole minaccia un tramonto furioso...

La macchina risucchia telecamera, foulard, tacchi... un braccio chiaro sporge dal finestrino, si agita, sparisce nella nuvola di polvere...

I *jornaleros* arrotolano le bandiere, poggiano sulle spalle le aste, le donne raccolgono le sporte, si avviano, zoppicando, in disordine, svaniti il piglio militaresco, l'energia... Però sono contenti: è valsa la pena di aspettare tanto. Attesa, noia, fatica, tutto ha un senso, adesso, gliela leggi sulle facce stanche e accaldate, la soddisfazione.

A me però non bastava, io non volevo la messa in scena, cercavo l'utopia che giustificasse almeno la mia fatica, quel tanto cercare, esplorare, indagare, interrogare.

Mi indicarono un'altra cooperativa e un *pueblo*.

Era uno di quei paesi che non hanno nulla di bello fuorché il loro biancore. Già solo il nome era rivelatore: Pedrera. Un ammasso di case tinte a calce, una pietraia un tempo, ora non c'erano più neppure le pietre... le avevano portate via per liberare la terra rossa e piantarci gli olivi... Gli alberi più giovani avevano il tronco ancora liscio, quelli vecchi erano una sola ruga, contorti, svuotati, piagati, magnifici... Un'immensa distesa di olivi, milioni, ettari su ettari, non finivano più, era una *finca* sterminata e il *pueblo* era stretto dentro il torchio, spremuto da quella vastità arborea, senza scampo... A quelli che abitavano lì non apparteneva neppure una zolla, rossa o nera che fosse, non un albero, la loro casa, forse, probabilmente neanche quella. Ma la cooperativa l'aveva ricevuta, la terra... Sì, sì, *hombre*, l'aveva ottenuta, e non era stato facile! Pedro, il presidente, era pieno di orgoglio. Undici soci, undici proprietari.

La *finca* della cooperativa aveva un nome promettente: *La hermosa*, e perciò anche la cooperativa aveva adottato per sé quel nome. In paese c'era chi si era preso il gusto di scherzarci su. Proprio belli siete, dicevano, e li chiamavano *los hermosos*. I soci ridevano e facevano a gara a chi fosse il più bello. Manolo no, i capelli rossi non piacciono a nessuno, Juan con la pancia neanche, Pedro con i baffetti... forse.

E dov'era questa *Hermosa*? Mi guardavo intorno come se

avessi potuto avvistarla da lì, un'isoletta in mezzo all'oceano di olivi, ma i *jornaleros* facevano un cenno vago col braccio... "No, no, *hombre*, è più in là, più in là." Volevo vederla con i miei occhi, quella *finca* così bella. "Capiti bene," mi dicono, "giusto domani un gruppetto dà il cambio ai compagni..." Potevo andare con loro... "È lontano?" "Ma no, un paio d'ore..."

Il giorno dopo all'alba, eccomi nella piazzetta del paese. È deserta. Si sta bene, l'aria è addirittura fresca, si respira, finalmente. Una striscia di rosso sale tra gli olivi, come l'inizio di un incendio. Un cane si stiracchia, ficca il naso nel mucchio di immondizia, viene ad annusarmi. Comincio a pensare che sia uno di quegli appuntamenti andalusi, ti dicono di venire al tramonto e si fanno vedere a mezzanotte, forse facevano lo stesso anche con l'aurora... Invece no, una Renault male in arnese mi scivola accanto, così silenziosa che quasi non me ne accorgo, ha due fari accesi, uno davanti e l'altro dietro. Mi fanno posto sul sedile posteriore. Sono schiacciata tra due corpi massicci e l'odore di sudore, sonno e cipolle, quest'ultimo viene dal sacco su cui poggio i piedi. I soci parlano poco, o sono ancora insonnoliti. Ci lasciamo alle spalle gli olivi. Arriviamo a un *pueblo* persino più malconcio di Pedrera. La piazza è deserta, anche se già inondata di sole, ci fermiamo davanti al bar. Mi rallegro, spero in un caffè. Mi sbaglio. Il bar è aperto ma non c'è traccia di caffè. "La macchina non è ancora in funzione," mi dice l'uomo dietro il banco alzando le sopracciglia e guardandomi con l'aria più addolorata del mondo. Gli altri hanno messo su facce quasi ugualmente contrite. La macchina espresso – la marca Gaggia appena visibile sotto la crosta di sporcizia – è cosparsa di grumi scuri, di tazzine neppure una. In compenso il proprietario ha messo sul banco il bottiglione con il *fino*. Lo stappa, versa il vino nei bicchierini, si brinda, io rifiuto categoricamente, chiedo un bicchiere d'acqua, l'uomo tira fuori di malavoglia una gazzosa. Acqua non ce n'è. I miei compagni sono già allegri, gli si è sciolta la lingua, anche a Pedro che ha spesso un'espressione malinconica. Si sono raggruppati intorno a un trespolo con sopra un pappagallo, un'ara spennacchiata che conserva tracce di piumaggio sulle ali e sul collo, si divertono a fargli boccacce. Quello si innervosisce e comincia ad agitarsi, li minaccia anche, con un verso stridulo, gracchiante, sempre più forte, sempre più distinto: "*Eres un manijón*,* *eres un manijón*". Gli uomini ridono

* Sei un finocchio.

a crepapelle, lo stuzzicano, gli fanno il verso... Il pappagallo ora è proprio fuori di sé, fa un passo a destra e uno a sinistra, becchetta furibondo la catena che lo tiene legato... "*Un manijón, un manijón.*" La voce diventa sempre più alta, più umana... "*Un manijón, un manijón...*" Ridono come pazzi. Non la finiscono più... per tutto il viaggio non fanno che ripetere: "*Eres un manijón...*".

Arriviamo alla *finca* che è mattina inoltrata. Ci abbiamo messo tre ore e mezzo, senza la pausa del *manijón*. I compagni stanno aspettando seduti sui gradini davanti alla casa, borse e involti ai piedi, sono di cattivo umore. Discutono con i nuovi arrivati, incolleriti, vocianti... tutti gesticolano.

Intorno non c'è che polvere, a destra e a sinistra campi squarciati da solchi profondi. "Qui non piove più dal tempo del diluvio universale!" dice Pedro, che ha colto il mio sguardo desolato. Vuole che visiti subito la casa, una palazzina per lavoratori stagionali, tutta bianca – l'hanno ridipinta loro, mi spiegano – e con un bell'arco sopra l'entrata. Forse deve a quell'arco il nome di *Hermosa*. La bellezza però rimane fuori... dentro vetri opachi, costellati da grumi di insetti, pareti con tracce di manate, un tavolaccio con resti di cibo e qualche piatto unto... "Ecco, qui sono i dormitori..." Posso mettere lì la mia roba, mi dice Pedro, ha il gesto di un albergatore che mostri a un ospite l'appartamento per le vacanze. Posso chiudermi dentro a chiave, aggiunge. Fa girare l'interruttore, la lampadina si illumina sbavando polvere e ragnatele. Sei letti con schienali di ferro e paglierici da cui fuoriescono ciuffi di paglia... "L'ultimo è il migliore," mi assicura ammiccando.

Intorno al tavolo gira già la fiaschetta del *fino*, ne hanno fatta una discreta provvista, ora slegano i fazzoletti con il cibo portato da casa, allungano qualcosa anche a me... Brindiamo a *La Hermosa*. "Mi fate vedere il terreno? Avrete già piantato qualcosa..." "*Hombre*, vedessi i meloni come sono venuti fuori, stupendi, dolcissimi, stasera ne assaggiamo uno." Ora, a dire il vero, fa troppo caldo, è meglio andarci più tardi, quando c'è un bel *fresquito*... Fa un caldo inaudito, il sole si rifrange sulla calce, *La Hermosa* è tutta un luccichio, abbaglia, i campi languono, corpi sbudellati che rigettano zolle, l'aria pesa come un corpo morto, schiaccia la terra, la si sente spessa fra le dita. Di vivo ci sono solo le cicale: sono ovunque, un coro assordante, sembrano uscire direttamente dal terreno, come se ogni spaccatura, ogni buco, ogni pietra formicolasse di cicale... I campi stridono, è il tinnitus universale. La calura si perde in un baluginio all'orizzonte. Manolo, Juan e José si avventurano fuori, in silenzio, i berretti calcati sulla fronte, scompaiono. In casa ci siamo solo Pedro e io. Lui rimane ancora un po' al tavolo di cucina, il bicchierino troppo piccolo per quelle mani, gli occhi arrossati, fissi al muro, socchiusi, il viso è tondo e rosso, i capelli appiccicati, un ciuffo gli va su un occhio, non lo sposta nemmeno. I baffi piovono *fino*. Mi ritiro nel mio dormitorio, chiudo la porta dietro di me, do uno sguardo alla serratura... Allargo il sacco-lenzuolo sul materasso.

Fuori qualcuno strascica i piedi, si avvicina alla porta, si ferma, si allontana, torna, fa per aprire, mi chiama. "Che vuoi, Pedro?" "Niente. Io sono di là, vieni." Gli dico di andarsene. Lui rimane fermo. Allora scivolo tra i letti, raggiungo la porta e faccio girare la chiave. Pedro prova la maniglia, sento l'imprecazione e i passi che si allontanano.

Di sera mi azzardo fuori, l'aria è più respirabile, le cicale si sono un po' acquietate. Manolo e José mi accompagnano a vedere la proprietà della cooperativa. La terra è arsa, come dappertutto, nessuna traccia di coltivazioni. "Ci avete piantato qualcosa?" Mi guardano con l'aria sconsolata. "Come si fa? Non c'è acqua..." L'acqua, certo. "Da dove la prendete?" "C'è un pozzo in fondo alla *finca*, ma in questa stagione è quasi secco, basta sì e no per i meloni." I meloni: giacciono riversi sulle zolle, attaccati al cordone ombelicale, come fossero scivolati da poco fuori dal ventre della Terra, tra grandi foglie appassite. I soci si fanno intorno a quelli più grossi, li toccano con affetto, battono con le nocche sulla scorza, discutono fra loro su quale sia già maturo... Il campo va a finire contro un terrapieno che fa da confine alla proprietà e sopra è piatto. "Lì un tempo ci passava la ferrovia," dice José. Voglio vedere più da vicino. "Va', falle strada," comanda a Manolo. È il più giovane e gli tocca obbedire. Tra le zolle si cammina male, ma lui corre, non si gira mai, come se andasse da solo. Lo vedo salire sul terrapieno. Cerco di imitarlo, la terra è friabile, faccio fatica... lui finalmente si gira verso di me, ha occhi celesti, capelli rossicci e stopposi, mi tende una mano ruvida, dura... Lo spazio sopra è stretto, come facevano a starci due rotaie? Manolo fa spallucce... Sotto i miei piedi si allarga un terreno che digrada proprio verso il terrapieno della ferrovia, del tutto incolto, con qualche traccia di verde... La terra sembra meno secca... "C'è acqua lì?" Manolo non risponde subito... "Da quella parte acqua ce n'è," dice poi. "È per questo che noi si era cercato di fare la diga..."

La storia della diga era di due anni prima. C'era un torrente da quella parte della ferrovia, uno di quelli che si notano solo quando la pioggia li gonfia. Avevano appena ricevuto la *finca*. Era un inverno che non la finiva più di piovere. Il giorno che smise mandarono Manolo a controllare il terrapieno, che non avesse ceduto. Lui ci salì sopra, proprio nel punto dove stavamo noi. Allora vide il lago. Chiamò gli altri. Rimasero un bel po' a guardare... a un tratto Pedro disse: "Per Dio, ragazzi, tutta quest'acqua e noi ce la lasciamo sfuggire sotto il naso! Che coglioni che siamo, *hombre*, siamo i coglioni più grandi...". Gli altri lo guardavano come si fossero rincoglioniti davvero. "Non vedete il lago lì sotto? È come se c'è una diga, porco d'un cane! Che se noi ci mettiamo a lavorare e rinforziamo il muro e tappiamo i fori dove l'acqua scappa, allora la diga la facciamo davvero!".

Quando l'acqua si fu ritirata, si misero al lavoro. I *jornaleros* sanno fare un po' di tutto, non c'è chi in vita sua non abbia fatto anche il muratore... Che ci vuole a fare una diga? I soldi per le sementi li spesero in calcina, ma per l'acqua avrebbero dato via anche i coglioni, dicevano... Rimisero a nuovo il terrapieno della ferrovia, tapparono i fori, scavarono dall'altra parte per dare profondità al lago, tanto il terreno non apparteneva a nessuno, e tanto meno al pastore che ci portava a pascolare gli animali, ma di quella stagione era raro che venisse.

Poi si misero ad aspettare la pioggia. Manco a farlo apposta, non piovve per settimane. Cielo limpido e azzurro un giorno dopo l'altro. Giornate tiepide da far credere che le stagioni andassero avanti al contrario. I soci si guardavano l'un l'altro con la stessa aria delusa con cui scrutavano il cielo. Alla fine smisero di pensare alla diga, neppure andavano alla *finca*, tanto lì di lavoro non ce n'era e invece un po' qua un po' là qualche lavoretto da fare in paese lo trovavano. Della cooperativa, così com'era, non poteva vivere nessuno, si moriva semmai, di cooperativismo!

Però, una notte, apriti cielo! Venne giù una pioggia come se si fossero spalancate le cateratte del Nilo, torrenti, fiumi, il diluvio universale... Il giorno dopo, i *jornaleros* erano tutti alla *finca*. Pioveva ancora a dirotto, non si riusciva neppure ad andare alla diga, tanto era il fango, non si camminava. Mandarono Manolo. Si mise gli stivali da pesca dello zio, si coprì la testa e le spalle con un telone di plastica, lo videro scomparire in quella marea.

Quando fu in cima al terrapieno, poco mancò che scivolasse nel lago: l'acqua gli leccava i piedi, si contorceva, schizzava, si affannava a venir su, acqua sotto e acqua sopra. Tornò che, se non avessero saputo che era lui, non l'avrebbero riconosciuto, da come era trasfigurato dal fango e in estasi per via dell'acqua. Non faceva che ripetere: "Tutta quell'acqua, tutta quell'acqua!". Ci andarono anche Pedro e Juan, con le torce, e tornarono ancora più fantasmi di quanto lo fosse stato Manolo; gli occhi spalancati di Pedro erano la sola cosa chiara in mezzo al fango. Il mattino dopo, andarono tutti a vedere la diga. Era come stare su un molo e vederti sotto il mare, solo che l'acqua pareva uscita dall'inferno. Ma la diga aveva retto...

Quando tornò il sole, allora sì che il lago apparve in tutta la sua magnificenza, un'enorme distesa d'acqua, un miraggio, un miracolo! Non riuscivano a saziarsene con gli occhi, non ci credevano ancora... Uno stormo di cigni – o forse erano anitre, o gabbiani – calò sull'acqua e quella fu la benedizione del cielo... Andarono a prendere le donne, che vedessero anche loro, che toccassero l'acqua, ci immergessero i piedi... La sera fecero festa, bevvero fino a tarda notte, ballarono fino alle ore piccole. Chi aveva con sé una donna fece l'amore con lei quella sera, nel dormitorio dove dormivano tutti, tanto la felicità li rendeva pazzi. Pazzi di gioia. Ubriachi d'acqua...

Il giorno seguente, all'alba, Juan, il pastore, sbucò sulla sua Vespa da dietro l'ultima collina. Qualche giorno prima, approfittando del bel tempo, aveva portato il gregge a pascolare sul terreno dietro la ferrovia, come faceva da trent'anni. Non si era granché preoccupato per le pecore: in caso di pioggia si riparavano da sole in un capanno che aveva costruito lui, nella parte più elevata del terreno. Vista però l'acqua che aveva fatto, Juan aveva deciso di andare a controllare. Si fermò subito dopo la curva, stupefatto. Per alcuni secondi rimase completamente disorientato, a cavalcioni della Vespa che gli ronzava tra le gambe... Forse i sensi lo tradivano... La strada andava a finire direttamente nell'acqua, come se invece di una *carretera* di campagna fosse stata uno scivolo per motoscafi...

Scoppiò uno scandalo. Sulla cooperativa *La hermosa* piovvero denunce su denunce... La situazione peggiorò quando il muro dell'argine cominciò a sgretolarsi e a venir giù... si dovette provvedere a far scorrere l'acqua per evitare una catastrofe più grossa... vennero i pompieri, tutto a spese della cooperativa... I debiti si allargavano, mentre il lago a poco a poco si restringeva... Tornò alla luce il capanno, quel poco che era rimasto; le carogne delle pecore, stipate dentro, erano gonfie come otri, un'ammucchiata di lana fradicia, un fetore da far torcere lo stomaco, dovettero venire a prenderle con il bulldozer...

Rimasi alla *Hermosa* fino al sabato. Era la festa del paese e avevano deciso di organizzarla in campagna. Rizzarono un tendone. Arrivarono le donne, i bambini, i parenti, i vicini. Riempirono i tavoloni di spiedini e insalatiere colme di *gazpacho*. Sotto il tendone si bolliva. Nemmeno fuori si scherzava con il caldo. Posti a sedere non ce n'erano, tutti stavano in piedi, chini a mangiare sui tavoli, o portandosi in giro il piatto. Mi ritrovai fuori, all'ombra del tendone, in mano un bicchierone di carta pieno di *gazpacho*.

Mi toccava sempre guardare verso il basso quando chiacchieravo con le donne... Quella che parlava con me era la moglie di Pedro e aveva la sua stessa età. Aveva il viso pieno, begli occhi, il seno ampio. Facevo fatica a seguire cosa diceva. Avevo le gambe stanche, il caldo mi opprimeva e l'odore d'aglio che emanava dal *gazpacho* mi provocava la nausea... Lo centellinavo, aspettando l'occasione propizia per rovesciarlo da qualche parte... La moglie di Pedro parlava con una vocina un po' chioccia. "Quanti bambini ha?" le chiesi. Era la domanda di rito. "Ne ho avuti sette," mi rispose lei con semplicità. "Sono morti tutti subito dopo la nascita." Vidi il *gazpacho* tremare nel bicchiere di carta. "Come mai?" "Avevano il sangue marcio e morivano. Venivano al mondo e morivano subito. Sette. Uno siamo riusciti a tenerlo in vita qualche ora. In paese c'era un taxi che faceva anche da ambulanza. Pedro è corso a Siviglia con il neonato in braccio, era estate come adesso, è arrivato che era fradicio, ma quando ha mostrato l'involto ai medici il bambino era già morto."

Vidi girare tutto intorno a me... Cosa mi succedeva... non ero più padrona delle mie emozioni... non potevo mica soffrire per tutte le storie tragiche che mi raccontavano... Ero lì per indagare obiettivamente, che diamine!, non per piangere con loro. Doveva essere l'overdose di ormoni con cui ero bombardata... Me li vedevo davanti, quei sette bambini, nati e già subito morti, e la madre che li aveva attesi... sette volte... come se fossi stata io la donna rotondetta che mi guardava un po' stupita... Dovevo essere sbiancata in viso... mi chiese se stavo male... La superficie grumosa del *gazpacho* verde e rosso continuava a tremare, me lo sentivo in bocca... le misi in mano il bicchiere... corsi dietro *La hermosa*...

Si era fatto autunno in Andalusia. L'umidità penetrava da porte e finestre. Tutti infatti prendevano il freddo per una calamità naturale che bisognava sopportare quel tanto che durava, senza che ci si potesse porre rimedio. Sapevano difendersi dal caldo, ma davanti al freddo erano inermi, non possedevano nulla oltre ai bracieri che si nascondevano sotto i tavoli e servivano sì e no a scaldare gli arti inferiori, che quelli superiori se la vedessero come potevano con gli spifferi. Io andavo in giro indossando tutto ciò che possedevo, strati di camicie e maglioni, sopra la giacca a vento e avevo sempre freddo. Di notte pregavo che mi dessero tutte le coperte che si potevano racimolare e dormivo sotto una montagna di coltri sintetiche che mi turbavano il sonno, senza riuscire a scaldarmi. Nei riflessi delle pozzanghere i paesi, poveri com'erano, avevano un aspetto squallido; quando il sole se ne andava privandoli anche della luce, la loro unica bellezza, le piazze si facevano deserte. Non c'era che la televisione a tenere compagnia alla gente intorno ai bracieri... L'Andalusia dava tristezza. Mi affrettai a concludere le ultime interviste: il tempo della raccolta era finito anche per me.

Alla fine di novembre passai la dogana dell'aeroporto di Monaco. Non avevo nulla da dichiarare, quello che avevo con me, ben mimetizzato in carta di giornale, non era infatti previsto da nessun regolamento aeroportuale: un cesto pieno di olive verdi raccolte dai miei amici nottetempo, due piantine di gelsomino, una buganvillea e un ibisco dai grandi fiori gialli. Le piante resistettero per un breve periodo al tepore delle stanze riscaldate, ma sembravano caricature di se stesse, striminzite... persero subito il profumo, diventarono pallide imitazioni dell'esuberanza della terra d'origine, dove per vivere bastava loro una latta vuota. Infine cedettero e morirono una dopo l'altra. Solo l'ibisco continuò a vivere una sua vita minima, ma dopo aver fatto un unico enorme fiore si rinchiuse in sdegnosa sterilità.

Il frutto che portavo dentro di me invece cresceva, del tutto indifferente al clima infelice e al freddo che penetrava dalla finestra della mansarda mal isolata. Fu uno degli inverni più freddi che avessi vissuto in Baviera, la neve era caduta abbondante anche nella conca del Danubio, dove di solito cambia abito e si trasforma in pioggia prima ancora di toccare terra...

Cresceva, il mio frutto, ma cominciava a crearmi dei guai minacciando imprevedibili e del tutto indesiderate evasioni. Per obbligarlo a star buono, avevo avvolto il ventre già discretamente tondo in una guaina elastica che mi impacciava, io abituata alla libertà delle magliette con sotto nulla, tanto non c'era niente da sorreggere...

Attendevo e intanto battevo a macchina le interviste andaluse. Era uno strano contrasto: frasi sghembe nel cantilenante accento andaluso... sullo sfondo distese di cotone, campi di girasole, filari di olivi... intorno tetti a punta e palazzi rigidi di freddo.

4.

LA DIACONESSA

Doveva essere colpa degli ormoni anche quell'improvvisa sensibilità a cose che prima mi sarebbero parse fantasticherie, indegne di sprecarci sopra lo straccio di un pensiero... ogni sogno mi sembrava una premonizione... vedevo ovunque presagi. Quella volta, le tracce sulla neve...

Eravamo andati, senza spingerci tanto lontano, nella valle dietro il Walhalla. Un sentiero si snoda tra i boschi; è una zona protetta, un torrente scorre a suo capriccio, nessuno che lo obblighi a deviazioni o ne raddrizzi il corso perché non dia fastidio alle colture. Ad accanirsi contro la natura sono solo i castori canadesi, capitati lì chissà da dove... Si affannano intorno agli ontani, li rosicchiano, riducono i tronchi a torsoli. C'erano state discussioni interminabili a proposito... la stampa ne parlava... la contesa si era allargata a tutto il Palatinato superiore, era finita sui giornali del capoluogo. C'era il partito degli alberi e quello dei castori. Il primo sosteneva che non era giusto lasciare che i roditori distruggessero il bosco, tanto più che i castori, natura o no, con quelle terre non c'entravano niente, erano degli immigrati clandestini. Il partito dei castori replicava che se si considerasse la provenienza di tutte le specie di piante e animali e si eliminassero quelle straniere chissà dove si arriverebbe... Ci fu chi parlò di xenofobia. Alla fine si arrivò a un compromesso: gli alberi minacciati dai castori sarebbero stati protetti con reti metalliche. Il risultato fu che i roditori, non potendo portare a termine nessuna delle dighe progettate, cominciarono a manifestare sintomi chiaramente nevrotici... si accanivano rabbiosamente sugli alberi non protetti, anche su quelli più sottili che in condizioni normali avrebbero trascurato... In breve, non ci fu tronco che non fosse inciso dai denti impazziti. "È ridicolo prendersela con i castori," mi diceva Guido mentre camminavamo fianco a fianco. "Gli si vuole impedire di essere quello che sono, e cioè dei costruttori di dighe..."

Il bosco era bello lo stesso... Il gelo disegnava i contorni delle cose: non soltanto i tronchi avviliti dai castori, ogni foglia secca, ogni ramo, ogni stelo ne usciva inorgoglito, come in quei libri che si aprono e vengono fuori le figure, in rilievo...

Il rosso, all'improvviso, le macchie sul bianco luccicante del sentiero, una scia... Ci guardammo in giro. Nessuna traccia di animale ferito, nessuna impronta, scarpe o zoccoli. Dove portava... non finiva più. Un sentiero di sangue dentro il sentiero. Era strano, inquietante... Sentii l'ansia crescere, scendere alle gambe, si erano fatte molli, tremavano... La sentii risalire, inondare la gola, prendermi il respiro, boccheggiavo. Mi appoggiai al braccio di Guido, lo supplicai di tornare. Non più alberi intorno, il rilievo sulle foglie e sui rami si era appiattito, scomparse le lastre di ghiaccio dal torrente, spenti gli spruzzi luminosi, intorno solo cielo e il rosso dell'apparizione. E quelle fitte al ventre... Sotto il cappotto di pelliccia mi torcevo...

* * *

In quei giorni avrei creduto persino alla magia... Davo un'importanza esagerata a ogni fatto insignificante, ma i segni chiari, che nessuna madre in fieri, neppure la più sciocca e negligente, avrebbe trascurato, i sintomi tangibili di quel che stava per accadere, quei segni io non li vidi.

Di questa cecità mia madre ebbe, non dico colpa, però una parte non irrilevante. Poi ci scherzai su, ma un certo sospetto che ci avesse messo lo zampino, sì, l'avevo. Voleva a ogni costo starmi accanto quando fosse giunta l'ora. Io mi opponevo. "Che bisogno c'è? Vieni dopo." Macché. Insisteva. "Non farmelo, questo sgarbo." Ma io, conoscendola, volevo calma nei giorni che sospettavo duri... Non mi sbagliavo. Finì che vennero entrambi – madre e figlio – un bel po' prima del previsto, e più o meno contemporaneamente.

Ma era sopraggiunto un altro fatto...

Mia madre non lo sapeva. L'aveva espresso chiaramente: "Se devo morire non ditemelo". Preferiva l'incertezza. Non le avevamo detto niente. Ufficialmente non lo sapeva... A me l'aveva detto Luisa, mia sorella. "Così grave da non arrivare a vedere il bambino?" "Così dicono i medici." La dovevo rivedere subito... "Venite su tutte e due... Non è il suo compleanno, tra poco? Le diciamo che è una sorpresa, tanto per stare al gioco."

Arrivavano in treno quel giorno, un venerdì. Dovevo andare a prenderle in macchina alla stazione di Monaco. A causa dell'anemia mia madre si stancava facilmente, le avrei abbreviato il viaggio...

Fu quell'ansia di mettere a posto ogni cosa e andarla a prendere. Giù per le scale, la macchina, dove l'avevamo posteggiata l'ultima volta, eccola... le chiavi, frugo, rovescio il contenuto della borsa, rovisto nelle tasche, niente da fare, le ho lasciate in casa. Risalgo le scale... Mi accorgevo in quei mesi quanto fosse faticoso abitare al quarto piano, senza un ascensore che mi alleviasse il peso delle gambe e del ventre... Ero di nuovo davanti alla porta... avevo lasciato dentro anche le chiavi di casa...

Ecco, le faccio aspettare... Mia madre che non ce la fa a stare in piedi... sul marciapiede della stazione... Me li sentivo già, i rimproveri... Come al solito, lo sapevamo... Arrivi sempre in ritardo... Sarei arrivata in ritardo anche quella volta. Ma intanto dovevo entrare...

Suono dalla vicina, so che ha un arnese per aprire le porte, non era la prima volta che mi capitava di chiudermi fuori... Ha ottant'anni e ci mette un po' ad arrivare. Infine compare. Farfuglio che ho bisogno del... la parola non vuole venir fuori... Mi ostino a chiederle un *passepartout*, lei però lo chiama in un altro modo... si ostina a non capire... "Ah, un *dietrich*!" dice alla fine. Rovista per un pezzo, prima di darmelo. Basta che trovi la posizione giusta ma non è facile improvvisarsi scassinatori... la vicina mi assiste con consigli utili: "Lo infili di più, no, un po' meno, forse più a destra o più a sinistra...". Alla fine aggancia. Sono di nuovo in casa...

Non badai a quello strano senso di umido tra le gambe... Era di certo sudore... Presto, in macchina... Cerco di districarmi sull'autostrada Norimberga-Monaco, ma a quell'ora del venerdì non si circola, come avevo fatto a non pensarci... mi davo la colpa di tutto... ero imperdonabile...

Mi svegliai nel pieno della notte. Non capivo cos'era successo... avevo sognato che l'acqua cresceva, che lambiva i muri... Mi capitava spesso di fare quel sogno, c'è spesso l'acqua alta in città, il Danubio straripa, non si parla d'altro che di acqua che sale, si segue centimetro per centimetro la sua ascesa... Ero inondata. Mi ricordai lontanamente che durante quella giornata agitata avevo già notato qualcosa, mi ero limitata a tamponare le perdite... però adesso... Che fosse il caso di telefonare al pronto soccorso? Stavo esagerando, non c'era bisogno di mettere tutti in allarme, non ero certo una di quelle donne che al primo spavento chiamano l'ambulanza... temevo più la vergogna per averla chiamata inutilmente che il danno per non averla chiamata affatto... non che ragionassi tanto bene... alla fine feci il numero... parlavo così piano, per paura che si svegliassero le mie ospiti, che l'operatrice non capiva... mi chiedeva di ripetere... io mi scusavo con lei, per il disturbo... forse non era così grave... la clinica era vicina, sarei potuta andarci da sola... "No, no, lei resti dov'è!" L'operatrice aveva capito meglio di me...

Guido quella notte non c'era.

Non riuscivo più ad arginare l'inondazione. Mi ero imbottita di asciugamani e intanto raccattavo le mie cose... spazzolino da denti... i libri, non dimenticare i libri... Mentre li mettevo nella borsa vedevo le mie mani che tremavano... ero furiosa con me stessa, non c'era motivo per tutta quella paura... E se fosse scivolato fuori proprio lì, nel corridoio, mentre mi aggiravo a piedi nudi sulla moquette verde, cercando di non fare rumore... Per carità, che non si svegli mia madre... Era arrivata dal viaggio stralunata, bianca come un cencio... Volevo andarmene alla chetichella lasciando solo un biglietto.

Ma il sonno di mia madre era ben protetto dall'usuale dose di Valium... Si svegliò Luisa, sgranò gli occhi alla vista del flusso che sembrava non finire più, mi accompagnò per le scale... Mani potenti mi presero per le ascelle e mi sollevarono da terra... non pesavo molto neanche al settimo mese. L'ambulanza attendeva nella piazza lucida di pioggia, gelata... Era febbraio anche allora... La torre del vecchio municipio usciva dai vapori, le lancette segnavano le due o le tre... La città aveva un che di sinistro... Mi allacciarono le cinghie, mi misero addosso una coperta... Un giro dell'oca tra i vicoli bui... erano solo due passi fino alla clinica... perché ci mettevano tanto... e se fosse nato tra quelle pareti... Mi rispondevano con la convinzione di chi è abituato a simulare certezza... Non c'era motivo di agitarsi... Mi preoccupavo per mia madre... così allontanavo la paura per me... facevo confusione nella gerarchia delle angosce...

Mi scusai con la dottoressa chiamata d'urgenza a quell'ora ingrata, aveva l'aria insonnolita, poveretta, ma poi ci mettemmo a chiacchierare... naturalmente raccontai di mia madre... intanto mi toglievano gli abiti civili, mi vestivano da paziente, mi attaccavano alla flebo... Che non lasciassi il letto per nessun motivo!

Pensavo a mia madre, a quando si sarebbe svegliata, a come si sarebbe preoccupata... per fortuna c'era Luisa... Com'erano lente le gocce che scendevano, le vedevo scorrere nel tubicino... a che servivano, quelle gocce? Cosa aveva detto la dottoressa... un parto prematuro... impedirlo, bisognava impedirlo a tutti i costi... "Anche solo una settimana, è tutto tempo guadagnato." Dovevo evitare che mi lasciasse così in fretta, a ogni costo... Che aspetto hanno i feti a sette mesi? Sono già ben formati? I polmoni, però, non funzionano ancora... il cervello, se non riceve abbastanza ossigeno, può restarne leso... Cominciavo a capire, le gocce scendevano dal flacone al mio braccio... era questo il pericolo... come avevo fatto a non pensarci prima?... La cosa di cui avevo più paura... e per colpa mia, sicuro, era colpa mia... era lì lì per nascere... come fare per trattenerlo?

La diaconessa mi si piantò davanti impettita, come un piccione che si fosse appollaiato sulla spalliera del letto. Era grigia, tutta pieghettata e inamidata, la gonna, il grembiule, la cuffietta rigida come la cresta di un gallo da combattimento. Mi guardava con diffidenza. Senza parlare mi porse un questionario. "Torno a riprenderlo più tardi." Le chiesi da bere. Tornò con un vasetto di yogurt pieno d'acqua. Era lei a comandare nel reparto maternità, ed era parsimoniosa. Nessun lusso, neppure quello di un bicchiere... era il reparto della mutua...

Posò il vasetto sul comodino e prese in mano il formulario compilato, lo scorse, rialzò gli occhi dal foglio. "Senza confessione?" Le parole che uscivano dalle labbra esangui sbandieravano il senso infamante delle lettere "o.K."* sotto le quali avevo posto la croce. "E dove vuole sia sepolto il bimbo, nel caso?..." Gli occhi opachi di intolleranza mi bruciavano viva...

Una settimana, attaccata alla flebo, incollata al letto, il volto pallido di mia madre che mi guardava con rimprovero. Ecco, non sei buona a niente, diceva quel volto mentre dalla bocca usciva una frase qualunque. Ecco, mi hai delusa di nuovo, hai fallito, non sei capace di fare nemmeno le cose più semplici, come mettere al mondo un bambino... Mi accusavano quegli occhi, due occhi scuri che scomparivano sotto le palpebre afflosciate... Lei, figuriamoci, aveva partorito me in casa senza creare disturbo a nessuno. Il fatto era che io mi ero troppo agitata in quei tempi, lei l'aveva pensato, si stupiva come mai Guido, che era medico e quelle cose avrebbe dovuto saperle, non si fosse preso più cura di me, non me l'avesse proibito... Mi difendevo senza convinzione. Forse aveva ragione... erano gli stessi rimproveri che facevo io a me stessa... Tanto più li odiavo, erano come raddoppiati, mi torturavano...

Una settimana, resistere un'altra settimana. "Quando contate di partire?" Tra una settimana... "Torno quando è l'ora. Lo sai che ci tengo a esserci, il giorno della nascita..." Eppure lo sapeva che io non la volevo... Mi guardava con quegli occhi... Neri, profondi, una sfida.

* o.K. = *ohne Konfession*. Letteralmente "non appartenente a nessuna confessione".

5.

LE MANI DI MIA MADRE

"Che belle mani ha, signorina!"

Furono le prime parole che mio padre le disse, mentre la faceva girare nel valzer... Sfido io, che cos'altro avrebbe potuto lodare? Il viso di mia madre era interamente coperto da una mascherina verde smeraldo che lasciava intravedere gli occhi scuri, mentre il pizzo le ricadeva sulla bocca... In testa aveva un cappello appuntito da cui fuoriuscivano solo ciocche di capelli... la mantella verde l'avvolgeva fino alla vita... Vero è che ballando si apriva e rivelava il corsetto di velluto... Mio padre aveva tutto l'agio di ammirare l'attaccatura del seno e intuire il resto... Ma il complimento se lo prendevano le mani... con ragione, d'altronde. Affusolate e candide nel velo trasparente dei guanti che arrivavano ai gomiti, per non sporcarli mia madre aveva rinunciato alle tartine...

Mia madre aveva ricevuto l'invito da Rosa. Lavoravano insieme nello studio dell'avvocato Sibona, erano diventate amiche. Rosa aveva un fidanzato che era ufficiale di carriera... Quel ballo in maschera era il primo dopo la fine della guerra. Non era una festa qualunque, già solo il fatto che era stato il Circolo ufficiali a organizzarla... Non ci poteva andare chiunque, bisognava esibire il biglietto d'invito all'entrata... ci tenevano a invitare la cittadinanza, quella scelta, naturalmente. Non voleva venirci anche lei? Rosa avrebbe procurato i biglietti anche per Pia, la sorella di mia madre, e la loro mamma, che mai e poi mai avrebbe lasciato andare le figlie da sole a un ballo.

"Un ballo in costume?" Mia madre tentennava. "Ma..." "Niente ma... qualcosa troverai da metterti, no? Non hai fatto il corso di cucito dalle suore?"

Più che altro dalle suore mia madre aveva fatto orli a giorno, ma all'occorrenza ci sapeva fare con forbici e stoffa. Accettò. Si procurò una fodera di cappotto color verde smeraldo e ne fece una mantella. Trovò una gonna della mamma, di prima della guerra, la allungò con dei pizzi, si cucì un corpetto attillato e scollato...

"Ma apri di più la scollatura, va' là!, smettila di fare l'educanda!" La sorella minore era sempre la più sfacciata... Mia madre era arrossita, aveva fatto finta di arrabbiarsi, poi aveva preso in mano le forbici...

"Questa sì che è una scollatura! Che diamine!" La loro madre, comparsa da dietro, non aveva detto niente ma si era capito che approvava. E come avrebbe potuto a non approvare! Un seno come quello!

Infine mia madre si fece una mascherina: ritagliò la forma su un cartoncino, ci mise sopra un pezzo di velluto, lo incollò, ci cucì intorno un pizzo nero, fatto! Poi aveva aiutato Pia: non era brava come lei con ago e filo, soprattutto non possedeva la capacità di immaginare che cosa sarebbe potuto nascere da una pezza di stoffa, da un cartoncino, da uno scampolo qualsiasi. Mia madre, invece, le davi in mano degli stracci e sapeva ricavarne un abito da sera. Si erano divertite a travestirsi, ridevano, erano tutte e due eccitate, per una volta avevano messo da parte le rivalità, quell'eterno paragonare... Io sono più bella, lei ha avuto più occhiate di me, disinvolta com'è, lo credo, ride, fin troppo ride, in modo addirittura sguaiato, ride... Mia madre non la finiva mai... lei piace a tutti e io no, a lei vogliono bene, la trovano tutti simpatica, perché io no? Le venivano le lacrime agli occhi al solo pensiero, si dilaniava, si tormentava... Non mi vorrà nessuno... Soffriva, senza motivo, non era affatto vero... Ce ne aveva che le ronzavano attorno! Ma lei sembrava che facesse apposta a deludere tutti, per quella sua pudicizia esagerata... Così almeno la pensavano le amiche... Eppure, quando passavano sotto i portici, i ragazzi le sussurravano: "Bella mora!" oppure: "Creola!". Pia faceva loro il verso: "Ma di', della creola ti danno? Ma che si credono quelli, mica sei meticcia, tu!". Ma mia madre, niente, era convinta di non piacere, di non piacere abbastanza, di essere delle due la più sfortunata, da sempre...

"Te, se non ti davo a balia, mi morivi!" La nonna non finiva mai di ripeterglielo. Era nata delicata delicata, sensibile già da allora, ombrosa... L'avevano affidata a una balia di montagna per paura che l'inverno in città, anche se la città era ai piedi delle Alpi, le facesse male... Mia nonna lo sapeva bene, non si dimenticano i bambini che si sono tenuti al petto e poi si fanno viola, soffocano e ti muoiono fra le braccia, era un'esperienza che non voleva ripetere. Le preoccupazioni che le aveva dato, già all'inizio, per tirarla su! Non mangiava, cresceva poco. La sorella, nata due anni dopo, era grande quasi quanto lei... lei sì che mangiava, e veniva su bionda e bella, che più diverse non sarebbero potute essere. Col tempo poi tutto si era aggiustato, mia madre era diventata alta e snella, la sorella più giovane era un po' più bassa, non male neppure lei, ma con una certa grazia, come dire, rozza al confronto... Era più allegra però, pronta a ridere, anche degli scherzi grossolani che facevano arrossire mia madre. Pia la prendeva in giro... Mia madre si infuriava, in segreto però ne era orgogliosa. Lei era più... signora. Era bella e fine, si meritava di meglio di quei ragazzotti di provincia, non si accontentava dei giovani sciocchi e delle battute volgari, voleva di più... Quelli che le sussurravano: "Signorina!" o le facevano: "psst, psst" quando era in giro da sola, lei li evitava, correva via... mica si fermava a guardare chi erano o a dirgliene due, come facevano le amiche. Era diversa, ecco tutto, e guardava oltre.

Mia madre non aveva dubitato un solo momento che quella festa per lei sarebbe stata decisiva. Non si era chiesto neppure perché, lo sapeva e basta. Era emozionata, rossa in viso, gli occhi le splendevano... La nonna la guardava già con sospetto, esagerava, come sempre. Non la capiva, quella figlia, con tutte le sue lacrime e i sentimentalismi, con quel suo fare da ragazza timida... La irritava, doveva dominarsi per non mostrarsi seccata... non le sopportava tutte quelle "smancerie"... Ma era anche la figlia che le stava più attorno, che le chiedeva il suo parere, che non la lasciava un momento, le rare volte che era ammalata, che le domandava: "Sei stanca, mamma?" e le diceva: "Riposati, che lavori troppo!". Era quella che le dava una mano senza farsi pregare. Perciò, a conti fatti, valeva la pena lasciar correre con gli altri difetti... Quella volta però era come impazzita, non la riconosceva più... parlava in continuazione, come una febbricitante, si provava e riprovava il vestito, le scarpe, le calze... Quando scoprì una smagliatura nelle calze nuove scoppiò in singhiozzi, non voleva più andarci alla festa... Afferrò l'abito con rabbia, come se volesse farlo a pezzi... Mia madre era diventata una furia! Gli occhi poi! Neri da perdersi dentro e cattivi come il demonio! Sua madre si spaventò, dovette lottare per strapparle di mano il vestito, glielo prese a forza, si mise a urlare anche lei, che non uscisse di senno, era solo una festa... Cos'era quel modo di comportarsi come una forsennata per un paio di calze? "Dammele e le riparo in un batter d'occhio che neppure si nota, e comunque sotto l'abito non si vedono in ogni caso..." Se preferiva, gliene avrebbe date un paio delle sue (ne possedeva solo due paia... si pentì subito dell'offerta...). Mia madre smise per un attimo di singhiozzare, la guardò con un lampo di riconoscenza, poi si rabbuiò di nuovo. "Ma come fanno ad andarmi bene, le tue calze! Mi arriverebbero sì e no alle ginocchia!" La nonna scaraventò il vestito sul letto, si fece rossa come la cresta di una gallina, cominciò a storcere il naso, portò le mani ai fianchi. "E allora rimani, ci andremo io e tua sorella, da sole!"

Ci andarono in tre, invece. Le calze furono rammendate. Tanto sotto la gonna, allungata com'era a furia di pizzi, le gambe non si vedevano nemmeno.

Arrivarono che la sala era già affollata e mia madre lo vide subito.

Mio padre indossava l'uniforme bella, quella bianca, con la fibbia d'ottone e sopra il rilievo con la fiamma, simbolo dell'arma del genio. Le spalline con le frange pendevano dalle spalle larghe. La divisa gli stava bene, la figura risaltava, muscolosa, atletica... Era di gran lunga il più alto degli uomini. Stavano conversando. Lui accompagnava il discorso con ampi gesti delle mani... erano grandi, mia madre lo notò immediatamente... Non erano gesti concitati, come aveva visto fare dai napoletani, erano movimenti misurati e tuttavia espressivi. Gli altri ufficiali lo stavano a sentire e annuivano, seri, nessuno ribatteva, guardavano di sfuggita il gruppo delle donne, a qualcuno si leggeva in viso il rammarico.

Finché cominciò la musica...

Pia le aveva dato una gomitata nel fianco, l'aveva notato subito anche lei... "Guarda quello... Di', ma viene proprio verso di noi..." Veniva verso mia madre, si inchinò leggermente, le chiese di ballare. Lei era come se non avesse atteso altro. Aveva quella luce negli occhi che li faceva sembrare più scuri... O era la mascherina verde che li rendeva così audaci? Se la tolse solo al momento di salutarsi, su sua esplicita richiesta...

"Mi permette di chiederle il suo nome?" Glielo disse, gli chiese il suo. Ah, che modi aveva, da signore! Non come gli altri. A quei tempi nel corso e in piazza, ovunque, girava della gente... di tutte le risme, venuta da chissà dove. Molti ragazzi erano scesi dalla montagna... ora facevano chiasso intorno alle loro bandiere, vociavano in dialetti che non si capivano, neppure lo sapevano, l'italiano. Nessuno che badasse un poco alle forme... I più erano operai o figli di contadini, brava gente, non che mia madre ce l'avesse con loro, figurarsi!, anche suo padre era un operaio, sia pure specializzato, ma da qui a starci insieme... Gentilezza, galanteria... erano andate a picco con il regime. Di uomini fini e colti ne erano rimasti pochi...

Lui le parlava con una cortesia d'altri tempi. Aveva un bel po' d'anni più di lei, ma mia madre non ci badò. E sì che prima di allora non aveva mai tenuto in considerazione gli uomini al di sopra dei trent'anni. Le sembrava che quello fosse il limite assoluto, oltre il quale era addirittura indecente fare la corte a una ragazza come lei. Il collega dell'avvocato l'aveva invitata, una volta. Lei aveva rifiutato, si era proprio sdegnata, ma come si permetteva, vecchio com'era... Rosa le aveva detto poi che non aveva neppure compiuto i quarant'anni. Mia madre aveva alzato le spalle: "Quasi il doppio della mia età! Ma siamo matti?".

Quella sera se n'era completamente dimenticata... Era matta davvero... non ci pensava nemmeno all'età... Era come se per lei gli uomini giovani neppure esistessero. Attraverso la mascherina guardava i suoi tratti decisi, il naso pronunciato, le guance magre, gli occhi verdegrigio, i capelli biondi, ondulati, la fronte ampia, percorsa da due rughe profonde, cominciava a essere un po' stempiato... Forse quel viso non era bello, ma aveva un che di deciso, di forte, intelligente... Soprattutto questo: intelligente. Mia madre se ne convinse all'istante...

"Ma lei di dov'è? Mi scusi, sa, dall'accento non si capisce..."

Dall'accento di mia madre invece si capiva benissimo da dove veniva, se mai ce ne fosse stato bisogno... Strascicava le "e", allargava le "a" e le "o" come laghi alpini. Il suo italiano – correttissimo, per carità!, mia madre aveva studiato da maestra – era infarcito di espressioni piemontesi, per non parlare dei "nee".

Mio padre, invece, negli anni passati al Nord aveva perso quasi del tutto l'accento siciliano, solo i gesti erano rimasti, ma mia madre non s'intendeva di gesti, di dialetti e di accenti e si stupì. Sicilia? I siciliani se li immaginava piccoli, irsuti e scuri, ma si guardò bene dal dirglielo.

"Siciliano? Davvero? Sai che non si direbbe?" Mia madre al commento di Pia era saltata su... Aveva cominciato a difenderlo... "Manco fosse un difetto!" Però sentiva che quella era una macchia sulla bella uniforme bianca con le mostrine del genio militare... E temeva, a ragione, il giudizio di sua madre. Sapeva che non l'aveva persa d'occhio per tutta la sera. Era rimasta a chiacchierare con le signore, avvolta in un abito luccicante di perline, risuscitato da un baule, allargato e accorciato, al collo la collana d'oro... Era ricomparsa anche quella come per miracolo... Avevano litigato a suo tempo, lei e mia madre, a proposito di quel gioiello... Mia madre le aveva rinfacciato di non volerlo donare alla patria, la mamma si era opposta. "Ho già dato la fede, non basta?" Per tagliar corto, aveva promesso di gettare anche la collana nel pentolone delle offerte alla patria... Adesso la portava con fierezza sul décolleté...

Erano tornate a casa stanche morte, tutte e tre... La nonna, appena sentì quel "siciliano", non poté fare a meno di storcere il naso. "Come aspetto sembrava più un inglese," disse, "però..."

Mia madre non la lasciò continuare... Era già in sottoveste... si fece di tutti i colori, balzò in piedi come se l'avesse punta la tarantola, le si fece sotto con quegli occhi... Riusciva a rendere insicuro chiunque, persino sua madre... Aveva succhiato il latte di una montanara e con quello anche la sua permalosità e cocciutaggine...

L'aveva proprio stregata, in una sera sola... Mia nonna non si prese la briga di spiegare che cosa intendeva con quel "però"... Ma non era il tipo da rinunciare all'ultima parola... tanto meno con la figlia. "In ogni caso, ha troppi anni più di te!"

Mia madre fece per ribattere... desistette subito. La nonna era in posizione di combattimento, pugni sui fianchi e testa all'indietro, si era allargata, aveva allungato il collo, sembrava più alta del suo metro e cinquanta scarso, la minacciava con il mento aguzzo... incuteva paura... Il naso, che già in uno stato di quiete tendeva inesorabilmente verso destra, sembrava voler toccare l'orecchino di perla... Il mento si affilava ancora di più... un vero rostro...

La figlia girò la testa, le pareva irrispettoso assistere a quella infelice trasformazione... Non sopportava di vedere i baffetti neri e ispidi che la minacciavano... Ma le labbra sottili, su cui permaneva una traccia di rossetto raggrumato, sputarono l'ordine perentorio, in piemontese naturalmente: "Guardami in faccia quando ti parlo! E ascolta bene quel che ti dico! Uno che è tanto più vecchio di te non va bene! Se poi è un meridionale, tanto peggio! Né io né tuo padre abbiamo niente contro i meridionali, *boia fauss*!, però sono diversi da noi! Un conto è un ballo e farsi far la corte, un altro prenderlo per marito... Toglitelo subito dalla testa! *Et sei balengu com ün tüpin*!". Sei stupida come un pentolino rotto...

Mia madre era una figlia rispettosissima... a differenza di quello che sarebbe poi stata la sua, di figlia... Mai e poi mai avrebbe osato rispondere alla madre! Con me si prendeva ad esempio, si vantava di quella esemplare virtù filiale! In quanto a me, dovevo sempre vergognarmi! Quella volta però la virtù fece cilecca... Mia madre non ci pensò neppure un momento a obbedire. Aveva quel carattere, che se si metteva in testa una cosa... Figuriamoci poi se si trattava del cuore! Il sermone della nonna fece l'effetto contrario, attizzò il focherello che già c'era...

Da quel ballo in maschera mia madre uscì trasformata davvero. Non riusciva a pensare ad altro. Si ripeteva quel "Che belle mani ha, signorina!" come un ritornello... risentiva la sua voce, il tono, l'accento, così diverso da quello grossolano della sua città, la pressione della mano di lui, quella mano grande sulla vita che la guidava sicura nei giri del valzer... Girava, girava, le girava la testa a furia di pensarci. "Che belle mani ha, signorina!" Giravano nella sala da ballo, che bella era l'uniforme bianca con la fibbia d'ottone e le mostrine, che belli gli occhi grigio-verdi...

Mia madre era nata e cresciuta in tempi di eroi e di eroine: eroi della patria, della fede, della causa... aveva la testa piena di eroi, si era nutrita di storie di amore eroico, di passioni contrastate... di grandi conquiste... Finalmente aveva incontrato l'eroico difensore della patria che aveva sempre atteso... Uno che aveva fatto la guerra da ufficiale, nel Regio esercito... ora non più Regio, ma non le importava... Uno che in guerra era stato ferito... lui l'aveva solo accennato, ma lei era già fusa dall'ammirazione...

Mia madre, a vederla come si comportava, che sembrava volesse sempre nascondersi e non dare nell'occhio e occupare solo i posti in fondo, che diceva "scusa" e "permette" a ogni istante, era la timidezza in persona. Ma era solo apparenza... Dietro la maschera, ancora più fragile di quella verde che si era messa sul viso, si celava una Giovanna d'Arco pronta a gettarsi nel fuoco per la propria fede! Un'Anna Karenina! Mia madre avrebbe rinunciato a tutto per amore...

In quel febbraio del 1946 mia madre aveva ventidue anni, non aveva mai visto niente al di fuori della cittadina dov'era nata, fatta eccezione per una spiaggia della Liguria, era stata sì e no due volte a spasso con un uomo e in nessuna delle due volte si era lasciata baciare... Forse aveva appreso lo stratagemma da uno dei tanti libri che aveva letto, era infatti una frequentatrice insaziabile della biblioteca scolastica, non la finiva più di leggere! Mia nonna aveva sempre giudicato insana quella voracità... È più probabile però che mia madre avesse agito per intuizione e nello stesso tempo con un piano preciso... Già allora era difficile distinguere quando la guidasse l'istinto e quando la premeditazione, e se non fosse la mescolanza di entrambi gli ingredienti a rendere il suo comportamento imprevedibile come fu poi sempre... Mia madre non ebbe dubbi su quel che doveva fare e agì con una stupefacente maestria, con il tatto e la determinazione di una Madame Bovary... Era certa di aver incontrato l'uomo della sua vita. Ora si trattava di conquistarlo.

Passò una settimana dal primo incontro. Lei si aspettava di vederselo spuntare davanti per strada, che venisse a cercarla, che seguisse le sue tracce, non sarebbe stato difficile, la città era piccola, bastava darsi un po' da fare... Non accadde niente di tutto ciò... Mia madre al principio si arrovellò... Forse non la trovava... Era impegnato in un'esercitazione militare... L'avevano trasferito... Quando si fu convinta che era inutile aspettare oltre, si decise a scrivergli. Scelse un bigliettino di carta telata, di un bel bianco avorio... Con la sua calligrafia chiara, da maestra, arrotondando le "a" e le "o" come faceva nel parlare, scrisse due righe esplicite: "Ricorda la mascherina verde? Se desidera rivederla, può aspettarla al numero 12 del corso XX Settembre, alle cinque e mezza?...".

Stette un po' a pensarci, il gomito puntato sul tavolo, la bella mano affondata nella guancia... Mancava qualcosa... Cercò dell'inchiostro verde, ci intinse il pennino e tracciò una mascherina... Era sempre stata brava a disegnare. Spruzzò un po' del suo profumo sul biglietto, badando a tenere la giusta distanza dalla carta perché lo spruzzo non facesse spandere l'inchiostro, passò la lingua sul bordo della busta, scrisse a chiare lettere il suo indirizzo e affidò il biglietto a Rosa.

Mio padre non l'aveva cercata. Passata la festa non ci aveva pensato più alla ragazza dalla mascherina verde, aveva altro per la testa, la vita militare, le pressioni della sua famiglia... La madre che gli scriveva dalla Sicilia... Era ora che si risposasse, gli avevano trovato un buon partito, "una brava ragazza, hanno delle terre in Abruzzo...".

Il bigliettino audace lo stupì non poco. Ma mio padre era un uomo che ammirava il coraggio, anche nelle faccende galanti. Andò all'appuntamento.

Si incontrarono quasi fino all'estate. Lui andava a prenderla all'uscita dello studio. Lasciavano subito il corso, percorrevano i portici vecchi e scendevano verso il viale degli Angeli...

Lei rincasava sempre più tardi. "Dove sei stata?" La nonna la guardava di traverso, dal canto suo però non si impicciava tanto... Il nonno invece era severissimo. Non li vedeva di buon occhio quei nuovi tempi dove non si capiva più che cosa fosse permesso e cosa no! Se la prese con la moglie: "Tu non le controlli, le figlie! Lo sai dove vanno? Con chi vanno? E se poi... Con i tempi che corrono! Con la gentaglia che c'è in giro! Basta che dicano: 'Io ho fatto la Russia!' 'Io ho fatto il partigiano!'. E le ragazze dietro come oche!".

L'ombra era scesa dalla Bisalta, aveva sommerso il viale, si era confusa con quella degli ippocastani... aveva spento i candelabri bianchi che erano già quasi sfioriti, l'estate era arrivata prima quell'anno... Gli uccelli... interi stormi fra i rami. "Ascolta..." Lui li sapeva distinguere dal canto... Il letto del Gesso si era fatto violaceo e loro ancora lì, come se quel subdolo attacco del buio non li riguardasse... Mio padre avrebbe lasciato la caserma il giorno dopo... Tante cose da dirsi... Eppure tacevano... Lei per la verità avrebbe voluto parlare, ma lui l'aveva fermata... "Taci!" Fruscii di animali tra i cespugli, l'eco di passi, un'altra coppietta che si avvicinava, allacciata... Nel fiume in basso i ciottoli brillavano come diamanti... Non la riconosceva più, la città dov'era nata, mentre risalivano verso i portici vecchi male illuminati... A destra c'era ancora la bottega che era stata di sua madre, chiusa ormai da decenni, una topaia. Lui la teneva per la vita... Arrivati nella piazza grande si separarono, c'era luce e gente che poteva riconoscerla... Ciao...

All'entrata l'attendeva il nonno, come nelle occasioni speciali, troppo serie perché potessero essere sbrigate alla buona, tra donne. "Dove sei stata?" E giù un ceffone. "Allora?" Lei raccontò fra le lacrime. Si intromise la nonna, prese la figlia per un braccio e alzò su di lei l'uncino del naso. "L'avevo detto io, che non ne veniva fuori niente di buono..."

Cosa intendesse non lo capì nessuno. Mia madre intese che parlasse di lei, continuò a piangere come una fontana, lo sapeva che sua madre non le aveva mai voluto bene... Il nonno intese che parlasse del fidanzato della figlia... La nonna non si degnò di dare spiegazioni, castigò la figlia con un silenzio ostinato... la ignorò per giorni, finché mia madre non la scongiurò che per carità tornasse a parlarle... Che cosa aveva fatto di male, in fondo... Allora la nonna sbottò... Non le importava niente che lei andasse in giro con i giovanotti, anzi, era ora!, ma con quello per carità, no, non era il tipo per lei, lo sapeva... a naso... E girò verso di lei il naso adunco inclinato a destra, come se si fosse trattato della bacchetta di un rabdomante...

Mia madre, figuriamoci, piangendo e arrossendo, tra singhiozzi e tirate su di naso, le dichiarò che lei quell'uomo lo amava, che era sicura che fosse quello giusto, lui o nessun altro...

Mia nonna l'ascoltava con un orecchio solo, più infastidita che arrabbiata. Amava l'operetta, ma la vita reale era un'altra cosa! Aveva in odio i sentimentalismi, per indole e perché non se li era mai potuti permettere...

6.

LA TABACCO-DISCOTECA SOTTO I PORTICI VECCHI

Piccola, non molto bella ma con splendidi capelli corvini, mia nonna era stata in gioventù un'avanguardista, una pasionaria, una disc jockey dei settantotto giri...

Orfana di madre, aveva imparato molto presto ad arrangiarsi. Aveva servito in casa di contadini della provincia, poi era passata in città e aveva fatto la cuoca... Di scuola ne aveva assaggiata poca, in compenso aveva avuto subito a che fare con le cose essenziali della vita: a neanche diciotto anni si era ritrovata vedova di un eroe del Grappa e madre di un bimbo malaticcio che non era sopravvissuto al suo primo inverno. Dal marito aveva ereditato una tabaccheria sotto i portici vecchi, un locale tenebroso dove i più voraci consumatori di sigari erano i ratti, a non metterci il veleno. Ma mia nonna non era tipo da lasciarsi intimidire dai ratti. E neppure dalle malelingue, e tanto meno dagli uomini. C'era chi trovava indecoroso per una giovane vedova starsene in un locale buio a vender tabacco... mia nonna alzava le spalle. C'era chi la criticava per certe scollature... lei ci infilava dentro una rosa di raso azzurro...

Per non annoiarsi e per rallegrare quel suo bugigattolo senza luce, un giorno comprò un grammofono e un buon numero di dischi, canzoni alla moda, operette. Gli uomini, ma anche qualche donna – amiche, vicine –, andavano da lei e non solo a comprare sale o tabacco. Mia nonna metteva su un disco, accennava qualche passo di danza, gli altri la imitavano, era una pista da ballo di pochi metri, ma se il tempo era buono si usciva sotto i portici. Mia nonna cominciò a vendere dischi. Ci sapeva fare, con la musica e con i clienti. Mise da parte un gruzzoletto, traslocò in un locale più ampio, sempre sotto i portici vecchi, lo arredò "alla moda". Per lei era un obbligo, essere alla moda, un comandamento, una necessità... Guai a non essere alla moda! Era un peccato capitale, imperdonabile. Anche in seguito la prima cosa che diceva a mia madre o a noi nipoti quando veniva a prenderci alla stazione era: "Che bel cappotto alla moda! Che capelli alla moda!". Oppure, storcendo il naso: "Ma dove sei andata a prendere un vestito così 'fuori moda'?". Per non cadere nel peccato di non essere alla moda, la nonna un giorno tagliò i suoi magnifici capelli neri... Li conservò poi in una scatola... ogni tanto la tirava fuori e ce li faceva vedere... A me però quella treccia nera che sembrava blu, chiusa dentro la scatola, con quell'odore di vecchio che ne veniva fuori, faceva impressione... Mi sembrava uno di quei codini di volpe che pendevano dal collo alle signore...

Mia nonna, con la pettinatura *à la garçonne* e la frangetta nera, continuò a vendere sale, tabacchi e dischi fino al giorno in cui nella bottega entrò un bel giovane biondo, meccanico di professione. Galeotto fu il tabacco, ma a farne le spese furono la musica e le velleità femministe della nonna. Il nonno non ne volle sapere di una moglie che vendesse dischi, tabacco e sale. Lei si rassegnò e chiuse bottega.

Però quella voglia di musica le rimase... Appena poteva, metteva sul grammofono uno dei suoi dischi monumentali che iniziavano zoppicando e tossendo e poi gracchiavano una melodia. *Com'è bello andar / sulla carrozzella...* Mia nonna accompagnava la canzone stonando. Stonava anche le arie delle operette, il che non le impediva di canticchiarle in continuazione... In compenso frenava con un drastico: "Stoni!" chiunque cantasse in sua presenza. Lo stesso avveniva con la danza... La musica le metteva addosso uno sfrigolio nei fianchi... cominciava subito a farli ondeggiare, ancheggiava per la cucina, piroettava intorno al tavolo, faceva volteggiare le braccia e il coltello tagliente che non mollava mai... Ma se una di noi per scherzo accennava un passo di danza o voleva unirsi al suo volteggiamento, si fermava subito e scuoteva la testa con commiserazione: "Si vede che non sei portata per il ballo!".

Privata della tabacco-discoteca, mia nonna si era dedicata anima e corpo alla famiglia, e soprattutto alla cucina. La prima cosa che faceva appena alzata, prima ancora del caffè, era staccare dal chiodo il grembiule blu a fiorellini bianchi (ne aveva due uguali) e infilarselo dalla testa... Era un gesto che in lei prendeva una connotazione bellicosa... Se lo allacciava con cura, i lacci però erano disuguali, un pezzo di fettuccia contorta le pendeva sempre tra le natiche, come un codino...

I giorni prima delle feste erano maratone di carni, sfide di agnolotti ripieni, mia nonna cucinava per battaglioni alpini... La trovavi al mattino davanti a un enorme asse infarinato, che si asciugava il viso con il dorso della mano, mandando via le ciocche di capelli incollati... In quei giorni sudava farina... Le ci voleva un pollaio intero per saziare i suoi candidi vulcani, assorbivano un tuorlo dopo l'altro... Quando avevano la giusta consistenza, mia nonna li stendeva con il matterello... nelle sue mani sembrava un carro armato... sbatteva la sfoglia con la foga di un pescatore alle prese con un polipo... Con infinita delicatezza passava poi la pasta attraverso i rulli di acciaio, le dita pronte ad accoglierla all'uscita e a infilarla di nuovo nelle ganasce... Più sottile, ancora più sottile, un velo di pasta che sventolava nell'aria, una membrana di pelle liscia e lucida che subito allargava sul legno e tagliava a zig zag con la rotella...

Per il pollo la preparazione era ancora più lunga, iniziava il giovedì, quando la nonna tornava dalla piazza con un animale vivo nella sporta. Faceva pena, povera bestia, il collo spennato che spuntava tra i manici, in cima una testa crestata che si muoveva in continuazione, terrorizzata... Il rito all'apparenza era incruento. Mia nonna afferrava l'animale per le zampe e gli infilava la testa nel cassetto della credenza. Poi chiudeva di scatto la ghigliottina. Quando riapriva il cassetto, il collo pendeva come uno straccio... Una grande macchia livida lo attraversava nel centro, come un collare.

Io seguivo il sacrificio da lontano, senza varcare l'uscio della cucina, con un misto tra disgusto e sgomento. Luisa in quelle occasioni si rifugiava nel bagno, anch'io sentivo i conati allo stomaco... La nonna non badava a me, se la prendeva invece con la bestiaccia che non si lasciava spennare, con il coltello che non era abbastanza affilato, con il fuoco che non si accendeva subito... Aveva l'abitudine di avvicinare al gas frammenti di fiammiferi che adoperava da entrambe le parti. Era un retaggio d'altri tempi... In questo modo si bruciava spesso le dita. Ma mia nonna era insensibile alle bruciature e al dolore in generale... I polpastrelli erano tutti tagliuzzati, per quell'abitudine di adoperarli come tagliere e di affettarci contro pomodori, melanzane e patate, in un perpetuo, aereo guizzare del coltellino col manico di legno. I polli invece li faceva a pezzi con le forbici, quando l'animale non era da servire intero ma in casseruola, con la salsa di pomodoro: ritagliava le cosce, incideva il petto a forma di rombo, andava tondo tondo intorno alle ali e le amputava. Erano forbici dentellate, potenti, pescecani che abbandonava poi sul tavolo, le lame macchiate di sangue e di granelli di grasso giallastro. Mia nonna affrontava il mondo così, con il grembiule sul petto e un trinciapollo in mano...

I momenti di tregua erano contati nella sua vita. A volte però, dopo la rigovernatura del pomeriggio, si sedeva al tavolo di cucina, accendeva una sigaretta e allargava il giornale. Leggeva anche una rivista tutta fotografie in bianco e nero... A noi non permetteva di guardarla... Non mi riuscì mai di sbirciare tra quelle pagine, neppure di straforo, se mi avvicinavo ci metteva sopra il libro delle ricette, la "Stampa" o per lo meno un braccio... doveva averglielo imposto mia madre, perché la nonna con la decenza non andava tanto per il sottile... Non usava mai giri di parole, neppure per nominare certe parti del corpo e le loro funzioni, era così esplicita! Se eravamo presenti noi bambine mia madre aggrottava le sopracciglia, allargava le pupille, sporgeva le labbra e ci mandava delle occhiatacce, come se avessimo la colpa di non diventare immediatamente sorde e cieche. Da come ci guardava e da un certo movimento del busto nella nostra direzione si capiva che lottava contro l'impulso di gettarsi su di noi e di tapparci le orecchie, o gli occhi, con le mani... Era pronta a tutto, quando si trattava di difendere la nostra innocenza... Come quella notte quando, affacciandomi nel corridoio, mi ero trovata davanti due enormi glutei bianchi, una sfera spumosa, divisa in due da una mezzaluna... Mia madre, in vaporosa camicia da notte, appena mi vide si gettò tra me e l'apparizione... la sottrasse alla mia vista... Io le fui grata... Mia nonna, lei, non si era accorta di nulla, non badava mai ai fremiti d'imbarazzo della figlia, o li ignorava apposta.

Mia nonna con gli uomini ci sapeva fare. Mio nonno era un meccanico di talento, con le automobili aveva un intuito raro... "Non basta avere in mano una chiave, è come con le donne, bisogna averci il tatto," diceva. Lui quel tatto ce l'aveva, con le donne non so, con le macchine senza dubbio. Fece carriera, mise su un'officina, fu uno dei primi in città a portare in giro la famiglia in giardinetta... Tutto ciò che non riguardava l'officina era però nelle mani della nonna. Lui le consegnava il denaro, a decidere come impiegarlo era lei. Mia nonna comprava per lui mutande e canottiere, stabiliva quando aveva bisogno di una giacca o di un paio di calzoni e se lo portava dietro perché li provasse... Lui guidava la giardinetta, lei indicava la strada... In questo non era molto avventurosa, non andavano mai più lontano di Vinadio...

Per tutta la vita il nonno la chiamò mamma... Erano una coppia perfetta. Quando uscivano per la messa, lei lo prendeva a braccetto... dopo la messa lo mandava a comprare i pasticcini, lui tornava tenendo il pacchetto con il dito infilato sotto lo spago... Anche riguardo alla politica si integravano perfettamente: il nonno era un conservatore e non faceva mistero di aver votato Savoia al referendum, mia nonna non l'aveva mai voluto dire per chi aveva votato, ma che fosse una libera pensatrice si sapeva...

Eppure era stata lei a mandare le figlie dalle Sorelle della Misericordia perché ricevessero un'educazione come si deve... Si facevano pagare, le Sorelle, per insegnare alle ragazze a fare gli orli a giorno e a ricamare sulle lenzuola del corredo le loro iniziali. Delle vere strozzine... Insieme ai punti, che fossero ben fatti, con nodi che non si vedevano, che il rovescio fosse quasi altrettanto bello del diritto, le Sorelle controllavano anche le scollature delle allieve chine a ricamare. L'esame della lunghezza delle gonne era più complicato. Le ragazze dovevano mettersi in fila e inginocchiarsi sul pavimento, come penitenti, e allargare intorno la gonna, avendo cura che il bordo a terra fosse ben teso. Poi la superiora passava dall'una all'altra... Al minimo sospetto faceva comparire dalla tasca un righello, si chinava sulla sospettata e misurava il tratto di stoffa sul pavimento. "Dieci centimetri! L'avevo visto subito che era troppo corta!" La ragazza con la gonna incriminata doveva lasciare subito la lezione di cucito...

Dalle suore mia madre aveva cucito le lenzuola matrimoniali in lino spesso, ci aveva ricamato sopra, in elegante corsivo, le iniziali *M* e *R*, le aveva inamidate e stirate per bene, poi le aveva chiuse nel baule insieme a federe, tovaglie, tovaglioli e asciugamani... tutti con quelle *M* e *R* ricamate, sul rovescio nodi che neanche si vedevano... Portò con sé quel tesoro in puro lino da casa a casa, da una parte all'altra dell'Italia, senza mai farlo uscire dal suo forziere... Mai che avesse allargato uno di quei lenzuoli, neppure la prima notte... Mai che avesse steso su un tavolo una di quelle tovaglie... La stoffa ingiallì, le pieghe non andarono più via, si consumarono senza essere mai state usate...

La stessa sorte subì la biancheria che aveva confezionato per sé: sottovesti e camicie da notte rosa antico, mutande di seta vellutate, con volant che incorniciavano il pube e bottoncini di madreperla che le tenevano in vita... Bastava farli uscire dall'asola perché scivolassero senza sforzo lungo i fianchi... Era un vero cocktail di erotismo e pudicizia: non so come fossero potute sfuggire agli occhi delle Sorelle della Misericordia, così attente alla lunghezza degli orli... Oppure no, proprio dalle suore mia madre aveva appreso il linguaggio velato e nello stesso tempo esplicito in cui eccelleva.

7.

UNA BELLA COPPIA

Mia madre gli scrisse subito. Gli diceva che lo desiderava... non poteva vivere senza di lui... Mio padre tardò a rispondere. Finalmente la lettera arrivò... Le voleva bene, ma era troppo giovane... E poi non era adatta alla vita che lui poteva offrirle, troppo diversa da quella cui era abituata... Se la sentiva di cambiar casa continuamente? Di vivere lontano dalla sua famiglia? Dalla sua città? Era meglio troncare subito, sin dall'inizio. Si scusava di aver fatto nascere in lei speranze troppo precoci... Mia madre, quando ebbe decifrato la scrittura inclinata, tutta punte, cominciò a mangiarsi le mani, a mordersi le braccia... Si gettò sul letto, si mise a dare morsi al cuscino, all'impazzata... stracciò il lenzuolo... Pia si spaventò, cercò di calmarla... lei non ne volle sapere, si precipitò verso la finestra, la spalancò... la sorella le fu sopra, urlavano entrambe come indemoniate... Sopraggiunse la nonna, la afferrò da dietro, la tirarono via dal davanzale...

Mia madre si rifugiò nel letto, rifiutò il cibo che Pia le portava su un vassoio dalla cucina, anche la lingua in salsa verde che era la sua passione, non parlava con nessuno, la nonna cominciò a pensare che fosse veramente malata, di nervi, ma non sapeva da chi portarla... Si mise a chiedere in giro, con prudenza però, che non lo venissero a sapere in tanti, avevano una reputazione di gente per bene i Ramella, che diamine! Quando finalmente decisero da chi portarla, non ce ne fu più bisogno: mia madre si era risanata da sé. Si alzò e in camicia da notte, così com'era, solo un tantino più pallida del solito, si mise a tavolino e scrisse una lettera... Tutta la follia dei giorni precedenti era svanita nel nulla, come non ci fosse mai stata, come se lei non avesse smesso un solo minuto di essere la ragazza obbediente e rispettosa di sempre... La lettera era un capolavoro di retorica. Come poteva pensare che non fosse adatta alla vita che le offriva? Ma se era la vita che desiderava! Che aveva sempre desiderato! Non aveva sin da bambina aspirato a conoscere luoghi nuovi, persone nuove? Voleva andarsene, finalmente, dalla piccola città che l'opprimeva, chiusa com'era, limitata... Che lui la portasse via di lì, lo supplicava addirittura. Era troppo giovane per lui? Che cos'erano quei pochi anni che li separavano al confronto delle affinità che li univano? Cos'erano a paragone dei tanti anni che avrebbero passato insieme, felici? Bastava che lui lo volesse...

Mio padre, lui, insensibile a tutte le suppliche, inflessibile nei suoi princìpi, irremovibile nelle sue decisioni, quella volta si piegò e tornò. Si ritrovarono nel viale, camminarono uno accanto all'altra senza osare toccarsi, quasi senza parlare. Finché lei gli si avvicinò dolcemente... lui la prese per la vita...

Fu un'estate splendida. Mio padre andava e veniva, dormiva in caserma, sulla branda militare che portava sempre con sé, la stessa su cui aveva dormito in Africa, il suo letto preferito... Mia madre trovava l'abitudine divertente... Mio padre le fece vedere il braccio destro... l'aveva quasi perso... una granata... la cicatrice era così profonda che il pugno di mia madre ci stava comodamente dentro... Lei si impressionò... fu ancora più orgogliosa di lui... Mio padre parlava della Sicilia, mia madre se ne innamorò all'istante... Lui recitava: "*Taci. Su le soglie / del bosco non odo / parole che dici / umane...*". Lei ascoltava muta, affascinata...Vedeva i luoghi che conosceva dalla nascita con gli occhi di lui... Mio padre raccontava: Etiopia, Somalia, Roma, Napoli... A lei si aprivano davanti il mondo, l'Italia, come se al fondo del corso non ci fosse stata la Bisalta, vicinissima nei chiari giorni di autunno, ma si allungasse la Penisola, verde e marrone, come sulle carte geografiche...

Alla fine di ottobre mio nonno ricevette una strana lettera. Era firmata da una certa Caterina Bonanno, ma come risultò poi era un nome scelto a caso, per non destare sospetti... La lettera non portava mittente, era stata però imbucata a Genova... Tutto questo lo verificò mia madre quando si fu ripresa dallo choc... Era una lettera esplosiva... da far andare fuori di matto anche santa

Teresa, figuriamoci mia madre! "Egregio signor Ramella," diceva la sedicente Caterina Bonanno, "desidero informarla che il fidanzato di sua figlia è già sposato..."

"L'avevo detto io, che andava a finire male! Io l'avevo visto subito!" La nonna in cuor suo gioiva e non si dava neppure la pena di nasconderlo. Si erano conosciuti, brevemente, un pomeriggio, un invito ufficiale a prendere il caffè... Mio padre aveva appena varcato la soglia della casa della fidanzata... non aveva neppure fatto in tempo a togliersi il berretto, non si era neppure chinato verso la nonna, e già era nata tra di loro una reciproca, irrefrenabile e irrevocabile antipatia. Meglio era andata con il nonno, che aveva apprezzato la franca stretta di mano e l'aspetto serio dell'uomo... Aveva poi cercato di prenderne le parti... la nonna si era inviperita... "Tu, con la tua buonaggine da baccalà... Tu, come padre, dovresti avere a cuore il destino di tua figlia! Non lasciare che se ne vada con il primo mascalzone che incontra! Invece di toglierle dalla testa l'infatuazione, tu che fai? Lo difendi, anche! Solo perché porta la divisa! Me ne importa a me della divisa! Se li può mettere in quel posto i bottoni d'oro!"

Mia nonna non si calmava più... Trionfava. Tutto era andato come aveva previsto lei. Aveva ragione, come sempre! L'unica a ragionare era lei, in quella casa! L'unica che portasse i calzoni! Non come quel "patamola" che aveva sposato! Per fortuna era arrivata la lettera! Una bella vergogna, non c'era che dire, ma almeno così si evitava una disgrazia peggiore! Che sua figlia andasse sposa a un imbroglione!

Proprio in quei giorni arrivò un'altra lettera, questa volta a mia madre. Da mio padre. Mia madre non voleva neanche aprirla, la lasciò chiusa per due giorni sul comò, meditò di bruciarla, farla a pezzi, stracciarla, ma all'ultimo momento ci ripensò e l'aprì. "Non ti ho ancora detto," scriveva mio padre, "che io sono stato sposato... per pochi mesi, lei è morta quasi subito, io a quel tempo ero in Somalia... Scusami se non te ne ho fatto parola prima. Non volevo affrontare l'argomento, volevo essere ben sicuro dei nostri sentimenti reciproci. E poi temevo che in qualche modo ti sarebbe dispiaciuto... Non volevo guastare la nostra felicità."

In un primo momento mia madre si sentì sollevata... quell'orribile parola, "vedovo", spiegava tutto, anche la lettera anonima...

ma poi ci ripensò. Non spiegava un bel niente. Prima c'era ancora il dubbio che non fosse vero, ora leggeva la conferma: lui aveva avuto un'altra. Era stato di un'altra! Mia madre era caduta dalla padella alla brace... Di colpo, dalle lacrime passò alla rabbia... Lui l'aveva ingannata. L'aveva sedotta! Aveva approfittato della sua ingenuità! L'aveva tradita!

Di fronte a quest'altra irragionevolezza della figlia, mia nonna si imbestialì... "Questo si chiama non avere un briciolo di cervello! Quella scrive che è sposato... tu ti disperi... Ora lui ti dice che è vedovo... e tu ti disperi come se fosse la stessa cosa! Non vorrai essere gelosa di una morta? Ha quindici anni più di te! Pensavi di essere tu la prima? *Et sei meza balenga!*"

A quel ragionamento mia madre, invece di calmarsi, andò su tutte le furie. Un conto era che avesse avuto "qualcuna" – pronunciava quella parola a voce bassa, alzando un sopracciglio –, un conto era che fosse stato sposato...

Basta, bisognava parlarne con lui. Mia madre però non voleva più scrivergli... "Tocca a te," stabilì la nonna indicando il marito. "In fondo la lettera è stata indirizzata a te..." Il nonno si piegò, di malavoglia, non era avvezzo ad adoperare la penna...

La faccenda si chiarì presto: c'era una certa signorina, di sicuro la stessa che aveva scritto, anche se il nome era un altro, che aveva mire su mio padre e lo perseguitava... era una squilibrata... C'era già di mezzo l'avvocato...

Il nonno smise di leggere e passò la lettera alla nonna... lei non la lesse, disse solo: "Mah!". E alzò gli occhi al cielo... Mia madre, davanti alla grafia appuntita e all'inchiostro azzurro della sua stilografica, sentì le ginocchia farsi molli... il cuore le batteva, le mani le tremavano...

Il 20 gennaio 1948 mio padre, in uniforme bianca, di gala, una fusciacca azzurra che gli attraversava il petto, condusse all'altare mia madre in abito di raso bianco, aderente sul petto e stretto in vita... Lo strascico ricadeva sui gradini... In mano stringeva il mazzolino di zagare che mio padre aveva fatto arrivare apposta dalla Sicilia. Nella fotografia si guardano amorevolmente. Lei ha un aspetto sottomesso e felice. Lui un volto teso ma addolcito dal sorriso.

Persino mia nonna dovette riconoscere che erano una bella coppia.

8.

LE SEDIE VIENNESI

Ma la gelosia non si scaccia con l'acqua santa... Mia madre, nella casa dove andò a vivere, in una delle vie dietro il porto, trovava ovunque tracce di *lei*. Quei mobili scuri, di noce, da dove venivano? Erano *suoi*, di sicuro. Mio padre non ne parlava. Lei non osava chiedere. Li odiava. Il letto... soltanto il pensiero la faceva inorridire. Le sedie... e lei ci si sedeva, su quelle sedie impagliate, in stile viennese... Chi era *lei*? Era curiosa, che diamine, era suo diritto sapere... però non voleva domandargli niente, temeva di sapere di più. Mio padre non parlava mai di faccende personali, non riteneva che la riguardassero. Mia madre trovò subito la scatola dei vestiti, e che vestiti! Spumeggianti, una taglia piccolissima, un vitino, non ci stava proprio lei, li aveva provati, una volta, uno di quei lunghissimi giorni quando mio padre era fuori e non tornava neppure a pranzo. Vestiti strani, ricamati, coi tulle. *Lei* doveva essere stata di una famiglia ricca. Di sicuro erano possidenti. Di certo meridionali...

"Perché è morta, di che cosa?" le chiedevamo noi dopo. "Di mal sottile," rispondeva mia madre. "Dunque lo sai?" Lei sorrideva con l'aria di chi la sa lunga. "Che aspetto aveva? Qualche fotografia dovrà pur averla conservata, no?" No, di foto non ce n'erano più. Non ne aveva mai viste. Mentiva, e come sapeva mentire bene mia madre! Ma ormai non ci cascavo più, ormai lo sapevo che cosa faceva mia madre con ciò che non voleva fosse mai esistito. Le foto... stracciate, bruciate, ridotte a coriandoli... come le sedie viennesi, frantumate, squarciate... Mia madre sfogava la sua rabbia sulle cose, le faceva a pezzi senza pietà, l'avevo vista quando si era avventata con un martello sul mobiletto del cucito... Mi era dispiaciuto: amavo quel mobile panciuto, con le gambe storte, che si apriva come un secrétaire e dentro era foderato di velluto verde, a cassettini, e in ogni cassettino c'erano fili colorati, bottoni, elastici, le matassine della lana. Mia madre non aveva avuto pietà, ci si era buttata addosso come una furia, aveva preso la sega di mio padre, quella a mano, faceva fatica, sudava, ci aveva messo una foga, un'amazzone che dilania il nemico. In quel modo, il mobilio della nostra casa si assottigliava. "Meglio così," diceva trionfante mia madre contemplando la carneficina. "Non mi sono mai piaciuti, quei mobili." Non erano *suoi*. Ci sentiva dentro il respiro di un'altra. Era imbarazzante, oltretutto. Le attribuivano quel gusto orribile, a lei, proprio a lei, che di gusto ne aveva, eccome, non come quell'altra. Invece a lei mio padre aveva fatto mancare tutto, anche i mobili. Aveva dovuto rinunciarci, per tutta la vita si era vergognata della sua casa. Guai se qualcuno veniva a trovarci! Se suonava la portinaia, o la vicina... "Che cosa ha da curiosare quella in casa mia?" Anche le nostre amiche, delle bambine, non le voleva proprio... Chissà che cosa avrebbero raccontato alle mamme... E se quelle venivano a riprenderle e mettevano il naso dentro casa?

L'ultima strage di mobili me la ricordavo ancora. Ne era andata di mezzo la cucina di legno massiccio, pitturata in celeste. Era una di quelle cucine con i mobili separati, la credenza con le ante di vetro che scorrevano una sull'altra, e non era un vetro liscio, sopra c'era tutta una scena incisa, con i cammelli e le piramidi, bisognava fare attenzione e aprirla con delicatezza... "Attenta che rompi il vetro!" mi urlava ogni volta. Il tavolo di cucina era pesantissimo, ci volevano tre persone per spostarlo, il piano era di marmo spesso... Ci si poteva versare sopra lo zucchero bollente e sollevarlo quando si era raffreddato... trasparente, croccante, delizioso... Mia madre azzoppò il tavolo senza neppure curarsi di togliere il marmo... quando scivolò provocò un tale boato che venne la portinaia a chiedere che cosa era successo...

* * *

Mio padre la trascinava sulle montagne alle spalle di Genova, le aveva fatto comprare i pantaloni e le scarpe basse. Lei, i pantaloni, li aveva messi solo una volta per andare a sciare, da ragazza. "Mi guarderanno tutti!" "E lascia che ti guardino." Lei si insospettiva. Non gli importava che la guardassero? "Mi segnano i fianchi!" "E la gonna no? Che cos'hai da nascondere?"

Partivano all'alba. Mio padre portava lo zaino di tela con le cinghie di pelle, consunto, senza più nessun colore, gli pendeva dalle spalle tutto bitorzoluto... Mia madre aveva cercato di convincerlo a comprarne uno nuovo, lui si era offeso. Lei dal canto suo mai si sarebbe adeguata a portare un sacco sulle spalle... "Ma ti pare femminile?" Rinunciava a portare la borsetta, ma un sacco no. Camminava, però senza pesi faceva fatica lo stesso. Lui con le sue falcate era sempre davanti, a tratti si fermava, la guardava venir su con un'espressione di biasimo, come fosse un battaglione di reclute poltrone... Quel difetto, di considerare la famiglia come un'unità del reggimento, mio padre non lo perse mai... Non c'erano scuse, repliche, attenuanti: si faceva come lui aveva deciso, guai a sollevare un'obiezione! Mia madre si lamentava con la nonna... Le aveva fatto venire il rene mobile con la sua mania delle camminate! Per quelle strade, poi...

Andavano su con la jeep militare, erano piste impossibili... a lei quelle curve facevano venire il mal di mare. La paura, poi: si teneva stretta alla portiera di metallo, la testa e il viso avviluppati in un foulard, come una beduina... gli lanciava a tratti delle occhiate che gridavano pietà... Lui non le badava, continuava a guidare imperterrito su sentieri da camosci. Alla fine, quando neppure la jeep ce la faceva più, scendevano. E cominciava la gita, senza che lei avesse neppure il tempo di riprendersi, di mangiare qualcosa... Sul mangiare mio padre aveva delle idee tutte sue, era una faccenda che riguardava esclusivamente la necessità di alimentare il corpo: gli bastavano un pezzo di formaggio e del pane, meglio se raffermo. Lo voleva di pasta dura, come lo fanno in Sicilia, con la mollica liscia dentro, che si mantiene a lungo, anche se si fa di pietra... Altro che i riti della famiglia di mia madre, le gite della domenica, quando in campagna non ci si andava per camminare, si andava per mangiare!

La nonna allargava sul prato una coperta immensa e ci scaricava sopra intere dispense, dall'antipasto al dolce, era stata giorni a preparare quel pasto all'aperto, e prima ancora a torturarsi su che cosa cucinare, che fosse trasportabile, che non avesse bisogno di essere mangiato caldo, che non andasse a male lungo la strada, che fosse sufficiente... Il tempo poi, una vera tortura: "È nuvolo... fa abbastanza caldo? e se piove...". La campagna non era che il prolungamento della sala da pranzo, all'aperto. Non si potevano passare tutte le sante domeniche a casa! Non faceva bene alla salute. A che scopo ce l'avevano la giardinetta? Bisognava far prendere aria alla macchina! Il nonno sosteneva che le macchine sono come i cavalli, hanno bisogno di correre... La nonna caricava la roba da mangiare. L'odore di vitel tonné era così acuto che a mia madre veniva la nausea già per la strada e dovevano fermarsi. Non le aveva mai sopportate bene, le curve. "Ci fai passare l'appetito!" Pia invece sopportava benissimo persino l'otto volante e poteva mangiare anche stando a testa in giù... Non la finivano più di mangiare... Alla fine riponevano nel cofano uno stramucchio di stoviglie, insieme ai recipienti con i resti... la nonna si rammaricava... "Tutto questo po' po' di roba! Ci tocca mangiar resti per una settimana!"

Mia madre non riusciva a capacitarsi delle abitudini spartane di mio padre. Gli faceva da mangiare come aveva imparato, non era mai stata all'altezza della nonna, però un poco ci sapeva fare... carni, pasta... Lui mangiava una forchettata... La pasta non gli piaceva... "Non c'è bisogno di mangiare tanta carne..." Voleva la minestra di verdura cotta... "Quella lì, così amara? Cotta nell'acqua, con l'olio, e basta?" Mia madre si disanimava. La sua mancanza di pretese invece di rallegrarla la tormentava. "Non gli piace niente," si lamentava. "Non so che cosa fargli da mangiare..." Il fatto era che a lei quelle cose semplici non piacevano. Faceva per sé la salsa verde con l'aglio. Lui, guai se appena ne sentiva l'odore! Se ne accorgeva da lontano, come un segugio... Altro che crème caramel... gli piaceva solo la cassata siciliana, ma andargliela a trovare, come voleva lui, a Genova, mica era facile... Intingeva nel caffellatte i biscotti bislunghi che gli mandava sua madre, dalla Sicilia, che diventavano una pappa bruna... mia madre lo guardava con disgusto...

Non che quelle gite non le piacessero del tutto... La vista... il mare violazzurro sotto di loro, con tutte le insenature, i puntini bianchi di piroscafi in arrivo... C'era da farsi venire le vertigini...

E in giro nessuno, se non un pastore, di rado... I sentieri si perdevano nella macchia... A mia madre veniva l'angoscia all'idea di passare la notte nel bosco... ma non osava parlare. Lo seguiva ansando, lui seguiva la bussola. Aveva occhi acutissimi, non gli sfuggiva nulla, un uccello sul ramo, ci puntava il binocolo, le insegnava a metterlo a fuoco: "Guarda! Osserva come vola... È un falco... Zitta, ci sta osservando...". Le stringeva il braccio per farla tacere... Una femmina di tasso era spuntata all'improvviso, con la nidiata... mia madre si era spaventata, aveva lanciato un urlo, gli animali erano scappati subito... Mio padre le aveva tenuto il broncio per tutta la gita. Non li poteva proprio sopportare, i rumori improvvisi...

Bastava il tintinnio di una posata caduta sul pavimento, di una porta sbattuta, di un bicchiere che andava in frantumi, lui faceva un salto come se l'avesse punto uno scorpione, poi rimaneva immobile, sembrava un geco sorpreso dalla luce mentre si arrampica sulla parete, le dita allargate come ventagli, gli occhi sbarrati, i muscoli della faccia contratti... Infine la reazione: afferrava per il braccio la persona colpevole, annichilita dal terrore, e glielo stringeva... Era per via della guerra, lo scusava mia madre quando lui non sentiva... doveva avere un'allergia agli scoppi...

Una volta mio padre tentò di insegnarle a sparare. Lei lo accompagnava sempre al campo di tiro, stava a guardare, applaudiva. D'improvviso mio padre le aveva messo in mano la pistola. Mia madre si era schermita... lui si era rabbuiato. Lei aveva puntato l'arma, tenendola con due mani, come le aveva spiegato, aveva chiuso un occhio per prendere la mira, poi aveva chiuso anche l'altro, per il terrore, e aveva sparato. L'urlo le era uscito dal petto contemporaneamente al colpo di pistola, lo schiaffo di mio padre era seguito un secondo dopo. Fu l'unica volta che la picchiò e l'unica che si scusò con lei.

* * *

Viaggiavano... Per la luna di miele erano scesi lungo l'Italia, l'avevano percorsa a tappe... Roma, Napoli... Mia madre sul battello che la porta a Capri con il fazzoletto che le tiene i capelli... Le volavano lo stesso da tutte le parti, lunghi, neri. Mia madre appoggiata al banco del bar di Pompei, sorridente, felice... persino una foto osé, mia madre in sottoveste di seta nera che le aderisce al corpo, su un'enorme spiaggia bianca, deserta... Erano fotografie che sviluppava lui, nello sgabuzzino del corridoio, stava per ore chino sotto una grossa sfera nera, i fogli immersi nel liquido del fissaggio, a poco a poco ne uscivano una testa, un viso, le braccia, le gambe... Appendeva le fotografie nel bagno, con le mollette, come fossero biancheria. Erano sempre un po' ondulate, spesse, bellissime...

La Sicilia... Il primo incontro era stato gelido.

"Dunque, è questa la maestrina?" La nonna di Modica le aveva allungato una mano bianca e piccola in una stretta sfuggente. Era ancora più bassa di quella piemontese e completamente vestita di nero. "Le è morto qualcuno di recente?" aveva chiesto mia madre a mio padre. "Di recente, no. Che io ricordi, l'ultimo zio è morto dieci anni fa." Mia madre deglutiva e inarcava le sopracciglia. A Natale regalò alla suocera un foulard viola scuro. La nonna di Modica lo prese senza dir parola e lo regalò subito alla domestica.

Mia madre non era la benvenuta. I genitori di lui non la volevano una ragazza di lassù, che per giunta non portava in dote nient'altro che la propria giovinezza.

Eppure la Sicilia le piaceva... Dimenticava i propri pregiudizi. "La gente è molto riservata, questo sì, ma insomma, è questione di carattere, anche mio marito, in fondo, con me no, anzi, è gentilissimo, aperto," mentiva, "ma di fronte agli altri... Io non ce l'ho con nessuno, figuriamoci... Mia suocera è severa, scostante addirittura, ma non è una cosa personale... Lui mi ha detto," mia madre abbassava la voce quando lo raccontava a sua madre, e dopo a noi, "che volevano sposarlo con una certa signorina... possidente. Sono gente all'antica... Ma lui ha scelto me!" Dall'alto del suo trionfo poteva permettersi di essere magnanima. "Che cos'è tutto questo parlar male dei meridionali!" Mia madre non dimenticava mai il patriottismo. "Siamo tutti italiani, no? L'Italia è tutta bella. E la Sicilia è bellissima!"

Le persone alle quali mio padre la presentava – vicini, parenti, massari – la studiavano severamente, tra liquore, caffè e dolcini alla mandorla, accennavano un sorriso, scambiavano con lei qualche parola in italiano e continuavano la conversazione con mio padre in siciliano ignorandola completamente. Quando gli sposi se n'erano andati, si guardavano in faccia tra di loro. "Mah," dicevano, "una bella donna, però..."

Mia madre, a quel tempo, se anche avesse avuto sentore di quel "però", non ci avrebbe badato. Non le importava nulla di quello che dicevano di lei... la Sicilia era così lontana dalle orecchie di sua madre... Trovava bello tutto, il gelsomino e i fichi d'India, il "bacio le mani" e l'agnello di pasta di mandorle, il latte munto davanti alla casa e il calesse del nonno... Mangiava anche le cose che non le piacevano, non si lamentava delle strade più scalcinate... Purché fosse con lui...

Nella casa dietro il porto però lui spesso non c'era. A volte mia madre aveva il permesso di seguirlo, a volte non si poteva. Poi non poté più lei. Preparava il corredo, ricamava... Spesso scriveva a sua madre. "Vieni!" la supplicava, "sono così sola!" La nonna cercava tutte le scuse: "Non posso lasciare papà solo", diceva... "il viaggio è lungo..." Ma non era vero. Ogni tanto ci andava. Passava in rassegna tutte le stanze, le trovava buie, e quei mobili scuri... facevano venire il *magün*... Mia madre allora si indispettiva, difendeva la sua casa a spada tratta e ripeteva alla madre le parole di mio padre: quelli erano mobili antichi, di valore, lei non capiva...

La nonna scuoteva i capelli ancora neri. "Sarà," diceva, "ma sono *démodé*." Ripartiva quasi subito. Rimase un po' più a lungo solo quando si approssimava il parto. Ci teneva ad assisterla. La prima cosa che vidi uscendo dal grembo di mia madre, mentre la levatrice mi tirava per la testa, fu il naso della nonna, chino su di me.

9.
MILLESEICENTO GRAMMI DI BAMBINO

Chissà perché avevo tardato tanto a farlo avvertire, non volevo allarmarlo inutilmente oppure non volevo capire l'urgenza... Che giorno era? Avevo perso la nozione del tempo, in ospedale è così, hanno un loro tempo gli ospedali, le giornate cominciano presto, finiscono presto, delle serate interminabili...

Sabato mattina. Guido è di servizio questo fine settimana, lo vedrò lunedì. Mia madre e mia sorella partiranno oggi... che sollievo! Mia madre, vedermela seduta davanti, magra magra, il fiato che le usciva a fatica, mi metteva addosso un'angoscia... E poi si affannava, dava la colpa agli altri, non ne volevano sapere di aprire le finestre, lo facevano apposta... Sarebbero venute a salutarmi più tardi... Ancora c'era tempo, non si sentiva neppure il carrello rotolare nel corridoio spandendo odore di caffè... l'avrei bevuto volentieri subito un caffè, non fosse altro che per scaldarmi. Avevo freddo, tremavo dalla testa ai piedi... la temperatura fuori si era abbassata, la neve turbinava, una vera bufera, bioccoli di neve fittissimi andavano a sbattere contro i vetri e rimanevano appiccicati come enormi farfalle impazzite... Nel mio letto mi scuotevo tutta, possibile che riscaldassero così poco? Di solito sprecavano calore, le infermiere andavano in giro in maniche corte, i visitatori sudavano, una sauna... solo io avevo freddo.

"Misurate subito la febbre!" Il medico non aveva fatto in tempo a scambiare due parole con me... "La sala operatoria è pronta," annunciarono... "Vuole che lo chiami?" "Va bene..." Già mi assopivo... strani quei dolori al ventre... doglie, come mai, non era presto? Febbre... infezione... Credevo che nascere fosse una cosa da niente al giorno d'oggi... Non è mica una malattia... le *jornaleras* raccolgono le olive finché arrivano le doglie... dove mi portano... fa freddo nel corridoio... un ascensore, usciamo, mi sbattono di qua e di là... piano, le fitte mi traforano il ventre, così gli fate male, a lui... nessuno che mi sentisse... forse neppure parlavo... era così pesante la lingua... solo quei dolori, così forti... ma è normale, no? Solo che io non mi ero preparata... così presto, quanto manca alla data prevista... non riuscivo neppure a contare... mi intestardivo... otto settimane, no, devono essere nove, doveva arrivare in maggio, ma certo, in maggio, sotto quale segno sarebbe dovuto nascere? Ariete, no, Ariete ero io... che segno era? I segni zodiacali mi sfuggivano... non mi erano mai interessati, però in quel momento mi sembrava importantissimo saperlo... non ci riuscivo proprio, mi confondevo... Capricorno... Pesci... Possibile che sia così grande questo ospedale... da fuori non si direbbe... un labirinto, ascensori, corridoi, ancora corridoi... siamo arrivati, finalmente, il verde, c'è il verde ad accogliermi, qualcuno si china su di me... dovrei riconoscerla quella voce... Il tavolo è freddo, duro...

A Guido ci volle un bel po' di fatica per riuscire a liberarsi dai tentacoli della diaconessa. L'aveva bloccato nel corridoio. "Chi cerca?" Guido glielo spiegò. "Lei è il marito?" Lui assentì, aveva fretta, cercò di proseguire verso la sala operatoria. "Alt!" disse la diaconessa. Lo guardava con ostilità sbarrandogli con un braccio la strada. "Mi spieghi prima..." Parlava apposta lentamente, la cuffietta inamidata le stava ritta sulla testa come un elmo... Guido fece per liberarsi, lei lo spinse su una sedia, gli stava sopra, imponente, grigia... Faceva del suo corpo una barriera contro l'indecenza. "Mi spieghi per favore perché, se siete marito e moglie, portate cognomi diversi..." La voce leggermente stridula... implacabile. Guido cercò di alzarsi... lei non cedette di un millimetro... Infine Guido prese lo slancio, la mise da parte con forza, sentì la tenacia di quel corpo massiccio, le vide in faccia lo stupore, lo sdegno... In quel momento la porta della sala operatoria si aprì, ne sbucò una giovane infermiera... Guido scivolò dentro... appena in tempo per vedere l'arco di pipì nell'aria e sentire lo strillo lacerante... sproporzionato a un essere tanto piccolo. Era tutto rosso per lo sforzo, come se l'urlo gli avesse squarciato i polmoni... l'avevano appena strappato dal mio ventre... milleseicento grammi di bambino.

Fu Guido a descrivermelo. L'avevano portato via subito, con tanto di sirene. Altro che cullarselo addosso, farlo riposare sul mio corpo, allontanarlo senza sobbalzi dalla vita intrauterina. Tutto il contrario. Sbalzo, scombussolamenti, precipitare dal caldo al freddo, dalla penombra del mio grembo alle lampade della sala operatoria, dal liquido al duro di un tavolo, dalla mia voce a quelle sconosciute intorno, alle mani ignote che se lo passavano, lo portavano in giro, lo pungevano con gli aghi, lo riempivano di tubicini, lo ficcavano in un'urna di vetro, come una reliquia vivente, lo portavano via... Guido me lo descriveva... lui poteva vederlo... Ero gelosa: il bambino era prima di tutto mio. Invece mi dovevo accontentare dell'istantanea che mi aveva portato: capelli neri, un visino rugoso, stupito di aver dovuto lasciare così presto il luogo riparato e caldo. Il pannolino gli arrivava fino alle ascelle, non ce n'erano di più piccoli. Anche il pagliaccetto era troppo grande, ci annegava dentro, dalla stoffa uscivano due braccine minute e dei polpacci magri magri... altro che coscine di pollo! Ma Guido era entusiasta. "Vedrai, quant'è bello!" Io ero offesa. Un tradimento, il suo, avermi lasciata così presto. Un tradimento, il mio, non aver saputo trattenerlo. Ero affranta dalla mole del fallimento... avessi almeno potuto nutrirlo al seno... Invece mi toccava pompare. Mi attaccavo con compunzione alla "mungitrice", mi sforzavo, premevo... il latte usciva fuori a fatica, pochi grammi ogni volta. Le infermiere scuotevano la testa. "Qui non ne viene fuori niente," dicevano per rincuorarmi. Ma a lui bastavano venti grammi a poppata. Era un punto d'onore poterglieli offrire io.

La mia vicina mi faceva coraggio. Pativamo per lo stesso motivo. Era una donna enorme, una mole rosea che traboccava dalla camicia da notte a fiorellini, straripava dal lenzuolo, non bastava il letto a contenerla... La testa, circondata da una chioma bionda e setolosa, con tracce di una permanente dissolta, era troppo piccola per quel corpo, affondava nel guanciale, si perdeva, fissava su di me uno sguardo eternamente stupito... Quando le portavano il bambino si alzava con fatica a sedere, puntando un gomito che era tutto una fossetta, soffiava per lo sforzo, cercava a lungo una posizione stabile, faceva traballare il letto... Il bambino annegava nel mare di ciccia, scompariva, ne emergeva appena una testolina pelata, trasparente, ce la metteva tutta a poppare, ma non c'era niente da fare, doveva sentirsi addosso il peso di tutta quella carne, cominciava a strillare. La massa gelatinosa tremava per il dispiacere e l'umiliazione. "Venti chili di tetta per parte e non mi bastano a nutrire un neonato!" Io la condividevo, quell'umiliazione... Oltretutto era un'ingiustizia: mi ero così rallegrata delle nuove dimensioni del mio seno... Per tutta la vita mi ero sentita addosso lo sguardo malizioso di mia madre che mi misurava: io ero tutta spigoli, il naso, le braccia, persino il seno... Ora che potevo reggere il paragone con lei...

* * *

Perché mia madre il seno ce l'aveva bello. Ampio ma senza esagerazione, tondo ma leggermente allungato, diritto e di una morbidezza che potevo solo sospettare, fasciata con eleganza dai pizzi, celata dietro la seta della sottoveste che si curvava sul petto e le scendeva lungo i fianchi... Mia madre era tutta curve, anche quelle ben fatte, senza esagerazioni, e lei le portava con grazia, muovendosi disinvolta sui tacchi... non eccedeva neppure in questo. Modesta, ma consapevole, non taceva sulla verità, con le figlie persino si vantava. Negli anni del dopoguerra gli uomini perdevano la testa per le ragazze con una figura come la sua... non che ci mostrasse più di quel che lasciava intravedere la sottoveste, ma le fotografie la dicevano lunga, quella con la sorella Pia ce l'aveva mostrata più di una volta, così pudiche nel casto costume di lana eppure così provocanti... "I costumi di una volta non erano mica come quelli di oggi! Non reggevano niente e se una non era bella di natura non c'era santo che l'aiutasse, nessuna fibra riusciva a sostenere ciò che non stava diritto da solo... Certo, c'erano degli espedienti..." Mia madre scuoteva la testa con disprezzo. Lei non ne aveva mai avuto bisogno. Non aveva difficoltà a colmare i bellissimi vestiti di quegli anni, gonne ricche e gonfie, corpetti aderenti, scollature da capogiro, un velo a nascondere la fessura che divideva appena i seni, così stretta che un dito avrebbe potuto scorrerci dentro a fatica.

Mia madre parlava spesso del suo seno, ma era un esibizionismo puramente verbale: mai, neppure per sbaglio, ce l'aveva mostrato, neppure dopo, quando eravamo finalmente donne anche noi. Già solo a pronunciarla, la parola "seno" provocava in lei una sorta di indicibile resistenza, come se fosse sconcia: per superarla sporgeva le labbra a imbuto, alzava le sopracciglia e abbassava la voce, anche se eravamo sole in casa.

Eccola, mia madre, i capelli spessi e neri raccolti in uno chignon e tenuti insieme da un fermaglio di madreperla... ha addosso un soprabito leggero, ampio per lasciar posto alla gonna stretta in vita e gonfia, ha in braccio un fagotto avvolto in una copertina con i nastri... Sono io. Mio padre le tende la mano mentre sale il predellino del treno, prendono posto sulla vettura, è affollata, allora tutti viaggiavano in treno... Percorrere l'Italia quant'è lunga, da Genova alla Sicilia, non era un viaggio da poco... con una neonata, poi... A quel tempo l'Italia era piena di mamme che allattavano, in treno, in tram, nei luoghi pubblici, non ci badava nessuno, ma erano donne di un "ceto sociale giù", e mia madre ci teneva a distinguersi... Il "ceto su" non mostrava il seno in pubblico, neanche per allattare un poppante... Mia madre era stata costretta a darmi il seno nello scompartimento, il soprabito adattato a tendaggio che la riparava da occhi estranei...

Poi ci fu la volta del terremoto... Quella notte mia madre mi allattava alla luce velata di un abat-jour. A un tratto il lampadario cominciò a oscillare, le gocce di cristallo tintinnarono toccandosi, il piano del comò di ciliegio si spostò verso il muro, gli oggetti che mia madre si era tolta, l'orologio, la catenina, il fermaglio, scivolarono sul marmo, sparirono tra mobile e parete. Lei, senza staccarmi dal petto, si alzò, cercò con i piedi le pantofole, raggiunse la porta, uscì dalla stanza senza distogliere gli occhi dal lampadario... continuava a oscillare e a tintinnare, percorso da un vento inarrestabile. Anche le porte di vetro smerigliato tremavano, i ninnoli sullo scaffale dell'entrata cozzavano l'uno contro l'altro, si confondevano, rotolavano, la giraffina di vetro soffiato comprata a Murano cadde e si ruppe, le tazzine nell'armadio a vetri ballavano... la casa si era animata all'improvviso. Mia madre andava avanti a tentoni, stringendo al petto l'involto di coperte, mi trasmise il terrore, cominciai a gemere, lei prese a cullarmi... Raggiunse la porta dell'entrata, tese l'orecchio alle voci, esitava. Non osava esporsi a occhi estranei coperta solo della camicia di seta... Per le scale una corsa, un ruzzolio, un vociare... Seminascosta dietro la porta, lei non si decideva... Infine il tintinnio alle sue spalle si acquietò... Mia madre richiuse la porta, rifece il corridoio... nella camera da letto il lampadario oscillava ancora...

Eppure, anche mia madre era stata costretta all'umiliazione della pompa. Non gliel'aveva mai perdonato, a Luisa, il dispetto che le aveva fatto quand'era ancora in fasce, quel suo rifiuto ostinato di attaccarsi al seno. Mia madre glielo offriva – splendido doveva essere, turgido di latte – e lei girava la testa dall'altra parte. Non voleva. Sembrava avesse un'innata disposizione a far imbestialire gli altri, rifiutava il nettare materno! Erano stati costretti a chiamare un medico. Mia madre si era denudata il petto, e quello senza tanti complimenti le aveva preso un capezzolo tra le dita e l'aveva schiacciato. Lo zampillo aveva tracciato nell'aria un arco opalescente... mia madre aveva spalancato gli occhi... mio padre si era infuriato col medico...

10.
IL LIMBO DEI BAMBINI NATI PRIMA

Erano passati dieci giorni. "Me lo lasciate vedere, finalmente? No, non sono troppo debole, e poi mio marito mi sorreggerà, me la prendo io la responsabilità per questa uscita, se la prende lui, ma aspettare ancora... quanto devo aspettare? Dieci giorni sono troppi! Lui non mi ha ancora vista e se è vero che i primi giorni sono quelli decisivi, allora... chissà che trauma, poverino, non ci voglio pensare, per colpa mia, per giunta..." "Basta, se insiste tanto, firmi qui." Firmai, certo che firmai, avrei venduto l'anima per quel permesso.

Era venuto a prendermi Guido, in taxi aveva cercato di prepararmi: "C'è tutta una procedura, te l'ho già detto, una noia, ma sono severissimi, hanno ragione, noi da fuori ti immagini i batteri che portiamo dentro..." Non lo ascoltavo neppure. Ero debolissima, salire sulla macchina era stata un'impresa, la zaffata di aria fresca tra il portone della clinica e la strada mi aveva fatto vacillare, mi girava la testa... Ero tutta curva... la cicatrice mi tirava... ma erano solo scuse per scacciare l'emozione... Dieci giorni senza vederlo, come se me l'avessero sottratto a forza, come se non fosse più mio... "Avanti, cosa vai pensando, le sciocchezze che ti vengono in mente... lamentarti per questo poi! l'hai vista la vicina, no?, poi l'hanno cambiata di camera, lei l'ha perso il bambino, lei sì che ha il diritto di piangere!" Io quel diritto non ce l'avevo proprio... ma erano gli ormoni a comandare su di me... Ah, gli ormoni!

Ecco l'ospedale dei bambini... Cosa mi era venuto in mente di prenotare il letto in una clinica priva del reparto prematuri... come avevamo potuto essere così incoscienti? Un parto è una cosa normale... Uno non va a pensare a tutti i pericoli ai quali può andare incontro. Ma io non la finivo più di mettermi sotto accusa, in quei giorni. E ne uscivo sempre colpevole.

L'ospedale dei bambini è allegro, colorato, i disegni dei piccoli pazienti appesi alle pareti, giovani mamme in vestaglia, carrozzine... Ma dove andiamo? Una scala, un'altra scala, faccio fatica a salire, possibile che sia così lontano... Il reparto prematuri è lontano dalle puerpere scamiciate e dai poppanti grassi, distante dagli strilli, dalle esclamazioni, dal continuo movimento del reparto neonati, escluso dalle visite, dai fiori, dai biberon, dai pannolini, dalle chiacchiere, dai consigli, dall'odore di latte e minestra... È un'isola di silenzio, impalpabile, dove la vita non è ancora iniziata e regna una quiete ovattata, uterina. Il limbo dei bambini nati prima è un'enclave dove chi entra lascia fuori della porta la persona che era, ne riveste un'altra, ricopre gli abiti civili di un camice azzurro che ci si allaccia vicendevolmente sulla schiena, come in un rito. Ci si inonda di disinfettante...

Passiamo in silenzio davanti alla fila di vasche di vetro. Dentro, all'asciutto, dormono i bambini nati prima, esserini rossi, trasparenti, dai quali si diramano tubi come arterie extracorporali, fili che registrano ogni segno di vita... Intorno si aggirano custodi vestiti di azzurro, in sandali di gomma e cuffie da sala operatoria... Si chinano sui vetri, sollevano i coperchi, spostano i tubicini o semplicemente toccano quei corpi minuscoli, da pesciolini, e intanto parlano, così come si parla ai bambini, in un tono deciso e allo stesso tempo dolce, come se fossero certi di essere ascoltati... intorno alle vasche di vetro il sussurro è ininterrotto. Una saletta dopo l'altra, strette come corridoi, lui è nell'ultima. Un'infermiera lo sta cambiando – anche lei gli parla con quel tono sommesso –, mi sorride. Lo guardo, è minuscolo ma in confronto a quelli che ho visto passando, ancora feti, questo è un bambino, in miniatura, già fatto, intero. Me lo porge tenendolo fra le mani, con precauzione estrema, come se fosse di vetro soffiato. Ha la pelle a chiazze, sembra marmo. L'infermiera scorge il mio stupore, lo sconforto, cerca di spiegare il fenomeno... Non so come tenerlo, temo che scivoli, me lo poso in grembo, la testa folta di lanugine nera mi affonda nel cavo della mano... Senza accorgermene, lo sto inondando di lacrime. Guido è imbarazzato, cerca di nascondermi, proprio in quel posto dove tutto dev'essere privo di germi... Sono sterili le lacrime? E poi non ne ho il diritto... Non mi accorgo della mia fortuna? Non vedo intorno a me gli altri esserini, quelli che chissà se ce la faranno, se vorranno vivere, e quanti disagi affronteranno per riuscirci... Il mio forse, se avrà fortuna, ce la farà a inserirsi tra i sani... Ma io non vedo altro, vedo solo lui che muove le gambe, tenta debolmente di sgambettare, gira verso di me gli occhi troppo grandi nel faccino rugoso. Fa schioccare le labbra, emette un gemito che quasi non si sente...

Stare nel reparto maternità senza un bambino è un'umiliazione... Le vicine ricevono i loro piccoli per la poppata, dei giganti rosa, tutti rotolini di grasso, a me avvicinano la pompa... La diaconessa mi passa accanto, mi sorveglia, severa... Ecco il castigo per quel diniego... ce l'ha messa la croce sotto quell'innominabile "o.K."? Eccola servita! E poi non mi ha perdonato l'offesa di mio marito, se veramente lo è, scansare lei da parte, entrare nella sala operatoria senza il suo permesso... Mi fa ogni sorta di sgarberie, mi dimentica, mi fa aspettare, mi tratta come un paria, io, la reproba...

Ma ora basta, la ferita è chiusa, l'infezione passata, sono forte abbastanza. L'ultima visita. Prendere congedo, la busta con la mancia alle infermiere, *Per la cassa del caffè*, ho scritto sopra. Mi rimane il medico. "Adesso c'è," mi ha detto l'infermiera. Busso con troppa timidezza, come faccio sempre, rimango incerta se abbia sentito o no. Riprovo. "Avanti." Entro. Il dottor Fischer alza su di me gli occhi azzurri. La mano, lunga, curata, bianca, poggia sul foglio, tiene in mano la penna... Fermo lì, ecco, così, perfetto! Ma il dottor Fischer non ha bisogno di un regista, sa fare tutto da sé, è impeccabile nella sua parte, biondo e alto e sicuro, nel suo camice bianco è travolgente. Non c'è scampo per nessuno. È di una bellezza che ti umilia, ti costringe a balbettare qualche parola stupida, non sai se è reale o è il personaggio di una telenovela e tu sei lì per sbaglio, mentre girano, ti utilizzano a tua insaputa come comparsa. Non sai se lui si conformi al ruolo che gli attribuiscono, apposta, oppure gli sia innato. Già solo la sua Porsche, rossa naturalmente: la parcheggia in cortile, salta fuori con l'eleganza di un tennista, sa che tutti lo ammirano, anche dai piani alti, le infermiere si girano, le inservienti smettono di spazzare, le pazienti dimenticano di allattare...

"Lei dunque qui ha finito..." Mi porge il foglio con la firma sotto. Lo prendo in mano, leggo distrattamente, lo piego... "Le faccio tanti auguri, a lei, al bambino..." Io sorrido, ringrazio... "Questa volta è andata così, ma alla prossima non si faccia più fare un cerchiaggio!" Lo guardo senza capire, incerta se stia scherzando o no... Sa con chi parla? All'improvviso mi sento debolissima... Ma come, non era stato lui a consigliare l'operazione? Lui a spiegarmene i vantaggi, lui a infilare l'ago, a cucire l'utero, a chiuderlo come una sacca... "Così impediamo una nascita prematura." L'aveva provocata, invece... Non era colpa sua, l'infezione... Era colpa mia, forse? Avevo firmato l'assenso, sì, sono d'accordo, sono a conoscenza di tutti gli effetti collaterali che potrebbero derivarne, non avevo letto con attenzione le righe che seguivano, scritte in piccolo, e poi, si sa, i medici sono obbligati a metterti in guardia, anche se c'è un caso su un milione! Forse quel caso ero io. Lui non aveva nessuna responsabilità, come avrebbe potuto?, bastava guardarlo, era così bello! Mi sentii brutta, vecchissima, malata, mi trascinai verso l'uscita, il corridoio non finiva più, dovetti appoggiarmi alle pareti, fermarmi a metà strada, un'infermiera mi chiese se non stavo bene, ma no, non avevo niente, solo quel peso addosso, dentro, quella colpa. La mia.

Anche la mia casa era diversa, vuota, fredda. Me n'ero andata di straforo, era stata una fuga, senza niente di pronto, avevo creduto di avere ancora tanto tempo davanti, e adesso mancava tutto, non c'era neanche la culla... A quello potevo rimediare, tanto non c'era neppure il bambino. Andavo a trovarlo quattro volte al giorno; gli portavo un biberon piccolo piccolo, pieno a metà del mio latte, venti grammi a poppata, a lui bastava. Non era tanta la strada fin lì, con quel piccolo bagaglio di latte, però arrivavo esausta... Poi lo trasferirono dal reparto di terapia intensiva a un normale reparto neonati. Non era più in un'incubatrice, ma in un lettino con le sbarre, senza tubicini che uscissero dal naso e uno stetoscopio sul cuore. Non ci rimase molto: a fine aprile mi annunciarono con solennità: "Ha raggiunto i due chili e mezzo. Può portarselo a casa quando crede".

Mi sentii sperduta, presa in contropiede. "Come, così, all'improvviso?" Ero sopraffatta. "È sano, no? Non possiamo tenerlo di più." Volevo portarmelo a casa, figuriamoci!, non aspettavo altro, quasi due mesi che aspettavo quel giorno, ma così, ecco, mi sentivo impreparata, da un giorno all'altro... Nella clinica era protetto da monitor, telecamere, infermiere, dal caldo tropicale... Portarlo ora fuori, al freddo, noi due soli, anzi, io sola...

Marzo era stato gelido, un inizio di primavera più balzano che mai. Alla fine di aprile avvolsi il mio bambino in un piumino, lo misi in un cesto e con quello scesi le scale. Varcai la soglia. Mi accolse una raffica di vento carico di neve... Guido mi aspettava in macchina... Mi infilai dentro con precauzione, non osavo neppure appoggiare il mio carico sul sedile posteriore, non lo lasciavo un momento con gli occhi, quei pochi metri di strada, fino a casa, mi parvero un'eternità...

11.

LA NUVOLA CHE VENIVA DALL'EST

Proprio il giorno in cui io tra frustate di gelo portavo a casa il mio bambino, sopra di noi passava la nube che veniva dall'Est... Il vento della steppa l'aveva sospinta sui Carpazi... l'aveva poi abbandonata in un'area di bassa pressione... Nuove turbolenze l'avevano sospinta sui Balcani, era risalita, aveva sorvolato l'altopiano ceco, era rimasta sospesa sui confini, tra la Bassa Baviera e la Selva boema, un forte vento di nord-est se n'era impossessato e l'aveva trascinata sulle colline del Palatinato, proprio sopra il Danubio, proprio sopra i tetti appuntiti delle vecchie case del centro... Era bianca, luminosa, morbida come un cuscino che a sbatterlo ne escono le piume... solo che la nube a ogni giravolta del vento scaricava particelle radioattive. Caddero sulle selve del Palatinato superiore, sul Danubio, sulla nostra piazza... Caddero su di noi.

Gli altri lo sapevano. Gli altri guardavano la televisione, noi fino ad allora ne avevamo fatto a meno, non ci mancava, non ci portava informazioni in più, c'erano i giornali, c'era la radio a riferirci le notizie più urgenti... Noi in quei giorni non la accendevamo neppure... Quell'essere, piccolo com'era, riempiva tutti i nostri pensieri, le nostre ore, il nostro spazio... non c'era tempo per la radio. I giornali rimanevano intonsi sul tavolo di cucina. Io non uscivo: lui non aveva bisogno di altro che del mio latte...

Gli altri erano informati. I più guardinghi lasciavano fuori dell'uscio le scarpe contaminate, chi poteva non usciva affatto. Fra i colleghi, tutti senza bambini, ci fu chi fece le valigie e se ne andò in luoghi meno esposti... Il latte a lunga conservazione, quello precedente alla nube, andò a ruba, quello fresco non lo voleva più nessuno, l'insalata novella appassiva nelle cassette del fruttivendolo turco.

A me non dissero nulla. Nessuno che accennasse alla nube. Mia madre non la nominò. Luisa tacque. "Credevamo che lo sapessi," mi disse poi. "Da voi siete sempre così informati!" Non eravamo informati. Ero tornata alla clinica: nessuno mi aveva detto nulla. Le madri erano all'oscuro di tutto. Nessuno le avvertì che il loro latte era diventato da un giorno all'altro radioattivo. "Tutti isterismi!" aveva detto il primario. "Con i veleni che ci sono in giro!" A che pro preservare i bambini nella clinica, se poi escono e ingoiano ogni sorta di veleni! A gestanti e puerpere si continuò a servire il latte irradiato dalla nube di Chernobyl.

Non lo perdevo di vista un momento, gli misuravo la febbre. "Mio Dio, trentacinque! Muore di freddo!" In casa già si sudava. Avevo alzato il termostato. Avevo avvolto il bambino in una pelliccia di montone. Lo tenevo al petto quanto più a lungo potevo...

Maggio si aprì con densi fiocchi di neve. I pochi accorsi al richiamo del sindacato si erano radunati nella piazza sotto le mie finestre. Mi giunse il suono alto e acuto di una voce femminile... la prima strofa della canzone dei soldati che giacciono nella palude... Era una militanza infreddolita, una solidarietà intiepidita da quella ribellione di maggio. Il freddo in breve li disperse. Non mi sporsi a guardare... Forse avevano parlato di Chernobyl, ma era improbabile: le centrali nucleari non sono un tema da Primo maggio.

Il giorno seguente era radioso. Maggio si riprendeva i suoi diritti. Era domenica. La campagna era tutta un rigoglio, un traboccare di verde, un trionfo... Poggiammo sul prato il cestino foderato di azzurro. Fabio era contento... il sole gli faceva bene... faceva bene soprattutto a noi... Era una giornata splendente... Fin troppo vero: irradiava radioattività. L'aria era avvelenata, l'erba contaminata, a ogni respiro inghiottivamo particelle radioattive...

Come, non lo sapevate? Chiusi dovevate stare, altro che fuori! L'avevate con voi? Non sapete che i bambini, figuriamoci poi i neonati, sono i più esposti, che l'effetto è molto, ma molto più intenso... uno non se ne accorge subito... anni dopo, quando è grande, magari... E noi che eravamo proprio sotto... "L'Alto Palatinato ha le quote di radioattività più alte della Baviera: le hanno misurate all'università, di nascosto, si capisce, hanno cercato di nasconderlo, di nasconderci il pericolo, un vero scandalo... I più furbi però non ci sono caduti..." Noi eravamo tra i più sciocchi.

Ero disperata, aggredivo Guido. "Tu esci, parli con i colleghi, sei all'ospedale... com'è che non ti sei accorto di nulla?" Guido si stringeva nelle spalle. Anche lui aveva in testa soltanto il bambino.

Quella notte non dormii. Sussultavo a ogni vagito, anche al più lieve, come se gli effetti della radioattività fossero immediati. Come avevo potuto... La nuvola mi era passata sopra e io non me n'ero accorta.

Rabbia impotenza vergogna paura. Tutto insieme. Contro me stessa, contro colui che dormiva al mio fianco, contro tutti. Ogni tanto i vagiti diventavano pianto. Allora allungavo le braccia, lo sollevavo dalla culla e me lo posavo sul seno... Solo così, al riparo del piumino, lo sentivo al sicuro...

* * *

A Wackersdorf avevano già tagliato il bosco. Stavano scavando il deposito per le scorie nucleari, a due passi da casa... Com'era possibile che insistessero in quell'impresa disperata, pericolosa... "Hanno scelto il Palatinato perché è ai confini orientali dello stato... Se succede qualcosa ci vanno di mezzo i vicini cechi..." "No, l'hanno scelto perché la gente è più stupida che altrove e li lascerà fare," diceva Guido. I suoi commenti erano sempre concisi e taglienti. Esagerati. Ma aveva spesso ragione.

"Ma ci sono tanti che si ribellano..." "Sì, però vengono da fuori." "Che importanza ha! Basta che li fermino..."

Io non ci capivo nulla! Non mi ero mai occupata di rifiuti nucleari! Non avrei saputo neppure spiegare cosa fosse la radioattività... Mica si può essere esperti di tutto! Ma un terrore come quello che stavamo vivendo... la nuvola ci era passata sopra e *loro*, invece di difenderci, ci avevano taciuto il pericolo! Ora ci prendevano in giro con quelle passeggiate di residui nucleari, la patata bollente che nessuno voleva, e venivano a buttarceli sotto il naso! Naturale che ci dicessero che non c'era pericolo... volevano portare avanti i loro programmi... *Loro, loro, loro...* Guido li chiamava per nome. "Strauss e quelli intorno a lui hanno intascato milioni... E ora ci scaricano addosso la spazzatura nucleare!"

Ci andammo anche noi. Era la Woodstock dell'antinucleare, sul prato di Burglengenfeld. Niente fiori tra i capelli, non solo ragazzi... Gente di tutte le età, coppie, famiglie, bambini...

Portavamo gli zaini in spalla, come allora, quando attraversavamo l'Asia e quelli erano i nostri unici averi. Fabio era avvolto in un telo, stretto al mio petto. Guido portava il cesto vuoto. Avevamo con noi una provvista di pannolini... Erano i giorni di Pentecoste, a una giornata calda seguì una notte incredibilmente mite. Il palcoscenico era lontanissimo, ma che importava, non è necessario vedere chi canta, basta sapere che è lì, in persona, anche lui su quel prato. Tutto rock tedesco... Avevamo i dischi, a casa, canzoni che tutti conoscevano. Eravamo lì per protestare, lì per ascoltare la musica, lì per sentirci insieme agli altri. Il movimento cominciò fra quelli vicino al palco, il rollio si trasmise da un corpo all'altro, travolse anche noi. Guido mi prese per mano, era un'ondata di gioia, di quelle insensate, che il giorno dopo, svegliandoti, non sai più spiegarti. Una notte lunghissima. Fabio dormiva tra le mie braccia. Di tanto in tanto lo allattavo, dondolando lui e me al ritmo della musica. Dormimmo nei sacchi a pelo, guardando il cielo, come in un tempo remotissimo.

12.

UNA SPOSA TUTTA TULLE

Mia madre era tornata a vedere il nipotino. Era sempre più pallida, ma resisteva. Noi sorelle ci lanciavamo certi sguardi... I medici si stringevano nelle spalle... i globuli rossi erano spariti dalle analisi, il suo sangue doveva essere bianco... Respirava a fatica. Ma non voleva saperlo. Noi cercavamo di non menzionare la sua malattia, di trattarla come se fosse qualcosa di passeggero. Allora lei si indispettiva. "Non sto bene. Lo volete capire che sono ammalata?" Era indignata. Si aspettava più compassione, che diamine! Eravamo delle figlie senza cuore...

Per tutta la vita mia madre aveva cercato di suscitare negli altri compassione: i grani del suo rosario di infelicità erano infiniti. Adesso non aveva quasi più la forza di lamentarsi. Non ne aveva neppure più il motivo: per una volta, senza darlo troppo a vedere, era contenta di me. L'avevo fatta aspettare, ma finalmente l'avevo accontentata: un nipote, un maschio per giunta. "Non dirglielo," aveva detto a Luisa, "sai che avrei voluto tanto un nipotino." Anche per sé avrebbe voluto un maschio. Una delle sfortune che le erano capitate, lo diceva senza mezzi termini, era aver avuto due femmine, invece Pia – lei sì che aveva tutte le fortune – aveva avuto un figlio. In qualche modo l'avevo riscattata.

Il nipotino se ne stava buono buono tra le sue braccia... Non era proprio come se lo era immaginato, non aveva gambette rivestite di grasso, anelli di pelle tra le cosce, guance floride. In compenso era così leggero che lei non faceva fatica a sollevarlo, a portarselo su e giù per il corridoio, a cullarlo. Era tutta contenta. "Che gioia quando verrà a trovarmi!" diceva. "Tu insegnagli l'italiano, se no come gli parlo?" Sentivo una stretta al cuore. Guardavo altrove. Non volevo incontrarli, quegli occhi... sapevo che studiava nei miei l'effetto delle sue parole.

"Ah, questi piedini... me li mangio!" E se ne portava uno alla bocca, un piede in miniatura... Lavorava al completino, un tempo era stata brava con i ferri, ne venivano fuori dei bellissimi maglioni, ma li lasciava spesso incompiuti. Noi la esortavamo: "Su, avanti, manca solo una manica, che ci vuole...". Ma lei sembrava farlo apposta, quell'ultima manica non finiva mai... oppure ci teneva in sospeso per stagioni. "Se vuoi andare avanti tu..." Un guizzo di sfida, si divertiva a nostre spese, ci teneva in sua balìa, ci faceva ballare come burattini legati a un filo di lana... Ma quella volta voleva portarlo a termine, il completino. Faceva fatica, le mancava il fiato, la sorprendevo con la testa all'indietro, le palpebre violacee abbassate sugli occhi, le mani abbandonate in grembo, le dita ferme sui ferri, il gomitolo azzurro ai suoi piedi... Appena mi sentiva riapriva gli occhi. "Stavo pensando..." mi diceva come per scusarsi. "Pensavo a come sarà bello quando verrete a trovarmi, tutti e due."

La malattia l'aveva addolcita. Stentavo a crederci. Solo la gelosia persisteva tenace e né gli anni, né il nipotino, neppure il timore della morte avevano potuto attenuarla. Mia madre era di una gelosia spietata, morbosa, travolgente, inestinguibile: se la portava addosso come il neo sul naso che poi, su insistenza di mio padre, si era decisa a togliere. Ma la gelosia no, non c'era bisturi di chirurgo che potesse scalfirla...

Erano anni che mia madre non infieriva più sui mobili. Me n'ero già quasi dimenticata... Anche le scenate, pensavo facessero parte del passato... Fu lei a rinfrescarmi la memoria, proprio durante quell'ultima visita, mentre sudava e se la prendeva con la lana e con quel completino da neonato che non riusciva a terminare. Con quanto ardore si infiammò di nuovo! Sbraitava come ai vecchi tempi, si portava la mano ai capelli – grigi e radi, che lasciavano trasparire il bianco della cute –, sputacchiava, soffocava. Invano io le dicevo: "Zitta! Svegli il bambino!". Si fermò solo per prendere fiato, le mancava l'aria, mi implorò di aprire la finestra...

Eppure, con la consuocera erano sempre andate d'accordo. Mia madre aveva capito sin dal primo incontro di essere in vantaggio. La sua superiorità era schiacciante: era più bella, più chic, più giovane, persino più ricca. Non doveva fare alcuno sforzo per dimostrarlo: era evidente. Maria, da parte sua, non ci pensava neppure a contenderle il primato, anzi, l'ammirava smoderatamente... la trovava elegante, simpatica... "Una donna eccezionale," mi diceva perché glielo traducessi. Io facevo da interprete, ignare com'erano una della lingua dell'altra... La mia traduzione non era del tutto fedele, a dire la verità... Me ne guardavo bene dal riferire le allusioni maligne di mia madre, passavo invece i complimenti, riportavo le domande più innocenti... Mia madre, che non aveva mai fatto una torta in vita sua, neanche una crostata con la marmellata, figuriamoci una torta di mele con la crema, voleva assolutamente sapere la ricetta... Maria gliela snocciolava contenta... Mia madre ascoltava compunta, prendeva persino appunti! Era un idillio. Si capivano senza capirsi affatto. Una volta si erano capite fin troppo bene... Eravamo a Milano. Ci eravamo andati per esplicito desiderio di Maria. Mia madre era contenta... con lei non aveva paura di fare brutta figura... Camminavano a braccetto, mia madre con il soprabito nuovo, la borsetta alla moda, di vera pelle, le scarpe abbinate, Maria che faceva oscillare con energia la borsetta di plastica color chiara d'uovo e si guardava a destra e a sinistra, con determinazione, decisa a non lasciarsi sfuggire nulla. Trovava tutto bellissimo. Mia madre cercava di spiegarle qualcosa, si girava verso di me, mi lanciava occhiate divertite, era tutta sorrisi... All'improvviso si fermarono davanti a una vetrina, nello stesso momento, come a un semaforo rosso...

Una sposa tutta tulle... Accanto a lei, uno sposo in completo nero, con una rosa bianca all'occhiello, intorno bambolotti paffuti vestiti da confetto... "*Wie schön!*" Maria indicò il manichino coperto di pizzi. "Belli, belli!" le fece eco mia madre... si girò a indicare me... puntò un dito affilato al manichino. Erano in deliquio, non si staccavano più dalla vetrina, neppure a tirarle per un braccio, neppure a dire "Andiamo!" in due lingue.

Mai e poi mai mi sarei aspettata la sfuriata di mia madre quel giorno. Ce l'aveva con Maria. La nascita del nipote aveva trasformato anche la suocera... lei che ci aveva messo dieci anni prima di decidersi a darmi del tu, con mia madre aveva un tono confidenziale... Era tutta allegra, piena di voglia di comunicare. Indicò se stessa e disse in italiano: "*Nonna*". Vidi mia madre impallidire.

Non disse nulla, ma dentro schiattava. Appena Maria se ne fu andata cominciò a gridare con una virulenza che non le conoscevo più: “Nonna? Quella? Chi si crede di essere? Come osa chiamarsi *nonna*? Non le basta che sarà lei a godersi il nipotino! Pretende di essere lei, la nonna?”. Si sentiva usurpata, detronizzata, era un colpo subdolo, un’infamia, una congiura tramata da me, alle sue spalle. Io cercavo con tutti i mezzi di sottrarle il bambino, anzi, l’avevo già messa da parte, l’altra era già adesso l’unica nonna...

13.
TRA LA NOTTE E IL GIORNO

Quelle settimane non erano fatte di giorni e ore, avevano un tempo soffuso, erano fuori del tempo... Vivevo, vivevamo, in uno spazio circoscritto, dove mi toglievo le scarpe prima di entrare. Il mondo era fuori di noi, appuntito e bizzarro come le case che si accavallavano al di là della finestra. Notavo lo scorrere delle ore dalle ombre che scivolavano sul tetto di fronte: si faceva a poco a poco più chiaro, rosso, poi brillante di sole, poi scuro, a volte era lucido di pioggia... Fabio si addormentava al mattino, io allora mi alzavo dalla scrivania, mi sdraiavo sul letto, mi addormentavo a mia volta. Mi svegliavo quando il campanile della Trinità suonava il mezzogiorno. Mi adeguavo ai ritmi del bambino. Quando Fabio di pomeriggio dormiva due ore di fila, ne approfittavo anch'io. Era un sonno senza sogni, uno stato di incoscienza in cui cadevo tutto d'un tratto, senza scivolarci dentro fiduciosa, ancora in balìa delle ultime impressioni del giorno. Mi imponevo il riposo. Al primo vagito mi svegliavo. Fuori, un alone di luce si soffondeva sulla città, un preludio della sera. Allora sistemavo la culla accanto alla scrivania e accendevo il computer... Lo chiamavo Vicky... La luce della lampada illuminava le geometrie dei tetti e dei muri sporgenti... Davanti avevo lo schermo nero...

Le interviste, i lunghi colloqui con i *jornaleros*, si erano trasformate in lettere bianche, fosforescenti, non stavano mai ferme, mi ferivano gli occhi... Ritagliavo i brani più eloquenti. Riascoltavo le voci... la morbida cadenza andalusa: *Nosotros somos como el olivar...* Siamo come l'olivo, se gli togli la terra *se muere, se muere, se muere...* Il lavoro ci manca, *de paro se muere, se muere, se mue-*

re... I giornalieri morivano di *paro*, languivano come gli olivi... Era una realtà fittizia, il sogno di una notte d'estate, non ci fossero state le cassette a testimoniarla, quelle voci che ancora ne uscivano, roche... Trascrivevo, aggiungevo, commentavo. Il libro aveva già una struttura, lo scheletro c'era. Tre parti. Ogni parte suddivisa in dieci capitoli, ogni capitolo in tanti paragrafi: 1.1. 1.2... Mi facevano paura quei capitoli ancora vuoti, come cassetti da riempire... Avevo attorno a me, posati sul tavolo, sul pavimento, raccoglitori colmi di fogli con due fori sul margine sinistro, ben separati da cartoncini colorati, fogli su fogli... Mi sentivo soffocare: tutta quella carta! Dati che mi erano parsi così importanti... non era passato neppure tanto tempo da allora...

E poi quel programma bisbetico con un nome altisonante, Wordstar... non mi ubbidiva... sembrava farlo apposta... Ogni paragrafo mi costava sudore, mi succhiava l'energia residua, mi strascicavo davanti allo schermo... dietro uno scopo che mi ero data io stessa... Guardavo con disgusto gli abbozzi di testi continuamente iniziati e lasciati a metà... sentivo un odio crescente... Il tempo scorreva, quel poco tempo prezioso, quell'ora di silenzio mentre lui dormiva, e io non andavo avanti... Ce l'avrei fatta? Era importante che ce la facessi? Mi importava davvero? Mi interrompeva un vagito... alzavo subito gli occhi dalla tastiera, mi avvicinavo alla culla, sollevavo un lembo della tenda a volant che la copriva... Le lettere bianche continuavano a danzare sullo sfondo nero dello schermo... Mi prendevo il bambino al petto e lui poppava, lo sguardo fisso su di me, occhi in cui credevo di scorgere un colore che non c'era, dove leggevo un affetto che non poteva ancora esserci, in cui specchiavo me stessa... Che cosa mi importava in fondo? C'eravamo solo noi due, un affetto primordiale, una felicità che escludeva tutto il resto...

* * *

La smania che aveva di crescere! Aveva raggiunto gli altri, quelli che erano nati *al tempo giusto*, di lunghezza, se non di peso. Fabio però non riusciva ancora a stare seduto senza schienale... Non ne voleva sapere di andare in giro a quattro zampe, si tirava dietro le gambe come un paralitico, e invece le gambe erano sane. In quanto a prendersi un piede con la mano e ficcarselo in bocca, non lo faceva e non gli interessava per niente. Invece, mi dicevano, era assolutamente indispensabile che lo facesse. Eravamo preoccupati. Lo portavo da una fisioterapista specializzata in ginnastica infantile. Non era un'impresa facile. Svegliarlo, prepararlo, vestirlo, dargli da mangiare, poi giù per le scale, cercare la macchina, infilarlo dentro... Fabio era insonnolito, strillava, non si lasciava stringere con la cintura al seggiolino, piagnucolava per tutta la strada, non riuscivo a calmarlo... Arrivavo allo studio trafelata, scarmigliata, peggio delle madri trasandate che avevo sempre criticato, e sì che avevo un bambino solo...

"Come faresti con due?" Non sapevo cosa rispondere a Maria.

Il mio unico bambino non ne voleva sapere della fisioterapia, si ribellava, faceva apposta pipì sul lenzuolo... "Faccia gli esercizi con lui a casa..." Una parola! Non voleva. Gli prendevo una gamba – "che sembri un gioco, mi raccomando!" –, gliela sollevavo, gliela portavo alla bocca facendogli il solletico, lui subito scalciava... Rifiutava di mettersi il piede in bocca. Forse aveva ragione! Per quale motivo uno dovrebbe ficcarsi un piede in bocca? Che gusto ci poteva essere a succhiarsi un alluce? Fabio aveva ragione! Lo volevo costringere a fare una sciocchezza, soltanto perché la fisioterapista, una ragazza robusta, seria, non c'era dubbio, aveva imparato a scuola che i bambini devono mettersi il piede in bocca e guai se non lo fanno... è un sintomo gravissimo! Tutte sciocchezze!

E se quella ragazza seria e robusta e fresca di scuola avesse avuto ragione? Se il mio bambino avesse avuto qualche disturbo che si manifestava in quel modo? Una nascita prematura non è una cosa da poco, giorno più, giorno meno... Ci vogliono i nove mesi tutti interi!

"Avanti, mangia il tuo bel piedino... Ti tengo io, prova a tirar su le gambe... è molto meglio camminare a quattro zampe come un gatto che strisciare come una lucertola!"

"Non penserai di convincerlo in quel modo! Manco fosse un adulto!" Guido mi umiliava. Che ne sapeva lui della mia fatica? Non ce la facevo più... Cominciavo a essere nervosa... Anche le pile di fogli e i raccoglitori, fermi da giorni, erano un continuo rimprovero.

All'università, quelle volte che c'ero, quando non potevo mancare a una riunione, mi sentivo strana, fuori posto. Come facevano a occuparsi di cose così insignificanti come le tabelle di statistica? Mi stavo estraniando, non ce l'avrei più fatta a raggiungerli, presto sarei stata tagliata fuori, mi accorgevo di non essere più aggiornata... Anche i colleghi se n'erano accorti, avevo fatto una o due osservazioni completamente fuori luogo, mi avevano guardato tutti, i professori prima con meraviglia, poi con un'aria di rimprovero... Il collega più giovane aveva messo su un sorrisino... presto non mi avrebbero più presa sul serio... poi stavo in ansia, temevo che fosse successo qualcosa: la baby-sitter non se la cavava molto bene... Dovevo assolutamente cercarne un'altra...

La nuova baby-sitter era una ragazzona bionda, mi superava di tutta la testa... Sollevava Fabio come fosse un fuscello, mentre io già mi piegavo per il peso e ansimavo a portarlo su per le scale, a cavalcioni sull'anca. Ero sbilanciata, arrancavo, gradino dopo gradino... Figuriamoci poi quando sull'altra spalla tenevo la borsa della spesa! Mi chiedevo come facessero le donne africane, indiane o andaluse che portavano i bambini sui fianchi con leggerezza, e magari ne avevano uno al petto e un altro che pendeva sulla schiena, e così bardate di bambini andavano a prendere l'acqua dal pozzo o lavoravano nei campi... Erano giovani, certo più di me, anche se sembravano vecchissime... Che senso aveva confrontarmi con donne di paesi talmente diversi? Un ruolo così naturale, così semplice, così difficile...

La ragazza bionda dalle guance piene era l'angelo della salvezza... Le mettevo Fabio tra le braccia e mi nascondevo nel cantuccio che mi ero fatta, in camera, l'angolo più buio e freddo della casa, che dava a nord, dietro la finestra del bovindo... Aspettavo impaziente che Vicky smettesse di sbuffare e mi riportasse alla pagina iniziata... Intanto tendevo l'orecchio ai suoni che arrivavano dal corridoio... li sentivo ridere... Ero un po' gelosa... Ingrid mi rubava la parte... ecco che si avvicinavano... La voce di lei, squillante: "No, non si entra! La mamma lavora!". Lo strillo di lui, si allontanavano... Poco tempo dopo, un frusciare davanti alla mia porta... di nuovo la voce di Ingrid, i passi decisi, capivo che lo sollevava, che lo portava via, Fabio strillava... Facevo fatica a non saltare in piedi, precipitarmi alla porta, aprirgli... qualche volta non resistevo... Me li trovavo davanti, Ingrid lo teneva in braccio stringendogli la pancia, lui si divincolava... Appena mi vedeva si allargava in un sorriso di gioia, sgambettava felice... come potevo resistere a quella dichiarazione d'amore? Ero una madre senza cuore!

"Lo porto fuori," mi annunciava Ingrid, "così almeno lei lavora tranquilla." Dal mio angolo seguivo la lunga preparazione... mi alzavo per dire alla baby-sitter di coprirlo bene, faceva freddo... Baciavo il visino seminascosto dalla tuta... Le raccomandavo di non coprirlo troppo, che così sudava, nella carrozzina tanto poi lo avrebbe infilato nella sacca di pelliccia... non eravamo in Alaska... Ritornavo da Vicky. Una striscia di luce entrava di sbieco dall'abbaino... non arrivava fino a me... io la ignoravo... battevo con dita gelide sui tasti...

14.
QUANDO TORNA FEBBRAIO

Ci sono giorni infausti che ricorrono nella vita di ognuno, così come in quelle delle famiglie. Bisognerebbe segnarli sul calendario il primo giorno dell'anno, quando si alza la copertina e lo si appende al chiodo, come si fa con i compleanni. Meglio ancora sarebbe saltarli del tutto, chiudersi in casa, non uscire, prendere una dose di pillole e svegliarsi una volta passati...

Per me erano i giorni di febbraio, un mese da cancellare per intero dal calendario. Ne ho sempre avuto paura, diffido di febbraio: è il mese di minor resistenza, quando l'inverno è agli sgoccioli ma la primavera è ancora lontana e le riserve di energie accumulate in settembre cominciano a esaurirsi. Chi era debole a settembre non ha più forze a febbraio, gli manca il fiato per raggiungere marzo. È naturale che si muoia in febbraio.

Un giorno all'inizio di febbraio. Seguivo i minuti sull'orologio di cucina... una lentezza esasperante... Nella camera accanto sentivo il respiro ansimante di mio padre. Quegli ultimi minuti gli costavano una fatica tremenda... Il rantolo era più forte del pianto di mia madre, nella stanza che mi era preclusa. Ero offesa che mi lasciassero fuori, non ero più una bambina, che diamine!, ero sua figlia, toccava a me stargli vicina, a me che l'avevo accompagnato in quei mesi, che gli avevo letto Montale, che gli avevo tenuto compagnia... Perché alla nonna era concesso rimanergli accanto, a lei che mai aveva nascosto l'antipatia per quel genere strambo e solitario? Perché a lei sì e a me no? Che diritto aveva mia madre di allontanarmi...

Avevo passato i giorni di gennaio al suo capezzale. Lui si assopiva spesso, a volte apriva gli occhi, tentava di sorridere, ricadeva nel torpore. Per non svegliarlo tenevo la radiolina ridotta a un brusio... Le notizie – "Gli studenti per le strade di Parigi!" "Hanno preso la Sorbona!" – mi giungevano velate... una lontananza di altri mondi. Non arrivavano rumori, neppure quelli delle manifestazioni cittadine, nella casa preparata al lutto...

Un giorno mio padre si era svegliato all'improvviso, aveva tentato di mettersi a sedere, mi aveva fatto avvicinare... faceva fatica a pronunciare le parole... "Prendi la macchina per scrivere, un foglio, presto! Scrivi!"

Esitavo. C'era una strana agitazione nelle sue parole... "Mamma, devo scrivere?" sussurrai. Fece cenno di no... Vidi lo sguardo di mio padre, era furente, come quando qualcuno osava contraddirlo... "Va bene. Vado subito." Tirai fuori la macchina per scrivere...

"È una lettera. Scrivi: 'Al Pentagono di New York. Molti due sere fa gridavano: 'No, non sparate sui vietcong!'. 'È un'osservazione da meditare'."

Gli mostrai la lettera. "Va bene?" Con uno sforzo sollevò la mano e appose la firma. "Spediscila!" ordinò. La voce era debole, non più di un soffio, ma il tono era quello che conoscevo, a cui mai avevo osato oppormi. Misi la busta sul piano del comò. "L'hai spedita?" mi chiese quando riaprì gli occhi. "Sì," mentii. Richiuse gli occhi, tranquillizzato. Fu l'unica volta che gli mentii. Non ho ancora cancellato del tutto il rimorso.

Una domenica di metà febbraio. La città era come se si fosse svuotata... nessuno in giro... un giorno freddo, piovigginoso. Io, sola, la ricetta nella tasca. L'ultima ricetta, quella per i casi estremi, come ha detto il medico. Cerco la farmacia di turno, è lontana, cammino un bel po' per raggiungerla, è l'unico negozio illuminato, il solo tratto del quartiere che dia segno di vita. Sono contenta di entrare nel tepore, nella luce... Porgo la ricetta. I farmacisti si consultano, mi guardano con sospetto, fanno qualche domanda. Dico che ho fretta. Che mio padre sta soffrendo. Occhi ancora più sospettosi mi scrutano. Controllano di nuovo i dati. Infine mi consegnano il sacchetto.

Gli occhi mi seguono mentre esco e affronto di nuovo la strada. Tengo il sacchetto tra le mani, è inconsistente, ho paura di perderlo, me lo ficco in tasca. Mi sembra che faccia ancora più freddo, è buio. Risalgo le scale. Mia madre aspetta accanto al letto. "Hai fatto?" mi domanda, come sempre. Le do il sacchetto. È tutto pronto. Lei guarda ancora mio padre. "Lo vuoi davvero?" Lui annuisce con il mento, un gesto appena percettibile. Solleva un poco le palpebre, non riesco a scorgere le pupille. Vedo il contorno del suo corpo avvizzito sotto il lenzuolo. È rimpicciolito in questi mesi. Sembra un ragazzino. Mia madre non smette di piangere ma si muove con precisione. Non si è mai sottratta ai suoi ordini. Mi manda fuori ma lascia la porta aperta. La vedo darsi da fare intorno a lui, sento un: "Non sono capace, non ci riesco, non è il mio mestiere...". Quante volte ha ripetuto la frase in questi giorni, settimane, mesi... ma adesso non ha il tono lamentoso di sempre, suona come una scusa, è detto dolcemente... Vedo le labbra serrate di mio padre. Poi solo la schiena di mia madre che si china su di lui.

La nonna aspettava in cucina, con Luisa. Mia madre chiama lei, non me, perché le stia accanto.

Un drappello di soldati salutò la bara. Due note con la tromba, la bandiera. Mia madre ci teneva alla presenza della patria, io la trovavo imbarazzante, pomposa. Ricordavo la collera di mio padre il giorno che smise la divisa... lasciava l'esercito che era stato la sua vita. Non erano degni di lui... Che ci faceva adesso la patria a salutarlo con la bandiera e la tromba?

Mia madre la pensava in altro modo. Non aveva quasi perso un braccio per la patria, mio padre? Non l'aveva servita con fedeltà? Aveva smesso l'uniforme, è vero, ma non per slealtà verso la patria... Protestava contro chi, indegno, diceva di servirla! Non si era lasciato corrompere, mai. Per questo non aveva fatto carriera, la promozione a colonnello, quanto ci aveva sperato mia madre! Ormai aveva raggiunto l'età, gli altri gli erano passati avanti! Non li amano nell'esercito i testardi come lui, quelli che non ne vogliono sapere di chiudere un occhio, che gli scandali, invece di far finta di niente, vanno a gridarli ai quattro venti, che protestano dai superiori, per iscritto... "È una vergogna, un imbroglio, a chi hanno dato l'appalto della diga!" Mio padre non voleva tacere! Niente che potesse piegarlo... Gli avevano persino teso un agguato, un attentato in piena regola, era sfuggito per un pelo... Non ritirò le accuse... Non era tra coloro che si arricchiscono a spese dello stato...

Mia madre l'ammirava, però quel gran rifiuto non gliel'aveva perdonato mai. Si era innamorata di mio padre in divisa... Le piacevano le uniformi, quella di gala, bianca, quella verde con il cordino intrecciato d'oro, la fusciacca azzurra che gli attraversava il petto, la sciabola che gli pendeva dal fianco, il saluto militare... Si divertiva alle feste del Circolo ufficiali, alle parate militari, lei nel palco d'onore, in prima fila... Era stata la moglie di un ufficiale: la sua vita, il suo orgoglio. Mio padre non aveva pensato a lei quando aveva dato le dimissioni, non le aveva neppure chiesto un parere. Era una faccenda tutta sua. Le donne non c'entrano con l'esercito. Ma mia madre non si era mai risollevata dal colpo...

Ora passava sola davanti al drappello di soldati, dignitosa, nel cappotto nero, a testa alta. La vedova di un ufficiale.

Oltre alla patria e a noi tre donne strette nel lutto, c'erano quattro parenti a dargli l'ultimo saluto. Tra questi lo zio prete, suo fratello. "Piangere non serve a niente," fu la prima cosa che disse a mia madre. "Lui adesso è in pace..."

* * *

Zio Egidio era sempre stato di maniere piuttosto spicce, le lungaggini e le tortuosità della vita lo facevano soffrire. Friggeva a ogni attesa, ogni ritardo gli causava crisi di inquietudine, non ce la faceva proprio a star fermo ad aspettare. Le sue decisioni erano rapide, senza molti "ma" e "se": non valeva la pena sprecare tempo ed energie per qualcosa di tanto insignificante come il nostro soggiorno sulla Terra... Non riusciva a capire l'importanza che invece gli davano gli altri. Quando poi quegli *altri* erano donne, rinunciava completamente a comprendere.

Con mia madre era gentile, anche se all'inizio qualche difficoltà di affiatamento c'era stata. Come mai si faceva aspettare così a lungo? Non stava bene? Perché non era ancora arrivata? Mia madre faticava a star dietro ai due fratelli, il maggiore con le falcate nei pantaloni di fustagno, il minore con i passi nervosi nella sottana nera. Zio Egidio allora domandava: "Che c'è? Non ce la fa a camminare?".

Non si rivolgeva mai direttamente a mia madre, per eccessivo rispetto, forse aveva paura di offenderla guardandola in faccia...

In quanto alle nipoti, aveva le sue idee in fatto di educazione. La piccola rifiutava il cibo? Serrava la bocca e diceva di no? "Non datele da mangiare, un giorno o l'altro la smetterà con i capricci..." "Com'è che le bambine non sono ancora alzate?" Mia madre protestava, era presto, la maggiore aveva cinque anni, l'altra tre... Lui proponeva di innaffiarci con un secchio d'acqua fredda... In collegio si faceva così...

Dall'impazienza sventagliava l'aria con le mani, come a spazzar via tutti gli ostacoli.

Eppure proprio a lui – l'unico dei tre fratelli a vivere ancora in Sicilia – era toccato curare gli interessi della famiglia. La nonna andava per i cent'anni, si era incartapecorita, la figura minuscola si vedeva a malapena nella casa buia, era ridotta a un'ombra evanescente che a sua volta non vedeva che sagome incorporee... Fu affidata a una vicina. La pagavano bene, a detta di mia madre, lo zio però le regalava in aggiunta pizzi, tovaglie, gioielli... il resto la donna lo prendeva da sé. Fu lei che un mattino trovò la nonna con gli occhi e la bocca spalancati, rigida come una mummia... Quando arrivarono i parenti, nella casa erano rimaste solo le sedie su cui sedevano le prefiche e il letto della defunta con lei dentro. Per il resto era vuota. Grida, accuse, pianti, scuse... "A me mi dovete credere che io non ne so niente!" Finché non intervenne zio Egidio. "E voi pensate a queste sciocchezze? A che servivano tutte quelle cose? Ci hanno tolto il disturbo di darle via noi!"

Per venirci a trovare, zio Egidio attraversava l'Italia con la sua Guzzi. Per l'occasione si metteva il clergyman, io però continuavo a immaginare la sottana svolazzante lungo l'Autostrada del Sole. Arrivava come una folata di scirocco. Non aveva mai bisogno di nulla... Ma più lui ripeteva: "Non ti preoccupare", più mia madre si angosciava. Non sapeva come preparargli la stanza, cosa fargli da mangiare, temeva trovasse eccessive le nostre comodità... Figuriamoci! Zio Egidio non aveva occhi per le cose terrene... Portava con sé un bagaglio piccolissimo, dentro neppure un maglione. "Ma ti ammali! Con il freddo di Milano!" Mia madre correva a cercargli un pullover grigio e brutto... non faceva fatica a trovarlo: mio padre aveva una discreta collezione di maglioni grigi più o meno brutti. Zio Egidio se ne infilava uno, forse sentiva freddo davvero.

La nostra casa, fatta eccezione per una Madonnina fosforescente sul tavolino da notte di mia madre, non portava segni visibili di pietà cristiana... anche la vita familiare era piuttosto pagana... La fugace presenza dello zio bastava a sacralizzare entrambe. Tirava fuori dalla cartella nera e sdrucita un altarino da viaggio, lo apriva sul comò dell'entrata – mia madre l'aveva liberato di tutte le cianfrusaglie – e diceva messa da solo. Noi lo sbirciavamo, era buffo vedergli fare quei gesti sacri rivolto all'orologio... Mia madre per lui era come se non ci fosse, e sì che seguiva la messa con compunzione, gli occhi abbassati... In sua presenza aveva sempre l'aspetto di una Maddalena, sembrava si vergognasse di essere una donna... Mi ero fatta l'idea che per un prete fosse un peccato mortale anche solo guardare per sbaglio una donna, che ci portassimo addosso qualcosa di peccaminoso...

Zio Egidio dedicava brevissimi momenti alle umane necessità... I pranzi in sua presenza diventavano riti. Tutti pii, padre madre figlie, con la testa china sul piatto a ringraziare il Signore... La pastasciutta si raffreddava... Spiavo il viso di mio padre, imbarazzato. Per lui la religione era una faccenda privata da uomo a Dio, era da donnette metterci in mezzo un prete. Mia madre, da sopra le mani giunte, ci lanciava occhiatacce. Ci veniva da ridere... Sembrava che noi non si facesse altro che pregare, a pranzo, a cena e a colazione. Invece le uniche preghiere che recitavamo con regolarità erano quelle per l'angelo custode... per tenercelo buono... In quanto ai santi, mia madre non li teneva in gran conto, preferiva rivolgersi direttamente ai loro superiori, il Padreterno e la Vergine, però si appellava alla loro autorità per i suoi scopi personali: li invocava perché ci castigassero...

Erano visite fulminee. Zio Egidio aveva sempre una gran fretta... I suoi superiori gli vietavano di assentarsi a lungo, diceva, ma è probabile che lontano dalla sua isola si sentisse a disagio, come dentro il maglione prestato... Dopo due giorni chiudeva l'altarino, lo infilava nella cartella nera, legava il suo poco bagaglio alla Guzzi, la metteva in moto, si faceva il segno della croce e si affidava alle vie del Signore.

Zio Egidio era affetto da un'insonnia cronica. Vi accennava spesso, ma di sfuggita, come fosse un male oscuro, o il frutto di un'antica colpa. Mio padre, che ne conosceva le origini, una volta era sbottato con mia madre: "Così sono gli americani! I mafiosi li mettono fuori e i seminaristi dentro!".

All'epoca dello sbarco alleato zio Egidio era ancora in seminario. Un giorno, un amico gli chiese se poteva tenergli un certo suo bagaglio, solo il tempo di trovare un alloggio. Egidio non rifiutò il favore. Passarono settimane e l'amico non si faceva vivo. Egidio all'inizio non ci badò: erano tempi strani, la gente andava, veniva, scompariva... Poi cominciò a insospettirsi, aprì il bagaglio e scoprì che si trattava di un piccolo arsenale. Si confidò con il vicino di camera... Davanti a tutta quella mercanzia, a entrambi venne una voglia indiavolata di provare le pistole. Presero due rivoltelle, le caricarono, le nascosero sotto le sottane e se ne andarono in campagna... Se si divertirono a sparare! Come due ragazzini! Solo che le loro armi erano vere. Egidio scoprì una nuova vocazione... Al seminario però c'era qualcuno che aveva l'indole del Giuda. Una notte di aprile, una jeep si fermò davanti all'istituto salesiano; quattro soldati irruppero nel cortile, andarono diritti alla camera di zio Egidio, gli imposero di alzare le mani e sequestrarono armi e seminarista. Al quartier generale alleato nessuno volle credere alla sua storia. Si infuriarono, lo minacciarono, gli ordinarono di spiattellare i nomi... Non ci fu verso di convincerli. Lo rinchiusero in un campo di prigionia e se ne dimenticarono... Alla fine della guerra, il padre superiore si ricordò del seminarista incarcerato e si rivolse al vescovo, che a sua volta intercedette presso gli americani... Zio Egidio fu liberato, le Erinni della prigionia, però, gli piombavano addosso ogni notte, come uno sciame di cavallette, gli strappavano il sonno, lo divoravano... Scomparivano sul far del giorno ma lasciavano dietro di sé un terreno brullo, dove cresceva sì e no qualche filo di ricordo. Per tenere a mente qualcosa zio Egidio si riempiva di bigliettini, ma poi li perdeva... Appuntava i nomi delle persone, ma le confondeva lo stesso... Non gli riuscì mai di distinguere me da Luisa. Per sua fortuna non confuse mai il teorema di Pitagora con quello di Euclide, ciò che gli permise di continuare a insegnare matematica agli allievi dell'Istituto Don Bosco. Né si dimenticò mai di essere la guida spirituale della nostra famiglia...

"Insieme con maschi vieni?" Stavo in piedi davanti a lui, nell'atrio dell'istituto. Eravamo un gruppo di amici, passavamo da Palermo, ero andata a salutarlo. "Ti rispettano?"

Mi invitò nel refettorio. Era la copia di mio padre... forse era l'età a farli assomigliare... meno alto, però gli stessi gesti, le mani che solcavano l'aria, l'accento più marcato, certo... Gli occhi no, non erano quelli di mio padre, i suoi erano color castagna...

"E tua madre, che ne pensa?"

Non desisteva, il vecchio prete. Voleva farmi la ramanzina. E io, sciocca, che mi ero messa in quella situazione! Però una certa gioia dispettosa di provocare non potevo negarla...

Come l'avevo sottovalutato! Lui e mia madre si scrivevano spesso. Io mi immaginavo delle lettere formali... Mi sbagliavo! Mia madre si sfogava, era come parlare con il confessore... I fatti acquistano significato dietro la grata, non sono più bagattelle, diventano peccati, soprattutto quelli degli altri... Lui sì che capiva le sue pene! Che figlia le era toccata! Mi ero messa sulla cattiva strada! Non credevo più a niente! Le cattive compagnie che frequentavo! Ah, quei viaggi! Neppure un briciolo di affetto verso sua madre! Perché il Signore la puniva così?

Zio Egidio non rimase sordo al suo grido di dolore. Mi scrisse. Mi arrivarono delle letterine in inchiostro blu, scritte su carta sottile, sembravano giungere direttamente dall'etere... Era suo dovere indicarmi la retta via in mezzo al traffico terreno... Io mi ero persa... Conducevo una vita immorale... Vivevo lontana da casa, tutta "sola"! Una parola che già suonava a scandalo: "sola"! Mia madre stava in pena, poveretta, non pensavo al dolore che le davo?

La scrittura minuta si faceva di anno in anno più malferma. Poi le lettere smisero di arrivare. Finché anni dopo mi giunse l'ultima. "Dio ti ha provata con la malattia perché ti ricreda dei tuoi errori..." All'inizio mi offesi, poi quelle parole azzurrine mi commossero...

Un tempo dalla Sicilia arrivavano i biscotti bislunghi... mio padre li inzuppava nel caffellatte e si squagliavano... E i fichi d'India, cassette che bisognava aprire con attenzione, piene di spine invisibili, se affondavano nella carne facevano male per giorni... Le lettere con l'intestazione dell'Istituto salesiano erano il proseguimento di quei doni, l'ultimo legame con la Sicilia, che si estinse con esse.

* * *

Mia madre affidò a zio Egidio il compito di aprire il testamento di mio padre. Lui lesse a voce alta: "Lascio tutto quanto possiedo, il terreno in Sicilia e il brevetto, a mia moglie...".

* * *

Infine partì anche lo zio. Seguimmo dalla finestra la moto che si allontanava. Eravamo sole. La casa sapeva di garofani... da allora, un fiore che non amo, il garofano. Ci guardavamo in silenzio.

"Siamo rimaste noi," disse mia madre con il tono delle grandi occasioni. Due orfane, una vedova. Tre donne, "sole".

15.

GLI AQUILONI

Il terreno che mia madre aveva ereditato non era una gran proprietà. Per di più, era in uso a certi massari che prima l'avevano avuto in mezzadria. Mia madre li aveva conosciuti di persona e non ne aveva una bella opinione: tutti "bacio le mani" e alle spalle bricconi. Però in quel pezzo di terra un po' sperava. Quando le arrivò l'assegno dalla Sicilia, poco mancò che le venisse un travaso di bile. "Cinquantamila lire! Disgraziati, imbroglioni!" Soffocava, cercava nuovi improperi e nella rabbia non ne trovava di abbastanza gravi. Le parolacce che conosceva non bastavano, erano decisamente troppo deboli... è un guaio essere beneducati, quando si vuole insultare qualcuno! Mia madre agitava l'assegno, ce lo metteva sotto il naso, quasi la colpa fosse nostra, dalla rabbia lo strappava con i denti... Infine riprese fiato e provò un ultimo, estremo insulto: "Vigliaccacci!". Poi fece dietrofront, si ritirò nella sua camera e scomparve per tutto il giorno. La trovammo il mattino seguente, in camicia, scalza, che frugava nei cassetti, buttava fuori cartacce, sfilava dalle buste di cellofan documenti ingialliti... Neppure venderle poteva, quelle zolle maledette! I massari, che gli venisse un accidenti, avevano il diritto di prelazione. Mia madre leggeva i fogli, di quando in quando si inceppava, aggrottava le sopracciglia, rileggeva, si ficcava una mano nei capelli... ricorreva al dizionario...

E il brevetto, dov'era? Un nuovo avviso di pagamento! Quello sì che costava! Fasci di fogli zeppi di conti e disegni, bauli di strumenti inservibili, mia madre apriva e richiudeva scatole e cassetti e inondava tutto di lacrime. “Ecco che cosa mi ha lasciato,” singhiozzava, “cartacce!”

Era ingiusta. Mio padre le aveva lasciato un'utopia.

Mio padre era un visionario, un fabbricante di idee, un inventore. Era uno di quelli in anticipo sui tempi e gli altri si fanno beffe di loro! Li chiamano illusi, folli, dissennati... Mio padre non ci badava. Non dubitava della sua invenzione. Le dedicava tutto: se stesso, il suo tempo, quel poco che guadagnava, i soldi che sarebbero tanto serviti a mia madre, per lei, per le bambine, stringeva la cinghia, lei, e lui, invece, i soldi li buttava! Negli aquiloni li buttava! Nel brevetto che ci dissanguava! Erano scenate senza fine...

Mio padre a tavolino, chino sulla carta millimetrata, con matite goniometro e righello, disegnava aquiloni. Bisognava sfruttare l'energia naturale... utilizzare il vento... Perché usare costosi elicotteri? Uno spreco! Per tendere un filo da una parte all'altra di una valle, di un fiume, di un burrone, bastavano due aquiloni... si agganciavano nell'aria... tiravano dietro di sé un filo, una corda più grossa, una fune, un cavo...

Mio padre calcolava angoli e spessori, studiava i tessuti, più resistenti, più sottili, più leggeri, al primo soffio di vento gli aquiloni veleggiavano... Era in anticipo di trent'anni: era inutile che si sgolasse a parlare di risparmio energetico, lo guardavano stupiti, annoiati, proprio non capivano... Risparmiare energia? E perché? Ma se era lì, a portata di tutti! Finirà! Che diamine! Che bisogno c'era di risparmiare! I soldi erano pubblici, mica ce li mettevano di tasca loro! A metterli di tasca sua era mio padre, lui solo. Richiudeva gli aquiloni negli astucci, girava sui tacchi, si ritirava, alto, diritto, sdegnato, le labbra pressate una contro l'altra. Quando se ne andava, quelli si facevano cenni tra di loro, si picchiavano l'indice sulla fronte, si sbellicavano dal ridere: “Ma guarda, un venditore ambulante di aquiloni! Venire qui, all'azienda nazionale, a venderci dei mulini a vento!”.

Mio padre non si dava per vinto. Dopo ogni dimostrazione fallita si chiudeva nella parte del salotto che aveva adibito a suo studio – il tavolo era ingombro delle sue carte, meno male che non veniva mai nessuno a pranzo! Ne usciva solo per annunciare che si andava a provare una nuova variante. Luisa si nascondeva. Toccava a me seguirlo, con la borsa bislunga sulla spalla.

Domenica mattina. Il tram per il Parco Lambro. Mio padre non parlava... Il tram era vuoto, il parco pure, a parte qualche raro cane che veniva ad annusarci, io lo mandavo via, non volevo estranei intorno a guardarci. Montavamo le canne da pesca in mezzo al praticello spelacchiato... Ma non ce n'erano di trote da pescare, a Milano! Alle canne attaccavamo gli aquiloni. La gente si fermava incuriosita. Papà non la degnava, aveva un'espressione chiusa e decisa, nessuno osava fare domande... L'aria del parco era umida, avevo freddo. Soffrivo di geloni, mi prudevano i piedi. A star ferma era peggio. Anche le dita delle mani erano gonfie per il freddo, cercavo di infilare le canne di bambù nelle cimose degli aquiloni, di sbrogliarmi, lui mi controllava, avevo paura di sbagliare... Non si finiva mai! E poi magari il vento calava all'improvviso, il vento è infido a Milano, gli aquiloni già bell'e pronti si afflosciavano, ricadevano sul prato, non si alzavano nemmeno, enormi pesci volanti rimasti a secco, violacei... Tentavamo ancora, smontavamo, canna, mulinello, aquiloni, tutto di nuovo nella sacca, tornavamo alla fermata del tram, altro freddo mentre aspettavamo, anche il tram era gelido, tremavo...

"Sono sufficienti due persone, guardate, una di loro è una ragazza appena adolescente, mia figlia. Lo vedete quanto è leggero il mio apparecchio, facile da manovrare, ingegnoso? Certo, sì, il vento, quello ci vuole, anche le barche a vela hanno bisogno del vento... Guardate come si fa in fretta a montarli, le aste sottili, di bambù, si infilano nelle cimose, in un attimo è pronto, l'aquilone, lo vedete, già freme, obbediente al primo soffio di brezza... Ora si montano canna e mulinello, è una semplice canna da pesca... Ecco, l'aquilone si attacca al filo di nylon come un'esca, solo che non si getta nell'acqua... Il gesto è lo stesso, un colpo leggero e già si libra nell'aria... Il mulinello gira, il filo tira... L'aquilone si alza, il vento gli passa sotto le ali, lo solleva... Adesso si inizia la manovra: tendiamo il muso nella direzione voluta, siamo noi da terra che decidiamo dove farlo andare, non lo si lascia in balìa del vento, al contrario, lo strappiamo a forza, vedete come si dibatte in aria, l'aquilone? Freme, si agita, piega le ali, sembra che si spezzi, infine cede, si gira nella direzione che vogliamo... È un telecomando senza pile, sissignori, è energia naturale! Tutto un calcolo di pesi di piombo infilati in tasche apposite, cucite ai lati delle ali... Complicato? Ma no, bisogna solo rifletterci un pochino... A premere un tasto o un pedale son buoni tutti, qui bisogna badare a dove tira il vento, a quanto è forte... L'aquilone, ora, vola sicuro... va incontro all'altro, lo raggiunge, volano affiancati come vele al sole... Adesso occorre tirare, quello a destra si abbassa, fa un inchino, porge all'altro la coda, è pronto per l'accoppiamento, l'altro gli va addosso, i loro fili si incrociano, ecco il momento cruciale della copula..."

Stiamo con il collo piegato, gli occhi rovesciati, la visiera calata sulla fronte, le mani ferme sul mulinello... I fili tesi al sole brillano come bave di ragno...

Uno strattone più forte, ce l'ha fatta. "Tira!" La manopola del mulinello mi scappa tra le dita, la riprendo, tiro, tiro, oddio, come tirano loro, che forza hanno!, sono in due a tirare, li vedo in cielo, quello prigioniero cerca di liberarsi, è uno strazio, non vuole, che fatica... non riesco, ora mi scappa di nuovo, questo vento forte da dove viene, proprio adesso, scappano, ma no, non è possibile, dove vanno... la manopola mi sfugge, il filo scorre da solo, corre, si srotola tutto, una matassa azzurrina, si imbroglia, che faccio, tento di fermarlo con le mani, mi taglio, tolgo la mano, sanguina, mi fa male, le lacrime mi schizzano fuori... Gli aquiloni sono due punti così lontani, ancora uniti, per sempre uniti, palloncini fuggiti alla mia mano di bambina, in coppia... Tra le lacrime li vedo volare...

A quella dimostrazione, l'ultima, era andato solo. Era ridotto a uno spettro, la giacca di fustagno gli ballava intorno al petto, era tenuta su soltanto dalle spalle potenti. Lui non cedeva, anzi, ci dava dentro, telefonava alle ditte, avesse potuto fare almeno una dimostrazione! Non gli restava molto tempo...

Lo aspettavamo ansiose. Mia madre aveva smesso le lamentele. Stava in silenzio e fissava l'orologio. Le sette, le otto, le nove, quando arriva... Si era messa alla finestra, era agitata. Eccolo. Sento l'ascensore che scende, che risale, esco sul pianerottolo, aspetto che si fermi al terzo piano, apro la porta... Mio padre era rannicchiato dentro, le spalle curve sul petto, le borse lo tiravano giù... Il braccio destro era fasciato e gli pendeva dalla sciarpa annodata al collo. Come mi vide cercò di raddrizzarsi, mi sorrise debolmente, era grigio in faccia, la pelle tesa sugli zigomi, gli occhi infossati nel cranio...

Gli avrei buttato le braccia al collo, l'avrei abbracciato, baciato... Non osavo. Temevo che si sarebbe irritato, offeso... Con tutto quel suo piangere e supplicare affetto, mia madre mi aveva fatto odiare ogni effusione... Rimasi impalata a guardarlo, mentre si districava dall'ascensore...

* * *

"Li odio, aquiloni maledetti!" Mia madre singhiozzava nella camicia di nylon svolazzante. "Li detesto, li odio, odio!" Si mordeva il pugno, con rabbia, come se affondasse i denti in un rotolo di stoffa bordeaux. "E lui che se li fa cucire da quella!" Di nuovo la visione intollerabile: mio padre seduto accanto alla sarta, così vicino da toccarla, da vederle il seno... Mio padre chino sulla stoffa, che le indica dove cucire, e intanto l'altra mano... la gonna viene su quando si preme sul pedale della macchina per cucire... Gli occhi di mia madre erano abissi, non aveva parole per lo scandalo...

Era sempre stata la sua fissazione. Mio padre la tradiva con la sarta! Io non riuscivo a immaginare come lui, che aveva in testa soltanto le sue invenzioni, potesse avere occhi per un'altra donna. Lei invece se lo immaginava benissimo, nei più vividi colori se lo immaginava, anzi ne era sicurissima, lo "vedeva" con quell'altra. E piangeva, pensandoci, e più piangeva più se ne convinceva... E più se ne convinceva, più si disperava... Si abbandonava a orge di gelosia. Non era più lei... non si vestiva più, girava per casa scarmigliata come una Menade, i capelli neri e pesanti sciolti sulle spalle, e parlava ininterrottamente, con se stessa, nel piemontese più stretto e pieno di "ü" che sapesse tirar fuori, era addirittura sguaiata...

Noi ragazze non avevamo riparo, l'apparizione forsennata ci seguiva ovunque cercassimo di nasconderci, non c'era camera capace di proteggerci, ci scovava negli angoli più oscuri... Da bambine ci accucciavamo nell'intercapedine fra le porte, ideale comenascondiglio, oppure sotto il letto... a Milano non c'erano doppie porte e sotto i letti non ci stavamo più...

Alla fine, le sue fantasticherie diventarono realtà anche per me. Eccolo, mio padre, il subdolo, il traditore, con un pacco di camicie da sistemare sotto il braccio (era un lavoro che mia madre si era sempre rifiutata di fare). Suona alla casa di quella *pütana*, entra, si china sulla *bagassa*, le indica i bottoni mancanti, il polsino liso, si siede accanto a lei... Rabbrividivo anch'io! Era orribile... come poteva, mio padre, come poteva... Non c'era lei, a casa, mia madre, a sudare sulle sue camicie? Non aveva anche lei una Singer? Eccome se l'aveva! Molto migliore l'aveva! Mio padre e l'ignobile sartina... ecco dove andavano i soldi che mancavano sempre! Dalla sarta!

Quando mio padre tornava mi stupivo che fosse così normale, qualcosa doveva pur portarsi via da quegli incontri... almeno un filo... uno spillo, un capello... Ma mia madre, mica smetteva subito! Figuriamoci! Il teatro durava per giorni, mio padre rincasava ogni sera più tardi, si ritirava a giocare a scacchi con se stesso, mia madre passava le giornate a letto. A volte si alzava barcollando e tirava diritta fino all'armadio del salotto, quello che aveva disegnato mio padre e aveva delle misure che non stavano né in cielo né in terra, con delle gambe così alte che uno avrebbe potuto dormirci sotto, e dentro invece non ci stava niente. Ci stavano comunque le poche bottiglie di liquori in nostro possesso, il Johnnie Walker che lo zio della Fiat aveva ricevuto in regalo a Natale e ci aveva passato, tanto lui chissà quante ne riceveva! A noi rifilava di sicuro le marche peggiori. Né a mio padre, né tanto meno a mia madre piaceva il whisky... Ora però lei se ne riempiva un bicchiere d'acqua e lo tracannava come in un western, storcendo la bocca a ogni sorsata, tanto le faceva schifo. Lo mandava giù eroicamente, fino all'ultimo sorso, come fosse cicuta, poi cercava tastando la sua camera, con le braccia tese in avanti, da sonnambula, la camicia da notte rigata di alcol che le fluttuava tra le gambe. Cadeva pesantemente sul letto. Dopo un po', una di noi si avvicinava alla camera. "Che fa?" "Dorme." Un respiro greve, cavernoso, un rantolo... Chiudevamo piano piano la porta... per un po' stavamo in pace...

Se le domandavo: "Perché non glieli cuci tu gli aquiloni?" si rivoltava inviperita. "Io? Gli aquiloni? Non capisci niente! Che donna sei?" Lei, cucire il danno della sua famiglia? Lei, confezionare la rovina della sua casa, la tomba dei nostri beni? Lei, chinarsi su quei pezzi di odiata stoffa? Mai! Mia madre tracannava tazze di whisky e trangugiava caffè. Avrebbe fatto a pezzi tutto, canne e mulinelli, stoffa bordeaux e fogli pieni di numeri, ma non osava...

Le toccarono in eredità, quei fogli maledetti, insieme alle canne, ai mulinelli e ai rotoli di stoffa di nylon. Con quest'ultima confezionò sacchi per tutti gli usi, il resto lo depose in un bauletto militare, di quelli che teneva in soffitta e che l'avevano seguita in tutti i trasferimenti della sua vita. Mise da parte soltanto un aquilone, il più piccolo, quello che le sembrò più adatto al gioco di un bambino... Chissà dove finì: di certo mia madre si era stancata di aspettare il nipotino che avrebbe dato un senso all'insuccesso di mio padre e aveva dato via anche quello...

In quanto al brevetto, per dieci anni continuò a pagarne le spese: forse sperava che avremmo portato a casa fidanzati ingegneri, che grazie a loro gli aquiloni sarebbero usciti dal bozzolo, avrebbero steso le ali stropicciate e umide e ripreso il volo... Ma è più probabile che continuasse a pagare per riscattarsi dal rimorso: li aveva odiati tanto, gli aquiloni...

16.
I CAPELLI DI MIA MADRE

La pensione di vedova, sia pure di un ufficiale, sia pure di un eroe della patria insignito con la medaglia d'argento, era scarsa. A viverci in tre c'era da morire di fame. Noi andavamo ancora a scuola. Mia madre si lamentava con i parenti... Inondava il telefono di lacrime... "Le figlie costano!" Quelli dall'altra parte un poco l'ascoltavano, poi si stancavano... Non ce n'erano altre, di scuole? C'era un collegio per le figlie di ufficiali orfane, perché non ci mandava? Ma era a Torino! E allora? Voleva farci studiare? Tutte e due? Che bisogno c'era? In fondo, l'età per andare a lavorare ce l'avevamo... Mia madre, a quei discorsi, per la rabbia, le lacrime le si asciugavano, lì per lì taceva, poi, con noi, si sfogava. Anche le figlie le volevano togliere! Sola, la volevano! Tutti, ma proprio tutti, erano contro di lei! Persino sua sorella! Non avevano un cuore? Non avevano pietà per una vedova? No, le figlie erano proprietà sua, non le cedeva! Non le aveva mandate all'asilo, a suo tempo, per non privarsene... in collegio, adesso che era sola? Avrebbe fatto di tutto, non lo sapeva neppure lei che cosa, si sarebbe tolta il pane di bocca, ma ci avrebbe fatte studiare, tutte e due!

Io non ne potevo più di quei discorsi... avrei voluto cercare subito un lavoro, purché la finisse di piangere... Mi guardavo bene dal parlare... Dopo le sfuriate mia madre rimaneva a fissarci, come un'attrice che si aspetti applausi e invece la platea tace... Sul viso pallido e allungato, con le guance afflosciate, si disegnava prima l'attesa, poi la delusione. Se ne andava a piangere da sola... A volte la seguivo, cercavo di consolarla... Era peggio. Mi subissava! Tutte le disgrazie del mondo addosso a lei... Non resistevo a lungo...

Mia madre però, sotto quei pianti da ammollire un cerbero, era fatta di pasta dura. Gliel'avrebbe fatta vedere a "quelli", lei le figlie le faceva studiare.

Ma prima di arrivare a quel punto ce n'erano di libri e di scarpe da comprare, incredibile quanti ne consumassimo, soprattutto io, la maggiore. Da mettersi le mani nei capelli! Avevo piedi che crescevano a dismisura, manco lo facessi apposta. Diventavo sempre più lunga, ossuta, magra come un chiodo. Le braccia, specialmente, mi crescevano, sproporzionate – da gorilla, dicevo per riderci sopra e non dare a vedere che me ne crucciavo –, mi arrivavano alle ginocchia! Luisa era sempre stata più moderata, cresceva in silenzio, un po' alla volta, come si deve, senza ingoiare eccessi di libri, senza saltare le misure! Si era rassegnata al suo destino di sorella minore, nemmeno più si lamentava di portare i miei abiti smessi. Alcuni, è vero, non avevo fatto in tempo neppure a consumarli, altri invece erano trasparenti, per via della brutta abitudine di tenere i gomiti sul tavolo, appuntiti com'erano. Gli orli poi erano sfilacciati, ondulati... quella mania di tirare la stoffa per allungarla... Ma era inutile: le maniche si fermavano sempre prima di raggiungere i polsi, ero condannata ai tre quarti...

Mia madre ci teneva a che fossimo vestite come si deve, un po' alla moda, che diamine, delle ragazze!

Nell'armadio della camera da letto erano ancora appesi gli abiti di mio padre, così belli, e molti quasi nuovi, era un peccato darli via. Mio padre era a suo modo un dandy. Non che ci tenesse alla moda, al contrario, la ignorava, ma aveva un'idea sua dell'eleganza. Gli abiti se li faceva fare su misura, dal sarto. Alto com'era, la moda pronta non faceva per lui, le camicie gli stringevano sul petto, trovarla, poi, la giacca per le sue spalle! Sceglieva le stoffe della qualità migliore, che duravano una vita. "A spendere di più si spende meno," diceva. Era un ragionamento che non faceva una grinza. Cercava di convincere mia madre. Ma lei se ne infischiava della logica! Non voleva abiti per l'eternità, li voleva "alla moda". Non sapeva che farsene di una buona qualità incorruttibile, i vestiti andavano "fuori moda" e lei non poteva disfarsene, la facevano sembrare vecchia! Mio padre, con quei completi di lana fine, i disegni discreti, a righine, era sempre vestito all'antica. Si ostinava a portare i pantaloni col risvolto, il doppiopetto, il gilè...

Erano discussioni interminabili... "La logica non è dote delle femmine!" concludeva mio padre. "Gli uomini non capiscono niente di moda!" si infuriava mia madre.

Portò gli abiti di mio padre da una sarta, quella li valutò con gli occhi e li saggiò con le dita, poi confermò quanto mia madre già sapeva, che era una stoffa delle migliori. Un vero peccato sprecarla. La sarta disfò, tagliò, ricucì, fece uscire dai completi e dai cappotti di mio padre un soprabito, una gonna, uno scamiciato, tutto per me, tutto in grigio. Erano vestiti da educanda! Ma loro erano entusiaste! "Vedessi come ti sta bene!" "Così elegante!" "Ti fa 'un tipo'!" "Credimi!" "Lo sai che ho buon gusto!" "Non ti ho mai consigliata male!" Incredibile come mia madre andasse d'accordo con la sarta!

Non li volevo neppure provare, quegli abiti riciclati! Neanche per amore di mio padre. Non me ne importava un'acca che fossero di ottima qualità, che a suo tempo la stoffa fosse stata carissima! Avrei preferito qualsiasi robaccia dell'Upim... Ma mia madre, da quando mio padre era morto, aveva subìto una metempsicosi, l'anima di mio padre si era trasferita nella sua... ripeteva pari pari i suoi discorsi! E sì che, lui vivo, si era sempre rifiutata di capirli! Ero io, adesso, a rifiutare la logica della stoffa a righine! Lei insisteva: con tutti i soldi che le era costata la sarta! Mai che facessi uno sforzo per farla contenta! Era la memoria di mio padre che rifiutavo...

Per quanto mia madre si affannasse a inventare strategie trasformiste, anche a disfare tutte le giacche di mio padre, a ritagliare i suoi completi gessati, a trasformarli in gonne a pieghe, a vestirci di grigio ferro per l'eternità, i soldi non bastavano lo stesso.

Mia madre aveva appena passato i quarant'anni. Aveva qualche ciocca grigia tra i capelli, le erano venute in quegli ultimi anni, a stare accanto al marito malato. Era dimagrita, però così stava bene, era più snella. Glielo dicevo per consolarla, ma lei rimpiangeva la florida matrona che era stata e le braccia tonde. "Sono vecchia!" diceva. Guai a dirle che no, che non era poi tanto vecchia, che non dimostrava quarant'anni, che era ancora bella... A contraddirla diventava una belva. Peggio che insultarla! "Non è vero!

Ah, come sono brutta! Mi vedesse vostro padre, come sono! Perdo i capelli! Ah, questi capellacci!"

I capelli di mia madre erano neri e ondulati. Da ragazza li portava sulle spalle. Così l'aveva conosciuta mio padre alla festa in maschera, così voleva vederla sempre, con i lunghi capelli della sua giovinezza. "Non posso portare i capelli come una ragazzina!" protestava lei. "Da che mondo è mondo, le donne sposate raccolgono i capelli sulla nuca," diceva mio padre. "Non è più di moda!" Per non contraddirlo, mia madre raccoglieva i capelli in uno chignon e li fermava con forcine e fermagli. Erano fermagli d'osso, curvi, con i brillantini sopra che luccicavano sul nero della chioma...

"Cosa sembri con quei capelli!" Era la prima cosa che la nonna le diceva non appena si slacciava dal saluto. Lei, che trent'anni prima aveva sacrificato i capelli corvini alla moda, era orgogliosissima della sua permanente. Aveva i capelli tutti onde azzurrine, come una sirena.

"Lo sai che lui non vuole!" si giustificava mia madre. "E tu fallo lo stesso." Lei non osava. Però li odiava, i suoi capelli. Se li strappava davanti allo specchio, li spargeva dappertutto, ci faceva vedere che le cadevano, a ciocche le cadevano, per colpa di quell'assurda proibizione di tagliarli. "Se potessi!" diceva. A volte, a vederla piangere così, le dicevo: "Ma sono belli i tuoi capelli, mamma!". Mi lanciava uno sguardo pieno di collera... Io ero incapace di vedere... come potevo dire che erano belli! Era proprio indignata, guai a fare un complimento a mia madre, si offendeva...

Figuriamoci quando in mezzo al nero scovò i primi fili bianchi! Apriti cielo! Fu la fine! Se li strappò con rabbia, a uno a uno, ce li mostrò, spessi e rigidi come crini, trionfante... Era la prova di quello che aveva sempre detto, che i capelli lunghi la invecchiavano...

Non credevo che avrebbe mai avuto il coraggio di tagliarli... Invece un sabato, tornata dalle compere, neppure aprì la porta della camera per salutare, come faceva sempre. Andò diritta in cucina. Lì, più tardi, la vidi. La testa nera china sul fornello non aveva più i contorni netti di un tempo, si era come allargata. Un garbuglio d'onde sfiorava il collo stranamente bianco. Non sapevo che dirle. Lei si voltò. "Che c'è?" chiese con finto stupore. Un ciuffo le cadeva sulla fronte. Il viso, incorniciato dai capelli gonfi sulle tempie, si era rimpicciolito, però allo stesso tempo si era fatto più morbido, come fosse poggiato su un cuscino nero. Mia madre si portò una mano alla fronte. "Non ne vogliono sapere di stare a posto!" disse irritata. Tentò un sorriso. Aveva un'aria colpevole.

"Come stai bene!" le dissi infine. Lei era tornata alla pentola. Mi avvicinai, le misi una mano sulla spalla, le sfiorai i capelli... Erano duri, ispidi, un po' collosi di lacca. "Sarai contenta, no? Sei bella!" ripetei.

Mia madre non rispose. Continuò a rimestare, con foga esagerata.

17.

LA TIPOGRAFIA BRANCUSI & C.

Mia madre si ricordò del suo diploma da maestra. Ne era sempre andata fiera ma non aveva mai pensato di servirsene, era lì solo per dimostrare la sua istruzione. Le sarebbe piaciuto insegnare, avere dei bambini intorno, recitare poesie, leggere ad alta voce... Nella sua vita invece non ebbe che una sola scolara, la sua figlia maggiore. Mi insegnò lei a leggere e a scrivere quando non avevo ancora cinque anni... L'allieva era migliore della figlia...

Ma ormai per la scuola era tardi. Fare un concorso, adesso, dopo tutti quegli anni? "Perché non cerchi un altro lavoro?" "Non mi vorrà nessuno!"

Invece la vollero. Trovò un posto in una tipografia, avevano bisogno di qualcuno per la contabilità. Mia madre non s'intendeva né di ragioneria, né di bilanci, ma possedeva una scrittura chiara, anche per i numeri. Un'amica la presentò al principale... "Non temere, vacci, digli che ci sai fare, è una piccola ditta, serve solo una persona con un po' d'istruzione, vedrai che in poco tempo impari..."

Mia madre si vestì bene e fece la sua bella figura. Dopo, riferì che il capo della tipografia, il signor Brancusi, un uomo grasso, si vedeva subito che era uno senza cultura, che si era fatto da sé, l'aveva presa perché gli aveva fatto pena... Aveva questo debole, mia madre: ci teneva a suscitare compassione, molto più che a mostrare le sue qualità...

L'assunsero.

Per andare alla tipografia Brancusi & C. mia madre doveva prendere due tram. La fermata del primo non era lontana da casa, doveva scendere in Duomo, il secondo lo aspettava in via Torino. Scendeva davanti alle colonne di San Lorenzo, di lì c'era ancora un pezzo a piedi. Insomma, era un viaggetto e mica tanto breve... Arrivava in ufficio già stanca, sudata, scarmigliata, i piedi le dolevano... Mia madre non rinunciava mai alle scarpe con i tacchi... Di tornare a casa per pranzo non se ne parlava. Si portava un panino e lo scartocciava in mezzo ai fogli quando tutti erano andati via. Si vergognava a farsi vedere mentre mangiava, le pareva poco educato. Se qualcuno per caso rientrava prima dalla pausa, nascondeva in fretta il panino sotto un foglio e trangugiava il boccone, digiunava piuttosto!

Mia madre a quarant'anni era una principiante, in tutto... Doversi sorbire le istruzioni di un qualsiasi ragionier Brancusi! Alla sua età! Era un affronto... Le arie che si dava "quello"! Una boria! Poggiava una mano grassa, lucida di anelli, sul suo foglio, le indicava gli errori con l'unghia del dito mignolo, arcuata, gialla di tabacco. Le veniva il voltastomaco! Almeno si fosse spostato un poco, invece le stava addosso con la sua mole puzzolente di sigarette... La opprimeva! Le toglieva il fiato! E dentro di sé rideva di lei, ne era certa! Non solo lui, tutti la criticavano! Non aveva alcun dubbio... Un'intera giornata faccia a faccia con "quelli lì"! Gianni, l'operaio, quando veniva dal magazzino si strusciava alla segretaria, la Luciana, una grassona... A mia madre toccava sentire le paroline che si dicevano! Parlavano forte apposta! Aveva un bel far finta di niente! "Mio panino", lo chiamava, "micetto bello, cuoricino mio"... Mia madre stava china apposta... non voleva vedere dove le metteva le mani! Almeno la Luciana si fosse vestita un po' a modo, invece no, metteva dei maglioni che la facevano più goffa, con i quadretti tesi sul petto enorme! E lei l'aveva tutto il giorno davanti! "Basta, resisto un altro po', vedo come procede, poi..."

Non che mia madre si desse delle arie. Era affabile, cortese, sapeva mentire senza pudore. "Che bel maglione, Luciana!, l'ha fatto lei? L'ha fatto la sua mamma? Ma si vede, si vede, che è una che se n'intende... io lo vedo subito... ne ho fatti di pullover, io, prima, sa, quando facevo la casalinga e avevo tempo..." Aveva parole gentili per tutti... "Oggi è allegro, Gianni, che le succede?"

Con le figlie si lamentava. Com'era bello prima, quando stava in casa, era lei la padrona, nessuno che le dicesse cosa fare, nessuno a infastidirla con le sconcezze!

Eppure mia madre aveva sempre odiato i lavori di casa. Malediceva il destino di donna. Ma che non pensassimo di scamparla, noi! Siete donne! Era un castigo, una minaccia, una condizione irrimediabile, da accettare incondizionatamente, un peccato originale riservato al nostro sesso... Ci aveva preparate per tempo a quel ruolo... E come le aveva istruite bene, le sue bambine! Non perdeva occasione per metterci in mostra... Ci faceva correre come cagnette ammaestrate... Andate a prendere là, portate qua, davanti agli occhi della nonna, delle zie che, beate loro, avevano messo al mondo figli maschi, degli uomini cui spettava essere serviti, davanti ai sorrisini di scherno dei cugini, che non erano tenuti ad aiutare...

Pasqua. Si allungava il tavolo del salotto con il piano per la pasta, si stendeva sopra la tovaglia inamidata, di damasco, grande come un lenzuolo matrimoniale, se ne aggiungeva una più piccola per coprire il tratto rimasto allo scoperto, al fondo, dove sedevano i bambini. La nonna era tutta un sudore, da giorni non si era mossa dalla cucina, andava e veniva, depositava sul tavolo enormi vassoi di ravioli ripieni di carne, conditi con il sugo dell'arrosto, neanche fossimo un reggimento. Tutti mangiavano e lodavano la nonna, era una gara... Tutti tranne Luisa. "Perché non mangi?" le chiedeva mia madre. Sapeva bene che non avrebbe toccato i ravioli di carne. Luisa stringeva le labbra. "Non mi piace." "Come fai a dire che non ti piace se non hai neppure assaggiato?" La nonna osservava con aria offesa, facendo oscillare la testa... A mia madre si leggeva l'angustia sul viso per il resto del pranzo, era tutta occhi a guardare come ci comportavamo, dopo quell'inizio così poco promettente... Il momento si avvicinava... I commensali, sazi di ravioli, alzavano la testa dal piatto. La nonna, seduta su un angolo della sedia, stava all'erta... Mia madre la bloccava. "Stai seduta lì, mamma!" Ci fissava attraverso le bottiglie di Barbera. Luisa tuffava lo sguardo nel piatto candido, io cercavo di sostenere la sfida di quegli occhi. "Bambine!..." La voce le tremava, gli sguardi di tutti erano rivolti a noi. La nonna fremeva, cercava di liberarsi dalla mano di mia madre. “Ma lascia perdere, va’!” Mia madre non mollava. “Stai lì!” Ora anche mio padre ci fissava. Conoscevo quello sguardo... Lentamente mi alzavo, Luisa si sollevava a sua volta dalla sedia, con una lentezza esasperante. Mio cugino Carlo mi tendeva il piatto sbavato di sugo, con un ghigno raggiante...

Mia madre si aggirava sempre per casa come una sacerdotessa scarmigliata, recitando litanie di lamentele, in piemontese. Era un istinto... Solo in dialetto le sue lagne ottenevano l’effetto desiderato, su di lei che si sfogava e su di noi che subivamo la tortura... Finì che mi bastava sentirla parlare piemontese per provare un malessere allo stomaco... era più forte di me... era l’effetto Pavlov... Il tono era sempre ingrugnato, piagnucolante... I lavoracci che le toccava fare! Pulire quello che gli altri sporcavano, mettere in ordine quello che gli altri lasciavano fuori posto, nessuno aveva riguardo per lei... Era una nenia continua, un crescendo di brontolii, interrotti da un gran tirar su col naso.

Mia madre vegliava come un’arpia sui tabù che ci aveva imposto. Vietato muoversi in casa senza le pattine! Proibito sedersi sui letti, guai a sgualcire i copriletti, divieto assoluto di accedere al salotto... Vietato portare estranei in casa! Ma anche le pareti della casa, l’interno degli armadi, i cassetti, erano soggetti a un ordine stabilito da lei e che lei sola aveva il diritto di cambiare. Il lavoro di casalinga le serviva come ricatto... Mia madre era una suffragetta, una sindacalista incallita, una scioperatrice a oltranza. I suoi erano scioperi selvaggi...

Tornavo a casa da scuola, aprivo la doppia porta, di legno la prima, di vetro smerigliato la seconda, e mi trovavo davanti un grottesco tappeto di panni sporchi gettati alla rinfusa sulle mattonelle, mutande impigliate allo spigolo del comò, lenzuola di traverso, calzini e calze di nylon appesi alle sedie, una mostra sguaiata, indecente... Avanzavo disgustata, in attesa del peggio... infatti... Nella nostra camera le sedie erano gambe all’aria, i cassetti rovesciati sul pavimento... gli scaffali vuoti... i libri squadernati... Aveva spostato persino i mobili... In cucina il disastro era ancora peggiore... piatti rotti, resti di minestra rovesciata per terra, cocci di bicchieri, un lago davanti al frigorifero aperto e ovunque una scia bruna... Mia madre aveva innaffiato la casa con la caffettiera...

Gli scioperi erano più efficaci alle feste comandate. Noi stavamo in guardia, attente alle prime avvisaglie. L'antivigilia di Natale mia madre tornava a casa allegra, con le sporte piene, il tacchino, il panettone, le uova per l'insalata russa... poi improvvisamente cambiava umore... non si alzava più... Il giorno di Natale aprivamo una lattina di Simmenthal...

L'unica occupazione casalinga cui mia madre si fosse sempre dedicata con gioia era il cucito. Sceglieva su "Burda" un modello, ritagliava, riportava i ritagli sulla stoffa, ne venivano fuori grembiulini a quadretti, vestitini che ornava di ricami. Cuciva anche per sé. Ma era tempo andato quello in cui stava china sulla macchina per cucire, i capelli neri e lucidi raccolti sulla nuca, tenuti su dal fermaglio con i brillantini, il collo lungo e bianco, la camicia aperta sul seno... "Sei la mamma più bella del mondo!" Lei sorrideva, si chinava di nuovo... trrrrrr, l'ago scorreva sulla stoffa incidendo buchini. Di tanto in tanto apriva un misterioso cassetto di legno dentro la testa della macchina, cambiava una spagnoletta, strizzava gli occhi... Era stata sempre un po' miope, ma non si era mai arresa agli occhiali... trrrrrr! Era bella quando cuciva, assorta, la stoffa che le scorreva tra le dita... Tagliava il filo con i denti bianchi e forti, separati davanti da una larga fessura. "Come sei bella, mammina!" Ci stringeva al seno, una per braccio, ce la contendevamo... L'annusavamo come cuccioli. Che buon profumo aveva! Lo stesso della volpe del cappotto, quella con i riflessi viola, il pelo foltissimo dove tuffavo le mani, era un cuscino di profumo, una selva di odori, l'odore di mia madre... Lo stesso di quando andava a ballare con l'abito da sera, nero, con i pizzi, ampio e aperto sul petto, veniva a salutarci, si chinava... un frusciare di stoffa, un brillio di gioielli, un profumo di felicità...

Quel suo profumo si era dileguato, era scomparso nell'aria fetida della stanza con le tende accostate e la finestra chiusa, era stato sommerso dall'odore acido del corpo non lavato, appena alzato da un letto sfatto, si era mescolato all'alito che sapeva di whisky, quando ricorreva a quella droga fugace...

Ora però era costretta a lasciare la casa e ad andare a lavorare. Si preparava con cura, si spruzzava il profumo dalla boccetta, portava di nuovo addosso quell'odore buono, di infanzia e di benessere... Era serena... "Sei contenta, mamma?" "Contenta, io? Come puoi pensare che io sia contenta? Con tutto quello che ho passato!"

Invece, a sua insaputa, lo era.

18.

IL SENO DI MIA MADRE

"Non se n'è accorta prima, signora?"

Il giovane medico, mentre le palpava il seno, la guardava con severità.

La mammella destra era ancora turgida e bella, la sinistra invece pendeva da una parte, era molle, bitorzoluta come un'escrescenza arborea. Mia madre, rossa in faccia per la vergogna, aveva l'aria di una santa Giulia cui annuncino il martirio... Intorno, il sussurro delle infermiere. Le sembrò che tutti la biasimassero. Il giovane medico non la finiva più di scuotere la testa. Il viso, le mani, il corpo, tutto in lui esprimeva incredulità e sdegno. Mia madre balbettò qualche scusa: "Sa, con mio marito così malato, avevo altro per la testa...".

Il medico le concesse un'attenuante. "Capisco, signora, ma trascurarsi così..."

Non se n'era accorta davvero. Oppure sì, aveva visto che qualcosa non andava, quell'improvviso afflosciamento... "Devo andare a farmi vedere." Però quel "farsi vedere" significava spogliarsi davanti a un uomo, fosse pure un medico... A una donna medico non ci aveva proprio pensato. E poi si sarebbe vergognata ugualmente. Alla fine si era decisa a chiedere un appuntamento. Aveva dovuto aspettare due mesi... Li aveva supplicati. Non si poteva prima? Temeva di non stare bene... L'impiegata allo sportello era stata inflessibile. "Niente da fare. Lei lo sa quant'è lunga la lista d'attesa?" Nel frattempo mia madre aveva cominciato a lavorare...

Per andare all'ambulatorio doveva prendere un permesso... Mica poteva chiederlo subito, nuova com'era... E poi solo all'idea di andare dal ragioniere e dirgli: "Devo andare dal medico!" le sembrava di spogliarsi davanti a lui...

Ci era andata di nascosto, un pomeriggio, meno male che era un posto lontano da tutto, non c'era pericolo di incontrare un conoscente o magari un collega...

Il giovane medico mandò a chiamare un collega più anziano.

Mia madre stava a petto nudo. Si sentiva imputata, colpevole. Non osava chiedere se poteva coprirsi. Il collega più anziano arrivò, si curvò su di lei, la tastò.

Altra testa scossa in segno di riprovazione, altro sguardo severo. La mandarono a fare la radiografia. Ma era già chiaro a occhio nudo, disse il medico giovane... Il collega più anziano lo fermò con una mano. "Signora, aspettiamo i risultati degli esami, però qui il sospetto c'è e abbastanza consistente..."

Mia madre si sentì perduta. Andò a fare gli esami. Ritornò con la busta, dei fogli grandi, ingombranti, non sapeva dove nasconderli...

Il medico studiò le lastre con le sopracciglia inarcate... Volle tastare di nuovo la mammella. Disse a mia madre di rivestirsi. La pregò di sedersi...

Mia madre non aveva mai sentito la parola "mastectomia". Il medico gliela spiegò. Lei stentava a capire ma non osava fare domande. Non riusciva più a seguire quel che le dicevano. Faceva cenno di sì con la testa.

Stabilirono il giorno dell'operazione. Un'infermiera trascrisse la data su un foglio. Mia madre ringraziò e lo infilò nella borsetta come un automa... Non era spaventata. Non piangeva. Era impietrita, dentro e fuori. Le gambe la portarono a casa.

Si chiuse in camera senza proferire parola, non usciva più...

Noi non ci stupivamo... Una delle solite scene... "Chissà cos'ha! Deve esserci stato qualcosa in ufficio!"

A un tratto mia madre scivolò nel corridoio, chiuse con cura la porta della nostra camera, attenta a non farsi vedere. La sentimmo sussurrare al telefono.

Il telefono squillò spesso in quei giorni... Non la finiva più di piangere...

Noi la spiavamo. "Parla in piemontese... Allora è la zia..." "Basta, adesso vado a vedere che cos'ha..."

Come mai non era andata in ufficio? Non stava bene? Le parlavo dalla soglia. Aveva tirato giù la tapparella, la distinguevo appena... Conoscevo la sua posa abituale, distesa sul letto, i piedi nelle calze di nylon che si agitavano, si strusciavano, danzavano nervosamente sulla coperta... Non mi avventuravo mai all'interno. L'odore di stantio mi respingeva. Mi feci forza, mi avvicinai... "Vai via, vai via!"

"Ma che cos'hai?"

Mi respinse di nuovo... Ero offesa: lei che ci esortava sempre con il suo "Siete donne! Siete donne!", ora che potevo dimostrare di esserlo – quell'anno avevo compiuto diciassette anni – si negava, mi lasciava fuori, parlava piano perché non sentissi cosa diceva al telefono...

Infine si alzò, si lavò, si vestì, venne in camera nostra e ci annunciò che doveva essere operata... Si portò pudicamente una mano al seno... "Andiamo a casa della zia, tutte e tre..."

Per lo stupore trascurai la prima parte della sua asserzione. Mi afferrai alla seconda, molto più comprensibile... "Perché? Non ci sono ospedali a Milano?"

Non ero la sola a muovere quell'obiezione. Al ritorno il medico che la visitò le fece la stessa domanda con aria incredula. "Perché non si è fatta operare qui? Ma se la gente viene da lontano apposta per farsi operare a Milano!" Scorse rapidamente la lettera che mia madre gli aveva messo davanti e soggiunse, irritato: "Inoltre un intervento radicale come il suo da noi è un pezzo che non si fa più...". Mia madre non si lasciò intimidire. "Tanto ormai è fatta," disse con stoica rassegnazione. "Il seno non ce l'ho più..."

Lottammo contro la sua decisione. Cos'era tutta quella furia di andar via?

"Non volete proprio capire! Lì c'è mia sorella," adoperò la

parola "sorella" invece di dire "zia" come faceva sempre. "Se no voi qui, io in ospedale, sole, come fate?"

Protestammo. Non avevamo bisogno della zia, sapevamo badare a noi, e anche a lei, da sole.

Mia madre s'impuntò. "Non ho bisogno di chiedere il permesso a nessuno!" Da quando era rimasta vedova era una delle sue espressioni preferite... Ci teneva alla sua nuova indipendenza! Si rinchiuse in un silenzio sdegnato... doveva costarle una fatica inaudita. Preparò le sue cose, ci diede istruzioni su quello che dovevamo portare... Aveva così fretta! Ci lasciò sì e no il tempo di avvertire a scuola...

Prima di partire scrissi su un cartoncino con un pennarello rosso dei versi che avevo letto chissà dove: *Oh casa che rimani, / quando il mio bene passerà qui davanti / digli che non disperi ma ritorni domani*. Era un po' troppo sentimentale. Avevo esposto il cartoncino sul comò dell'entrata, era un gesto dimostrativo, una ribellione contro le malaugurate frasi di mia madre... Ma era anche il mio desiderio, tornare *domani*... Mia madre gettò uno sguardo distratto ai versi, a me un'occhiata disapprovante e continuò a riempire la valigia di camicie da notte e di lacrime...

Eravamo sole nello scompartimento. Sul volto di mia madre l'espressione dei momenti solenni, un misto tra angoscia e compunzione. Guardava fuori ma si capiva che non vedeva niente, si girava verso di noi, voleva dire qualcosa, si pentiva subito, sporgeva le labbra nell'eterna espressione di cruccio. Era strano che stesse zitta così a lungo. Pensieri, emozioni... doveva sempre esprimerli a voce alta, quello che non era stato detto per lei non esisteva... sentire era identico a dire... Si leggeva sulle guance lo strazio che provava e lo sforzo ancora maggiore per tacere... non ce la faceva più! Le parole le uscirono spontanee, come le lacrime, parlava rivolta al finestrino, alla sua immagine riflessa, alla campagna che scorreva fuori grigia, lugubre... Era una nenia, un brontolio... A tratti si rivolgeva direttamente a noi, ma erano domande retoriche: "Perché sempre io? Perché gli altri hanno tutte le fortune? Cosa ho fatto per meritarmi anche questo?".

Quel suo commiserarsi... voler suscitare a ogni costo l'altrui pena... Certo che aveva ragione! Certo che era una disgrazia! Certo che meritava compassione! Lei però sembrava che dubitasse di averne diritto... Che bisogno c'era se no di mendicarla? Mostrare i propri stracci, mettere in luce le piaghe – eccomi, sono qui, non vi faccio pena? Era così... servile, così privo di dignità! Ci sguazzava, lei, nella pietà degli altri! Le piaceva sbandierare la propria commozione... Io invece ne provavo ripugnanza... Mi vergognavo per lei come di fronte a una mancanza di pudore. Mi vergognavo di me perché l'irritazione era più forte della pena...

Di solito mi difendevo dal profluvio delle sue emozioni con un'indifferenza forzata... ostentavo insensibilità... facevo finta di niente... Ma quella volta, sul treno che filava nella Pianura padana, ero indifesa davanti alle sue lacrime... Luisa teneva gli occhi puntati fuori, era riuscita come al solito a estraniarsi completamente, lei non c'era, ero io quella cui toccava ascoltare e rispondere.

"Se un giorno torneremo indietro..." Mia madre, a contraddirla, aumentava la dose... Cercai di consolarla: in fondo nulla era sicuro, forse non era così grave come pensava, che aspettasse... Servì solo a tirarmi addosso una valanga di disgrazie future. Desistetti. Imitai Luisa, fissai lo sguardo fuori, lo immersi nelle risaie affondate nel grigio... non un filo verde che sporgesse, nessun accenno di piantine...

"Se vivrò ancora..."

Come lo detestavo, quel lugubre "se"!

Mia madre era un'incertezza perenne. Le improvvise zaffate di "se" mi coglievano sempre di sorpresa... Però quel giorno me li aspettavo, quei "se"... Cominciavo addirittura a ragionare anch'io per ipotesi. Se quello che ci diceva era vero... Se non fossimo più tornate a Milano... Se invece fosse guarita... Quella fuga assurda! Anzi, di più, odiosa... Che fosse una delle messinscene drammatiche che tanto le piacevano? E se invece questa volta fosse vero?

Spettrali le risaie, squallida la pianura sotto un cielo che non lasciava filtrare luce. Quel viaggio era un martirio. Per giunta mi annoiavo, ma non osavo tirare fuori il libro. Ero sicura che mi avrebbe apostrofata: "Come fai a leggere in queste circostanze? Si vede proprio che non hai cuore!".

I treni che lasciavano Torino per addentrarsi nella provincia erano tutti in legno, di quelli dove in ogni scompartimento c'è una porta. Sapevano di alpini e di canti montanari. Mi erano sempre piaciuti. Quel giorno li odiai.

"Guardate, il sole!" Mia madre sembrava sollevata. Luisa a quell'annuncio non reagì. Io feci spallucce. Non eravamo venute lì per il sole. Ma mia madre all'improvviso era gaia. Le aveva sempre fatto bene tornare nella sua città, sentiva aria di montagna già a cento chilometri da casa... C'era aria di montagna già in treno... La gente aveva la cadenza piemontese... "Lei di dov'è?" domandava mia madre strascicando la "e". Sembrava che nulla le premesse tanto come sapere se la donnetta seduta di fronte a lei, col foulard sulla testa, fosse di Fossano o di Mondovì.

Odiavo la sua mania di imbastire una conversazione con gli sconosciuti... il suo perenne bisogno di comunicare... La metamorfosi, poi. Da cittadina milanese si era trasformata di punto in bianco in una donna della provincia piemontese... come se non avesse mai lasciato la piazza grande e i portici, non avesse abitato nella casa sopra il porto... non avesse mai riempito casse e bauli per riaprirli dall'altra parte dell'Italia... Le "o" così tonde... le aveva passate anche a me, era una specie di genetica, le "o" che avevano fatto dire alle maestre di mezza Italia: "Però quest'accento! Come mai hai la 'o' così larga?". Le detestavo, quelle "o". Per non parlare dei "neee"... Mia madre ce la metteva tutta a evitarli, quando voleva fare la signora, a Milano, ma le sfuggivano... non se ne accorgeva... Mio padre a ogni "neee" faceva certi occhiacci... era una specie di riflesso... non gli andavano proprio... In sua assenza mia madre scivolava sui "neee" come sulle pattine in corridoio...

"Eccoci, ci siamo."

Neppure il cielo che si rischiarava man mano che ci avvicinavamo alle Alpi riusciva a farmi cambiare umore. Più lei sembrava rasserenarsi – il viso le si era spianato in quell'ultimo tratto di viaggio, sembrava un po' meno magro e tirato –, più in me cresceva il malumore. Non me ne importava dell'aria fresca della sua città. Pensavo alla scuola, alle amiche, mi ero persa il compito di greco... invidiavo le compagne che in quel momento si arrabattavano sugli aoristi...

Baci, abbracci, lacrime... Mia madre tornava a casa... L'ospedale non era molto lontano da dove aveva abitato da ragazza... Era a suo modo accogliente, di certo più di quello di Milano. Da casa della zia ci si arrivava in due passi, non era come attraversare Milano nelle ore di punta, che coincidevano con gli orari delle visite...

Non era Niguarda! Enorme, labirintico, una città di malati. Già arrivarci era un supplizio, fra attese e tram e autobus... Una volta ci era venuta la malaugurata idea di fare la strada a piedi, con la piantina in mano per non perderci, era stata una marcia terribile, interminabile, mai la città ci era apparsa così enorme, ostile, così terribilmente uguale e tuttavia sconosciuta... Mio padre lì dentro soffriva più per le umiliazioni che per il male. Lo trattavano senza un po' di rispetto! "Abbassi la capocchia!" gli aveva detto un giorno un infermiere. Mio padre aveva stretto i pugni. Non aveva resistito... Mia madre era andata a riprenderlo... a casa aveva preparato le lenzuola di scorta...

Nell'ospedale della sua città, le infermiere parlavano con l'accento locale. Già poter parlare in dialetto la rincuorava... L'avevano messa in una camerata, ma la presenza di altri malati – lei così schizzinosa! Lei che non voleva starci in un ufficio con della "gentaglia"! – non la disturbava affatto. Anzi. Si mise subito a parlare con la vicina. Di nuovo quel suo interessamento così sollecito... che cos'ha e cosa non ha... questa è sua figlia? Ma come le assomiglia! Sembrava che fosse lì per una vacanza!

In una piccola città le memorie non si estinguono tanto presto, la gente non dimentica, che diamine!, specie se uno è nato lì, se ha parenti, conoscenti, persone che sanno chi sei. "Si ricorda, madamin?" Via XX Settembre... Me ne ricordavo anch'io: la casa con il ballatoio chiuso da una vetrata smerigliata, il gabinetto in fondo, la nonna che faceva scaldare l'acqua per lavarci i capelli nel catino, sul tavolo di cucina, e ci versava sopra l'aceto per farli diventare più brillanti...

E poi in quell'ospedale mia madre aveva salutato per l'ultima volta i suoi...

* * *

Febbraio, tre anni prima. Le Alpi al di là dei finestroni erano limpide, azzurre, vicine come se volessero irrompere nel corridoio... meno male che c'erano i vetri a tenerle lontane... C'era da accecarsi a guardar fuori... Poi erano diventate viola scuro, nere...

Le ore scivolavano sui fianchi innevati, lentissime. Aspettavamo. Ogni tanto dalla camera usciva un adulto, ci guardava, faceva con la testa segno di no, non era ancora arrivato quel momento. Non ci era permesso avvicinarci... ai ragazzi era proponibile solo la serenità della morte, non la lotta per raggiungerla. Ce ne stavamo imbronciati nel corridoio, sopraffatti dalla noia più che dal dolore. Non avevamo niente da dirci. Io fissavo le Alpi, cocciuta... "Che cos'hai tanto da guardare?" "Niente. Guardo fuori."

L'unico legame fra di noi era la nonna, che al di là della porta aspirava a rantoli i suoi ultimi sorsi di vita. Questa volta non aveva addosso il grembiule blu a fiorellini bianchi...

L'anno prima, febbraio. Cresciuti, quasi adulti, ormai... Ugualmente annoiati dall'incredibile lentezza della morte. Dietro la porta chiusa, il nonno. Non aveva resistito molto a lungo...

I funerali neppure li ricordo. Il gruppetto si sciolse. Da adulti non ci incontrammo più...

* * *

Naturale che mia madre preferisse la compagnia di quei morti a una clinica di Milano. Forse, senza confessarselo, tornava nella sua città per morirci... Ma ancora era presto: vent'anni dopo... in febbraio, allora sì, sarei tornata a percorrere quei corridoi...

Noi nel frattempo eravamo state catapultate in casa della zia... Una bella casa, lucida, un lusso di mobili, oggetti preziosi nei corridoi, alle pareti, tappeti, una sala... quante volte mia madre aveva citato quella sala! "La zia, lei sì che ha una bella sala!"

Era bella davvero. Le feci un complimento. Me ne pentii subito. Avevo assunto i panni di mia madre! Pronunciando quella frase avevo sentito un pizzico di invidia! Ora che mia madre non c'era cominciavo a imitarla...

Siccome ero la più grande, avevo il privilegio di dormire nella mansarda... Mi piaceva, era un vero rifugio, il soffitto obliquo, le pareti rivestite di legno, un po' scuro, forse, ma per via del fumo.

Lì si era rifugiato lo zio a fumare – era morto anche lui, due anni prima, in quello stesso ospedale... C'erano le sue pipe appese, gli orologi da tasca, li collezionava... Godevo di quel lusso, mi ci chiudevo dentro, mettevo su un disco, piano, perché non mi sentissero da sotto, musica classica, un'opera... non che ascoltassi veramente, mi interessavano di più i libri. Erano libri belli, in pelle, non come i volumetti della BUR che mia madre foderava col cellofan perché la copertina grigia non diventasse ancora più grigia... Li avevo letti tutti, mia madre sorvegliava e censurava le mie letture... Qui non c'era nessuno a sorvegliarmi e a decidere cosa era adatto alla mia età e cosa non lo era. Mi accertavo che la porta fosse ben chiusa... la zia dal basso mi aveva già augurato la buona notte. L'avevo rassicurata, avrei spento subito la luce... Tiravo fuori dagli scaffali i volumi di medicina. Ero emozionata, facevo una cosa proibita... Il manuale di ginecologia... Era difficile, ma io ci sprofondavo con una sensazione di trionfo. Mia madre aveva voluto tenermi all'oscuro, ma io ero più furba di lei...

Dal terrazzo avevo la città ai miei piedi, con il corso che la tagliava, diritto fino alla piazza col monumento. Le montagne scintillavano, la strada scintillava, la neve, l'aria, tutto era scintillante... Una città così bella... La città con i grissini più buoni del mondo... me li mangiavo per la strada, in fretta, prima ancora di arrivare a casa, e non solo quelli spezzettati, anche quelli interi... Erano croccanti, deliziosi... Peccato che non fosse mai diventata anche mia, quella città...

La casa della zia ci accoglieva di malavoglia... cioè, non Pia. Lei ce la metteva tutta perché andassimo d'accordo... Però eravamo di troppo. Non che mancasse lo spazio, quello c'era, a mancare era la simpatia. Tra cugini è così: magari da bambini si litiga, però più tardi si va d'accordo, in fondo è bello avere dei coetanei nella propria famiglia... Noi no, non arrivammo mai a quel secondo stadio. Da bambini ci eravamo presi per i capelli. Ora eravamo grandi, non ci davamo più calci ma l'antipatia era sorda e meschina, peggiore dei calci.

"Siete voi che dovete dare il buon esempio... Voi siete ospiti, lo capite?" Mia madre ci supplicava, quasi... Gli occhi erano diventati più neri, con un alone viola intorno. Era come se le avessero succhiato via il sangue dalle guance...

"Carlo è venuto su e ha letto quello che ho scritto nella lettera e poi è andato a spifferare tutto! Le risate che si faceva!" Ancora fremevo per la rabbia. "C'era bisogno di graffiarlo?" "E lui di andare a piangere dalla mamma? Mica è più un bambino neanche lui!" Cercavo di non lamentarmi troppo, mia madre aveva un'aria così sconsolata... Promettevo di andare d'accordo.

Ci piegammo a una non belligeranza forzata, più che altro ci evitavamo... Sgattaiolavamo via appena potevamo, dopo aver dimostrato la nostra buona educazione dando una mano a sparecchiare...

La città con le inimicizie più incrollabili. La nostra non vacillò mai, neppure nella camera ardente...

La città che più odiavo al mondo...

19.

IL PUNTASPILLI

Finché era nella sua città, mia madre sembrava star bene... era bianca come un cencio ma sorrideva... O che ci tenesse a fare fino in fondo la parte dell'eroina, o che fosse la gioia di aver scampato, per il momento, il pericolo più grosso... Riprese a chiacchierare con le vicine, a distribuire complimenti, ad adulare le infermiere... Che donna coraggiosa! Con tutto quello che ha passato, ha ancora voglia di ridere! La guardavamo strabiliate. Eravamo contente. Dunque era salva... Sarebbe stato tutto come prima, cioè, non proprio come prima, c'era quel vuoto a sinistra, sotto la camicia da notte, scendeva giù liscia liscia... Mi sforzavo di non guardare...

Il difficile venne dopo, a Milano. Lì la gente non sapeva o non si dava cura di mostrare la propria compassione... Mia madre, la compassione, la cercò nelle figlie, ma non ne trovava mai a sufficienza. Voleva essere compatita in continuazione. Riversò su di noi tutta la sua amarezza... Ci coinvolse nella sua disgrazia, ce la rinfacciava, ce la sventolava sotto il naso... Se ne serviva come di un ricatto perenne: "Che vergogna, parlare così a tua madre! Guardami, io che ho un seno solo!". Si scopriva perché la vedessimo. Aveva perduto il pudore di un tempo, quasi che, una volta subita quella violenza, il suo corpo non fosse più degno neppure di essere nascosto. Mi voltavo disgustata, più per la teatralità del gesto che per la vista... Mia madre non mi lasciava il tempo di capirla... mi impediva di amarla... Elemosinava il mio affetto e nello stesso istante lo frantumava sotto i piedi, come faceva con tutte le sue cose. Cercavo di compatirla, mi impediva anche questo...

All'inizio mia madre si nascondeva... Non voleva uscire. "Fuori se ne accorgono," diceva. "Ma no, non se ne accorge nessuno!" Non ci credeva. Però in tipografia l'aspettavano, il permesso scadeva... non poteva restare a casa per tutta la vita! "Avanti, adesso andiamo a comprare una protesi, ti accompagno, vuoi?" Non voleva. "Costano! I soldi chi ce li ha?" "Ma per una cosa simile..." Andare in un negozio a comprare una mammella, già solo l'idea le faceva orrore. Una volta riuscii a convincerla, me la trascinai dietro, riluttante. Guardò di malavoglia l'articolo, poi disse che era troppo pesante... "Ma ha lo stesso peso dell'altro seno!" la commessa era addirittura offesa. "Non lo so," disse mia madre, "non l'ho mai pesato!" Uscimmo, mia madre era sollevata.

Alla fine la protesi se la fece da sola. Ritagliò da un pezzo di gommapiuma una forma a cupola e cucì nel reggiseno una tasca con delle clip. Era orgogliosa della sua trovata. Ce la mostrò. "Guardate!" Era tutta allegra. Infilò il cuscinetto nella coppa. "Vedete qualcosa da fuori? Niente, vero?"

Non si vedeva, però teneva caldo. "È come se mi portassi addosso un materasso di gommapiuma, con questo caldo! Sono tutta un lago. Con questo seno qui!" Appena tornava dall'ufficio si strappava di dosso il seno posticcio. Si sentiva subito meglio, a me però quell'improvviso vuoto sotto il vestito leggero causava una fitta al cuore, non riuscivo a farci l'abitudine...

La protesi artigianale aveva un altro difetto, ma non ce ne accorgemmo subito. Il seno di gommapiuma, tanto più leggero dell'altro, la sbilanciava. Mia madre aveva preso a camminare china in avanti, cercando istintivamente di proteggere il petto dagli occhi altrui... ora pendeva dal lato destro, come se portasse sempre con sé un'invisibile borsa della spesa. Prese poi un'altra abitudine... Non ci fu verso di fargliela perdere...

Mia madre aveva sempre avuto un rapporto speciale con aghi, spilli e oggetti acuminati in genere, era una sorta di superstizioso attaccamento... Forse l'aveva preso dalla nonna, che ci faceva sempre volteggiare intorno trinciapolli o coltelli da cucina... Mia madre preferiva oggetti più piccoli... Prese a usare il seno finto come puntaspilli. "È comodissimo," si giustificava, "così almeno so dove trovare gli spilli!" "Sembri la Madonna dei Sette dolori, con le spade infilate nel cuore!" le dicevo. Lei faceva finta di sdegnarsi, alzava le sopracciglia e deglutiva, come se quelle spade, oltre che averle nel cuore, dovesse anche mandarle giù nello stomaco. Subito dopo però puntava l'ago con un mozzicone di filo che pendeva dalla cruna nel suo povero surrogato di mammella, ci aveva fatto l'abitudine, diceva. Invece io ero convinta che mia madre con quell'impietoso trapassarsi con aghi e spilli volesse punire il seno che l'aveva tradita... Non desistevo... "Immagina se qualcuno che non sa nulla ti vede con il seno tutto infilzato, penserebbe che tu sia un fachiro! O una strega, ammesso che le streghe usino il seno come puntaspilli..."

Alla fine, dopo anni di suppliche, si lasciò convincere a comprare una protesi. Però si lamentava. "Pesa!" diceva, ma il suo vero cruccio era che quando cuciva non sapeva dove puntare aghi e spilli.

20.

L'ULTIMO TRASLOCO

Dovevamo cambiare appartamento: troppo costoso, troppo grande, troppo lontano dalla tipografia, quello in cui abitavamo. Io e Luisa ci buttammo alla ricerca di una nuova casa. La tipografia si sarebbe trasferita dall'altra parte della città, era lì che dovevamo cercare. Ci andavamo dopo la scuola, ci volevano due mezzi, fra tram e autobus, per arrivarci. Approdavamo in una zona sconosciuta. Cartina alla mano, la perlustravamo strada per strada. Ville, magnolie che spuntavano dai muri di cinta, gradini che salivano alle verande, tetti a punta, un che di giocoso, benessere, tranquillità... Strada dopo strada, non ne saltavamo nessuna, gli occhi fissi ai portoni a individuare i cartelli d'affitto. Cominciava già a far caldo, un'afa precoce, i piedi nei sandali ci facevano male... Non ci badavamo. Eravamo determinate a trovare una casa il più in fretta possibile... Che lei non si angosciasse più! Che non poteva pagare l'affitto, che saremmo rimaste tutte e tre per la strada... Non ne poteva più di quei tram...

Infine la trovammo. La casa aveva un cortile pieno di ortensie rosa e una magnolia altissima. Un profumo che nauseava tanto era intenso in quell'ora del pomeriggio. La portinaia uscì fuori di malavoglia, ci squadrò e decise su due piedi che non valeva la pena di essere particolarmente gentile. Ci guidò al terzo piano, aprì la porta, ci disse di spicciarci. Ci mettemmo a misurare. L'armadio ci sta. Era la cosa più importante. Il balcone c'è – era una condizione sine qua non –, manca solo lo sgabuzzino... per il resto va bene. Mia madre venne, guardò, misurò, si sporse dal balcone, annusò l'aria... "Se non mancasse lo sgabuzzino..." disse. La prendemmo lo stesso.

In confronto a quelli del passato, il trasloco fu una cosa da niente, una passeggiata...

Ne avevamo passate di case, su e giù per l'Italia... A ogni trasferimento, casse e bauli verdi e blu invadevano la casa. Spuntavano all'improvviso, portati giù dalla soffitta o su dalla cantina da robusti attendenti... Mia madre cominciava ad agitarsi. "Togliete almeno le ragnatele!" Avevano tutti un numero, fogli di vecchi calendari che ci aveva incollato sopra al trasloco precedente. Si affannava a cercare le chiavi, delle chiavette microscopiche che andavano a ficcarsi da tutte le parti, non le trovava mai, si arrabbiava, provava, infilava quelle sbagliate nelle serrature, le chiavi minacciavano di spezzarsi dentro... Mi aspettavo che sollevando i coperchi sarebbero spuntate fuori nidiate di ragni. Invece no, dentro, i bauli odoravano lievemente di lavanda... Ne uscivano dei ripiani di legno chiaro che bisognava infilare ben diritti, se no si incastravano e il coperchio non si abbassava più... Incredibile quanta roba riuscissero a inghiottire. Mia madre ci faceva sparire dentro suppellettili e stoviglie, ben avvolte in fogli di giornale. Approfittava del trasloco per liberarsi delle cose che non le erano mai piaciute. Un vaso di oscura provenienza... Il servizio da tè della nonna di Modica... Nella nuova casa non c'era più verso di ritrovarli...

Con i giocattoli era sempre un tira e molla... "Non vorrai portar via anche questo, così spelacchiato? È a pezzi, lasciamolo qui!" Appena mia madre non guardava infilavamo nel baule uno dei giocattoli scartati, magari solo un pupazzetto di gomma, di quelli che davano in omaggio con il detersivo...

Capitava che i bauli arrivassero ma la casa non era ancora pronta, oppure che la casa fosse pronta ma non ci fossero i bauli... Erano i giorni più eccitanti... Mia madre però si disperava come se avesse dovuto trascorrere il resto della sua vita in albergo o tra pareti spoglie.

Un bel giorno i bauli erano lì, la casa era pronta... Mia madre passava in rassegna la nuova dimora. All'inizio era tesa, critica, poi, se le piaceva, il suo viso si rischiarava. Spalancava le finestre e prendeva possesso dello spazio fuori: le rondini, i tetti, il pendio fino al porto. Le si allargavano gli occhi di gioia, respirava contenta quel cielo... Poi si chinava sui bauli, tirava fuori gli oggetti a uno a uno, con delicatezza, li svoltolava, controllava che fossero intatti. A volte, nonostante la carta di giornale, la paglia e l'attenzione che ci aveva messo, erano a pezzi. Allora se la prendeva con se stessa, con i bauli, con quei maledetti che li sbattevano senza riguardo, con i trasferimenti, con gli oggetti che le avevano fatto il dispetto di rompersi. I suoi pochi beni si sbriciolavano! La sua vita andava in frantumi! A ogni baule svaniva il suo sogno di ricchezza... ogni trasloco l'allontanava dalle sue speranze... era una discesa continua... non le rimanevano che cocci tra le mani...

Pavia fu la tomba di ogni speranza di benessere. Abitavamo in una casa che era stata un convento... Le finestre della sala davano sulla piazza San Pietro in Ciel d'oro, le altre invece si aprivano su un chiostro cupo con alti muri intorno... Lei la vocazione a far la monaca non ce l'aveva mai avuta, diceva mia madre, e ora le toccava stare rinchiusa in un convento! Per non parlare poi dell'arredamento! Le nostre cose non le avevamo neppure spacchettate, erano nei bauli in un qualche magazzino lontano... tanto non ci servivano... La casa era bell'e pronta, piena di mobili in noce, intarsiati, con facce ghignanti che ti guardavano da ogni spigolo... Per arrivare al primo piano si saliva uno scalone monumentale con una larga balaustra in legno lucido... Quando mia madre non vedeva, me ne servivo da scivolo... funzionava benissimo, si arrivava in un attimo al pianterreno... Nella sala c'era un caminetto enorme. "Perché non l'accendiamo mai?" "Non ne ho voglia." Mia madre, da quando era a Pavia, non aveva più voglia di niente... Mio padre quasi non si faceva vedere più... In casa c'era un'atmosfera da Finis Terrae...

Milano fu la caduta finale.

I bauli verdi e blu erano stati accatastati nella soffitta di viale Romagna... erano coperti da uno strato di polvere, ma i fogli del calendario avevano sfidato l'umidità... Il peggio fu portarli giù... Mica avevamo più intorno attendenti in divisa grigio-verde! Mia madre dal pianerottolo sorvegliava i nostri sforzi: "Tienilo bene che si sfascia! Non vedi che va a sbattere contro la ringhiera?". Le chiavi per fortuna si lasciarono docilmente infilare nelle serrature... Li riempimmo della roba che mia madre riteneva degna del suo ultimo trasloco. Fu lì lì per sbarazzarsi anche del tavolino da scacchi, poi ci ripensò, coprì con uno straccio di lenzuolo il piano intarsiato, fasciò l'unico piede con carta di giornale e lo affidò alle rudi mani dell'operaio della ditta di traslochi... Lo ritrovai molti anni dopo in soffitta... i tarli avevano traforato il piede, ma sul piano i riquadri chiari e scuri erano intatti, ancora lucidi, pronti per schierarci sopra eserciti di pedine...

Nella nuova casa non c'era quasi più nulla del vecchio mobilio. Mia madre era proprio soddisfatta... era fiera di essersi liberata di quella robaccia... Finalmente aveva cose *sue*. Calcava sul possessivo... La casa era esclusivamente *sua*, noi, le figlie, eravamo ospiti *sue*! Anche la camera dove dormivamo era *sua*. In realtà ci dormivamo a turno, perché il letto era uno solo. Nel vecchio appartamento avevamo dormito una accanto all'altra, però uno dei letti si era sfasciato durante il trasloco. Mia madre non ne aveva voluto sapere di sostituirlo. "Non c'è spazio!" "Certo che c'è, mettiamo i letti più vicini." "Non abbiamo i soldi, e poi non ce n'è bisogno. Una di voi dormirà nel letto matrimoniale. Ci stiamo in due senza darci fastidio. Così si utilizzano le lenzuola grandi." Fummo sacrificate alle lenzuola... A ogni cambio di lenzuola cambiavamo il letto...

Quando l'insonnia la tormentava, mia madre si alzava, buttava le coperte dall'altra parte, accendeva la luce e cominciava a parlare in piemontese... La sentivo nel dormiveglia. A volte mi raggiungeva un soffio d'aria gelida... Aveva spalancato la finestra nella notte invernale. Aprivo gli occhi a fatica... Il cielo era opaco, come è quello delle notti cittadine. Vedevo la sua sagoma, la camicia da notte mossa dalla corrente, i gomiti puntati sul davanzale, il mento poggiato su una mano, il profilo spigoloso... Sembrava parlasse con qualcuno fuori, che recitasse il rosario...

Mi seppellivo sotto la coperta, cercavo di dormire... Sembrava così assorta, invece aveva colto il mio movimento... Si girava... Si avventava su di me e mi strappava le coperte... due, tre volte... sentivo freddo... non avevo la forza di oppormi.

* * *

Mia madre tornava dal lavoro sfinita. L'ultimo pezzetto di strada lo faceva appesantita dai sacchi della spesa... "Potevi dirlo!" "No, voi è meglio che studiate!" Quando era allegra faceva da mangiare, si rideva insieme...

A volte invece si ritirava senza un saluto nella sua stanza, abbassava la tapparella e se ne stava a occhi aperti, nell'oscurità, per ore, sdraiata sul letto. "Cos'hai?" "Niente, sono stanca."

C'erano week-end in cui non si faceva vedere. Li passava al buio, neppure apriva la finestra per cambiare l'aria, neppure si alzava per lavarsi. Ma erano ancora sopportabili rispetto agli altri, quelli che si annunciavano il venerdì con la tormenta delle sue sfuriate e non finivano che il lunedì mattina, quando tornava al lavoro, ben messa e in ordine come sempre.

Erano giorni terrificanti, degli inferni... Eravamo completamente in sua balìa. Se mi allontanavo o cercavo di ignorarla si precipitava come una furia nella mia camera, sbatteva la porta, mi si scagliava contro, le mani chiuse a pugno che serrava contro le guance, la figura magra protesa in avanti dalla massa delle ingiurie che la invadevano, le labbra appuntite dallo sfogo ininterrotto. "Ah, questa indifferenza! Lo fai apposta! Che tu sia maledetta! Che tu possa patire tanto quanto fai patire me adesso!" Si lanciava su di me sputando imprecazioni e saliva... "Che tu possa piangere quanto piango io..." Con le braccia alzate, i capelli scarmigliati, le pupille e le narici dilatate, mia madre mi gettava addosso la maledizione dei momenti più solenni: "Che nessuno ti voglia mai bene!". Io alzavo le spalle, ma lei ci credeva alle maledizioni...

Luisa era più brava, non cercava di controbattere, non perdeva mai la calma, semplicemente non reagiva. Quando si annunciava una nuova ondata di furia, alzava gli occhi al cielo, emetteva un profondo sospiro, si ficcava le mani nella spessa cortina di ricci... solo un attimo, un guizzo di bianco negli occhi, e già era ripiombata nell'occupazione in cui era immersa prima, nella sua posizione preferita, accoccolata su una sedia, il braccio sinistro che avvolgeva il ginocchio... Aveva sempre una gamba tra sé e il tavolo, quando faceva i compiti, quando leggeva, quando giocavamo a Monopoli... Non si faceva mai cogliere alla sprovvista. Io ero sempre impreparata e reagivo con rabbia...

"Basta! Non parlare più! Non ti ascolto!" Mi ero tappata le orecchie con le mani... Mia madre non aspettava altro! Mi si scaraventava addosso, mi arpionava le mani per scoprirmi le orecchie... dalla rabbia spumeggiava, i muscoli del collo tesi... "Guardami!" gridava. "Guardami come sono!"

La prendevo per le spalle... erano fragili nelle mie mani... ero più forte di lei, avrei potuto scuoterla, sbatterla contro il muro, picchiarla... Dal guizzo dei suoi occhi vedevo che aveva colto quel pensiero, c'era un'espressione divertita, di sfida, come a dire: Provaci! Che aspetti? Dai, picchiami! Picchia tua madre!

Ah, come le sarebbe piaciuto poter dire: "Hai picchiato tua madre, non ti vergogni?". Mollavo la presa, lei lo diceva lo stesso... le era bastato il pensiero... "Mi hai picchiata!" Trionfava...

Anche l'indifferenza la faceva diventare una belva... Ci strappava il libro di sotto il naso, lo faceva a pezzi! Il vocabolario di latino era stato reciso da un volo attraverso la stanza, quello di greco portava il timbro nero della sua rabbia, gli aveva rovesciato addosso una bottiglietta d'inchiostro...

"Insensibili! Ma dove l'avete il cuore! Eppure siete donne! Che cosa ho fatto per avere delle figlie così?" E giù maledizioni... la condanna a piangere tutta la vita... Mi scostavo da lei... era orribile, sporca di caffè... lo faceva apposta a rovesciarsi la roba addosso, ci castigava disgustandoci... Eppure, se qualcuno le telefonava, anche nel bel mezzo di una sfuriata, tornava in sé... Si lamentava delle figlie, cattive, insensibili, che non l'aiutavano. Dall'altra parte del filo la compativano.

Conoscevamo a menadito il rituale delle sue follie... era sempre uguale... Una volta però temetti che il copione le fosse sfuggito di mano.

Un sabato di ritorno da scuola. Aprii la porta di casa. Luisa mi aveva raggiunta per le scale, era dietro di me, entrammo. Qualcosa di strano... rimanemmo immobili come segugi a fiutare l'aria. "C'è odore di gas!" Ci precipitammo in cucina... un odore pungente, l'aria ne era satura... Le manopole del fornello erano aperte, il gas usciva a fiotti, un ruscello, quattro ruscelli di gas che sprizzavano dai fornelli, si spandevano nell'aria, l'avevano invasa tutta, era appestata, si soffocava... "La finestra, presto! Facciamo entrare l'aria, apriamo tutto!"

"Adesso si respira... E lei dov'è?"

Non eravamo entrate nella sua camera. Ci entrammo, di corsa, la porta era socchiusa, l'aria appestata anche lì, non capivamo se fosse gas o l'odore pestilenziale delle sue maratone di sonno, non ne usciva dal giorno prima... Spalancai la finestra... Il letto era sfatto, vuoto, le coperte rovesciate a terra... La stoffa della camicia da notte, chiara... Mia madre giaceva per terra in una posa innaturale, come gli abitanti di Pompei che non avevano fatto in tempo a mettersi in salvo...

"Dorme?" Luisa era terrorizzata. "Non capisco. Sembra che non respiri." Mi misi a palpare il petto che si intravedeva dalla camicia, cercavo di individuare il battito del cuore... Era protetto solo da uno strato di pelle sottile. Toccarla mi fece impressione... "Respira," constatai più sollevata. "Quante ne avrà prese?" "Non so. Ieri ne ha comprato un tubetto nuovo." Contammo le pastiglie. "Così poche?" "Ma è quello nuovo?"

"Chiamiamo un medico? E se poi non è niente? Se ha fatto finta? Non è la prima volta... E se si fosse sbagliata? Non bisognerebbe chiamare un medico? E se lo vengono a sapere gli altri?" Senza volerlo le coprivamo le spalle, stavamo al suo gioco, poteva lasciarsi andare, noi non l'avremmo tradita. C'era una sorta d'intesa fra di noi, ma solo lei ne era al corrente...

"Avanti, mettiamola sul letto." La presi per le spalle, Luisa tentò di sollevarla per i piedi. Non sapevo quanto possa diventare pesante un corpo leggero quando è inerte. La pelle di mia madre era molle, sembrava che mi scivolasse dalle mani, non sapevo come tenerla... La trascinammo per le braccia, riuscimmo a metterla di traverso sul letto. Poi sollevammo il resto del corpo. Finalmente era sdraiata sul lenzuolo. Il respiro era percepibile, adesso. La lasciammo dormire.

* * *

Un compagno di scuola mi aveva invitata al cinema. Era il mio compleanno. Poi andammo in discoteca. Mi ero messa il vestito nuovo, era molto corto, quando mi sedevo mi veniva su... Non mi accorsi dell'ora... le due e mezzo... Mi accompagnò a casa. Ci mettemmo un po' prima di separarci davanti al portone.

Salii le scale, infilai la chiave, feci per spingere la porta... era chiusa da dentro con la catenella. Mia madre voleva costringermi a svegliarla. Farmi una sfuriata. Sentii una rabbia profonda. La odiavo. Scesi le scale, mi ritrovai sul marciapiede. La Cinquecento del mio compagno non c'era più. L'aria era umida e ferma, il giorno ancora lontano. C'era un alberghetto in una via laterale, di ritorno da scuola vedevo l'insegna. Feci la strada di ogni giorno, però a quell'ora era strana, faceva paura... Chissà perché le mie scarpe erano così rumorose...

L'albergo era illuminato, spinsi timidamente la porta... La donna aveva la faccia stanca e il trucco sfatto. "Una camera? È da sola?" Fu il prezzo a ributtarmi sul marciapiede.

Avevo freddo nel mio vestito corto. I miei passi, di nuovo così rumorosi... ma non erano solo i miei... "Dove vai, bella?" Un soffio vicinissimo, la mano che si allungava... Mi misi a correre tenendo stretta la borsetta, i passi mi inseguivano... Maledette le scarpe con il tacco... Mi girai. Ero sola. C'era un silenzio enorme, era l'ora in cui le macchine sono rare... La chiave nella serratura del portone stridette, i miei passi sulle scale rimbombarono, il campanello suonò come uno stormo di campane.

Quella notte mia madre non andò più a dormire. Accese tutte le luci, si sedette al tavolo della mia camera, cominciò il suo lamento in piemontese. Intanto fumava. Non aveva mai fumato in vita sua, non sapeva aspirare, tossiva, riprovava, succhiava il filtro come fosse la cannuccia dell'aranciata... Chissà da dove era spuntato il pacchetto, e com'era vecchio, doveva essere stato uno degli ultimi di mio padre... Erano sigarette molto lunghe, non semplici Nazionali... Avvolta in una nuvola azzurrina mia madre parlava, sbuffava, parlava... Me ne stavo rannicchiata nel letto, mi tappavo le orecchie... a volte la stanchezza mi vinceva... Appena lei se ne accorgeva si precipitava su di me e mi strappava le coperte di dosso urlando: "Tu non hai lasciato dormire me, io non lascio dormire te!". Continuò così fino all'alba... ogni tanto alzavo un po' la testa... il lumino della sigaretta si agitava nell'aria seguendo il gesticolare della mano... Avevo il capogiro, la nausea, mi veniva da vomitare... E dentro un solo pensiero: me ne vado, me ne vado, non so dove, ma vado via, lontanissimo... Vado via!

21.
STANDING ON THE HIGHWAY

Guido mi lascia all'incrocio, scendo proprio accanto al cartello con la scritta "Innsbruck, Brennero, Italia"... Abbassa il finestrino, mi fa un saluto con la mano, scompare. Sono sola. Lascio cadere lo zaino ai miei piedi. Dentro c'è la macchina per scrivere portatile, una Adler modello 1930, quella su cui il padre di Guido ha scritto la sua tesi di dottorato e lui la sua. Io sto lavorando alla mia. Tre dottorandi si sono spellati le dita sui tasti che sporgono come tentacoli, bisogna pestarci su con forza, le lettere quasi non si leggono più... È maledettamente pesante, però ci sta in uno zaino. A Milano continuerò a scrivere. Non ho tempo da perdere.

Se si fermasse qualcuno... Ho scritto su un cartello: *Italien* e lo mostro alle macchine di passaggio. Un automobilista mi fa un cenno come a scusarsi... È una gentilezza che apprezzo... Ringrazio con un gesto che lui non vede più...

Ha cominciato a nevicare, dei fiocchi stenti, radi, non si decide veramente... Il cielo è color grafite, l'autostrada è dello stesso colore ma più lucida... Ellissi che si incrociano, mi vengono le vertigini... Mi sono messa in un segmento di strada diritto, dove le macchine possono fermarsi con comodo, ho calcolato bene... Il freddo aumenta, mi infilo i guanti... Non c'è molto traffico a quest'ora... purché qualcuno si fermi... Guardo l'orologio: se mi va bene, tra sei ore sono a Milano...

How does it feel, to be on your own...

Attendo, sono tesa ma non nervosa, è una routine, ormai... Il procedere è sempre uguale: la macchina si ferma, io afferro lo zaino, corro – so quanto siano nervosi i conducenti, è proibito fermarsi sul bordo dell'autostrada –, apro lo sportello, mi affaccio, domando dove va, salgo in fretta, il tempo di caricare il bagaglio, chiudo la portiera... Poi le prime battute, devo rassicurare l'autista, ripagargli il favore, tenergli compagnia, intrattenerlo... Me la cavo discretamente. Che lavoro fa? Dove sta andando? Ma davvero, anch'io... Loro di me non vogliono sapere molto, mi fanno qualche domanda, è di sé che vogliono parlare... Sono quasi sempre commessi viaggiatori, sono gli unici che scendono verso il Brennero in un giorno feriale, a quell'ora del mattino...

Non è la prima volta che faccio l'autostop, ho percorso in lungo e in largo la Germania... Eppure ogni volta riprovo una specie di euforia, un batticuore... non è paura... Sono sola, le strade aperte davanti a me, vado dove voglio, con chi voglio, lo decido io. Ho una smodata fiducia in me stessa e nel mondo... Sono ubriaca di avventura...

Il nevischio cade più fitto, le mani mi si gelano nei guanti, le batto sulle braccia per scaldarle un poco...

...like a complete unknown, with no direction home...

Torno alla casa che non considero più mia, ma resto poco, il tempo di parlare con il professore, consegnargli un capitolo, vedere qualche amico...

Le automobili escono dalla nebbia con gli occhi accesi, come draghi, sfrecciano accanto a me... Speriamo che il nevischio non aumenti, non si faccia neve... I piedi... non li sento più... Finalmente si ferma una BMW, è la mia preferita, però anche le Mercedes non sono male... Volo verso l'automobile ferma una decina di metri più in là... Un viso che mi osserva, sospettoso, niente di particolare, il primo sguardo mi tranquillizza, sono già dentro, allacciata, pronta a recitare la mia parte. Comincio a interrogare il conducente. Fa il commesso viaggiatore? Davvero? È un mestiere interessante... "Che merce porta a Milano?" L'uomo al volante sogghigna. "Lei non ci crederà," dice gettandomi uno sguardo veloce. "Faccio il rappresentante di biancheria intima femminile..." Gli credo, ma cambierei volentieri argomento... gli chiedo se ha famiglia... Niente, non abbocca... Mi racconta nei dettagli le sue collezioni, quasi io fossi la proprietaria di una boutique... Pizzi tessuti sete modelli forme, ce n'è per tutti i gusti... Me le descrive con le mani, come se invece del volante avesse tra le dita una di quelle sete impalpabili... Si eccita, preme sull'acceleratore, un camionista infuriato suona il clacson dietro di noi, lui non se ne accorge... Chilometri e chilometri di biancheria femminile lungo l'autostrada... File di mutandine sventolano lungo il ponte dell'Europa, sottovesti sbocciano sulle strettoie del Brennero, reggiseni si chinano sull'Adige... "Poi le mostro la mia merce..." "No, grazie, non si disturbi, non importa..." "*Deve* vederla." Ci fermiamo all'aerea di servizio Paganella. Lui, svelto, scende, apre il cofano, scoperchia una valigetta, un'altra... Tenui trasparenze pudicamente si affacciano sul parcheggio... "Tocchi qui, tocchi!" Non so più cosa fare. Tira fuori degli slip... Mi chiede di provarli... Devo andarmene al più presto, però lo zaino è dentro e la macchina è chiusa, mi tocca seguirlo al bar, lasciare che mi offra un caffè, fargli eco mentre commenta le offerte sugli scaffali...

Ce l'ho fatta. Sono stata più veloce di lui. Mi ha guardata con stupore, delusione, rabbia, era afflitto davvero...

Sono di nuovo in piedi sul bordo della strada, lo zaino accucciato vicino a me... Ma il cielo è aperto, l'aria mite, solo una spruzzatina di bianco in cima in cima... Se non fossero così squallide le autostrade, specialmente se viste dal bordo della strada... Una Fiat si ferma. "Va a Milano?" Mi fa cenno di sì con la testa...

Arrivo a casa nel pomeriggio. Mia madre non sospetta nulla. "C'è sempre qualcuno che va a Milano," le dico. In fondo è vero.

Vado e vengo... Mia madre ormai l'ha capito che non torno più.

* * *

Ce n'era voluto di tempo... cinque anni per la precisione... non si passa da un giorno all'altro da piazza Piemonte all'autostrada del Brennero... io per lo meno non ci ero riuscita... Mi preparavo... Il distacco doveva essere definitivo, niente fughe e umilianti ritorni! Non che avessi le idee chiare... Non avevo un piano se non quell'unico, che non era un piano ma un desiderio, una necessità, un urlo dentro di me: andarmene!

Ma come? Così, senza niente in mano... Mia madre mi teneva al guinzaglio. Per quanto mi ribellassi, dipendevo da lei! Lei lo sapeva, ne godeva, non mancava mai di rinfacciarmelo... "Finché sei in casa *mia*!" "Finché mangi il *mio* pane!" Non lo volevo più mangiare il *suo* pane! Lei mi scherniva: "Ah sì? Vattelo a guadagnare! Non sei in grado di mantenerti da sola!". Era una cosa che mi umiliava. *Dovevo* guadagnare qualcosa. Studiavo gli annunci sui giornali. Mia madre allora si infuriava. Io dovevo studiare! Per che cosa aveva fatto tutti quei sacrifici, lei?

Io cercavo, testarda. Lavori occasionali per studenti. Domandavo in giro...

Ogni domenica alle sei andavo a vagliare le schedine del lotto... c'era da morir di noia, file di numeri, colonne, mi uscivano dagli occhi, le sognavo...

La faccenda dei risotti era senz'altro più divertente. Sceglievo un quartiere per bene e lo battevo tutto, strada dopo strada. Non che mancassero gli ostacoli. Il primo erano le portinaie, mi toccava aggirarle, giocare a nascondino, acquattarmi, aspettare il momento in cui erano distratte e infilarmi su per le scale, come una ladra, a volte mi correvano dietro... Sceglievo le ore del primo pomeriggio, quando le signore erano a casa... Suonavo, mi apriva la cameriera, mi squadrava, si assicurava che non fossi una questuante o una testimone di Geova... Io le mostravo le buste dei risotti liofilizzati... Mi facevano attendere sul pianerottolo. Le signore arrivavano, le più gentili mi facevano accomodare in salotto. Chiedevo permesso, strofinavo per bene la suola delle scarpe... temevo di sporcare i pavimenti lucidi, cercavo istintivamente le pattine... Facevo la disinvolta... "Qualche dato per la statistica, signora, il suo nome, la professione del marito... non le chiedo l'età, ci mancherebbe!" Mi salutavano con un sorriso, dopo una settimana tornavo. "Quale le è piaciuto di più, il risotto ai funghi o quello alla carbonara?"

Erano tremila lire a intervista... C'era quella dei vini. "Signora, mi permetta una domanda, è per un'indagine: scusi, lei ha dei vini in cantina? Che tipi? Beaujoulais? Qual è il suo vino preferito? Quale ha il bouquet migliore?" Incredibile come le signore di Milano s'intendessero di vini... Chissà perché, pensavo che solo nella città di mia madre ci fossero cantine, come quella del nonno, con i vini d'annata e la botte per l'aceto... Mi sbagliavo. Il ventre di Milano era traforato di cantine colme di bottiglie, Chianti d'annata, vini francesi, champagne, riserve intere, cantine su cantine, molto più grandi e più belle di quella del nonno, e non erano i nonni a scendere ma le signore con le collane di perle vere al collo, con le scarpe di Magli e il vestito di sartoria! Altro che il vino del supermercato che mia madre ogni tanto portava a casa, ne aveva sentito la voglia, si giustificava, e le pesava nel sacchetto... Era un'altra città... Alcune compagne di classe abitavano da quelle parti, quelle che andavano a sciare, che partivano per la villeggiatura...

“La zia sta tre mesi a Milano Marittima!” “Tre mesi? E che ci fai tre mesi al mare? C’è da morir di noia...” “Sarà, però non poterci andare per niente!...” Mia madre su quel “niente” versava mari di lacrime... Io non mollavo: “Io non ci andrei, neanche se mi pagassero!”. “Tu sei diversa da me!” Mi piaceva sentirglielo dire. Ero orgogliosa di essere diversa... Non facevo che costruire giorno per giorno la mia diversità...

Mia madre aveva passato il mese di luglio sudando in ufficio e in tram... Non la smetteva un momento di farsi aria con il ventaglio comprato a Napoli vent’anni prima, sembrava una di quelle farfalle che non riescono a tener ferme le ali...

A Ferragosto la tipografia chiudeva... Erano mesi che mia madre aspettava le ferie. Le aveva desiderate come una manna... “Ne ho un estremo bisogno. Farò questo e quello...” Lavori di casa lasciati in sospeso, libri mai letti per mancanza di tempo, c’era persino un lavoro all’uncinetto, lasciato lì dall’anno prima... Non vedeva l’ora!

Quando venne il giorno tornò a casa di umor nero. “Tutti vanno da qualche parte! Tranne me!” Si chiuse in camera e ci rimase per tutti i dieci giorni delle ferie.

Tè freddo al limone, ne ingurgito dei litri... Ho letto tutti i libri a mia disposizione... Basta! Non ne posso più! Mi sono venuti a noia i libri e il tè al limone. Stramaledico chi condanna gli studenti a tre mesi di tedio... Luisa è più annoiata di me... non mi propone neppure più una partita a dama. Di cinema non se ne parla, sono tutti chiusi... La radio manda in onda solo programmi insulsi, la televisione non serve, il giradischi è quello che ci ha regalato la zia tanti anni prima, funziona male e abbiamo pochi dischi, musica classica per lo più... Provo a disegnare... mi manca l’ispirazione, la noia ottunde il cervello e annacqua la fantasia...

Ma dov’è andata la gente? Ci siamo solo noi tre a Milano. Tutte le amiche hanno nonni e zie da cui andare... Restare in città a Ferragosto è qualcosa di ignominioso, da non dire a nessuno!

Esco sul balcone... Qualunque posto, tranne che in quella casa... Le ortensie appassiscono, odio le ortensie, specialmente quelle rosa, sono fiori funebri... Neppure la magnolia mi piace più... Il corridoio è l’unico posto dove faccia un po’ fresco... Mi giunge il respiro di mia madre... chissà quante pastiglie ha preso... Odio anche lei...

Devo uscire. Devo andare altrove. Comincerò da Milano. Sì, proprio dalla città dove abito. Farò la turista a casa mia. La decisione mi dà nuova energia. Propongo l'idea a Luisa. "Uscire? In città? Con questo caldo?" È incollata alla sedia dove sta accoccolata come al solito, tenendosi abbracciato il ginocchio. "Se non vuoi venire non mi importa, vado sola."

Mi metto il vestito nuovo, quello che mia madre ha fatto fare dalla sarta con uno scampolo a fiori verdi, non è un granché ma mi sta bene, il colore mi dona... Infilo i sandali comodi, dovrò camminare sul duro, non sono prati le strade di Milano. Prendo la guida del Touring, quella rossa dove c'è scritto tutto, anche quello che non vuoi sapere. *Milano, una visita accurata richiede almeno cinque giornate*. Sono delusa, io di cinque giornate ne ho a bizzeffe! Comincio dall'itinerario numero uno: piazza del Duomo e piazza della Scala. Mi ritrovo in piazza Missori, mi infilo in una via laterale... *Al numero 5 il Pal. Erba Odescalchi, oggi sede di un reparto di P.S., bell'edificio della fine del '500 attribuito al Pellegrini...* Alzo gli occhi dalla pagina, la scrittura è così piccola che faccio fatica a decifrare, e sì che ho gli occhi buoni... A volte non è facile trovare ciò che indica la guida, sembra una caccia al tesoro, entro, curioso nei sottoscala, scopro sotterranei romani, leggo le lapidi... Qui ha abitato... Chissà chi era... Nessuno in giro... Solo in piazza del Duomo c'è gente. Turisti. Giovani. Hanno più o meno la mia età. Abiti stropicciati... Gonne lunghe, jeans sbiaditi... che libertà già solo quegli abiti a casaccio! Mi vergogno del mio abitino verde, stirato – ora non più tanto –, da ragazza per bene... Ho legato i capelli con un nastro... Li sciolgo con un gesto rapido... mi cadono sulle spalle... spero che il caldo umidiccio di Milano non li abbia fatti arricciare. Ci ho messo un po' a farli diventare perfettamente lisci, come vuole la moda. Bisogna fargli fare il giro intorno alla testa, tirare bene, asciugarli col phon... Da bambina li avevo diritti come spaghetti, Luisa mi invidiava... Poi un ghiribizzo della crescita li ha fatti arricciare... Mi sono specchiata in una vetrina: i capelli sono a posto, è l'unico particolare del mio aspetto con cui mi trovo d'accordo... Il resto, a cominciare dal naso, ma anche le braccia, i fianchi, le gambe, tutto mi fa soffrire... Potessi entrare in un altro corpo... in una di quelle ragazzone bionde in pantaloni corti e magliette senza maniche, *a Milano*! Non ci pensano affatto, non lo sanno neppure che *non sta bene*. Viaggiano in coppia, con un'amica o un amico... oppure *sole*! Sono contente di sé, si vede. Fanno apposta a sembrare spettinate, si sono divertite a intrecciarsi i capelli, a farsi i boccoli... una libertà smisurata... altro che moda... Anche i ragazzi... Mia madre direbbe che sono dei drogati, invece no, sono sani, alti, robusti...

Stanno seduti sui gradini del Duomo, fumano, ridono, si divertono. Anch'io mi siedo... devo superare una certa ripugnanza... sedersi dove altri ci passano con le scarpe, sullo sporco... Loro non hanno paura dello sporco... Sprofondo nella guida rossa, tanto per darmi un contegno... A un tratto qualcuno mi rivolge la parola, parla proprio a me ma non capisco quello che dice... Gli rispondo in francese. Quello scuote la testa. "*Sorry...*" Si ricongiunge al gruppetto. Prima di andarsene mi salutano con la mano sorridendo. Io mi sento umiliata. Sono esclusa da quella libertà che recitano sfacciatamente davanti a me, come se fosse la cosa più naturale del mondo.

Per giunta ora mi sento un'ignorante... A che serve l'otto in greco sulla pagella? In latino addirittura un nove! E non so scambiare due parole con ragazzi che di certo non sanno declinare neppure il *rosa rosæ* e se ne fregano! Con tutte e cinque le declinazioni non si arriva da nessuna parte, con l'inglese si arriva dappertutto! Mi rodo dalla rabbia. Però mi hanno dato un'idea. Devo studiare l'inglese... subito, da sola. Compro i primi fascicoli delle *Venti lezioni d'inglese* dei Fratelli Fabbri Editori, con un disco allegato. Comincio la sera stessa... Tiro fuori il giradischi della zia... Prima lezione, *Listen and repeat*. Per riascoltare devo alzare con precauzione il braccio per non guastare la puntina... Cerco di ripetere con precisione. Scrivo le parole. Ho dimenticato completamente il caldo.

Due giorni dopo sono di nuovo in giro, la guida rossa in mano e gli appunti d'inglese; sul tram guardo la città che scorre deserta e ripeto le frasi imparate. Itinerario numero due: si parte da Sant'Ambrogio... Al quinto giorno sono al Castello...

Ci inseguiamo da un quadro all'altro. A volte lui è dall'altra parte di un pannello e io gli vedo solo i piedi infilati nei sandali... Sandali orribili, una suola come un carro armato... Ne escono delle dita bianche, lunghissime... Poi ricompare la testa, ha occhi piccoli e azzurri dietro gli occhiali, una chioma bionda, una barbetta da rivoluzionario, un sorriso simpatico... Passiamo di sala in sala lanciandoci sguardi, ci fermiamo una accanto all'altro davanti alla *Pietà* Rondanini... ci rincontriamo all'uscita... Finalmente lui mi fa la domanda cui mi ero preparata... Continuiamo insieme la visita di Milano, senza bisogno della guida rossa...

22.

ALLA PROSPERITÀ DEI LAVORATORI

Arbeiterwohlfahrt... che significa? Cerco sul dizionario. "La prosperità dei lavoratori"... Sul foglio che ho staccato dalla bacheca, sotto, c'è scritto: *Pensionato per lavoratori*. È quello che costa meno.

Il pensionato distava un bel po' dal centro e dall'università. Bisognava scendere nella metropolitana, salire su un tram, fare un pezzo a piedi... stradine silenziose, fiancheggiate da villette, ognuna con il muro di cinta e dietro un piccolo giardino... Strade e ancora strade, un angolo dopo l'altro, nient'altro che villette, non un negozio, neppure una panetteria, un supermercato, un bar. Era un deserto residenziale... Nel bel mezzo, stava un edificio squadrato con quel nome impossibile sulla facciata.

Trascinai dentro la mia valigia verde, quella che mia madre aveva comprato "per le bambine" tanti anni prima. Il braccio mi doleva. Avevo portato con me soprattutto libri. Lo zaino ne era pieno, lo posai a terra con stizza: non avevo fatto altro in vita mia che portare a spasso libri... cartelle che mi avevano stortato la spina dorsale, pacchi legati da cinghie di gomma che mi avevano rovinato le spalle, anche adesso mi tiravo dietro quel carico ingombrante, ci tenevo più che agli abiti... Credevo che da loro dipendesse la mia felicità, come se fossero talismani, o contenessero il fai-da-te universale... Invece erano libri brutti, di quelli che per leggere le parole all'interno bisogna aprirli con forza, squadernarli... Avevo sottolineato tutte le righe con un pastello viola... ogni parola mi pareva importante!

Mi sfregai la mano arrossata dal manico della valigia, ero tutta sudata, avevo fatto imbottire di finto pelo di montone il cappottino color cammello, comprato ai saldi... Prevedevo il freddo, invece la città era in balìa del föhn... ottobre travestito da agosto... Il vento aveva scombussolato tutto... accorciato le distanze... ingrandito ogni cosa... Le Alpi cominciavano subito dopo l'ultima casa, il cielo mi cascava addosso, da tanto era azzurro...

All'entrata, nessuno. Bussai a una porta con la scritta *Sekretariat* e rimasi ad aspettare, incerta se ritentare o attendere. Nell'atrio stagnava un odore di caffè misto a quello di patatine fritte, come in una stazione della metropolitana. Dal basso spuntò un ragazzo... La pancia gli ballava sotto la maglietta a maniche corte... In mezzo al petto portava un cerchio a losanghe bianco-azzurre... sembravano denti... la scritta intorno era più rassicurante: *F.C. Bayern München.* Mi fece strada per i corridoi. Io con il bagaglio ancora dietro. Si fermò davanti a una camera, bussò, avvicinò la testa alla porta per sentire se qualcuno rispondeva... Aveva il collo di un torello e al lobo dell'orecchio sinistro un anellino. Si aprì uno spiraglio, cominciarono a discutere... Non capivo niente. Il tipo con l'orecchino mi indicava con il pollice... Da dietro la porta, una brunetta mi lanciava occhiate... era infuriata, addirittura strillava... Alla fine aprì del tutto la porta e mi indicò il letto. "Quello è tuo," disse.

Svuotai in silenzio la valigia verde e lo zaino, disposi i libri sullo scaffale sopra il letto, facevano la loro bella figura... Li guardai con tenerezza e orgoglio...

Karin aveva smesso l'espressione astiosa. Mi osservava con un'indifferenza che mi metteva a disagio, o era ostilità, non riuscivo a capire... Di tanto in tanto beveva un sorso di birra direttamente da una bottiglia bruna. Infine chiese: "Che te ne fai di tanti libri?". Balbettai di un esame di filosofia... Non volle sapere altro. Capii che valutava fino a che punto le avrei dato fastidio. Cercai di rassicurarla. "Vado al corso di lingua, tornerò solo di sera." Alzò le spalle. "Torna quando vuoi, per me è lo stesso. Io però al mattino mi alzo presto..."

Non le arrecai fastidio... Ci vedevamo poco. Arrivavo che era già buio, tiravo fuori dal comodino il vasetto con la pasta di salame e la spalmavo su una fetta di pane scurissimo... vendevano il pane già tagliato, era molto comodo... Mangiavo seduta sul bordo del letto, con un libro sulle ginocchia. Era raro che Karin ci fosse, c'era però sempre la bottiglia di birra sul comodino. Tornava, mi rivolgeva appena un "*Hallo*!" e spegneva la luce prima di me. Una volta però, di ritorno dalla stanza vicina – le avevo sentite parlare fitto e ridere per ore –, era allegra e ridacchiava tra sé e sé mentre si sfilava le calze e la gonna... Le chiesi perché rideva. Me lo disse: "La nuova ha raccontato che in carcere alla mensa non danno più i würstel". Karin si sbellicava dalle risa. Io la guardavo senza cogliere il senso, confusa. "Come fai a non capire? I würstel quelle mica se li mangiavano!" Karin piangeva dal ridere...

Nel seminterrato c'era un locale disadorno che chiamavano *Kantine*, dove però non si conservava il vino e neppure si mangiava. Aveva una vaga funzione sociale, lo si capiva dagli anelli color caffè che ornavano i tavolini di fòrmica, sempre appiccicosi. Era quasi sempre vuoto, a parte un tavolo dove un gruppetto di ragazzi tutte le sere giocava a carte con un mazzo di tarocchi. Di domenica mi mettevo lì con i libri... C'era un altro che studiava... una volta tentò un approccio diretto, aveva un alito di birra, lo respinsi subito...

Il vero luogo di ritrovo per le ragazze era il bagno. La sera, specialmente di venerdì, era tutto un vapore, non c'era un lavandino libero, si faceva la fila ai gabinetti. Il centro dove pulsava la vita era la vasca da bagno. Dentro c'era sempre una massa enorme e rosea di nome Helga. Passava ore immersa nella schiuma, le altre stavano intorno, chiacchieravano, si sporgevano sul bordo, si lanciavano lazzi da una parte all'altra della vasca. Helga ogni tanto interveniva spruzzandole e quelle si ritraevano schiamazzando... Una sera entrai nel bagno che era tardi... non c'era nessuno... Colsi Helga di sorpresa, mentre emergeva dalla vasca... Il fragore mi spaventò, era un rovinio d'onde, un maremoto... Rimase immobile a guardarmi mentre l'acqua le colava a fiotti dalle pieghe della pelle... Il seno pendeva sul ventre, il pube glabro scompariva tra le cosce... A poco a poco, affogato nelle guance, si fece largo un sorriso...

* * *

Passavo i pomeriggi alla Biblioteca nazionale. Ero attorniata da una comunità frusciante... Sussurri, colpi di tosse, un anziano lettore che strascinava i piedi. Conoscevo di vista i frequentatori abituali... C'era un ragazzo con una cascata di capelli biondi e la barba piena, un'aria da intellettuale... aveva un tavolo tutto per sé, contrassegnato da un numero, era un privilegiato. Se ne stava giornate intere appollaiato in mezzo a torri di libri, come una sentinella dietro a una feritoia, non alzava mai gli occhi, non riuscii mai a capire cosa studiasse...

Il teologo era fra quelli che se ne andavano per ultimi, come me. Sembrava fare apposta a uscire quando uscivo io... Scendevamo insieme lo scalone... Era così per bene, l'impermeabile piegato sul braccio e un ombrello agganciato al gomito... Nell'atrio si precipitava ad aprire il portone, dovevo affrettarmi per non farlo aspettare in mezzo all'uscio. Una volta uscimmo che fuori diluviava. Era l'occasione che aspettava. Prese fiato, poi recitò in italiano: "Piove, ma io ho l'ombrello. Così non guasto la piega dei calzoni!". Mi guardò con un sorriso largo, soddisfatto, e si offrì di accompagnarmi fino alla metropolitana.

Daniela aveva più fortuna di me. Trovava sempre qualcuno con cui uscire. Conosceva già un bel po' di gente, ragazzi, specialmente. Un fine settimana mi invitò. Ulrich le aveva chiesto di portare un'amica... Andavano allo chalet dell'associazione. "Quale associazione?" "Non ho capito bene. Ha un nome impronunciabile, qualcosa come, mah, *bürsiensafte*." Cercai di rimettere in sesto la parola. A Daniela la "ü" riusciva bene, perciò la infilava dappertutto. Invece in me suscitava una vera avversione, per via delle "u" strette di mia madre quando parlava da sola in piemontese. In compenso però pronunciavo la "sch" alla perfezione. "*Burschenschaften?* Che cos'è?" "Boh," rispose Daniela. "Lo chalet," aggiunse, "è subito fuori Monaco. Se non ci piace si torna indietro subito." Accettai.

Ci vollero due ore prima di raggiungere il paese. I mucchi di neve sui bordi della strada si facevano sempre più alti. Non avevo pensato alla neve. In quelle settimane non avevo mai lasciato la città... Campagna, boschi, montagne, li vedevo solo adesso. In città non c'era neve. Fuori invece i campi erano bianchi. La strada forestale che saliva verso la baita divenne a un certo punto intransitabile. Lo strato bianco era alto, soffice, segnato solo dalle zampe dei cervi. Si dovette scendere. Due dei ragazzi caricarono la roba, io feci altrettanto, il terzo si issò sulle spalle Daniela che era piccola e aveva le scarpe da città. Io avevo ai piedi il mio unico paio di scarpe, mi arrivavano alle caviglie ma non erano impermeabili... I ragazzi avevano le giacche a vento, noi no, però Daniela la strada la faceva come Gesù Bambino sulle spalle di san Cristoforo, invece io affondavo fino al ginocchio. La baita era mezza sepolta, i ragazzi dovettero spalare di lena per liberare la porta... Erano svelti, però non mi piacevano, avevano guance rosee e lisce e un modo di fare affettato... erano sin troppo gentili... Mi indicarono lo stemma appeso sopra il tavolo: *Ehre, Freiheit und Vaterland*. Onore, libertà, patria... cominciavo a intuire... Mi mostrarono la bandiera, le foto appese alle pareti... le uniformi... Daniela si era appartata con Ulrich, vedevo la scia di capelli neri, lunghissimi, che scendeva sulla schiena. A me toccava sorbirmi gli altri due che snocciolavano i princìpi della loro associazione... ascoltarne la storia... Nel frattempo avevano sverginato la botticella... mi offrivano la birra... Si scaldavano, facevano volteggiare i boccali, li sbattevano con schiocchi fragorosi, li vuotavano a gara tra di loro... Daniela era sparita insieme a Ulrich... Prosit sonori... Declamavano versi... cantavano a squarciagola, scandendo il ritmo con i boccali... mimavano la scherma... Le loro ombre si spostavano, si incrociavano, si fondevano in una sola sulla coltre di neve... Fuori ondeggiavano ragnatele di rami... Il vento si sfogava con i vetri, ci incollava sopra ghiaccioli... Sgattaiolai al piano di sopra, mi infilai nel sacco a pelo... Quelli ancora berciavano...

Il gruppo Rote Fahne aveva indetto un'assemblea. Ero curiosa. Ci andai. Bastava cogliere le parole chiave: *Klassenkampf*, *Proletariat*, *Revolution* e capivo senza sforzo anche il resto.

Heinz era stato fischiato, non so perché. Per caso venne a sedersi accanto a me e mi parlò, forse solo per il bisogno di sfogare il malumore... Abitava in una vera comune... Non una di quelle comuni piccolo-borghesi, ci tenne a farmi sapere, dove gli studenti si dividono l'affitto e poi ognuno ha il proprio reparto in frigorifero... No, quella era una *vera* comune! Tenevano cassa insieme, facevano da mangiare insieme, facevano insieme politica e tutto il resto... Ci andai, non volevo perdermi una *vera* comune... e poi quel "tutto il resto" mi aveva incuriosita... L'unica cosa che mi stupì nell'appartamento della vera comune fu il fatto che riuscissero a respirare: le pareti trasudavano fumo, come quelle di una carbonaia... Il lerciume, poi... i piatti da lavare... Non potevo fare a meno di accorgermene... Me ne vergognavo... ero così borghese... ma la smania del pulito uno la succhia con il latte della mamma... la fatica che ci vuole, a liberarsene! L'anarchia, poi, mica è facile abituarsi... bisogna farci il callo all'anarchia...

La camera di Heinz non era da meno: tazze vuote cicche libri indumenti sparpagliati ovunque... Mi fece sedere sul letto, accanto a lui... il colore del lenzuolo – anche solo per sedermici sopra – non mi invitava affatto... E sì che lui come ragazzo non era male, non fosse stato quel puzzo di sudore e fumo e la sporcizia intorno... Mi scusai... Corsi via... giunsi appena in tempo per l'ultimo metrò...

23.

CARNEVALE NELLA BISMARCKSTRASSE

Stavo cercando una stanza. Ogni giorno studiavo i bigliettini attaccati alla bacheca con lo scotch o trafitti da una puntina. Alcuni avevano un angolo da staccare... “Cercasi studente/ssa per camera a Schwabing, duecento marchi al mese”... Avevo telefonato, ma mi ero ingarbugliata e non avevo capito. Andai direttamente all’indirizzo segnato. Erano strade sconosciute, già buie nel tardo pomeriggio di dicembre. Case bizzarre, con facciate jugendstil e un profluvio di colonne e baldacchini e tetti a punta e cupolette. Davanti giardini minuscoli, buchi neri di ombre... Bismarckstrasse, era lì. Sul campanello, un’ammucchiata di nomi scritti a mano. Esitai prima di suonare. Salii le scale... al primo piano...

Mi aprì un giovane alto... Una figura snella nel corridoio illuminato, la pipa a un angolo della bocca... grandi occhi castani che mi scrutavano con benevola attenzione... Era davvero bello... “Ah, sei venuta per la stanza!” Io ero ancora sul pianerottolo, confusa, avevo recitato male la frase preparata... Lui stava davanti a me, paziente, continuava a succhiare la pipa. “Entra!”

Un atrio stretto, buio, una vecchia tappezzeria a fiori rossi. “Elisa e io traslochiamo. Ecco la stanza.”

Era grande, due finestre sulla striscia di giardino... Il letto, due sedie, un grande tavolo ingombro di cartelle, libri e fogli... In mezzo a quel guazzabuglio, una macchina per scrivere, tasti che uscivano dalla corazza di metallo come tentacoli di un anemone di mare... Per il resto la camera era vuota... L’ombra del lampadario a pallone, di carta, sulle pareti... Sotto era seduta Elisa. Fumava. La lampada le disegnava sulle guance le ciglia finte, lunghissime. Si tolse la sigaretta di bocca. Un guizzo tra unghie rosse, appuntite... Occhi leggermente beffardi mi scrutarono... "Lei cerca una stanza?" Quel "lei" mi intimidì ancor più che le ciglia.

Stimai che avesse qualche anno più di me. Era una donna fatta, le braccia tonde ma senza eccesso, il seno pieno... Non portava un maglione informe come il mio – l'avevo comprato da Benetton, blu scuro. "È un colore che non ti dona!" aveva detto mia madre con una smorfia. A me piaceva... era una specie di uniforme, il diniego di ogni civetteria...

Elisa indossava una morbida maglia color glicine che le scendeva gentilmente sul seno... lo fasciava...

Mi trapassò in un batter di ciglia... notò il cappotto color cammello, già logoro, le scarpe... il mio timido tentativo di trucco – appena un po' di fard sulle guance, l'ombretto, un leggerissimo tocco di mascara sulle ciglia... Constatò subito la sua schiacciante superiorità... Ero una principiante assoluta... Le labbra disegnate con la matita abbozzarono un sorriso...

"Noi andiamo a vivere insieme, prima della scadenza del contratto..." Si portò la sigaretta alle labbra, aspirò, labbra turgide esalarono il fumo. "Se lei è d'accordo può tenere la stanza da gennaio alla fine di maggio..." Sì, certo che lo ero..."Bene, allora scriviamo il contratto..." Posò la sigaretta ancora accesa su un piattino... era colmo di mozziconi coronati di rosso, baci perduti nella cenere...

Avvicinò la macchina per scrivere, infilò un foglio nel rullo. Era veloce, non guardava i tasti come facevo io, adoperava tutte e dieci le dita... Tirò fuori il contratto, me lo mostrò. "Favorisca firmare..." Mi chinai. Raddrizzandomi vidi Guido in piedi alle sue spalle, mi sorrise... dentro gli occhi aveva come un barlume d'oro... Elisa notò subito il suo sguardo, tese le braccia sopra lo schienale, lo attrasse a sé, lo costrinse a chinarsi e a tenderle le labbra... Intanto non smetteva di guardarmi...

Girai gli occhi intorno, li fissai sullo scarso mobilio... il letto era una rete poggiata su mattoni... Azzardai la domanda: "Avete qualche mobile da lasciarmi? Io non possiedo neppure un letto...".

Rimasero un momento in silenzio, poi lui rispose: "Be', puoi tenere questi, a noi non servono...". Lei ebbe un moto di stizza:

"Ancora non lo sappiamo, Guido!". Lui le gettò uno sguardo di supplica...

I mobili – il letto, le due sedie, il tavolo – poi me li lasciarono. Troppo pochi per riempire lo spazio, la stanza era piena d'eco, i miei passi rimbombavano sul linoleum consunto... La mia voce, quando per esercitarmi leggevo forte la lezione, mi metteva a disagio... l'abbassavo... Disposi i libri per terra, in fila lungo la parete... gli abiti non avevo dove appenderli, rimasero nella valigia verde... Da Milano avevo portato con me delle lenzuola, mia madre aveva scelto con cura le più lise... Avevo staccato dalla parete della camera da letto il manifesto con il soldato e la scritta *Why?*, lo attaccai al muro della mia nuova stanza... Era come sperduto. Ero un po' sperduta anch'io, faticavo a sentire quella stanza "mia"... Era come se ci fosse rimasto un alito di fumo... o l'ombra di lunghe ciglia nere...

* * *

Daniela era spesso da me. La casa dove abitava era lontana, l'ultima fermata, sola tra i campi di grano e il bosco... Portava il sacco a pelo, in due ci arrangiavamo. Daniela faceva ogni giorno un nuovo mestiere. Oggi la cameriera, domani la fioraia... "Perché non provi anche tu? Vendere i fiori è facile, divertente..." "E il freddo?" "Ma va', non te ne accorgi! E poi c'è la stufetta..." Accettai... Avevo un'urgente necessità di denaro...

Fu così che un sabato mattina, era gennaio, mi trovai all'angolo tra la Leonrodstrasse e la Nymphenburgerstrasse. È un punto in cui si incontrano tutte le correnti, dove il traffico si ingorga, si attorciglia, si intasa... lì si azzuffano i venti... Io stavo in mezzo, accoccolata su uno sgabellino... Avevo tra le gambe una stufetta e addosso il mio intero vestiario... I fiori, avvolti in strati di giornali, pativano meno di me. "Fa freddo, *ghell*?" La signora si chinò sui fiori e scelse con cura il mazzo, senza sfilarsi i guanti neppure per contare il denaro... Mi mise in mano i soldi, mi lasciò venti pfennig di resto...

* * *

La festa della Bismarckstrasse per tradizione apriva il Carnevale. La data si stabiliva in base alla sporcizia dell'appartamento, così si puliva una volta sola. Il culmine della tollerabilità di solito si raggiungeva alla fine di gennaio... Una vera fortuna, coincideva infatti con l'inizio del *Fasching*, quando tutti avevano voglia di Carnevale...

Seduti sotto la lampada rossa del corridoio, si stava a discutere per ore... Jakob, Tobias e Sophie avevano liste lunghissime di amici... Più di duecento persone! Ma è impossibile! Come si fa a farle stare tutte in settantacinque metri quadrati! Anche a svuotare l'appartamento e ammucchiare tutti i mobili in una stanza, sono troppe... Era un braccio di ferro... una lotta... nessuno che volesse depennare un amico... Liste su liste... divisione degli acquisti, piano strategico... decorazioni... e soprattutto il tema... Era la questione più delicata, c'erano pro e contro a non finire. Si infervoravano... Jakob, che di solito era taciturno, in quell'occasione sprecava la sua riserva annuale di parole... Sophie alzava la voce... Tobias la zittiva... "Il tema è un catalizzatore," spiegò Tobias. Doveva convogliare in una sorta di armonia universale le caratteristiche più diverse: essere simpatico, originale, facile tanto da non creare difficoltà per il costume... Mascherarsi era infatti obbligatorio... Alla fine ci si mise d'accordo per il "selvaggio West". Come tema non era molto originale, in compenso era facile...

Daniela mi aveva avvertito già prima di Natale: "Portati qualcosa per il Carnevale...". Ero andata in soffitta... c'era ancora lo scatolone dei vestiti, quelli che da bambine indossavamo per giocare alle signore... Avevo messo in valigia una gonna lunga e ampia, a fiori, e un corpetto ricamato. Era stato della nonna siciliana che era piccola e non aveva tanto petto...

Chiuse nella mia stanza avevamo provato i costumi. Daniela avrebbe fatto l'indiana... Mi misurai il corpetto. "Dici che posso metterlo? Non è troppo scollato?" "Ma va' là! Stai benissimo!" "E le scarpe? Non ne ho altre..." "Tu sarai la ragazza dei pionieri: ci starebbero meglio gli stivali, ma vanno bene anche gli scarponi."

Lavorammo sodo... Catini pieni di insalate di riso e maccheroni... tartine... decorazioni... tutto il mobilio da spostare... Alle nove la casa era già piena, alle dieci era la calca più assoluta... Finestre spalancate sulla via, la Bismarckstrasse inondata di musica, Rolling Stones a tutto volume...

Guido arrivò che la festa era già al culmine, solo. Aveva l'aria di quello che era stato in dubbio se venire o no... Neppure un travestimento, non un accenno, una penna in testa, un cappello da cowboy, una striscia colorata sulla fronte, come i meno fantasiosi tra gli invitati... "Così non va!" disse Sophie, "la maschera è obbligatoria!" Gli disegnò sulla fronte tre strisce, rosse... Lui si sottomise docilmente... Lo guardavo... mi vide. Sorrise come la prima volta dietro le spalle di Elisa...

Non era facile parlarsi. Dovevo avvicinarmi al suo orecchio, lui si chinava verso di me per sentire... La stanza... sì sì, ero contenta... Come mai era solo? Si strinse nelle spalle... "Elisa non sta bene..." Ah! Si era riempito il boccale di birra – c'era un'intera botte in cucina – e stava appoggiato allo stipite della porta... io gli ero davanti... la gente che passava mi spingeva contro di lui, io mi scusavo...

"Vuoi ballare?" Posò il bicchiere... ci addentrammo nella stanza che era stata sua... quasi non ci stavamo... *purché lui non si accorga che non so ballare...* Era impacciato anche lui... ma tanto lo spazio per ballare mancava... era un divincolio, un muoversi senza spostarsi, stando fermi sui piedi... Finse di interessarsi al mio corpetto... "Della nonna siciliana?" La sua bocca così vicina al mio orecchio... "Che bella fila di bottoncini..." Sentivo la sua mano sulla schiena... Tobias, che faceva il disc jockey, aveva messo su un lento... Lui mi stringeva, ci cullavamo nella musica...

La camera di Sophie era in penombra, l'aria spessa di fumo, la musica arrivava un po' smorzata, c'erano ancora cuscini liberi per terra... Guido mi portò da bere, brindammo, non sembrava più stanco, le tre strisce sulla fronte si erano confuse in un colore solo... Stavamo vicini e lui comincia a parlare... non di me, non di noi... era un racconto lontano, una notte nel Sahara, il firmamento sopra... "Ci sei andato con Elisa?" "No, no, a lei non piace fare viaggi del genere..." Un tuffo di gioia... dunque non era al suo fianco nel deserto... Gli occhi tristi della gazzella che fiutava la morte... I graffiti... Le vedevo con lui, le palme disegnate sulla roccia, mi sporgevo dalla rupe per guardarle più da vicino... Avrei voluto puntare gli occhi nella notte sahariana, andare insieme non m'importava dove... Non avevo paura di stare scomoda, io... Non mi servivano le ciglia finte...

Se solo mi dicesse qualcosa... Ho gli occhi belli anch'io, non se ne accorge?

Se ne andò che nella Bismarckstrasse si spegnevano i lampioni... L'accompagnai alla porta... La casa sembrava un accampamento da Far West dopo un attacco indiano: corpi acquattati tra i cuscini, rannicchiati qua e là, intrecciati in un'ultima danza senza musica... Prima di uscire si chinò a baciarmi...

Mezzogiorno era passato da un pezzo. Eravamo ancora tutti assonnati... dalla lampada, sopra i bricchi del caffè, pendevano strisce di stelle filanti, Tobias le allontanava con un soffio stanco... sulle guance gli si erano mescolati i colori... Sophie aveva brillantini sulle ciglia... Jakob un'espressione di disgusto sul viso color cenere... Al suono del campanello non si mosse nessuno... Andai ad aprire io... Guido era avvolto da un enorme impermeabile – lo metteva anche d'inverno, non sentiva mai freddo... "Posso entrare?" Mi porse un sacchetto di plastica. C'erano i würstel bianchi, dentro...

* * *

Mia madre non mi dava tregua, mi scriveva lunghe lettere... Come sentiva la mia mancanza! Di sicuro anch'io avevo voglia di tornare, era ora... Il mio corso si sarebbe concluso alla fine di febbraio... Lei mi aspettava...

"È una lingua difficile," scrivevo, "non si impara così in fretta... Comincio un po' a cavarmela, non posso andarmene proprio adesso... Il nuovo corso comincia a marzo..."

Mia madre non mollava: "Da me non ricevi più una lira...".

* * *

L'impiegata mi disse senza alzare gli occhi: "Pulizia ufficio Schwabing nord. Le va bene?". Presi nota. Ci andai.

Mi aprì un impiegato piccolo e calvo. Il completo blu era tutto stropicciato, la cravatta a strisce rosse gli pendeva storta, allentata sul collo... Mi guidò per l'ufficio: tavoli su tavoli, scaffali dopo scaffali, file di armadi metallici... trecento metri quadrati di pavimento... Mi indicò la cucina, il ripostiglio... Io mi misi al lavoro... Di quando in quando, la cravatta a righe spuntava nel corridoio... Riempivo il secchio, ci immergevo lo straccio, lo strizzavo... All'improvviso vidi la cravatta penzolare proprio sopra di me, mi scivolò sul viso, sul petto... Mi chinai sul secchio, lo afferrai con le due mani, mi girai... La cravatta schizzò via... l'avevo colpita in pieno! E non solo quella, anche il completo blu era fradicio... Anche il ciuffo di capelli sulla fronte... L'uomo faceva acqua dappertutto... Poi cominciò a imprecare... era davvero infuriato: "Il mio abito! Rovinato! Mia moglie!". Lo lasciai nella sua pozza...

* * *

Lorenzo Corda, assistente dell'architetto Pini, soffriva di solitudine. Aveva scelto l'esilio bavarese per sfuggire al servizio militare, ma se n'era pentito. Era peggio della caserma, quella mansarda! Lui ci passava i giorni, chino sul tavolo da disegno... nel quadrato di cielo sopra di lui correva un capogiro di nubi... Corda si lamentava: tutti i giorni lo stesso paesaggio, carta, progetti, cielo... Però in estate la mansarda era un forno e lui sudava sette camicie a star chiuso là dentro... L'architetto Pini, il suo capo, era raro che si facesse vedere. Quando c'era, preferiva la zona privata, lì stava in buona compagnia... Corda mi faceva l'occhiolino...

Il lavoro non mi mancava... Il giardino pensile, il cucinino, la sala, la camera da letto – lenzuola rosse, tappeto rosso, quadri rossi alle pareti... Ci andavo direttamente dopo la scuola. Cominciavo dalla camera da letto, raccoglievo le bottiglie, erano dappertutto... Dovevo strofinare per cancellare le labbra impresse sul bordo dei bicchieri... ogni tanto trovavo un filo biondo o bruno o rosso... Erano presenze misteriose, fantasmi con le labbra colorate e lunghe chiome...

Corda cercava di attaccare bottone... io un po' gli davo corda, però quando mi invitava tiravo fuori scuse... Mi dispiaceva tanto, ero occupata quella sera, dicevo. E le altre? Ero occupata sempre.

Era vero: la mia mente era occupata da un'unica persona. Era bastato quel suo sorriso per riempirmela tutta... le sue mani che cercavano i bottoncini di madreperla me le sentivo ancora sulla schiena... Le sue parole non mi lasciavano un momento: la notte sopra il Sahara... Gli occhi tristi della gazzella... "No, no, a lei non piace fare viaggi del genere..." Me lo vedevo davanti mentre saliva le scale, l'impermeabile troppo grande che gli svolazzava intorno... le scarpe di foggia militare, nere, a punta... sorridevo tra me... Non avevo spazio per un Lorenzo Corda che se la prendeva con il cielo...

Guido però da quella volta della festa non si era fatto più vedere...

Tentavo di scacciarlo dalla testa... Mi davo della stupida... Non era successo niente, ero io che ci avevo ricamato su una storia... Mi ostinavo a non capire... gli piacciono le donne come Elisa, con le ciglia finte e le labbra che lasciano impronte sul bordo dei bicchieri...

"Vanno di nuovo d'accordo..." bisbigliava Sophie che sapeva tutto. Io cercavo di ignorare la fitta a ogni allusione...

Corda, da quando aveva rinunciato a invitarmi, mi sfotteva: "Che aria triste hai, oggi! Hai litigato col ragazzo?".

Magari ci avessi litigato! Però non gli badavo, lavavo piatti e bicchieri, pulivo le scrivanie, passavo l'aspirapolvere sotto il tavolo senza neppure guardarlo...

* * *

Le lettere di mia madre erano sempre più imperiose... Non le facevo pena, lasciarla così, sola? Come facevo a esser così insensibile? Io tergiversavo... "A fine aprile c'è l'esame di lingua, mi daranno un diploma..." "Vada per la fine di aprile, ma non un giorno di più!" Ancora credeva di tenermi in pugno... Io mi infuriavo... "La vedremo!" Però ero agli sgoccioli, avevo consumato le ultime riserve di denaro... Aprile non era più lontano...

* * *

Il teologo mi fermò all'entrata della Biblioteca nazionale. Se davo lezioni di lingua? Voleva migliorare il suo italiano... Fiutai la trappola e dissi che mi dispiaceva, non ne avevo proprio il tempo. Però mi aveva dato un'idea. Forse non era il solo a voler migliorare l'italiano...

Puntai su quell'ultima speranza un gruzzoletto... *Studentessa madrelingua impartisce lezioni di italiano.* Era un annuncio così piccolo che feci fatica a trovarlo nella rubrica *Lezioni* della "Süddeutsche Zeitung"... Nessuno lo avrebbe visto. Invece mi risposero a decine... Tutti a Monaco volevano imparare l'italiano, segretarie, casalinghe, medici, erano tutti invaghiti della mia lingua, sapere l'italiano era un punto d'onore, un obbligo sociale... Stentavo a crederci... Mi pareva troppo facile... Eppure mi pagavano... ripetevano diligenti: "Il mio nome è..." Io correggevo, non troppo però... C'era anche gente strana... "Lei adopera il bastone?" Non capivo... "Un bastone!" ripeté quello dall'altro capo del telefono. "Per castigarmi quando faccio un errore..."

Riempii l'agenda di nomi... non avevo più ore libere... quel sabato, al Salottino della nonna, pagai da bere a tutti...

* * *

Guido era spuntato all'improvviso al Salottino della nonna. Noi stavamo nel locale più basso, una vera cantina, aveva dovuto chinarsi per scendere i gradini... Ci cercava con gli occhi irrequieti, li passava sui tavoli illuminati da candele fissate nei colli di bottiglia, aveva un'aria tenebrosa... Si sedette accanto a me, mi chiese come stavo, tirò fuori la pipa, era nervoso... Se ne andò quasi subito... Rimasi delusa, amareggiata...

Me la prendevo con me stessa... Dov'era andato a finire il mio amor proprio? Lui correva dietro a "quella", lei lo faceva ballare come fosse una marionetta, un giorno sì, un giorno no... Meglio se non viene! Non lo voglio vedere più... Però c'era qualcosa in me che non badava alla logica...

E se mia madre avesse avuto ragione? "Non ti vorrà nessuno!" "Non piacerai a nessuno!" "Non sono vento, le maledizioni di una madre!" "Che tu possa patire come patisco io!" "Che tu pianga le lacrime che io piango per te!"

E infatti piangevo, di rabbia piangevo, piangevo perché era stupido piangere, piangevo perché non era degno di me piangere... Perché non meritava che piangessi per lui... piangevo...

Era la fine di aprile, fuori l'aria di neve si mischiava alle avvisaglie di primavera... Ero sola nella Bismarckstrasse. I miei compagni se n'erano andati come tutti i venerdì con la sacca della roba da lavare. Sarebbero tornati la domenica sera con la biancheria pulita, qualche provvista e il dolce della mamma... Io, da quando Daniela era partita, non avevo più con chi stare...

Se gli telefonassi? Dormivo ancora nel letto che era stato suo, studiavo al tavolo della sua infanzia, sedevo su una delle sedie sue... tra poco ci sarebbe stato il trasloco, una scusa l'avevo...

Esitai. E se invece mi risponde "quella"? Ma no... Sophie ha detto che se n'è andata con tutta la sua roba... forse è solo...

Non ne potevo più... feci il numero, rimasi con il batticuore ad aspettare che qualcuno rispondesse...

Era lui... I mobili... no, non gli servivano, potevo tenerli ancora se volevo... Era stato breve, quasi brusco.

Basta, era l'ultima volta. Perché l'avevo chiamato?, avevo fatto male, ora lui chissà cosa pensava, lo avrebbe capito chiunque che la mia era una scusa...

Dovevo andare via, uscire... A chi potevo telefonare?... In quei mesi avevo raccolto un discreto numero di nomi e indirizzi... avevo fatto male a trascurarli...

Il campanello. La prima cosa che notai mentre Guido veniva su per le scale furono le sue scarpe nere e lucide, coi lacci, da militare... e l'enorme impermeabile... Poi gli occhi, grandi, che vagavano di qua e di là, irrequieti per poi fissarsi su di me...

Aveva portato una bottiglia di vino. La stappò. Brindammo. "Ho una settimana di vacanza," disse. "Vorrei andare in Grecia. Vuoi venire con me?"

Il giorno dopo, era domenica, riconobbi subito la voce al telefono. Era Elisa. "Voglio solo metterti in guardia... Lui è strano, difficile, un perfetto egoista..." Non mi diede neppure il tempo di risponderle.

* * *

Nella mansarda davanti al giardino inglese, per la prima volta incontrai una delle belle che lasciavano i segni rossi sui bicchieri... Sedeva al tavolo di cucina avvolta nella vestaglia di seta dell'architetto Pini, imbronciata, i capelli arruffati, un alone nero sotto gli occhi... Quando mi vide se ne andò... anche a piedi nudi sembrava camminare sui tacchi...

Corda era di malumore: "Mi piacerebbe prendere l'aspirapolvere e aspirare tutta quella gente nel parco! Appena si affaccia un po' di sole gli prende come una smania, si denudano... Mica è bella la vista che ci tocca sopportare!".

Quando gli dissi che non sarei più venuta, fece spallucce.

Sopra la finestra sbieca, nubi folli si tiravano dietro l'azzurro.

24.

VIA DELL'ALSAZIA

Il quartiere continuava a chiamarsi Francese, anche se da tempo era in mano turca... Era per via dei nomi delle strade, che si richiamavano alla Francia e soprattutto alle vittorie prussiane su di essa... Stavamo in via dell'Alsazia, al quarto piano. La casa aveva una facciata color rosa antico con stucchi liberty. Gli appartamenti erano privi di bagno: i gabinetti erano stati ritagliati dai pianerottoli, quattro, e otto scricchiolanti rampe di scale. Finché le vecchie inquiline erano state in grado di pulire, tutta la scala, dal pianterreno alla soffitta, era stata di un lucido uniforme... Ma ormai erano subentrate comunità di studenti... nessuno si ricordava più di obbedire al vecchio cartello con la scritta spigolosa: *Gli inquilini sono tenuti a pulire le scale ogni tre settimane con la cera d'api*. Solo il quarto piano era lucido... I nostri vicini, i Nadler, nonostante avessero passato gli ottant'anni, erano vigorosi... Ogni tre settimane lei passava la cera, lui la seguiva due gradini più in basso e lucidava... facevano così da cinquant'anni... Noi quando era il nostro turno ci sentivamo in obbligo di imitarli... avevamo una scatola di latta con cera e stracci... pulivamo, strofinavamo, lucidavamo, ogni gradino era un gioiello...

L'occupazione principale dei Nadler era starsene con i gomiti poggiati sul davanzale, che era proprio sopra gli stucchi liberty... Guardavano fuori: la strada, il parco, il cielo che si allargava fino alle due cipolle della Chiesa di Nostra Signora. Per non consumare i gomiti li puntavano su cuscini ricamati... Accendevano il televisore solo allorché il buio – o il freddo – li obbligava a ritirarsi all'interno. Al mattino, quando aprivo la finestra, il signor Nadler era già al suo posto d'osservazione, la moglie arrivava più tardi, dopo aver sbrigato i lavori di casa... Il sole illuminava la facciata... Grazie a quel sole l'ibisco cresceva sul nostro davanzale come fosse a Bangkok, con fiori enormi e rossi, estate e inverno. Anche i semi che avevamo portato dai viaggi attecchirono, ne venne fuori un'erba alta, prepotente, che non ci stava nei vasi, era una giungla sul davanzale. Quando i Nadler ci chiesero che pianta fosse, Guido rispose che era *Cannabis indica*... Io lo sgridai: "Ma sei matto! E se sanno cos'è?".

Quelle finestre! Anche noi, come i Nadler, le amavamo... Finestre inondate dai tramonti più impudichi e maltrattate dai temporali più feroci, come solo Monaco è capace di produrne... In via dell'Alsazia capitava che il cielo si facesse all'improvviso da azzurro a viola mammola... Il tempo di chiudere i vetri... pioggia a secchiate e chicchi di grandine grossi come noci infuriavano contro le finestre, rimbalzavano, rotolavano sui davanzali... Il cielo esplodeva di rabbia e io nel mezzo, muta, guardavo gli alberi che si torcevano sotto... Eppure, poco dopo il giardino della birra si riempiva di nuovo e gli anziani continuavano la partita con gli scacchi giganti, se il temporale non aveva scompigliato troppo la scacchiera. Dall'alto avrei potuto studiare le loro mosse, o quelle dei giocatori di bocce... D'inverno la pista era gelata... Mi arrivavano gli "ooooh" e gli "aaaah" e lo stridio dei birilli sul ghiaccio...

La casa apparteneva a una famiglia di contadini che si era arricchita con il luppolo: ogni tanto il padrone scendeva dalla Holledau e infilava nelle cassette delle lettere striscioline bianche, il bordo del "Münchner Merkur", su cui aveva scritto spese e aumenti. A riscuotere veniva di persona. Per fortuna l'affitto era basso... La casa aveva qualche difetto: non c'erano né riscaldamento né bagno. Guido aveva provvisto le due camere di stufette e la cucina di un forno a gas: se si lasciava aperto lo sportello un po' scaldava... La cucina infatti serviva anche da bagno. L'anno prima Guido aveva comprato al mercato delle pulci, per venti marchi, una vasca da bagno in stagno, un vero pezzo d'antiquariato... C'erano volute quattro persone per portarla a spalla su per le rampe di scale... All'interno era rivestita di ceramica, si reggeva su fiori stilizzati, laccati in verde, in stile con l'ambiente... Guido ne era orgogliosissimo: la scoperta, l'idea... Io però, quando entrai nell'alloggio, non riuscii subito ad apprezzare i pregi di quel bagno-cucina... Finì che intorno alla vasca da bagno si arroventarono le nostre prime discussioni: io insistevo a separare le due funzioni – bagno e cucina – con una tenda, Guido la trovava inutile... Mi intestardii: se non potevo cancellare del tutto la traccia di quell'altra dentro di lui, volevo almeno dare la mia impronta alla casa che era stata sua... Vinsi la partita: la vasca fu confinata dietro a un'abbondante tenda Laura Ashley, a fiorellini decenti.

In quella casa ero spesso sola. Guido tornava il mercoledì sera dopo il turno in ospedale. Io insegnavo alla scuola serale. Come sbucavo in via dell'Alsazia, puntavo gli occhi alla finestra del quarto piano. Se era illuminata allungavo il passo, facevo le scale di corsa... Guido veniva ad aprirmi appena mi sentiva arrivare, avvolto nel fumo della pipa, con la camicia un po' sbottonata sul petto e le maniche tirate su... Ci abbracciavamo sul pianerottolo lucido...

In quella casa, sulla scrivania in noce che era stata di suo padre, battendo sui tasti durissimi della vecchia macchina per scrivere, la stessa da cui Elisa aveva fatto uscire il mio primo contratto d'affitto, Guido scrisse la sua tesi di dottorato, io la mia...

In quella casa, lui seduto sulla sedia a dondolo che era stata dello zio, io raccolta sul divano color panna comprato all'Ikea, il nostro primo acquisto comune, passammo ore e ore a leggere, a studiare, ad ascoltare musica... Non avevamo molte cose intorno: le mie ci stavano nella valigia di stoffa verde, la stessa con cui ero arrivata...

* * *

Mia madre non voleva saperne di venire in via dell'Alsazia. Si vergognava troppo della figlia... Ma poi ci ripensò. Si era superata, disse, era stata una decisione durissima, ma siccome avevo insistito tanto... In realtà era curiosa e felice di vedere la città, se non la figlia.

Scese dal treno elegantissima. Da quando guadagnava si era rifatta il guardaroba, aveva una borsetta alla moda, una valigia azzurra, nuova, con le rotelle, come piaceva a lei, non quella vecchia di pelle che ci voleva un facchino a portarla... Stava bene, era ingrassata un poco ma era ancora snella...

In via dell'Alsazia non storse il naso neppure davanti al bagno-cucina. "Che bella vista!" "Quanta luce!" Non la finiva più di lodare ogni cosa, trovava tutto bello. Non credevo alle mie orecchie... Non la riconoscevo più. Quasi non mi criticava. Di Guido sembrava addirittura innamorata. Lo ricoprì di complimenti. Io, che nella sua funzione di suocera informale la temevo più ancora che in quella di madre reale, cominciavo a provare dei rimorsi... L'avevo giudicata male...

Rimase tre settimane. Le feci da guida in città, la portammo a vedere la campagna... Era agosto, la Baviera nel suo abito migliore, non ci fu un giorno di maltempo... Mia madre trovava il paesaggio magnifico, i paesi puliti, i balconi fioriti graziosissimi, la birra deliziosa... La madre di Guido era simpatica, la sua torta squisita, il giardino un gioiello... Non bastavano gli aggettivi per descrivere l'entusiasmo di mia madre.

Una delle ultime sere, di ritorno in via dell'Alsazia, Guido in cucina mi disse qualcosa in tedesco, mia madre nella sua stanza origliava... Colse la parola "*Mutter*", e tanto bastò... Parlavamo di lei, non c'era dubbio... aveva capito tutto, mica era scema, lei, la lingua non la parlava ma basta un po' d'intuizione per sapere quando qualcuno parla di noi, ci critica alle spalle... Noi non la sopportavamo, Guido mi aveva chiesto di sicuro quando se ne andava...

Si chiuse nella sua camera... A mezzanotte però ci giunse uno strimpellio di chitarra... Mi affacciai. Mia madre, indosso la mia gonna lunga, quella con i volant, era seduta sul bordo del letto, la chitarra sulle ginocchia, e canticchiava con voce da ubriaca, come un'Ofelia impazzita...

Guido mi aveva seguita... come la vide fu preso dalla collera. Raccolse la valigia vuota e la calò sopra di lei. La voce tacque, mia madre rimase qualche secondo con quello strano copricapo in testa, poi lo sollevò lentamente e disse sillabando: "Nazista!".

Il giorno dopo era di nuovo allegra... L'incidente, come se non ci fosse stato. Quella sera avevamo un invito già da tempo. "Non ti importa di restare da sola?" "Ma no, andate, andate!" Sembrava così contenta, gaia... Io però rimasi sulle spine tutta la sera, sentivo dentro un'inquietudine strana... Tornammo che lei dormiva... mi affacciai alla sua camera, era sdraiata sul letto, con la mia gonna lunga, quella del giorno prima... Anche nell'altra stanza c'era qualcosa di inconsueto... non capivo... mi accostai alla scrivania... La sedia era spostata, i cassetti semiaperti. Sopra il piano si allargava a ventaglio una fila di fotografie – Guido in formato tessera e noi due insieme. In mezzo c'era una foto in bianco e nero: Guido, sorridente, con un ciuffo di capelli sulla fronte, una camicia indiana... ma nel petto al posto del cuore c'era un foro, e intorno una corona di buchini...

25.
L'EREDITÀ DI MIA MADRE

Strano come la morte, anche quando la si attende da mesi, arrivi all'improvviso, ci trovi impreparati e ci rovesci addosso il suo carico di rimorsi...

Febbraio. Dodici anni e dodici giorni dopo la mattina in cui il drappello di soldati aveva reso il saluto militare a mio padre... il destino scherzava con i numeri e le date... Stavamo già nella casa sulla piazza, a Ratisbona. Il telefono squillò nel cuore della notte...

Perché non ero rimasta accanto a lei? Perché ero ripartita? Due settimane prima le avevo portato il mio bambino: che lo vedesse per l'ultima volta... Aveva impresso sulla sua fronte rosea labbra viola... l'avevo allontanato a forza dal petto scheletrito, l'avevo portato via... Ci aveva salutato con la mano, sorrideva ancora mentre io correvo via... Via da quelle finestre... Le Alpi proiettavano all'interno un biancore accecante... biancoazzurre le ombre sotto i suoi occhi... Via da quel corridoio... biancoazzurre le infermiere che incontravo per le scale, sorridenti... biancoazzurro il cielo sopra la città – la *sua* città, in cui era tornata, questa volta davvero, per morire. Io scappavo da lei, le sottraevo il mio bambino... Il treno era lo stesso di tanti anni prima, uno di quelli che hanno le porte in ogni scompartimento...

Perché non ero rimasta?

Sarei potuta starle più vicina in quegli anni, ma non era stato possibile: la vicinanza riportava alla luce discordie antiche, illuminava le recenti divergenze... Voleva ancora disporre della mia vita, appropriarsene, dominarmi fino in fondo... era mio diritto rifiutarmi... I rimorsi però mi tormentavano.

Scendevamo giù per le autostrade... Questa volta ai piedi delle Alpi non ci attendeva il sole... la nebbia rendeva più fitto il buio di febbraio. Ci perdemmo. Nomi di paesi sconosciuti illuminati dai fari... Era notte quando arrivammo. La città silenziosa e gelida. Il viso di Luisa, pallidissimo, si perdeva tra i capelli.

Rividi mia madre il giorno dopo, nella camera ardente. Aveva i capelli ondulati ancora striati di nero, il naso affilato, le mani giunte come gliele avevo viste tante volte, bianche che sembravano di cera.

Tornavo nella sua città per riprendermi mia madre, per portarla via, per strapparla per sempre alla sua infanzia. Forse le facevo torto: era lì, non a Milano, che voleva restare.

* * *

Il giorno del funerale eravamo in azione già dal primo mattino: dovevamo attraversare quattro volte Milano...

Ore sei. I viali sono ancora scorrevoli... in tempi remotissimi li avevo percorsi in bicicletta... Ecco la strada dove abitavamo... la casa... lì era morto mio padre, il parco degli aquiloni, il cimitero...

Ore sette e mezzo. L'autista è sul carro funebre, davanti a noi, ma i viali non sono gli stessi di prima, sono pieni di traffico, un rigurgito di automobili, autobus, motociclette, la gente va a lavorare a quest'ora, e per giunta pioviggina... È già l'ora del funerale... procediamo a scatti, è un andare e frenare... dentro il carro funebre, la corona di fiori a ogni frenata oscilla sulla bara. Leggo chiaramente la scritta: *Le figlie...*

Guido è nervosissimo. Cerco di calmarlo. “Ma non vedi il fumo?” Ha ragione. Dal cofano esce un filo di fumo, aumenta, diventa un bel pennacchio... Guido preme sul clacson, io gesticolo in direzione del carro funebre, ci facciamo largo in una via laterale... Guido apre il cofano, ne escono vapori. Lasciamo l'auto a un'officina. Noi saliamo sul carro funebre, si sta stretti in quattro... il traffico ci risucchia. Arriviamo un'ora dopo. C'è una folla ad attendere, nervosa. Gli uomini delle pompe funebri stanno sulle spine, il prete ha fretta...

Mi guardai in giro. La chiesa mi era nuova... quanta gente... non sapevo che mia madre avesse tanti conoscenti e amici, nessuna faccia familiare...

Il sacerdote era un giovane dinamico, si girò verso il leggio, con gesto energico trasse un foglio da sotto il talare... cominciò l'omelia... Ma non era lui che parlava, era mia madre, erano le sue parole, gliele aveva dettate lei, lo aveva fatto suo portavoce: "Siamo qui per dare l'ultimo saluto alla nostra sorella... Il Cielo ha voluto che soffrisse tanto nella sua vita terrena... La vita le fu avara di gioie. Prima le turbolenze dei continui spostamenti, poi la malattia del marito, poi lei stessa malata e operata di quella malattia che l'attendeva alla fine... Ma al dolore fisico se n'era aggiunto un altro: la figlia l'aveva lasciata per andare a vivere lontano...".

Mia madre mi accusava pubblicamente, nel luogo sacro, davanti ai suoi amici, perché la compatissero anche per quella disgrazia, di avere una figlia come me. Non mi aveva perdonato mai di "averla" *lasciata*. Diceva proprio così, "lasciata": il mio dovere era quello di restare dove lei mi voleva... Mi ero rifiutata... Non me l'aveva perdonato, non me lo perdonava neppure adesso che giaceva sul catafalco a mani giunte, col rosario tra le dita affusolate e bianche...

Mia madre però non si era accontentata di scrivere il copione per il suo funerale, aveva anche meditato un castigo... Doveva aver fatto e rifatto il suo testamento. Ci aveva pensato a lungo, era scritto in bella grafia... Di sicuro aveva meditato il colpo di scena finale. Per la mia insensibilità nei suoi riguardi, per non essermi mai occupata di lei, mia madre mi diseredava.

Non che avesse lasciato terre, case o capitali. C'erano quei pochi gioielli, il bracciale d'oro massiccio, il ciondolo... belli su di lei, preziosi ai tempi modesti in cui erano stati acquistati... A noi non piacevano più. C'era una piccola somma... Ma non era quello: era l'oltraggio che doleva, la beffa...

Via da lei, via dalla fossa che un'enorme ruspa aveva scavato davanti a me, nel fango, sotto la pioggia che confondeva tutto, rabbia e lacrime...

Via da quella terra, dalla nebbia padana...

A casa mi attendeva il mio bambino. Sgambettò di gioia come mi riconobbe, non si staccava più da me... allontanava il viso per guardarmi bene... Mi si stringeva alla spalla, mugolava di felicità. Sarei stata capace di non perderlo?

26.
IL VICOLETTO VERDE

La signora Grainer ci mise un bel po' a salire fino al quarto piano. Io l'aspettavo sul pianerottolo con il bambino a cavalcioni su un fianco e guardavo in basso, vedevo la mano che scivolava sulla ringhiera, sentivo il passo strascicato su per i gradini, una rampa, ancora una rampa, infine apparve, una faccia larga, stempiata, i capelli le mancavano completamente sulla fronte che risultava amplissima... Era del tutto senza fiato, ansimava... Fabio la salutò contento, sgambettando, allungò le braccia, sembrava già conoscerla... Lei se lo prese in braccio e cominciò a farlo ballonzolare sui fianchi enormi... non ero preparata a un tale amore a prima vista...

Ci avevo pensato a lungo, pubblicare o no l'annuncio, affidarlo a una baby-sitter, aveva appena un anno! Ero un po' gelosa... ma non avevo una madre, una suocera, una vicina, qualcuno che badasse al mio bambino in vece mia... Com'erano fortunate le mamme andaluse... io ero sola... E poi c'era il libro...

Basta, provo a vedere chi viene. Non avevano risposto in tante, e quelle poche che si erano presentate le avevo scartate subito... Per l'ultima, era stato Fabio a decidere.

La signora Grainer arrivava alle nove, si tergeva il sudore dalla fronte, si sedeva a riprendere fiato, io le passavo Fabio... già si divincolava perché lo prendesse in braccio.

Io mi chiudevo nella mia camera, cercavo di ignorare le loro voci, però sentivo tutto. I preparativi per l'uscita erano lunghi e complicati. La signora Grainer non si affrettava mai, misurava i passi nel corridoio, la sentivo lenta e pesante calcare la moquette verde, me la vedevo davanti, i fianchi che oscillavano sotto la gonna a pieghe... Ci metteva un po' a preparare il bambino: sentivo come soavemente cercava di persuaderlo... Che si lasciasse mettere il berretto... Che non se lo strappasse dalla testa con il gesto stizzoso che ben conoscevo... La signora Grainer era del tutto incapace di irritarsi, era disposta ad aspettare delle ore con il berretto in mano... io fremevo di impazienza al posto suo... Lo avviluppava con la voce calma, che mai cambiava nota... lo ammansiva... Alla fine Fabio, sconfitto dalla noia, cedeva... Uscivano. Li sentivo per le scale, un'abbondante pausa a ogni pianerottolo, mi giungeva l'eco indistinta dei movimenti al pian terreno per sistemare il bambino nella carrozzina. Allora mi precipitavo in cucina, mi facevo un caffè, tornavo alla scrivania con la tazza fumante e una fetta di pane, riempivo di briciole la tastiera...

Rientravano presto. Eccoli che risalivano, la chiave che lentamente girava nella serratura... Fabio piagnucolava, mi chiamava... strisciava verso la mia stanza, tutti i giorni la stessa scena di amore respinto davanti alla mia porta... cercavo di ignorarlo ma cedevo quasi subito... La signora Grainer aveva un bel dirmi di far finta di nulla. Mica avevo la sua flemma! La concentrazione svaniva, i pensieri passavano dai problemi dei lavoratori andalusi ai miei... A mezzogiorno la signora Grainer se ne andava lasciandomi il bambino e una casa disfatta... Le faccende domestiche erano di mia esclusiva competenza... lei si limitava a mettere nel lavandino la scodella di Fabio...

Così non andavo avanti! Non avrei mai finito! Mi coglieva la disperazione. Era meglio smetterla con quella farsa del libro! Che importanza aveva, in fondo? Non mi garantiva nulla, né guadagno, né carriera... solo la stanchezza era sicura, e quel continuo senso di inadeguatezza che mi rodeva, dentro...

Spegnere il computer, metterlo in uno scatolone, relegarlo in soffitta, meglio ancora, regalarlo a qualcuno, a una di quelle studentesse che ce la facevano, loro sì, a finire la tesi... Loro avrebbero occupato i posti ancora liberi all'università... i professori mica aspettavano me... Nessuno mi avrebbe detto: "Ha finito, ma che brava, suo figlio adesso è cresciuto, le abbiamo tenuto il posto..." Mandavo a casa la signora Grainer, pensavo di licenziarla... Soldi buttati via...

Mi riprendevo il mio bambino, lo facevo ballare sulle ginocchia... ridevo con lui... ma avevo dentro quella scontentezza del lavoro incompiuto. Ero nervosa, mi spazientivo, ero presa dai rimorsi...

E se cercassi uno studio per me? Un posto qualunque, piccolo, vicino, che non costi tanto... "Che ne dici, Guido?" Pubblicai un altro annuncio...

"Le andrebbe bene un magazzino?" la voce era anziana. Mi andava bene tutto! "L'aspetto al vicoletto Verde, al numero 1."

* * *

Grünes Gäßchen c'è scritto in bianco sulla targa blu. Non vicolo, ma "vicoletto"... Chissà chi gli ha dato quel nome... Il vicoletto Verde non ha di verde che un virgulto di vite americana che si tende disperatamente verso l'alto... Lo sforzo è commovente... qualcuno per proteggerlo ha fissato al muro una reticella... ma cresce a stento... non è ancora riuscito a raggiungere il bordo... Più che per le macchine, soffre per la mancanza di luce e d'acqua, nessuno che si curi di innaffiarlo...

Eppure il vicoletto un po' di verde ce l'ha, ma lo cela geloso dietro i muri: se d'improvviso si apre un portone spunta fuori tutta una gamma di verdi, da quello scuro dell'edera a quello chiaro delle foglie di forsythia, quando il giallo è sfiorito...

Il vicoletto, almeno nel breve tratto iniziale, è assai stretto: più d'una macchina ha lasciato una striscia di vernice sui muri... I passanti, per fare spazio alle biciclette, devono appiattirsi contro le case...

Il vicoletto è molto corto, e in questo fa onore al suo nome: si fatica a trovarlo, tanto è piccolo il segmento storto nell'intrico di stradine e viuzze... Ecco come ci si arriva: dalla strada degli ambasciatori si deve girare dietro il vicolo dei Fabbricanti di padelle e poi prendere a sinistra nel vicolo del Pesciolino d'argento, attenzione però a non confonderlo con il vicoletto Senza fine, il vicoletto Verde è dopo... Dall'altra parte sbocca nella piazza di Sant'Emmerano, non lontano dal palazzo dei Thurn und Taxis...

Il numero 1 ha un grande portone verde. Dentro, sotto la volta, strette l'una all'altra come pecore in un ovile, stanno una trentina di biciclette, molte di più degli inquilini... Le biciclette sono socievoli: una attira l'altra, diventano una schiera, una folla... Insieme si sopporta meglio il destino di essere dimenticate e rimanere in attesa perenne del padrone smemorato... Sotto la volta dell'atrio c'erano molte biciclette randagie...

Rimasi incerta nell'atrio... Tutt'intorno al parcheggio di biciclette, porte chiuse... non sapevo quale scegliere... Quando da una uscì una ragazza dai capelli viola. Si diede da fare intorno a una bicicletta, la più vistosa, rosa con pois verdi sparsi sopra come piselli. Anche la padrona era sgargiante, portava una calzamaglia a strisce di tutti i colori... sembrava un saltimbanco... Magra, gambe lunghissime, doveva essere molto giovane... Cercai di farmi scorgere, era china e parlava con la bicicletta... issava il cestino sul portabagagli, raddrizzava il manubrio in direzione del portone... "Scusi..." Sussultò e alzò il viso verso di me... era rugoso, contorto da un'espressione di spavento... Ciuffi di capelli viola le cadevano sugli occhi... labbra arancioni si muovevano articolando parole che non sentivo. "Dove abita la signora Donauer?" Mi guardò stupita, come se mi avesse vista solo allora. Le labbra si fermarono, il mento si spostò leggermente in direzione delle scale. Salii i gradini fino a un corridoio buio. Sulla porta c'era un cartellino: "Gregor Donauer. Pianista". Non sapevo che era morto più di vent'anni prima...

Dietro la porta con quel nome, nelle stanze dove la signora Donauer non lasciava penetrare neppure uno sguardo di sfuggita, abitò poi suo figlio Albert... a quel tempo però si faceva vedere raramente... Non avrei saputo dire che voce avesse...

La signora Donauer invece era loquace: fermava per le scale le ragazze per ricordare loro di dar aria alle stanze... Le studentesse erano presenze intermittenti... alla fine di ogni semestre scomparivano portandosi via anche i vasi di fiori...

La signora Donauer parlava con le ragazzine che venivano a lezione di pianoforte... Si avvicendavano davanti alla porta in fondo all'atrio, a sinistra, aspettavano che la maestra scendesse, la seguivano per le scale, sparivano in quella parte della casa dove era permesso entrare solo alle allieve e alle nuove inquiline...

Parlava con la donna delle pulizie... Veniva due volte alla settimana e inondava atrio e scale di acqua profumata al limone...

In mancanza di un interlocutore, la signora Donauer parlava con se stessa. La sua voce si udiva sempre e dappertutto per i corridoi traballanti e il seminterrato, nel terrazzo sopra l'atrio e su quello incassato tra i muri, nell'atrio, fra la breve rampa di scale che portava ai piani alti e il portone verde... La voce rimbalzava contro la volta del soffitto. L'eco rendeva difficile distinguere le singole parole: formavano un mormorio sommesso, una matassa difficile da dipanare, ingarbugliata, non si sapeva mai di preciso da dove provenissero. Il timbro della voce della signora Donauer però si distingueva benissimo: era un po' chioccio, con picchi inaspettatamente acuti... Lo accompagnava sempre il tintinnio delle chiavi che portava con sé, a mazzo, nella tasca del grembiule... se lo toglieva solo per uscire di casa, quando andava a fare la spesa o a messa.

La signora Donauer non era solo la padrona della casa al numero 1 del vicoletto Verde, era il suo grillo parlante... di giorno faceva da custode, di notte la sentinella. A una cert'ora, quando le finestre che davano sul cortiletto interno erano spente e dalle porte non usciva neppure uno spiraglio di luce, la signora Donauer faceva la ronda e girava per corridoi e scale nel labirinto della casa. Non dormiva mai. La sua voce, appena un poco più sommessa nelle ore notturne, e il passo strascicato nelle pantofole erano gli unici rumori della casa...

Quando di sera mi rifugiavo nel vicoletto Verde per recuperare qualche ora di lavoro, quei suoni mi facevano accapponare la pelle... Era come se nella casa si aggirasse un fantasma che si tirava dietro le pantofole e un mazzo di chiavi... Come sentivo che si avvicinava, le dita mi si gelavano sulla tastiera, non riuscivo più a concentrarmi, ero tutta orecchi...

Ecco, è davanti alla porta del cortiletto, si è fermata, tace un momento, segno che ha visto qualcosa che la infastidisce, qualcosa di disdicevole, da rimproverarmi, poi la voce si fa più forte, imperiosa... Bussa. Un tocco autoritario, da padrona di casa...

Mi precipito fuori del mio studio, lei ha già aperto la porta intermedia, me la trovo davanti, i capelli scarmigliati le fanno da aureola, mi guarda da sotto in su, con la testa un po' di traverso. "*Noi* non le abbiamo dato il permesso di incollare manifesti sulla porta..." Quando la signora Donauer fa notare delle trasgressioni all'ordine della casa parla al plurale: include infatti il figlio Albert e il marito defunto... Una volta dalla finestra del primo piano scorse il gancio che avevo piantato nel muro del cortiletto interno per appenderci un vaso di petunie... Si precipitò subito da me: "*Noi* non permettiamo che si piantino chiodi sulla parete della casa. Lei deve chieder*ci* il permesso. La preghiamo di togliere subito quel vaso che farà sicuramente ammuffire la parete". Di fronte a quella Trinità rimanevo senza fiato, a testa china. Ma la padrona di casa rincarava la dose: "*Noi* non le abbiamo affittato il cortiletto, ma solo i magazzini!". Quasi avessi potuto raggiungerli volando!

A volte la signora Donauer entrava nel cortiletto per lamentarsi del disordine delle sue inquiline... Biciclette lasciate in mezzo al corridoio, che impedivano il passaggio, che cadevano al solo sfiorarle... biciclette mutilate, capovolte, la catena afflosciata che ungeva il pavimento di pietra... cadaveri di biciclette... uno strazio! Il parcheggio era di giorno in giorno più affollato... Venivano a trovare le fidanzate e dimenticavano la bicicletta, roba da matti, dove avevano la testa, biciclette care... ne hanno di soldi da buttare, gli studenti d'oggi... non il minimo senso sociale! Gettavano la plastica nel cassone della carta! Le toccava controllare che non ci buttassero anche i sacchetti della spazzatura... Più di una volta avevo sorpreso la signora Donauer mentre, in punta di piedi su uno sgabello, sprofondata fino alla vita nel cassone verde, una mano alzata a sostenere il coperchio, rimestava nella carta... Ne usciva sempre trionfante, con un sacchetto di plastica in mano...

La signora Donauer era molto occupata. Di primo acchito non si capiva che cosa facesse... L'avevo osservata mentre frugava nel tombino dell'atrio con un ferro ricurvo... sembrava un eschimese a pesca... Il più delle volte però era armata di un pennello... Andava in giro a ritoccare le pareti o dava una verniciatina a una porta o a un'anta di finestra. La casa era in uno stato di perpetuo rinnovamento parziale. La signora Donauer, ogni volta che qualcuno la sorprendeva in un'attività del genere, si giustificava: "Con quel che costa la mano d'opera... Si è costretti a far da sé...". In realtà era una sorta di sfida tra lei e la casa... Lei imbiancava un tratto di muro a destra del portone d'ingresso... lo stesso giorno, a sinistra si sbriciolava un'altra fascia di intonaco. Le pareti si sfaldavano, andavano giù a strati, a volte interi pezzi scivolavano a terra, e lei dietro con la ramazza, se la prendeva con i muri che facevano sporcizia... poi però li giustificava, erano muri centenari... la casa era solida e non un briciolo d'umidità, grazie a lei, e ai suoi occhi vigili... fosse stato per le studentesse... sembrava avessero la fobia dell'aria fresca... Appena se ne andavano in ferie lei passava per le stanze, apriva le finestre e controllava le pareti dietro gli armadi...

Quando non era impegnata a verniciare, la signora Donauer dava lezioni di piano... La stanza della musica si trovava in posizione opposta rispetto al cortiletto, ma la casa era dotata di un'acustica particolare: le note si diffondevano nell'atrio, risalivano le scale, piovevano nel cortiletto, a cascata... A non sapere da dove provenivano, c'era da credere che il pianoforte fosse arroccato in una delle stanzette del primo piano, dove non sarebbe nemmeno passato dalla porta... La voce della signora Donauer non dava tregua neppure alle note, le inseguiva, le metteva a tacere... Quelle però, testarde, si riprendevano subito, prima esitanti, poi più sicure, si staccavano dalla tastiera e ricominciavano la loro avanzata per la casa... La signora Donauer le richiamava immediatamente indietro...

Appena uscita l'ultima allieva, chiudeva il portone d'ingresso a doppia mandata... Quello faceva resistenza, come per far entrare ancora un po' d'aria fresca prima della notte... La signora Donauer lo rimproverava...

Da quel momento scivolavano nell'atrio solo le ragazze che abitavano la casa... scendevano veloci, aprivano il portone, i ragazzi vi si intrufolavano di soppiatto, come se l'ingresso fosse proibito ai maschi... il divieto non c'era, ma tutti pensavano che ci fosse...

La signora Donauer era abbonata a cinque giornali in quattro lingue diverse. Fu una delle prime cose di cui mi mise al corrente, mentre cercava nel mazzo la chiave per aprire la porta sul cortiletto, quella per il magazzino piccolo e quella per il magazzino grande... "Il giornale locale fa pena," disse, "noi lo leggiamo solo per le notizie sulla città..." Per essere informati ci volevano le testate autorevoli: la "Frankfurter Allgemeine", "Le Monde", "El país" e "La Stampa". Nel vicoletto Verde era rappresentata una buona scelta della stampa europea, con eccezione di quella inglese, perché la signora Donauer non la teneva in nessuna considerazione... Dopo cena madre e figlio si sedevano al tavolo di cucina e leggevano insieme i giornali... Se lei per caso se ne dimenticava o aveva altro da fare, Albert la richiamava all'ordine... Commentavano le notizie salienti, confrontavano le versioni da un capo all'altro dell'Europa, poi Albert ripiegava con cura i giornali e badava a posarli sulla colonna della testata giusta... Non sapevano più dove metterli... La signora Donauer li avrebbe buttati volentieri nel cassone verde, anzi, mi confessò, ogni tanto lo faceva, però suo figlio guai a disfarsi dei giornali! Era una vera mania!

Eppure, una volta la signora Donauer si era servita dei giornali per tutt'altro uso, lo vidi con i miei occhi... Era stata la volta dell'inondazione... Un tornado – o ciclone, come scriveva il giornale locale, o tromba d'aria, come riportava la "Frankfurter Allgemeine" – si era abbattuto sul vicoletto, aveva soffiato via gli strati di ondulato, scoperchiato la tettoia dell'atrio, spostato le tegole... L'acqua veniva giù direttamente dal cielo, rimbalzava sulle pietre di Marco Aurelio che lastricano l'atrio, rifluiva, formava intorno al tombino un gorgo, un lago. Le biciclette emergevano dalla brodaglia marrone con le ruote per metà sommerse... La signora Donauer era intervenuta subito: si era messa un paio di stivali gialli e una mantella di plastica dello stesso colore e aveva affrontato i flutti... pescava nel torbido con il suo uncino di ferro e intanto mandava improperi al tombino che non si lasciava agganciare... Infine l'acqua cominciò a scorrere verso lo scolo in ribollii minacciosi, era un risucchio vertiginoso, i vortici si accanivano contro le gambe della signora Donauer, la trascinavano nelle tubature... Lei resisteva, salda negli stivali gialli. Per tamponare le pozzanghere diede poi mano alla riserva di giornali... L'atrio fu lastricato a nuovo con le migliori testate d'Europa, abbracciate in una zuppa multiculturale...

La signora Donauer mi mostrò i magazzini in affitto, tutti e due affacciati sul cortiletto interno. Quello grande era stato adibito tempo prima a deposito di conserve, poi era servito da atelier a una coppia di pittori... Delle conserve non restava nessuna traccia, l'arte invece aveva lasciato il suo segno nell'aria ancora impregnata dell'odore dei colori acrilici... Sulla parete di fronte alla porta era attaccato un foglio con sopra uno schizzo di nudo femminile... Era molto essenziale: poche linee curve, decise, come di chi non stacchi la matita dal foglio... Strani erano i seni, esageratamente appuntiti, minacciosi, sembravano due siluri e avevano chiodi al posto dei capezzoli. Un angolo del foglio si era accartocciato... abbassai lo sguardo a cercare la puntina da disegno che mancava... aveva la capocchia colorata, la trovai subito, la conficcai di nuovo nella tavola di compensato... Mi allontanai per guardare meglio... che strani quei seni, erano armi di difesa più che di seduzione...

La signora Donauer aveva seguito la mia manovra con interesse... gli occhi acquosi si soffermarono brevemente sulle curve del disegno, parvero studiarle, la testa tentennò in un breve gesto di disapprovazione... si spostò subito... la mano destra, piccola, con le dita contorte, indicò le chiazze scure sul soffitto. "Si sono separati e hanno disdetto l'atelier," disse. "Una stupidaggine! Dove ne trovi un altro nel cuore della città? Peccato... erano persone ammodo, anche se non si sono mai curati della stanza. Sempre lo stesso, non arieggiano a sufficienza..." Dal lucernario spioveva un fascio di luce che illuminava i fili di ragnatele pendule... I più lunghi sfioravano i capelli radi della signora Donauer, trasparenti come bave di ragno... "Può servirle questa stanza? Qui c'è luce."

Sì, poteva servirmi... avrebbe continuato a essere un atelier... non avrei più imbrattato il pavimento della cucina con i grumi di argilla, Guido non avrebbe più segato assicelle di legno sulle sedie, c'era spazio, luce, l'odore di colori acrilici se ne sarebbe andato, le ragnatele non mi davano fastidio... Fabio appena fosse stato abbastanza grande sarebbe venuto a giocare nel cortiletto, avrebbe modellato figure nell'argilla, disegnato sulla lavagna che avrei appeso alla parete...

In quanto al cortiletto, adesso era grigio e scrostato, ma ne avrei fatto un patio, ci avrei messo delle piante, una rosa rampicante, un caprifoglio, ci avrei posato le anfore di terracotta dell'Andalusia...

L'altro locale era una stanzetta dalle pareti sbilenche. Era servita come magazzino per il latte a lunga conservazione, mi informò la signora Donauer. Prima il soffitto era traforato di finestrine... si vedevano ancora, ma erano state accecate dagli operai che avevano terrazzato il tetto. "Ci hanno buttato sopra la pece... per fare prima, si capisce. Lei sa come sono brutali gli operai pagati a cottimo!" A dar luce alla stanza rimaneva un'unica finestra che dava sul cortiletto e quella la signora Donauer l'aveva fatta rifare da poco... "Ma a lei cosa serve la luce del giorno?" Per un magazzino in effetti non serviva, per uno studio invece... La signora Donauer fece ondeggiare la testa... Le finestre non me le poteva liberare dalla pece, in compenso mi avrebbe fatto mettere un pavimento nuovo, di linoleum, e il riscaldamento...

Mi guidò per la scala di legno che portava al salottino del pianoforte... Quella parte della casa era tutta uno scricchiolio... il pavimento frusciava come se si camminasse su un fascio di rami secchi, la sedia strideva, il tavolino su cui era aperto il contratto d'affitto cigolava al solo poggiarci sopra la mano. In basso c'era già la firma del figlio: Albert Donauer, in grosse lettere blu, svolazzanti... Le parole scritte dalla signora Donauer si leggevano appena, dovetti avvicinarle all'abat-jour per riuscire a decifrare la somma. "*Noi* facciamo pagare un minimo di spese," mi disse con tono solenne. Avrebbe messo a mia disposizione un gabinetto provvisto di lavabo, era una delle porte che davano sull'atrio. "Immagino che lei di acqua ne consumerà poca." La rassicurai. Si mostrò soddisfatta. Posi la mia firma accanto a quella di Albert. Firmò anche lei, mi diede una copia del contratto. Ricevetti in dotazione quattro chiavi: per il portone verde, per la porta del cortiletto, per lo studio e per l'atelier.

Il nudo di donna mi rimase in eredità. È ancora lì, tenuto su dalle puntine, con quei seni minacciosi...

Arredai lo studio con una parte dei mobili della casa di via dell'Alsazia. Non ci andavamo quasi più ma non riuscivamo a lasciarla... Guido ci teneva moltissimo... Guai a dirgli che era venuta l'ora di separarcene... Si appellava alle cose: "Dove mettiamo tutta la roba?". "La roba, quando non serve più si butta! È lì per servire a noi, non siamo noi a dover servire alle cose..." Lui si rabbuiava... Era come proporgli di buttar via una parte della sua vita, cancellargli un po' di passato... "La vista..." "Non ti basta quella sul palazzo dove dormiva Carlo V quando veniva a Ratisbona per la Dieta?" Non gli bastava, era troppo nuova, ci vuol tempo per abituarsi allo spazio davanti alla finestra! Guido aveva bisogno di un tempo infinito... Io invece mi abituai subito al vicoletto. Montai degli scaffali, li riempii di libri, appesi alle pareti fotografie di viaggi e ritratti del bambino, portai da via dell'Alsazia la stufetta elettrica – uno dei nostri ultimi acquisti – e me la misi accanto, in attesa del termosifone promesso dalla signora Donauer... Feci mettere un telefono... Ero pronta.

Ogni mattina, all'arrivo della signora Grainer sgattaiolavo via, mentre lei distraeva il bambino. Avevo addosso diversi strati di maglioni, nel vicoletto mi avvolgevo in un ampio poncho caldo... Era stato un inverno gelido e non accennava a finire. Lasciavo le mani scoperte, perché con i guanti non riuscivo a misurare la pressione dei polpastrelli sulla tastiera del computer, di tanto in tanto le allungavo verso la stufetta... Vicky un po' mi riscaldava...

Cercavo il punto in cui ero arrivata il giorno prima... avevo lasciato un asterisco... ritrovavo la riga con un piccolo moto di gioia, una sorta di riconoscenza verso lo strumento che mi aiutava... continuavo il pensiero interrotto, riprendevo il discorso... Le parole dei *jornaleros* si affacciavano radiose sullo sfondo nero, lo illuminavano... Pedro si rigira il berretto tra le mani... *Somos como el olivar*, mi dice, le nostre radici affondano nella terra, guai a tagliarle... Manolo è seduto a gambe larghe, il petto appoggiato allo schienale, le mani – sono grandi, scure, i polpastrelli gialli di tabacco – si intrecciano, si slegano, disegnano nell'aria concetti difficili da spiegare a parole... parla di *lucha*... la nostra lotta, la lotta dei miei *abuelos*... il sudore di cui è intriso il suolo di Andalusia... Mi guarda per accertarsi che io capisca, che non rida... Non rido... quelle parole, pronunciate da altre labbra, non da quelle che compaiono – fin troppo rosse – tra i peli neri della barba, suonerebbero esagerate, persino un po' ridicole... Invece dette da lui sono vere, spontanee... "La lotta dei *jornaleros* non è ancora finita..." dice Manolo, e le mani si intrecciano aspettando quella fine... I girasoli... Vedo le distese infinite dei campi, mari gialli, selve di steli... le conosco... lo so che cosa vuol dire Manolo: *I girasoli sono i nostri nemici*. Un popolo che ha per nemici i girasoli...

Spostavo gli occhi dallo schermo... l'immagine di sole e di corolle gialle ancora davanti a me... Nel patio la striscia di luce si era allargata... il muro sembrava calce viva... Dentro, la luce non arrivava mai, dovevo tenere la lampada accesa anche di mattina...

A mezzogiorno smettevo. Raccoglievo la mia roba, il thermos con il caffelatte, i fogli da rileggere a casa... Trovavo Fabio seduto sul grembo largo della signora Grainer... Non sembrava aspettarmi, ma appena mi vedeva mi indirizzava gridolini di gioia. Tendeva verso di me le braccia. Era il mio turno. Abbracciavo quel corpo caldo e tenero come se non lo vedessi da mesi. Ero stata lontana per tutto il lunghissimo spazio di un mattino...

Venne l'estate. La signora Grainer usciva tutti i giorni con il mio bambino, io mi rintanavo al buio... I muri della casa al numero 1 del vicoletto Verde rimanevano freddi anche d'estate, il mio studio era una ghiacciaia. Arrivavo con il vestito estivo, dentro tornavo indietro con i mesi, indossavo calze spesse e maglione... Nel patio la clematide aveva raggiunto la grondaia... l'avevo guidata con un filo verso la mia finestra... ogni tanto alzavo gli occhi e vedevo tre campanule blu... mi rallegravo...

Finì l'estate. Settembre era ancora più bello e smagliante di luglio... Il vicoletto mi accoglieva con quel suo fiato di grotta umida... ci avevo fatto l'abitudine... Ritrovavo ogni mattina le mie cose... le matite, lo scialle, le immagini dell'Andalusia... Era un'intimità tutta mia... Cominciavo ad accendere il riscaldamento... stavo meglio, così...

Ottobre mi colse di sorpresa, scompaginò i miei piani, mi precluse il vicoletto... mi trovò impreparata... così come lo era stata mia madre, a suo tempo...

27.

LO STUDIO DEL DOTTOR ZAHN

Mi ero vestita con cura particolare, l'abito chiaro risaltava sulla pelle abbronzata, i lunghi orecchini d'oro, quelli che mia madre mi aveva regalato per la laurea, rilucevano tra i capelli. Mi ero dipinta le labbra di rosso. Un ultimo controllo allo specchio prima di uscire. Uno sguardo attento, quasi un po' severo... una donna ancora giovane si sottometteva all'esame di se stessa, raddrizzava le spalle, scostava con la mano una ciocca scura per mettere in evidenza gli orecchini. Il viso si spianava. Sulla fronte però rimanevano le due rughe alla radice del naso, quelle di mio padre, chissà se ereditate o frutto d'inconscia imitazione... Anche gli occhi erano i suoi... Il naso invece era quello di mia madre, aquilino, ma non me ne importava più ormai...

Fabio era fuori con la signora Grainer. Cresceva, gli esercizi di ginnastica lo irrobustivano. I bambini della sua età già camminavano o correvano veloci a quattro zampe... Lui invece si tirava dietro le gambe come se non avessero la forza di reggere il corpicino... "Non si preoccupi," mi diceva il pediatra. "Bisogna lasciargli tempo. Non si recuperano in quattro e quattr'otto le settimane perdute dentro il corpo della madre... Imparerà, camminerà come gli altri... L'importante è che qualcuno gli stia accanto..." Gli stavo accanto, sempre, solo quelle tre ore del mattino, quando mi infilavo nella caverna uterina del vicoletto Verde, non c'ero. Lì dentro, al buio, nel silenzio, il mio libro cresceva...

Ma quel mattino non ci sarei andata. Avevo un appuntamento

con il dottor Zahn. Solo routine, come mi aveva detto la dottoressa Strasser, la ginecologa. Dopo sarei passata velocemente in biblioteca a restituire i libri, poi sarei andata all'università. Il professore voleva parlarmi... Era tutto facile, quel mattino, tutto fattibile. Disponevo del mio futuro come se fosse dipeso solo dalla mia volontà, forgiavo piani, li cullavo, li vedevo crescere e diventare realtà nelle mie braccia. Ero piena di gioia, per questo mi ero vestita con cura particolare.

Dalle finestre si vede il Danubio. La luce ci scivola sopra, si allarga sulle sponde, penetra nella stanza con tale insistenza che ho accostato le tende per non farla entrare. Aspetto.

La sala d'attesa dello studio del dottor Zahn e colleghi è arredata con una certa cura frivola: tavolini di marmo rotondi, sedie di paglia intrecciata, sembra un caffè viennese. In sottofondo, una musica soffusa... Non fosse per la pubblicità e le informazioni sul traffico, si direbbe che sia stata composta appositamente per il dottor Zahn...

Ci si perde in quei corridoi. È un labirinto. Porte e ancora porte. Ovunque cartelli con simboli misteriosi... i pazienti rimangono fermi davanti alle porte, tentano di decifrare il cartellino verde, sbagliano... Escono subito, rossi in faccia, cercano negli sguardi dei pazienti in attesa un qualche segno di solidarietà. A volte uno di loro fa un cenno assecondante, come faccio io, so quanto sia umiliante sbagliarsi davanti agli occhi di tutti... Le infermiere scivolano via... la casacca verde porta il simbolo dello studio, è una specie di spirale e sotto c'è scritto *Zahn*, hanno pantaloni bianchi, attillati, sempre un po' tirati sulle natiche. Sono un'infinità, si assomigliano, non solo per l'uniforme... È come se si moltiplicassero sotto i miei occhi... Si scambiano le parti... si muovono in continuazione... La ragazza dietro il bancone dell'accettazione per esempio, quella che ha voluto sapere quando sono nata e a quale mutua appartengo, che ha trascritto a macchina i dati e incollato l'etichetta autoadesiva sulla mia cartella clinica, me la ritrovo dietro una porta verde... la stessa ragazza, coda di cavallo bionda, guance rosee con qualche lentiggine, braccia robuste che escono dalle maniche corte della casacca...

La mia cartella passa di mano in mano, devo seguire un'altra casacca verde fino a una porta, lì vengo abbandonata, un'altra ragazza mi fa entrare, un'altra mi misura la pressione... È un girotondo senza fine... Ogni tanto da una porta esce un uomo in camice bianco, i pazienti in attesa alzano gli occhi, fanno un cenno di reverenza... non so se sia il dottor Zahn o uno dei colleghi... Sparisce subito dietro un'altra porta...

Sono ancora nel limbo viennese con la radio in sottofondo... I pazienti vengono chiamati dall'altoparlante: all'improvviso le réclame tacciono e un nome si fa largo tra la musica. La persona nominata sussulta, le leggi in volto lo spavento, ma è solo un attimo, si riassetta, posa la rivista che stava leggendo nel posto sbagliato – "Amica" sopra "Brigitte", "Casa moderna" su "Il mio giardino" –, esce. Quelli che hanno finito del tutto riprendono il soprabito, la giacca, il bastone, il cappello e prima di andarsene salutano a voce alta i pazienti che restano. È sempre un saluto chiaro, sicuro... si sente il sollievo di uscire dal labirinto delle porte verdi.

Ora anche l'ultimo paziente se n'è andato e ha salutato me, sola.

Quanto durerà ancora? Prendo in mano "Freundin", che di solito disdegno, la rivista è slabbrata, i fogli accartocciati, dentro ci sono pagine strappate a metà, fa schifo. Decido di aspettare dieci minuti, poi andrò al bancone dell'accettazione a chiedere se mi abbiano dimenticata. Di solito mi richiamano all'ordine con frasi severe: "Il dottor Zahn è impegnato in un intervento...", "Abbiamo avuto un caso urgente...". Per questo preferisco attendere ancora...

Ho aspettato a lungo anche le altre volte, non nel caffè viennese ma in uno degli ambulatori dove mettono i pazienti di turno. Lì l'attesa è peggiore, le onde radio non arrivano, non ci sono riviste, neppure sbrindellate... Sono passate tre settimane dall'ultima volta... Il dottor Zahn è entrato all'improvviso da una delle tre porte verdi... io chissà perché mi ero messa in testa che sarebbe entrato da un'altra e l'avevo fissata per tutto il tempo... Ha letto in fretta il foglio della dottoressa, ha tastato il torace, proprio sotto l'ascella, nel punto che gli ho indicato. Ha detto: "Serve un piccolo intervento per togliere il nodulo, basta l'anestesia locale". Prima di sparire dietro un'altra porta ha dettato i miei dati e la breve diagnosi nel dittafono che porta con sé, in una tasca del camice.

Mi ha stretto la mano col gesto distratto di chi, al telefono, dedica il pensiero e la voce alla persona assente e solo gli occhi a quella presente.

Sono tornata per il piccolo intervento... Mi hanno accompagnata in fondo a uno dei corridoi, nella stanza con il cartello: *Chirurgia*... Sono entrate e uscite ragazze diverse, una ha disinfettato la pelle tutt'intorno all'ascella, l'altra ha fatto l'iniezione. Sono rimasta sola ad aspettare l'effetto... È arrivato il collega del dottor Zahn, ha fatto una prova per vedere se sentivo dolore... Li vedevo affaccendarsi intorno a me... percepivo i loro movimenti, il rumore del bisturi nella mia carne... sì, a me pareva di sentire un rumore cupo, come di una paletta che scavi nella sabbia... Il male dovevo immaginarmelo, per sentirlo, ma cercavo di non pensarci... L'uomo era sopra di me, la bocca coperta da una mascherina, aveva gli occhiali, sentivo odore di sigaretta, era uno che fumava... Non la finiva più di scavare... "Adesso ricucio... Ho finito..." Si tolse la mascherina. "Era più profondo di quanto ci aspettassimo, e ben ramificato..." L'infermiera mi mostrò nell'aria un conglomerato rosso, come se avessero estratto un tubero... Mi portai la mano alla ferita... non riuscivo a sentirla... "Ho cercato di fare un taglio il più piccolo possibile..." Lo ringraziai.

Ne avevo visitati di ambulatori in quel mese! La prima tappa era stata la ginecologa.

La sala d'aspetto della dottoressa Strasser è affollata, come sempre: donne incinte, donne con bambini frignanti, donne anziane, ragazze, un gineceo dove si attende a lungo... È un ambiente spartano, niente radio e niente tavolini da caffè, in un angolo una cassetta con i cubetti e i libri per bambini. La scelta delle riviste è limitata, non è previsto che le donne leggano "Capital" o anche lo "Spiegel", ci sono riviste esclusivamente femminili e anche quelle alla buona... Lo so e ho sempre un libro con me.

Infine sono ammessa alla stanza d'attesa, una cella... Attendo seminuda che arrivi la dottoressa. So che si muove da una cella all'altra seguendo un ritmo inesorabile. Questa volta, la prima dopo il parto, ho con me il bambino. La dottoressa non lo vede neppure. Non è lui il paziente, lo è stato finché era parte di sua madre e lei ne sorvegliava la crescita, ma una volta uscito dallo schermo dell'ecografia è scomparso dal suo campo visivo...

La dottoressa non ha tempo... Come può averne, con l'assillo di tutti quei ventri gonfi da auscultare e passare sotto la sonda, seni da tastare, uteri da indagare... Le dico che il nodulo è ricomparso... mi sembra che cresca... La dottoressa gli getta uno sguardo frettoloso, si siede alla scrivania puntando i gomiti sulle cartelle cliniche disposte a ventaglio, sorseggia un po' di latte dal bicchiere e scrive su un foglio un indirizzo: “La dottoressa Leske le farà una punzione. Così la cisti si sgonfia e non ci darà più fastidio”.

Ho fiducia in lei. Anche le donne che aspettano il loro turno, incinte e no, giovani e anziane, mamme con i bambini in braccio, che cercano di tenerli buoni leggendo favole sottovoce, hanno fiducia nelle sue capacità. Non è da poco riuscire a organizzare giorno dopo giorno quell'impressionante routine della salute femminile, districarsi tra pianti, lamentele, ecografie e dolori all'addome... Nell'agenda che le segretarie all'ingresso consultano scuotendo la testa non c'è un buco libero, bisogna supplicarle e fingere dolori insopportabili per riuscire a ottenere un appuntamento che non sia nel trimestre successivo... Che motivo avrei di mettere in dubbio la sua competenza? Forse il ricordo di un arrogante medico andaluso? Non gli ho mai dato peso. Quando le ho riferito l'episodio, la dottoressa Strasser si è limitata a scuotere la testa e a disapprovare...

La dottoressa Leske prova a bucare la cisti perché non ci dia più fastidio. Una volta, due. A ogni punzione io faccio un salto, è come se fossi sottoposta alla tortura con i ferri roventi. La dottoressa mi guarda stupita, con un'aria che si fa sempre più sgomenta. “Non ci riesco,” dice alla fine. “La cisti non si lascia forare. Bisogna estirparla con un intervento.”

È per questo che sono finita nello studio del dottor Zahn. Ora aspetto i risultati delle analisi. Fa sempre più caldo. Il sole scivola sul Danubio, urta contro i vetri dell'edificio, trafigge le tende nella sala d'aspetto, va a finire sul marmo dei tavolini rotondi da caffè viennese, mi passa sulle mani mentre sfoglio distratta “Freundin” e attendo. Basta, ora chiedo.

Noto in disparte il gruppo dei medici, il dottore Zahn non c’è, sono i suoi colleghi, si consultano parlottando. Uno di loro, quello che ha eseguito l’operazione, tiene in mano la mia cartella. Mi vede. Noto il suo imbarazzo. Mi fa entrare in una stanza, mi fa accomodare, esita ancora, prima di cominciare... Mi accorgo adesso che è giovane... mi ricorda Guido, nei primi anni di ospedale... Mi guarda in faccia, forse spera di trovarvi una traccia di quello che deve comunicarmi... gli sarebbe più facile dirmi: “Purtroppo è così, ha ragione...”. Invece io sono immersa nella sonnolenza della lunga attesa, la scia di sole sul Danubio mi si è fissata nella retina, insieme a quel sentimento di gioiosa onnipotenza che non mi ha più lasciata dal mattino...

Mi sento sotto accusa. Cerco un alibi. Non posso lasciar cadere su di me quella diagnosi senza difendermi, negandola. “Non è possibile,” dico, “la mammografia non ha rivelato nulla!” Uso la presunzione della tecnica come scudo, mi ci aggrappo con caparbietà, cito la dottoressa a testimone.

Non serve a niente. Il giovane medico che mi sta di fronte, ora meno imbarazzato, scuote la testa... Le analisi. Solleva il foglio, come per dirmi: legga qui... Mette le sue prove di fronte alla mia cocciutaggine. Sono in un vicolo cieco. I suoi argomenti sono più forti. Ho perso.

Annaspo. Sono in un buco di terra con le pareti lisce. Dentro di me, il vuoto. Più ancora che affranta, sono offesa. Non ho saputo evitare ciò che sapevo sarebbe accaduto. Mi sono comportata come una cieca, mi sono fidata... a torto, capisco adesso, assurdamente... ho “voluto” fidarmi. Sono caduta nella stessa trappola di mia madre, con la stessa ingenuità, senza la minima preparazione.

Mi ci ha trascinato dentro mia madre.

Sento crescere dentro di me la rabbia. Contro me stessa, contro la dottoressa, contro mia madre che mi ha augurato di soffrire come soffriva lei... Mi spuntano lacrime di rabbia.

L’infermiera, una delle ragazze con il petto solido che tende la casacca verde, scambia le mie lacrime per disperazione e tenta di consolarmi... Mi vergogno. Piangere davanti a estranei non è da me. Non posso spiegare la mia rabbia, però devo in qualche modo giustificarmi. Racconto di mia madre, in maniera confusa. Dico quel che mi viene in mente, senza un ordine. Comincio dalla fine, febbraio, il cimitero. Non sono certa che abbiano capito. L'infermiera ha ormai in mano la situazione, è sicura del fatto suo, ha il dovere di soccorrermi. Cerca di rassicurarmi: "Non è detto che..." qui si imbroglia, non sa che parola scegliere, "vada a finire come con sua madre...". Le do ragione, per tranquillizzarla, devo farle capire che ha detto le parole giuste...

Non è sicuro che debba ripercorrere le tracce di mia madre, di fatto però le sto ripercorrendo. Le sto appresso... Non è servito a nulla mettere tra di noi montagne di silenzio, non è servito cambiare casa, paese, lingua... seguo la sua ombra, la vedo girarsi verso di me, buttare la testa all'indietro, stringere le labbra con un risolino beffardo. Sapeva di aver colpito nel segno, di tenermi in pugno. "Hai visto che avevo ragione io?"

Aveva ragione lei: non ci si può sottrarre al proprio destino. Non sono vento le maledizioni di una madre...

28.
IL TUNNEL

Quella notte sognai per la prima volta mia madre...

Era in fondo a un tunnel, aveva il naso aquilino e un neo proprio sotto la narice e mi faceva cenno con la testa, che venissi, e il naso andava su e giù. Io ero incerta, non riuscivo a decidermi, mia madre faceva un passo verso di me, riconoscevo il maglione bianco e grigio, quello di lana mohair, glielo avevo regalato per il suo sessantesimo compleanno... Aveva ciocche bianche tra i capelli, rilucevano nel buio mentre si avvicinava... Era lenta e il suo passo rimbombava contro le pareti del tunnel, toc toc toc, aveva i tacchi, ecco perché l'andatura era irregolare, curvilinea... Feci come per andarle incontro... Ma dietro alle mie spalle c'era luce e lì c'era Guido... era impaziente e mi faceva cenno che venissi e trascinava per un braccio il bambino... anche lui mi chiamava con la mano... Allora mi girai e corsi verso di loro...

Dovevo scendere a patti con mia madre... Ma non c'era solo lei... Altri intorno a me attendevano decisioni, spiegazioni, attenzioni.

C'era Fabio: in quei giorni scopriva l'indipendenza dei primi passi, li provava e li riprovava, era tutto eccitato. Si staccava da me, teso nella paura di cadere, percorreva un breve tratto da solo, poi si girava e rifaceva lo spazio che ci separava, per lasciarsi cadere ridendo tra le mie mani che l'attendevano. Avessi potuto conservarli, quei primi passi, trepidanti per la separazione, gioiosi per il ritrovarsi! Ora mi appaiono sbiaditi, offuscati dalla minaccia che gravava su di me, su di loro.

C'era Guido. Si caricava del peso di colpe che non aveva. Cercavo di sollevarlo da responsabilità immaginarie... La colpa... di chi era la colpa? C'erano cause, molteplici... Che senso aveva parlare di colpa? Nessuno era responsabile... Parlavo a vuoto. Nessun argomento serviva a calmarlo... tormentava se stesso e me... Ma non era ancora l'ora di rivedere il passato, c'era il presente ad attenderci... Decisioni da prendere, in fretta...

Chissà perché avevamo tanta fretta. A pensarci ora mi sembra strano... Era assurdo decidere in uno spazio di tempo così breve: facevo ancora fatica a capire e ad ammettere i perché senza risposta... In quei giorni eravamo come chi scopre sotto di sé la palude e più cerca di tirarsi fuori, più vi sprofonda.

In realtà non fummo noi a decidere, altri decisero per noi... Allora ne provai gratitudine, mi toglievano il peso... Se era da fare, che si facesse subito...

* * *

La dottoressa Gross, specializzata in chirurgia estetica, mi aveva telefonato subito, e sì che era domenica e lei non era neppure a Ratisbona, mi chiamava da fuori... Verso la moglie di un collega si usano riguardi particolari... Cominciai a ringraziarla, mi interruppe... Ci teneva a operarmi lei, di persona... era l'unico modo per essere sicuri che la prima operazione fosse fatta bene, in vista della futura ricostruzione. Perché era di certo ciò che io mi proponevo: una ricostruzione plastica del seno... Rimasi confusa: non avevo ancora pensato a una ricostruzione... La dottoressa Gross incalzava. Lei aveva solo quel mercoledì libero, e cioè tra due giorni, e poi sarebbe partita per le ferie, perciò, se volevo che fosse lei a operarmi... Ma sì, certo che lo volevo! Sarebbe stato un onore, mi faceva un favore, eccome... Avrebbe provveduto lei a prenotare la clinica, non avrei dovuto pensare a niente... Mi sentii sollevata. Potevo occuparmi con tranquillità del lato pratico della faccenda. Come sistemare Fabio. Telefonare alla signora Grainer. Alla suocera. Disdire l'appuntamento con il fisioterapista del bambino, quello col dentista, preparare l'occorrente per la clinica... Avevo solo due giorni...

La dottoressa Gross mi aveva rassicurata: "Non è un intervento impegnativo. È di breve durata. Superficiale. Non c'è niente da temere. Il prossimo week-end è già a casa...".

Lo stesso noto tratto di autostrada. Quello di sempre. Quello che avevo percorso un anno e mezzo prima per andare a prendere mia madre alla stazione di Monaco. Ma allora era febbraio, la nebbia era fitta, opprimente... Invece la cortina di nebbia che quel mattino inumidiva strada e campi si sollevò presto... era una radiosa giornata di precoce autunno... la Baviera tutta oro e azzurro.

L'azzurro si specchiava sulla facciata di vetro della clinica. Anche i grattacieli delle banche ci si riflettevano sopra, deformati, l'insegna della Deutsche Bank si leggeva al contrario... Era uno specchiarsi nel già specchiato, fino a perdere il senso del reale. Una parete con sopra cielo e banche... Era fatto apposta: si volevano illudere i pazienti, nascondere ai loro occhi la realtà che stava dietro... Era l'esperimento del caffè viennese nello studio del dottor Zahn, ma moltiplicato all'infinito, un gioco di prestigio di dimensioni folli, illusionismo su scala titanica... Anche all'interno la clinica faceva di tutto per mimetizzarsi: sembrava un aeroporto... Era una selva di cartelli... creazione di strateghi ignari delle normali capacità umane... Solo una tal genia può presupporre che tutti abbiano confidenza con la simbologia delle entrate e delle uscite, che capiscano quando un percorso è diretto e quando invece si deve svoltare l'angolo, che risolvano senza difficoltà ogni sorta di test logici: abbinare colore e numero, dal numero dedurre il piano... Che chiunque – la valigetta da degente o il mazzo di fiori in mano – sia in grado di districarsi nel labirinto di corridoi senza farsi tentare a guardar giù nella voragine che si apre tra i piani... In fondo, nella giungla a idrocoltura, zampilla una fontana...

La clinica era una cittadella: dentro non mancava niente... caffè, parrucchiere, chiosco con bibite e panini, edicola, ristorante, negozi di vario genere... I pazienti dovevano sentirsi a loro agio, ben protetti e cullati da quella riproduzione della vita "fuori"... anche se con regole sue... Lì era normale che si andasse dal parrucchiere o al ristorante in pigiama, il déshabillé era alla moda.

Per non dare nell'occhio mi ero messa la tuta da ginnastica... Passeggiavo nei corridoi... grandi quadri erano appesi alle pareti, era una galleria d'arte moderna, una pinacoteca... Scoppi di colori sui muri bianchi... Avevano seguito l'esempio delle banche... Finalmente, pensavo. Non è giusto che l'arte sia preclusa ai malati...

La sera è il momento più critico, quando anche l'ultimo carrello è scivolato via e l'ultimo visitatore se n'è andato... Alle sei ogni attività cessa, la finzione di città si spegne... ai pazienti non resta altro rifugio che il letto. Ma è ancora presto per dormire... è un macigno che incombe, la notte...

L'orologio a metà corridoio segna l'una. Non mi decido a prendere la pastiglia per dormire. Prenderla significa affrettare il giorno dopo, far cominciare prima la nuova epoca che mi sta di fronte. Domani non sarò più la stessa...

I miei passi nelle pantofole di spugna neppure si sentono nel corridoio... eppure mi sento ridicola nella mia tuta verde con la striscia rossa di lato e le pantofole di spugna ai piedi...

Le porte di legno chiaro sono chiuse. Su entrambi i lati sono allineati i vasi di fiori che di sera vengono espulsi dalle camere. C'è odore di cimitero. Mi fermo davanti a un armadio a muro con la scritta "vasi". Apro. Una collezione di recipienti, piccoli, grandi, lunghi, larghi, di vetro, plastica... Chissà se qualcuno mi porterà dei fiori. Ci penso un po'. Non mi viene in mente nessuno. Non importa.

Sono arrivata alla fine del corridoio. Un terrazzino si sporge verso le sagome buie dei grattacieli... la città è da qualche parte, in fondo... invisibile... In basso gli alberi si agitano, sono scossi con violenza, dev'esserci un vento forte, fuori... Dentro non si sente nulla, non una persiana che cigoli, una porta che sbatta, un vetro che tintinni. Gli architetti hanno fatto bene il loro lavoro. La clinica è perfettamente isolata.

D'un tratto mi sento prigioniera... nel corridoio si soffoca... l'aria sa di fiori putrefatti... Mi sento chiusa in un tunnel... potessi aprire la porta, sentire il vento, farlo entrare, affacciarmi sul grande vuoto nero... Faccio presa sulla maniglia, non cede di un millimetro. È saldata. È una misura di sicurezza. Lo spazio di fronte è accattivante.

* * *

Vedevo la mia diversità, prima ancora che in me stessa, nel comportamento di chi veniva a trovarmi... Lo sguardo offeso di Maria... sembrava rimproverarmi il disagio che procuravo agli altri... L'inconsueta loquacità di Luisa...

Era accorsa subito, si era sistemata in via dell'Alsazia, arrivava in clinica con la vecchia bicicletta che era stata di mia madre... Mio padre l'aveva fatta fare su misura per lei. Era tutta arrugginita, i freni funzionavano male, per giunta per Luisa era troppo alta, e lei non conosceva la città... Nulla la fece desistere. Arrivava al mattino, sudata, con i riccioli scomposti... Avevo sempre fatto una gran fatica ad avviare una conversazione con lei. Ora invece parlava disinvolta del più e del meno, non le mancavano mai gli argomenti, era allegra, cordiale anche con gli estranei, tirava fuori intere frasi in tedesco...

Con me era di una sollecitudine materna... mi circondava di cure e affetto, si faceva in quattro per esaudire i miei desideri... Io me li inventavo apposta, pur di darle la soddisfazione di accontentarmi, appagare la sua necessità di soccorrermi, di prendere il posto che le spettava accanto a me, su cui vigilava gelosamente... Si rabbuiava al minimo sospetto che qualcuno glielo usurpasse... Rinnovava la solidarietà di un tempo, quella che ci aveva permesso per anni di sopravvivere ai terribili week-end, che io avevo tradito andando via... Mi dimostrava che aveva perdonato la mia slealtà, che l'alleanza persisteva, l'infanzia ci univa in una complicata trama di affetti, reciproci rifiuti e sottili ricatti... Ero sempre stata io, la maggiore, a dominare, io a inventare le storie da giocare, a comporre commedie da recitare insieme, a leggere i racconti scritti apposta per lei. Io, prepotente, la costringevo a imprese arrischiate, faticose, impossibili... Ma adesso ero malata... La malattia annullava la superiorità di un tempo, invertiva le parti... mi obbligava all'umiltà. Dovevo mostrarle gratitudine... lasciare che si occupasse di me, delle mie cose, che fosse lei la più forte. Non era più la sorella minore...

Leggevo la mia diversità nell'imbarazzo delle amiche. Mi compativano... la mia condizione faceva loro orrore... Come si fa a sopportarla?, si chiedevano, già soltanto il pensiero era insostenibile... Non sapevano che quando uno c'è dentro non ha più il tempo di pensare se sia sostenibile o no... La compassione è un lusso per i sani...

Aggiravano la domanda che più di ogni altra premeva loro: "Come hai fatto ad accorgertene?". A volte le accontentavo, raccontavo l'imbrogliato percorso dai primi sospetti alla certezza... a volte invece la preoccupazione per il loro stato di persone sane mi irritava... eludevo la domanda... Parlavamo del più e del meno ma quella leggerezza fuori luogo ci impacciava...

In fondo però le capivo: la mia presenza era una minaccia... Finché non si stringe la mano all'ammalato, non si osservano le guance scavate, non si nota il vuoto tra le pieghe della maglietta, il male è qualcosa di remoto... Io ne manifestavo l'evidenza... ero una testimone inquietante... Non potevo starmene passiva a raccogliere nella ciotola delle mani la loro compassione... Era mio dovere cancellare il disagio che mio malgrado creavo... rassicurarle... La malattia riguardava solo me, era scritta nel mio carattere, nei geni... Il male incute meno timore se si riesce ad attribuirne la colpa all'ammalato...

* * *

Con Sara avevo affrontato le incertezze della vita accademica... Ci eravamo incoraggiate a vicenda. Una volta le avevo detto: "Oddio, la relazione al congresso! Tutti quegli uomini che mi guardano!". Lei mi aveva rassicurato: "Mettiti degli slip rossi e pensa: ascoltatemi! Io so esporre un argomento senza far crepare tutti di noia come fate voi!".

Ci volevano slip rossi per provocare i colori sbiaditi delle cravatte allacciate male, il grigiore delle giacche di taglio dozzinale... per far rizzare i congressisti accasciati nelle poltrone, annientati da ore di tediose relazioni... Finalmente una voce diversa, una voce di donna...

Ce l'avremmo fatta... Ma non era facile. Dovevamo disporre di tutte le nostre energie, non ci era permesso dubitare delle nostre capacità, mai. Invece io, per la seconda volta, la tradivo. Il primo tradimento era stato il bambino. Si era messo fra me e la mia ambizione... Il secondo era la malattia: ribaltava ogni certezza... il successo diventava ridicolo di fronte a quella clamorosa sconfitta... Ogni sforzo di riuscire era insignificante, persino assurdo al confronto con la necessità prioritaria di combattere il male...

Sara parlava... Improvvisamente non capivo più di che cosa.

Mi sforzavo di seguirla, di accalorarmi con lei, di unirmi alla sua indignazione mentre mi riferiva le novità...

Sara era forte, sportiva, bella. Era convinta di poter affrontare l'esistenza con lo stesso piglio e la stessa leggerezza con cui sapeva volteggiare sulla superficie rossa del campo da tennis... Rossa di sudore, la frangia bionda tirata indietro da una fascia blu, il gonnellino che metteva in evidenza le gambe lunghe e sode, ribatteva i colpi pericolosi con la racchetta maneggiata con bravura...

Solo Sven era riuscito a tenerle testa. Era l'unica persona con cui valesse la pena giocare. Il giorno in cui l'aveva lasciata, Sara aveva appeso la racchetta al chiodo... Non poteva subire l'umiliazione di adattarsi a un compagno meno bravo di lei...

Passeggiavamo nel giardino dell'ospedale, in mezzo a un paesaggio artificiale di colline e scalette, tra cespugli carichi di bacche e grappoli di passeri che li beccavano. Ogni passo sollevava una nuvola d'ali. Il terreno era coperto da quelle piante a foglie dure che invadono gli spazi pubblici... polipi arborei, tenaci... Mi intestardivo a cercare una fessura tra i rami... Mi sforzavo di ritrovare il consenso tra di noi, quando cercavamo di districarci tra i corridoi dell'università... Dov'erano lo sguardo di maliziosa intesa, il risolino soffocato, la critica impietosa? Nulla di tutto ciò nelle frasi che ci scambiavamo: "Hai trovato casa? Quand'è il trasloco?". "Non farmici pensare, non trovo niente." "E la tesi? Come va? Che ha detto il professore?" Le mie domande la irritavano. "Sei come loro. Non sai parlar d'altro che di lavoro!"

Tacqui, umiliata. Seguivamo come automi il percorso a saliscendi.

"Forse tu non riesci a capire," azzardai. Gli occhi azzurri ebbero un lampo di stizza, avevo sbagliato il colpo: "Scusa, sai, se non ho il cancro anch'io".

L'avevo offesa. Non ci vedemmo più.

* * *

Ma era me stessa che dovevo ritrovare. Affrontare lo specchio. Strano come pulsasse forte il cuore, forse era l'affanno... Voleva evadere dalla gabbia delle costole... bastava aprire la ferita... prenderlo in mano.

Una sensazione già provata... quella volta che avevo tenuto in mano un fringuello... Era caduto nel tubo della stufa, mio padre l'aveva liberato, era nero di fuliggine, il cuore gli scoppiava nel petto, impazziva tra le mie dita...

Ero io, quel fringuello? Che idee stupide! Mi sarei abituata. Ci si abitua a tutto, anche a un cuore così spudoratamente indifeso. E poi sopra c'era la protesi...

La signora arrivava con le spalle all'altezza del mio petto. Mi misurava con gesti sicuri e annotava le cifre sull'agenda. Era la proprietaria di un negozio di articoli sanitari, però all'occasione faceva l'ambulante. Aveva lo stesso modo di fare delle infermiere: affabile e determinato, di chi ha l'abitudine a sobbarcarsi le decisioni degli altri. Non perse tempo in inutili preamboli. "Non so se ho qualcosa della sua misura." Si mise a frugare tra la merce che portava con sé... Tornò il giorno dopo tutta sorridente con la buona notizia... Un articolo così inconsueto la metteva di buon umore. Era un diversivo... Non ero una paziente comune, la natura mi aveva dotata di una rara miniatura...

Ero grata a quella signora minuta... Lasciai che facesse lei, che scegliesse il modello, me lo provasse... non opposi resistenza... accennai una protesta quando mi propose un reggiseno imbottito. "Mi dà fastidio..." Mi rispose che non era possibile... tutte le sue clienti, e avevano varie misure più di me – e qui strizzò gli occhi per farmi notare la mia ingratitudine –, usavano quel tipo di reggiseno e nessuna che si lamentasse! Anzi, le erano tutte riconoscenti per averglielo consigliato. "La fa più piena, suvvia, le 'spetta' un seno un poco più grande!" Per la prima volta mi rendevo conto del torto che mi era stato fatto... avevo il "diritto" a un seno più grande! Di fronte a tale ingiustizia, quella recente impallidiva... La signora delle protesi mi rivelava una prospettiva completamente nuova, insospettata... Rimasi a guardarla imbambolata. Lei, credendo che tentennassi ancora, aggiunse argomenti ancora più convincenti: "Così quando esce dalla clinica è già a posto e può sentirsi perfettamente 'a suo agio'". Mi squadrò dal basso in alto. La sua esperienza di misuratrice e fornitrice di protesi le suggerì di prevenire la domanda che io stranamente non le avevo ancora fatto: "Non si vede nulla, può star tranquilla".

Ma io non l'avevo seguita fino a quest'ultimo aspetto, quello più superficiale, della questione. Era rimasta impigliata all'"agio" che mi aveva spensieratamente promesso. Come avrei potuto sentirmi "a mio agio" con quell'oggetto intruso che pesava da una parte del petto? Mi sbilanciava. Era come se mi fossi messa un ciottolo di fiume sul cuore. Pensai a mia madre e alla sua protesi di gommapiuma: "Mi fa sudare, ma almeno è leggera". E questa, mi avrebbe fatto sudare? Lo domandai alla signora. Dovetti sembrarle un animale esotico, oltre che per la misura del petto anche per la caparbietà con cui resistevo alla proposta di apparire più prosperosa. Ma lei, seppure minuta, aveva dalla sua la forza di argomenti ineccepibili: "Ci si abitua a tutto", disse. Aveva ragione.

Del resto, era solo una condizione transitoria. Avrei fatto fare una ricostruzione, non mi importava di affrontare nuove operazioni. Questa sicurezza e la fiducia nella chirurgia plastica mi rendevano meno odioso l'atto di separarmi da quell'oggetto posticcio al momento di coricarmi... di riappendermelo al petto al momento di alzarmi... Mi sentivo falsificata. E avevo paura che gli altri si accorgessero della finzione... "Si vede qualcosa? Sei proprio sicura? Neppure quando mi chino? Posso mettere quest'abito? No, no, questo non lo posso più mettere, guarda come mi segna!" Quante volte mia madre mi aveva infastidita con le sue domande! Mi faceva perdere la pazienza. Cercavo di convincerla che non si vedeva nulla... Inutilmente... In ogni sguardo che le passava addosso, intento a inseguire tutt'altro pensiero, lei leggeva un riferimento al suo stato... Si sentiva indifesa, esposta senza protezione agli occhi di tutti. Era una vera fissazione. Però anch'io, appena a casa, cominciai a mettere da parte gli abiti che non avrei più potuto mettere...

* * *

Ma io non ero sola. C'era Guido. Temevo il momento in cui sarei stata con lui fuori della protezione dell'ospedale, lontano dagli occhi delle infermiere, dei visitatori, di tutti...

Il mio primo impulso fu di nascondermi. Mi scoprì dolcemente. Vedevo la sua immagine dietro di me, allo specchio. Gli occhi nocciola mi scrutavano, aveva l'espressione attenta che gli conoscevo, quella con cui si chinava a osservare il taglio che sottomettevo al suo sguardo, con cui medicava una ferita, bendava una caviglia gonfia. Amavo quell'espressione... Lo rendeva ancora più bello.

Adesso mi guardava in quel modo. Era un interesse spassionato... ne era completamente assorbito... Nessuna traccia di orrore, ripudio, stupore, neppure compassione... Non l'avrei sopportato... mi sarei sottratta subito al suo sguardo, sarei fuggita...

Seguivo la sua espressione allo specchio. Nulla mi premeva di più che scorgervi ciò che pensava... Tremavo dentro di me per la tensione. Fissavo allo specchio i suoi occhi, le labbra marcate, i capelli castani leggermente mossi, com'era bello lui, com'ero orgogliosa di averlo, io invece, io... Mi sentii indegna di lui.

"Ti importa?" balbettai.

Mi prese tra le braccia, strinse il mio petto al suo...

"Non m'importa," disse.

Ora capivo perché mia madre si ostinava a dire: "Meno male che non c'è più papà"... "Povero papà, se mi avesse vista così"... Era una litania... A quel tempo mi indignavo... Ma non era lui che intendeva, pensava a se stessa, all'umiliazione che avrebbe provato mostrandosi deturpata davanti a lui. Mia madre aveva orrore di se stessa... La vista di lei "così" era una provocazione, un'offesa imperdonabile, un castigo immeritato "per il suo uomo". Lui l'aveva presa intera, era suo diritto che rimanesse così...

Eppure mio padre aveva quasi perso il braccio destro... la granata glielo aveva lacerato, in cambio poi gli aveva dato la medaglia e a mia madre una pensioncina da vedova di eroe. Mio padre sapeva che cosa vuol dire perdere una parte di sé... L'aveva detto chiaramente al chirurgo che stava per operarlo: "Se quando mi sveglio il braccio non c'è più, mi sparo". L'aveva guardato diritto in faccia, senza muovere un muscolo, con quegli occhi che aveva lui quando minacciava qualcosa e uno sapeva che avrebbe mantenuto ciò che aveva detto, a qualunque costo. Il medico aveva cercato timidamente di dissuaderlo... Il braccio era attaccato solo con uno straccio di muscolo... il nervo probabilmente era stato reciso... Mio padre non aveva battuto ciglio. "Se quando mi sveglio il braccio non c'è più, mi sparo." Aveva intimidito i medici. Gli ricucirono la carne come poterono, poi lui fece rifare l'operazione da un chirurgo di Milano, aveva messo insieme i soldi vendendo l'olio alla Borsa nera... Era rimasto un buco profondo, così grande che ci stava dentro un pugno. La cicatrice arrivava fino al gomito, ma sotto la manica della giubba non si vedeva.

Mio padre avrebbe capito. Avrebbe detto a mia madre: "Perdere un braccio è molto peggio, non credi?". Ma questo non l'avrebbe consolata. Allora le avrebbe detto: "Non importa, Minuccia bella, non m'importa". E mia madre gli avrebbe creduto. Ma mio padre non c'era più... Per questo mia madre rimase convinta di essere orribile e continuò a dire: "Meno male che non c'è più papà, se no, povero papà", mentre invece la povera era lei ed era molto peggio che non ci fosse mio padre.

A quel tempo ero severa con me stessa... Adesso sono meno dura... Ma allora non potevo cedere... se solo avessi cominciato a vacillare, a compatirmi, avrei fatto come mia madre, sarei scivolata nel tunnel, non ne sarei più uscita... Mi rimproveravo: "Smettila di fare quella faccia allo specchio! Se ti avessero tagliato un braccio, capirei... La perdita del dito mignolo è una disgrazia più grave... Il seno è del tutto secondario...". Una volta fatta l'abitudine non me ne sarei più accorta. La chirurgia plastica lo avrebbe rifatto meglio di prima... Di fuori ero uguale. Nessuno se ne accorgeva. Nessuno lo sapeva. Un dito, invece, lo vede chiunque... La mia era solo vanità... Se fossi stata ancora una ragazza, ma non ero più così giovane... e un figlio ce l'avevo... l'avevo nutrito al seno, gli avevo porto anche quella mammella... neppure tanto tempo prima... "E allora! E non fare finta di non vederti, come se davanti a te ci fosse un'altra donna, non tu!"

Ripensavo a mio padre, al braccio dove ci stava dentro un pugno... La plastica non sarebbe bastata... mi sarebbe rimasta per sempre quell'infossatura, profonda come un pugno...

29.

LE PULSATILLE

Era stata la fotografia a farmi venire di nuovo in mente mio padre. Qualcuno l'aveva ritagliata da un vecchio calendario e attaccata alla parete dell'ambulatorio con del nastro adesivo. Niente di particolare, una delle tante fotografie della Toscana, come ce ne sono dappertutto, strano che la gente non si sia ancora stancata di vedere file di cipressi sul profilo di una collina, oliveti, vigneti e, dietro una torre, la cinta di mura, un borgo... Toscana in primavera, estate, autunno, Toscana d'inverno, le crete senesi con una ritoccatina di bianco...

Un olivo in mezzo a un campo di papaveri...

Niente di speciale, non era una di quelle gigantografie che si vedono alle mostre, i particolari così ingranditi che ti agghiacciano...

Bastò a farmi vedere mio padre...

Era andato in campagna, tornava a casa con un fiasco d'olio... L'aereo alleato volava a bassa quota tra mare e monti... Mio padre l'aveva sentito arrivare e si era buttato a terra. L'aereo gli era passato sopra. Credeva di averla scampata, invece no, il pilota l'aveva visto, tornava, puntava su di lui... Nessuno in giro... Solo campi lucidi di sole... E un olivo, al margine di un terreno lasciato incolto e inondato di papaveri... Mio padre si gettò di corsa verso l'albero... lo raggiunse... L'aereo cominciò a roteargli intorno, scaricando colpi... Mio padre, sotto, acquattato contro il tronco, gli girava intorno... L'aereo volteggiava sopra... mio padre continuava a girare stretto al corpo nodoso dell'olivo... vedeva la peluria verde ai suoi piedi... Sarebbe stato bello lasciarsi cadere su quell'erba, nel sole... il verde lo tentava... staccava le dita dal tronco... Ma subito tornava in sé. Chiudeva gli occhi per non vedere l'abbaglio del sole e l'ombra dell'aereo che girava... *Non devo staccarmi dal tronco, non devo...* Stringeva le dita sulla corteccia... l'aereo appariva tra il fogliame... Mio padre si stringeva di più all'olivo... *Non devo staccarmi dal tronco...* Non aveva paura, l'olivo lo proteggeva, il pilota lo sapeva e stava al gioco...

Chiamarono il mio nome. Mi alzai ubbidiente.

"*So, so,*" disse il dottor Fuchs guardandomi come se ammiccasse. Eravamo in una stanzetta dell'ambulatorio, nel seminterrato dell'ospedale. Il camice gli stava un po' stretto, gli tirava sull'addome... Aveva le gote rotonde come palline da ping-pong. La pelle invece era flaccida, rugosa sul collo, imperlata di goccioline di sudore. "*So, so... so...*" Teneva in mano la lettera di presentazione della dottoressa Gross. La sfilza di "*so*" doveva riferirsi a qualche particolare che aveva appena letto sul mio conto... "Dunque lei abita in vicolo del Cancro? Non è un nome che porta fortuna, non le pare?" No di certo, a me non aveva portato fortuna... Non la porta a nessuno... "C'è ancora il ristorante Al granchio nel vicolo del Cancro?" "Sì, sì, per esserci, c'è ancora..." "Lei ci è mai stata?"

C'ero stata una volta sola. Era uno dei ristoranti più cari della città... Lo gestiva il signor Kulz, era lo chef de cuisine, oltre che il proprietario di un bistrò nelle vicinanze. Le sue disgrazie erano cominciate il giorno in cui aveva appeso sopra l'entrata del ristorante l'insegna col granchio, o cancro... Avrebbe dovuto rappresentare un'aragosta, ma non c'era stato verso di dargli un aspetto snello e roseo, che alludesse alla cucina raffinata del signor Kulz...

Non era servito a niente rimettere a nuovo il locale... far venire gli esperti del comune... Avevano restaurato l'arco di pietra sopra l'entrata, riportando alla luce pallide tracce di affreschi intorno ai capitelli, avevano rimesso a nudo le travi portanti del soffitto e l'acciottolato del pavimento... tolto ogni traccia di muffa... ma non avevano potuto raschiar via la disdetta che impregnava pietre e travi...

Il locale era stato arredato con gusto minimalista, per lasciare intatto il solenne decoro tardomedioevale dell'ambiente. Ne era risultata una cert'aria lugubre... Gli avventori, sempre pochi, uomini d'affari che non pagavano di tasca propria, si sentivano a disagio sotto la volta gotica... tutti i rumori andavano a sbatterci contro, si capovolgevano, ripiombavano sulle teste dei commensali chini sui piatti... Era un'eco continua, i passi rintronavano, le voci si moltiplicavano, si incupivano... I clienti, intimoriti, parlavano sottovoce, come se si scambiassero segreti da un lato all'altro del tavolo... Per riuscire a comunicare si sporgevano verso il centro, rovesciando i bicchieri di vino e i boccali della birra sulla tovaglia inamidata... Il cameriere che domandava sussurrando se il Beaujoulais d'annata versato nei calici fosse di loro gusto sembrava far parte di un complotto... Dopo un tempo lunghissimo, sui tavoli comparivano piatti di dimensioni spropositate... le vivande ci sparivano dentro... erano bocconcini d'assaggio, messi in quei piattoni per far bella figura, non per saziare...

Gli avventori diminuivano di sera in sera. Il signor Kulz se la prendeva con la moglie che non ne voleva sapere di mettersi a girare fra i tavoli. La padrona della birreria Augustiner, quella sì che ci sapeva fare con i clienti. Di quando in quando usciva dalla cucina strofinandosi le mani nel grembiule, l'odore di fritto e di cipolle che le usciva dalla scollatura, e passava tra i tavoli a chiedere agli avventori se erano soddisfatti... Nel ristorante Al granchio l'unico che compariva fra i tavoli era il signor Kulz... Ma più la sera avanzava, più lui a furia di assaggiare vini e acquavite perdeva l'orientamento... Allora i rimproveri alla moglie rimbalzavano contro le volte gotiche della cucina, rotolavano attraverso i cardini delle antiche porte e andavano a finire nella sala, sotto la volta gotica, dove gli ultimi clienti sedevano sussurrando al lume dei candelabri... Si affrettavano a chiedere il conto... Verso mezzanotte il signor Kulz metteva gli avanzi della cena nelle cassette di plastica della Metro, chiudeva il portone e si avviava barcollando al bistrò...

Al mattino, il ristorante Al granchio rimaneva sbarrato fino a tardi: le cassette di verdure e di pesce, gli sfilatini francesi e i cartoni dei vini restavano ore sotto l'arco di pietra, esposti alle annusate dei cani...

"Vicolo del Cancro..." Il dottor Fuchs non la finiva più di ridacchiare tra di sé. Come se anche lui avesse assaporato un po' dei vini che il signor Kulz trascurava al mattino e teneva troppo da conto la sera. "Vicolo del Cancro," ripeté. "Ma lo sa," aggiunse con lo stesso tono di voce, "che il suo è un carcinoma di particolare malignità? Con inizio di metastasi."

Il dottor Fuchs mi guardava socchiudendo gli occhi. Mi ricordava il gatto di Alice che quando scompariva lasciava dietro di sé un sogghigno. Il dottor Fuchs sogghignava, ma senza malignità, era la sua espressione, la piega delle labbra era sempre atteggiata a un sorriso ironico... Non si rivolgeva mai direttamente a qualcuno, parlava tra sé e sé... A tratti tirava fuori una battuta, senza curarsi che qualcuno la raccogliesse. Il suo assistente, o l'infermiera, o chiunque si trovasse nelle vicinanze, accennava subito un sorriso scialbo e forzato, era come un riflesso...

Il dottor Fuchs parlava in quel modo a tutti i pazienti, senza distinzione: mescolava diagnosi e divagazioni sul tempo, terapie da seguire e osservazioni sui luoghi più diversi... si sbizzarriva in sequele di associazioni... sempre con la sua aria sogghignante... All'inizio i pazienti rimanevano confusi, non sapevano come interpretare il sorrisino... poi si lasciavano trascinare dalle sue affabulazioni... Il dottor Fuchs insieme alla cura medica offriva quella dell'ironia...

"Certo che nel suo paese," continuò facendo oscillare il busto da sinistra a destra e viceversa, "si sta meglio che qui. Guardi fuori che grigio!" Spinse la testa in direzione della finestra del seminterrato. Non si vedeva altro che l'asfalto del cortile.

Guardai anch'io la barriera di asfalto. "In questi giorni però metà della penisola è sott'acqua," replicai. Il dottor Fuchs accennò un sorrisino e colse la palla al balzo: "Già, Venezia... qui mettono delle barriere alla piena, li ha visti lei gli argini di plastica rossi? Dovrebbero fare così anche a Venezia". Tacque come seguendo un'ispirazione improvvisa, si riebbe di scatto, riprese il foglio che aveva posato sul tavolo e senza guardarlo disse: "In questi casi consiglio una chemioterapia". Rimase in silenzio a pensare. "Peccato," aggiunse scrutandomi, "per i suoi riccioli..."

Di sicuro colse la mia espressione di panico. Anche i capelli...

Il dottor Fuchs storse la bocca in un sorrisino: "Non si preoccupi per questo! La mutua paga la parrucca e poi i capelli ricrescono, più di prima...".

Repressi a stento l'ira. Una parrucca? Mi stava prendendo in giro? Credeva che mi consolasse il pensiero che fosse la mutua a pagarla? Ma lo sapeva lui quanto tempo ci mettono a crescere i capelli? Già mi sentivo un essere posticcio, sul petto una protesi, in testa una parrucca...

"Ci sarebbe il ghiaccio..." Mi guardò con aria sorniona e cominciò a prendere in considerazione i miei capelli, con una serietà esagerata, come un parrucchiere a cui avessi chiesto un taglio particolare o come se il risultato della cura dipendesse dai capelli. "Non è detto che cadano," concluse. "È una questione di dosaggio..." Se però volevo andare sul sicuro... era una precauzione... be', in questo caso si poteva provare con il ghiaccio... Il dottor Fuchs ammiccò, come a dire: se vuole stare al gioco... Riprese subito l'aria seria: "Durante la cura chemioterapica si mette sulla testa del paziente un casco foderato di cubetti di ghiaccio... Sembra che renda il tessuto capillare più resistente agli attacchi della terapia. Non ci sono studi irrefutabili a proposito...". Tacque e mi guardò in quel suo modo ironico...

* * *

Pur di non essere appestata dall'odore... La sala d'attesa sapeva di contagio. La luce al neon gettava riflessi giallastri sui volti pallidi. Nessuno che manifestasse impazienza: il senso della vita consisteva in quell'attesa. Aspettavano immobili. Quando entrava qualcuno alzavano appena gli occhi... rispondevano al saluto con un cenno della testa, senza curiosità.

Non c'era motivo di ingannare l'attesa, magari sfogliando una delle riviste ammucchiate sul tavolo, accartocciate, volgari... L'attesa non si lasciava ingannare, in quel luogo...

Volevo distinguermi da quei condannati all'attesa. Volti vecchissimi... decenni mi separavano da loro. O era il neon a farli apparire così vecchi? Forse anch'io sembravo una vecchia, in quella luce... Niente è più crudele, più implacabile del neon. Ti insegue, ti scopre quando cerchi l'ombra, si annida nelle rughe, ti cosparge d'ombra le guance... Dovevo tenergli testa.

Prima di uscire di casa mi vestivo apposta con cura, mi truccavo, mi mettevo il profumo. Portavo con me un libro e mi ci immergevo... Evitavo gli sguardi degli altri... ma neppure mi vedevano. Se per caso qualcuno sull'uscio salutava ad alta voce, sussultavo. Allora mi avevano vista, mi avevano riconosciuta come una di loro... Poter essere attraversata dalla luce al neon come dai raggi x, diventare trasparente, creare intorno a me una bolla d'aria e rinchiudermi dentro...

"È raro che qualcuno si presenti qui vestito bene, con un po' di rossetto sulle labbra, un po' di profumo..." L'infermiera che mi attaccava la fleboclisi al braccio aveva notato i miei sforzi, li apprezzava...

* * *

Sulle pareti del camerino adibito alle fleboclisi erano attaccati fogli di calendario: ranuncoli, genziane, papaveri, fiori di campo... Era commovente quella solerzia nel tagliare e incollare... Da come erano slabbrati e giallognoli, sembrava che i fogli risalissero al tempo in cui nell'ospedale c'erano le suore... Molti erano scollati, si tenevano alla parete con un angolo solo... Tanto i pazienti dell'oncologia non ci facevano caso...

Io sì. Guardavo le fotografie con un'attenzione che non meritavano, mentre il liquido scendeva dal flacone nel mio braccio, mi inondava...

Subito la nausea si impadroniva di me, lo stomaco si rivoltava... ma no, che c'entrava lo stomaco? Era il cervello, si ribellava a modo suo... Quanto profumo mi ero messa? Lo stanzino ne era impregnato. Mi entrava dentro con il liquido che cadeva goccia a goccia, non potevo cacciarmelo di dosso... La nausea aveva quell'odore...

Chissà cos'erano quelle vibrazioni... avevano capovolto il lettino... squassavano il mio corpo... stavo per cadere, ero già a testa in giù, piombavo verso il basso, ero sulla ruota gigante... In quei giorni era di nuovo sull'isola danubiana, al solito posto, la si vedeva di notte tutta illuminata, una corona di luci... Non ci ero mai salita... me n'ero guardata bene... invece ora c'ero proprio sopra... Mi rovesciavano lo stomaco, mi buttavano per aria... Come si fa a respirare in uno spazio così piccolo? Mi mancava l'aria... E poi quel freddo sulla testa... il casco di ghiaccio, maledetto chi l'aveva inventato, non me ne importava più niente dei capelli, tremavo in tutto il corpo, almeno mi avessero dato una coperta...

Per fortuna c'erano i bucaneve e le primule, le genziane e gli anemoni... Non erano proprio anemoni, però il viola dei petali li ricordava... dove li avevo visti l'ultima volta... avevano un nome, ecco, l'avevo trovato: pulsatille.

"Pulsatille! Guarda, incredibile, quante!" Ingrid straripava d'entusiasmo, si chinava verso le piantine, l'ampia gonna di pelle di cervo si allargava a campana, la mantella di loden le svolazzava intorno... "*Süß! Süß!*" Con la punta delle dita accarezzava le corolle, delicatamente, come fossero cuccioli rimpiattati lungo il pendio, appena usciti al sole. Si facevano strada tra i lunghi fili d'erba secca piegata dalla pioggia e dalla neve... alcune viola chiaro, altre di un velluto scuro, quasi indaco, e dentro il giallo dei pistilli. Portavano addosso una folta pelliccia di peli... erano prudenti le pulsatille, e nello stesso tempo audaci, delle avanguardiste...

In basso il Vils si scontrava col Naab in un impatto spumeggiante, un turbinio di correnti, una zuffa acquea, prima di proseguire insieme la strada fino al Danubio...

"Guardate qui, una famiglia intera! E questa, tutta sola!"

Non aveva occhi che per le pulsatille. Il sentiero era umido, franava sotto i suoi scarponcini imbottiti. "Da noi le pulsatille sono ormai scomparse, estinte. Ma qui per fortuna nessuno le vede. Guardate, nessuno ci fa caso. Così tante!"

Da quel punto si vedeva Kallmünz abbarbicato ai piedi del castello, nel punto in cui le due valli formano una prua di roccia. È un paese provato... si ritrae come può contro la roccia per sottrarsi ai due fiumi, manda il ponte in avanscoperta, ma non serve: il Vils e il Naab lo inondano con feroce ostinazione ogni inverno.

L'entusiasmo la ringiovaniva... Ingrid si guardava in giro a controllare che nessuno la vedesse e rideva, il riso di chi prepari una monelleria. Aveva tirato fuori un coltellino, tastava la terra con le dita, faceva un buco, ci infilava con precauzione l'indice, scavava, attenta a non rompere il gambo, ne estraeva trionfante una piantina. “Intatta! Ora ci vuole della terra calcarea, come questa... Se no bisogna spargerci sopra del calcio, ma certo che lo vendono, in flaconi come quelli per il detersivo... Poi devi innaffiarle due volte al giorno e non perderle mai di vista...” Aveva avvolto il bottino nel fazzoletto, con cura... l’aveva fatto sparire sotto la mantella. Il vento tormentava i ginepri, faceva rabbrividire le pulsatille, scompigliava la gonna e i capelli di Ingrid sotto il cappello di feltro, dello stesso colore del loden.

Scendevamo verso la valle del Naab. Ingrid ci precedeva saltellando, attenta a schivare i sassi viscidi di pioggia... un grande uccello dalle penne color loden... Di tanto in tanto si chinava verso una pulsatilla e le diceva: “*Süß, süß*”.

Un fiore così tenero, la pulsatilla.

30.

LA BIBLIOTECA DELLE FOGLIE DI PALMA

"Non penserai che sia sufficiente!" Brigitte mi guardava severa. Stentava a credere alla mia ingenuità. "Quello che hai fatto finora è stato sottoporti 'passivamente' a una terapia..."

Sentii il peso dell'avverbio cadermi addosso come un'imputazione...

"...ora devi contribuire in maniera 'attiva' a sconfiggere la minaccia..." Non mi dava tregua. Era una di quelle persone che la natura ha dotato di una preveggenza universale... che sanno con sicurezza come andranno a finire le cose, anche se per delicatezza si sono astenute dal dirtelo... Sono sempre informate, in anticipo... Brigitte aveva letto, guarda caso poco tempo prima, una ricerca su pazienti affette da cancro al seno... C'era una connessione fra il temperamento e la malattia... solo un'ipotesi, però fondata: l'indole delle pazienti, non che sia una causa diretta, però predispone al male... "Guarda, scusami, sai, ma ho pensato a te, hai tutte le caratteristiche..." Non si ricordava di preciso la percentuale, però... "Un tot per cento delle donne affette hanno un carattere particolarmente volitivo, tenace... Sono donne che trattano senza riguardi se stesse e il proprio corpo, non si risparmiano...". "Sicché per contribuire 'attivamente' alla guarigione dovrei sforzarmi di essere più passiva?" Dovevo aver avuto un'espressione contrariata... Brigitte si affrettò ad attenuare la sua tesi: "Il rapporto fra indole e malattia non è così diretto... in qualche maniera, forse... dedicarti di più a te stessa... non può nuocere, ecco... Pensare all'alimentazione...". Stavo per replicare ma mi interruppe subito: "Naturalmente ci sono altre cause... la gravidanza tardiva, la madre a sua volta affetta dal male... Se vuoi faccio delle fotocopie...".

Tenevo i fogli tra le mani... Brigitte aveva annotato in alto con la sua scrittura ordinata e precisa la fonte, l'anno, le pagine... Ci teneva a mostrare professionalità... Io ero irritata... non li volevo proprio leggere, quei fogli. Mi feci forza... dovevo pur dimostrare il mio interesse scientifico...

Il trenta per cento delle donne affette... Dovetti ammettere mio malgrado che Ingrid aveva ragione: quel trenta per cento mi assomigliava, ero io quella donna ipotetica che portava su di sé, come una tara, tutte quelle caratteristiche che calzavano a pennello su di me. Potevo riflettermi in quello specchio statistico... Altro che contribuire *attivamente*! Era scritto già tutto dall'inizio, l'indole, i geni... Ero a terra... ero fuggita da un fantasma per ritrovarmelo di fronte nel bel mezzo della mia vita... No, non era neppure un fantasma, era qualcosa di più antico, profondo, inevitabile... qualcosa come il destino...

Avevo ignorato la biblioteca di Madurai dove c'era la storia della mia vita scritta su foglie di palma... Ora me la ritrovavo davanti su quelle grigie fotocopie...

* * *

Ci eravamo passati accanto snobbandola del tutto. Eppure era proprio a ridosso del complesso di templi di Madurai, in una delle vie laterali, una strada parallela a quella dei sarti...

Invece di interessarci alle foglie di palma andavamo in cerca di qualcuno che ci confezionasse camicie... Portavamo sotto il braccio l'involucro della stoffa: il cotone più sottile... stoffe come saliva di baco da seta, tessute a mano dai discepoli di Gandhi...

I sarti sedevano a gambe incrociate nelle loro botteghe nei sottoscala, bugigattoli bui, stanzette dove Guido non riusciva a stare in piedi...

Rrrrrrr... tutta la via sussurra struscia e saltella insieme agli aghi che si alzano e si abbassano... La stoffa scorre trattenuta da mani scure che ne fanno camicie... le più belle camicie dell'India...

Il sarto fa dondolare la testa mentre misura le spalle di Guido... "*Yes, yes*," è così che ha da essere una camicia, attillata in vita, con un ampio colletto rigido... va portata fuori, sopra i pantaloni, così vanno in giro i giovani moderni, quelli che non si avvolgono sui fianchi il bianco *doti*...

La via della biblioteca era a due passi da lì... non l'avevamo cercata, non avevamo chiesto a nessuno di indicarcela... Se avessi guardato più in là, dietro l'angolo, se avessi ignorato i sarti, le loro botteghe, le Singer d'antiquariato... Se solo mi fossi annunciata alla porta... la mia vita era lì, garantito, scritta su foglie di palma, passato e futuro...

Invece io, inconsapevole, indifferente a quell'agguato futuro, mi chinavo nella penombra a esaminare una casacca indiana... mi provavo un bolerino... Uscivo al sole, nella strada affollata, per farmi vedere da Guido... Il sarto da dentro continuava a dondolare la testa: è così che ha da essere il top per il sari, stretto sul petto, che mostri il torace, una striscia... Alla vita si avvolge il sari, metro su metro, tutto cotone colorato a mano... Si fa così... La donna si china su di me, mi aiuta, le mani abilmente mi avvolgono di stoffa... Ha un rametto di gelsomino un po' appassito infilato nella treccia unta d'olio... Eccomi pronta, nel mio sari di cotone tessuto a mano al telaio... L'indiana fa oscillare la testa, mi approva, ha la carnagione scura... io la ringrazio... "*Bye bye*," mi dice prima di raggiungere i parenti che aspettano più in là, discreti, sorridenti, anche loro fanno dondolare la testa...

Il sari mi sta bene, il top attillato mette in risalto la pelle abbronzata, i capelli scuri mi piovono sulle spalle, c'è chi mi prende per indiana... Sorrido, lusingata, mi piacerebbe mettermi il gelsomino tra i capelli...

Non era scritto che io leggessi allora il mio destino... Invece adesso lo tengo fra le mani... fogli con il margine nero, colmi di dati, cifre, tabelle... una lingua che sembra chiara e invece è sibillina... Che cosa mi aspetta? Faccio parte di quel diciassette virgola otto per cento che soccombe, o di quell'altro più folto gruppo che ce la fa a superare il male? O sono tra coloro che credono di farcela e invece la malattia fa con loro come il gatto con il topo?

Il destino era corso dietro a mia madre per diciotto anni, prima di raggiungerla... Diciotto anni... Non sono pochi... mi sarebbero bastati... Quando mio figlio avrà diciotto anni... Prima no, non posso fargli l'ingiustizia di lasciarlo per strada... Non posso lasciargli in eredità la mia assenza...

Aver dato un'occhiata nel libro delle foglie di palma, a Madurai!

* * *

Dovetti farmi coraggio per spingere il portone. Il patio mi si aprì davanti, umido, ombroso... aveva un che di lugubre... Rabbrividii. Forse in quelle settimane mi ero dimenticata di quanto buio fosse il mio rifugio.

C'erano tracce sullo strato di neve che ancora lo copriva. Un merlo doveva aver attraversato il cortiletto. Era saltato su un vaso, aveva smosso la terra – c'erano grumi scuri tutt'intorno. La statua che avevo modellato quell'estate aveva una massa bianca al posto della testa. Aprii la porta dell'atelier. Un odore di pittura acrilica, misto a quello di terra umida... Una forma era ancora sul tavolo da lavoro, abbozzata, l'avevo avvolta in un foglio di plastica perché non si asciugasse... Dovevo spruzzarla d'acqua se volevo tornare a modellarla... Fui lì lì per farlo... mi fermai... che sciocchezza! Se anche mi fossi rimessa al lavoro, dov'era l'idea che mi aveva portata fino a quella forma? Svanita... perduta... sommersa da mille altre più urgenti... seccata come quello che sarebbe rimasto per sempre un abbozzo, accasciato... sbriciolato... l'avrei fatto a pezzi e gettato nel secchio dell'argilla bagnata... "Ricomincio ogni volta daccapo, non finirò mai niente..." Gli occhi mi caddero sul disegno attaccato alla parete... Quei seni! Erano lì, appuntiti, minacciosi, con il chiodo al posto del capezzolo... Mi minacciavano... mi scacciavano via dal vicoletto!

Aprii la porta dello studio. Una vampata di calore umido. Il riscaldamento era sulla voce "notturno" e aveva continuato a scaldare la stanzetta, sia pure al risparmio. L'aria era soffocante. Mi affrettai ad aprire la finestra. Accesi tutte le luci. Mi guardai intorno. Era come l'avevo lasciata. Le fotografie di Fabio attaccate alla lavagna di sughero, accanto al campo di girasoli. Io con il sari. Donna indiana china a lavare i panni. Guido che mi sorride da un portaritratti. I miei libri. La sagoma di Vicky sotto il velo indiano. Il pacco dei fogli stampati. Versione 1 e 2. Le mie correzioni a matita. Un *nandi* in miniatura.

Il mio vicoletto. Mi aspettava. Richiusi la finestra. L'aria che entrava dallo spiffero era gelida. Sentii subito freddo.

Nulla era cambiato. O sì? Ero nella mia grotta, nel silenzio, lontano dalla luce al neon, dai flaconi delle flebo, lontana da casa – anche se così vicina... Un tempo brevissimo a disposizione per tornare alle mie cose... Dov'ero rimasta... non riuscivo più a ricordare... il filo del mio ultimo pensiero... Dov'era... mi guardavo intorno... non l'avevo lasciato in giro... sul tavolo... forse era dentro il computer. Lo accesi. Si mise a macinare, era una macchina catarrosa, mi schizzò davanti una sfilza di simboli bianchi sullo sfondo nero, non ci avevo mai badato, non li capivo. Cercai il mio ultimo file, eccolo, mi ero dimenticata di mettere l'asterisco al punto in cui ero rimasta... tanto sarebbe stato inutile, non avrei potuto proseguire esattamente dalla stessa riga come facevo prima, avrei dovuto riprendere da sopra, rileggere...

L'olivo si pota in autunno, noi si taglia i rami secchi, quelli che non gettano più, così poi in primavera rifiorisce e dà più frutti. La terra intorno si ripulisce, che respirino bene le radici, si allarghino, si nutrano... Non si può levare l'albero dalla terra dove è nato. Non attecchisce più...

Che cosa c'era da aggiungere? Le parole erano già abbastanza eloquenti. La voce... un po' rauca, il fumo che raschiava nei bronchi, le dita scure di terra e tabacco, le unghie rotte, quasi inesistenti, fuse con la carne, cercavano di spiegarmi le parole. Non ce n'era bisogno. Non avevo bisogno di quelle dita rovinate, larghe, screpolate, oppure sì, le vedevo impugnare una vanga, stringere un piccone, accanirsi intorno alla terra rossa, strappare le erbacce, liberare le radici, rozze eppure tenere con l'albero...

Nosotros somos come el olivar...

Bisogna tagliare i rami secchi... l'olivo fa più frutti in primavera... liberare le radici dalle erbacce... perché non soffochi, non soffochi...

Le erbacce, devo liberarmi dalle erbacce, ripulire le radici...

Il merlo è atterrato nel patio, si guarda intorno sospettoso, forse ha avvertito la mia presenza, si stacca da terra con un balzo, raggiunge il bordo del vaso, comincia a beccare nella terra, sotto il sottile strato di neve, butta intorno grumi, scava, deve aver scovato una larva, rimane un attimo immobile, alza il becco giallo verso la mia finestra...

Rimango a mia volta immobile, lo osservo, distinguo appena il corpo lucido nell'ombra già fitta...

Torno allo schermo nero e alle lettere bianche... faccio fatica a capirne il senso... È meglio che spenga... non riesco a continuare... a voler insistere non ne vien fuori niente... Vicky ricomincia a soffiare e a far girare un meccanismo che ignoro... Mi alzo e sto per aprire la porta... Il merlo è ancora lì, me n'ero dimenticata, ha un moto di spavento, si agita, sbatte le ali, raggiunge la grondaia... mi sono spaventata anch'io. Esito prima di chiudere la porta... Ho sentito un altro suono: la voce della signora Donauer, nell'atrio... No, non voglio incontrarla, esito ancora... rientro, aspetto che se ne sia andata... ho il cappotto addosso, dentro fa caldo... I suoi passi strascicati accanto alla mia porta... di sicuro ha visto la luce... sento che esita, brontola qualcosa fra sé, si allontana. Aspetto che se ne sia andata...

* * *

La paura mi sorprendeva quando meno me l'aspettavo... non riuscivo a tenerle testa. Mi tendeva agguati nel sonno. Era sleale aspettarmi dietro a quella soglia, dove non potevo difendermi...

Mia madre al fondo del tunnel, il naso aquilino e un neo sotto la narice... mi faceva cenno con la testa, che venissi... il naso andava su e giù. Luce dietro alle mie spalle e nella luce Guido che si spazientiva e mi faceva cenno di venire e trascinava per un braccio il bambino... anche Fabio mi chiamava con la mano... Io non so da quale parte voltarmi, tentenno, sono incerta, guardo in basso, ho alle caviglie le catenelle d'argento che portavo a Madurai – a ogni passo un tintinnio appena percettibile –, le vedo luccicare nel buio... sono in mezzo alla strada e il corpetto mi stringe il torace... mi accorgo che da una parte è piatto e lancio un grido di orrore... La gente intorno scuote la testa e io non so se sia un sì o un no... Anche Guido mi fa cenno con la testa... anche mia madre in fondo al tunnel... ma io rimango ferma... guardo le catenelle alle caviglie... mi passo una mano tra i capelli... Ho perduto il gelsomino, che peccato...

Mi svegliavo sudata. Sentivo il respiro di Guido, era agitato anche lui. A volte ci svegliavamo insieme... Lui si alzava rumorosamente. Io facevo finta di dormire. Cercavo di ingannare me stessa. Costringermi a dormire. Tendevo l'orecchio alla camera del bambino. Si muoveva, barbugliava qualcosa, mi giungeva un tono più alto, come di pianto, subito mi alzavo a sedere... si era calmato, mi acquattavo di nuovo sotto il piumino... purché non ricomparisse mia madre in fondo al tunnel...

La paura era subdola, vile... si mascherava, un vero camaleonte... Bastava una qualunque scena patetica alla televisione... subito versavo sulla storia fittizia le lacrime che avevo risparmiato sulla mia... Mi vergognavo... Assomigliavo sempre più a mia madre... Anche lei accompagnava i film con sonore soffiate di naso, avevo sempre avuto il sospetto che scegliesse apposta quelli più patetici, per poter piangere indisturbata su se stessa... Ora facevo altrettanto...

Il bambino a piedi nudi sulla neve gridava: "Mamma, ho freddo, ho freddo!". La mamma esitava, non poteva aprirgli, l'avevano messa in guardia: quello non era suo figlio, era un vampiro! Ma non sapeva resistere... Trucchi di un regista astuto! Non c'era niente da fare... quello era il mio bambino a piedi nudi nella neve... mi chiamava e io non rispondevo... Mi commuovevo per una storia di vampiri!

Ero la madre cattiva che rifiuta il figlio... lo abbandona a se stesso... a una fine terribile... Ero una madre potenzialmente assente...

31.
LA PROFEZIA

Fu Guido a parlarne: “Non l’aveva detto la guaritrice che nel tuo sangue c’era qualcosa che non andava?”.

La strada era tutta gobbe e avvallamenti. Il pulmino straripava, un carico di gente in magliette multicolori, giovanissima... tutti gli abitanti delle Filippine, o almeno la stragrande maggioranza, non superavano i vent’anni e viaggiavano in continuazione, chiassosi e colorati, come i pulmini che attraversavano in lungo e in largo le isole.

Eravamo stati scaricati a Vigan il giorno prima, noi e i nostri zaini maltrattati dai molti viaggi, due turisti sporchi e disfatti dalla fatica, due turisti come tanti. L’uomo alla reception ci aveva guardati di sfuggita mentre trascriveva i nostri dati, senza celare il disprezzo. “Andate dai *faith healers*?”

Non c’era nessun altro motivo per recarsi a Tamagan. Tutti ci andavano per quello. Malati e no. Credenti di tutte le fedi. I miscredenti, come noi, forse non ci andavano. Non che qualcuno ci chiedesse spiegazioni: perché fossimo arrivati sin lì, stanchi e impolverati, con i nostri zaini sudici, le ossa rotte da viaggi in pulmini senza ammortizzatori, schiacciati da una folla in T-shirt con le scritte più balorde... Solo noi ce lo domandavamo. Avevamo passato serate a discutere se andare o no e a pensare a un motivo che rendesse plausibile tanta fatica... “È come andare a visitare la Madonna di Lourdes!” “Forse, però ammetterai che la tecnica è diversa...” “Insomma, ci andiamo per curiosità...” “Che c’è di male?

Quante cose si fanno per curiosità? Il nostro viaggio, in fondo..." "Be', non è proprio lo stesso... un tempio indiano, Kajurajo, per esempio, non si va a vederlo solo per curiosità..." "Però Benares... Mettere il naso nelle fedi degli altri è sempre un atto di curiosità, non ti pare?"

Ci serviva un pretesto... per noi, in primo luogo, ma soprattutto per lei, la guaritrice.

Le mie dita. Si gonfiavano, mi provocavano un noioso prurito... Mi sembrava un po' poco... "Andiamo da una guaritrice solo per un disturbo così da niente?" "Vediamo che cosa dice. I medici da noi non hanno trovato nessuna spiegazione..." La guaritrice di Tamagan aveva mantenuto la semplicità originaria, così ci avevano detto... Non come altri *faith healers* che ricevevano i pazienti secondo un fittissimo calendario, si facevano pagare lautamente, si comportavano come attori capricciosi... Per carità, da quelli non volevamo andare!

Tamagan era un villaggio di pochi abitanti, un paio di case miserevoli, quella della guaritrice era l'unica che mostrasse un certo benessere, imbiancata a calce...

Bisognava arrivarci di prima mattina. Non eravamo i primi. C'era già una folla di gente locale, contadini, donne con i figli piccoli in braccio, qualche vecchio... Attendevano nel cortile, pazienti, in silenzio, tra i bambini qualcuno si lagnava, a bassa voce, forse era malato.

La porta della casa imbiancata ogni tanto si apriva, la gente si scuoteva, più d'uno si alzava, un mormorio, no, era il marito della guaritrice. "Non è ancora pronta..." La folla si afflosciava, un malato si spostava nella striscia d'ombra sempre più sottile... Il sole si era fatto opprimente, i polli sempre più sfacciati, starnazzavano tra le gambe dei pazienti in attesa, la gente diceva "sciò sciò", li allontanava con gesti stanchi, come fossero mosche... i bambini correvano dietro alle galline, ridendo... A mezzogiorno l'ombra era ridotta a una striscia lungo le pareti, la gente neppure più si spostava.

Fu allora che arrivò il gruppetto di europei. Due uomini e una donna enorme. La pelle lattea debordava dalla maglietta, i pantaloncini le scoppiavano sulle cosce. Gli uomini la trascinavano a braccia. Soffiavano tutti e tre, gli abiti bagnati di sudore, cappelli di paglia di sbieco sulla testa, spingevano la donna come fosse un balenottero tirato a riva, approdarono nel cortile... Giganteggiò tra gli astanti, si spostarono per farle posto, intimiditi, timorosi di venire travolti da quella mole. Qualcuno le offrì una sedia... si sedette, le natiche sporgevano a destra e a sinistra, una massa di carne incontenibile... Tirò fuori un ventaglio, cominciò a farsi aria... I presenti, non solo i bambini, non staccavano gli occhi da lei, affascinati dall'enorme avambraccio sollevato in aria, la mano al confronto sembrava una miniatura, dita minuscole che agitavano un ventaglio di foglie di palma intrecciate... Smisero di guardarla solo quando dall'ombra della casa si staccò la guaritrice... Subito si alzarono, i bambini corsero dalle madri, il ventaglio si fermò per un momento nell'aria... La guaritrice fece un gesto...

Il cortile era ormai invaso dal sole. L'ombra della donna con il ventaglio si allargava nel mezzo, gigantesca, sommergeva tutto, inghiottì la guaritrice... Quando riemerse sembrò rimpicciolita... Le vedevo la nuca, i capelli neri raccolti senza cura... si girò, doveva essere sui trent'anni, aveva il viso largo, il corpo che tendeva alla rotondità... Diede un ordine, più con le mani che con la voce, nel cortile comparve un lettuccio, fu messo davanti alle sedie, come un podio. I due europei trascinarono la donna obesa e la fecero sedere sulla branda, teneva ancora in mano il ventaglio... Le sollevarono le gambe, uno da una parte, uno dall'altra...

La guaritrice si chinò su di lei. Cominciò dalla testa, affondò la mano in un'orbita, ne estrasse il bulbo oculare, lo rigirò brevemente nella mano, come se si trattasse di un guscio d'uovo e separasse in aria il tuorlo dall'albume, lo rimise al suo posto e fece lo stesso con l'altro... Scoprì l'addome... La carne si allargò, inondò il lettino, straripò... per un attimo la paziente sembrò perdere completamente l'equilibrio, poi si assestò. La guaritrice affondò le mani nella montagna di carne bianca e prese a rimescolare energicamente. Sembrava una massaia davanti alla pasta lievitata. Le dita affondavano e frugavano, finché da un'invisibile ferita schizzò un getto di sangue pallido... la massa candida si colorò di rosa... la guaritrice, le braccia insanguinate fino ai gomiti, continuò a rovistare nelle viscere della paziente... tirava fuori pezzi di budello, li esaminava con aria scontenta, li rimetteva dentro...

L'aria si era fatta opprimente, il caldo pesava... Il riverbero dei muri sotto il sole, la mole chiazzata di sangue sul lettuccio bianco, le braccia sporche di sangue della guaritrice, la folla in attesa, sudata e immobile di orrore, il chiocciare delle galline, tutto mi si confuse davanti agli occhi, il muro di cinta divenne improvvisamente nero... mi accasciai...

"*Are you well now?*" Gli occhi neri fissi su di me. Intorno, altri occhi. Un gesto della guaritrice, due parole e il cortile si svuotò. La donna obesa se n'era andata. Il lettino era vuoto, coperto da un lenzuolo pulito.

Il motivo per cui eravamo venuti a cercarla? Guido glielo spiegò. Avrei preferito andarmene via subito, il caldo era insopportabile... invece allungai verso di lei le dita gonfiate dal calore...

Mi disse di sdraiarmi. Quali disturbi avevo avuto fino ad allora? Nessuno, a parte quelle dita...

La guaritrice si concentrò, affondò le mani nel mio ventre... non sentivo niente, non vedevo il liquido rossastro che usciva da sotto le dita...

Si lavò mani e avambracci in un catino d'acqua. Mi guardò con aria preoccupata, disse: "C'è qualcosa che non va nel tuo sangue. Qualcosa che non è in ordine...". Mi guardava intensamente, come aspettando una risposta e intanto scuoteva il capo. "*You don't believe!*" concluse con un sospiro. Aveva sul viso la disperazione di tutte le Cassandre: "Sei condannato ma non credi alla mia profezia!".

* * *

Eppure avevo già vissuto quella scena... no, non le parole, anche se simili, la stessa aria sconsolata, forse con un tantino di risentimento in più... molti anni prima...

Mia madre intenta a scrivere. La lampada le disegnava netto il profilo aquilino. "A chi scrivi?" Trasalì, come una ragazzina sorpresa con il suo diario segreto... Si voltò verso di me... La lampada proiettò riflessi di rame sul nero dei capelli. I fili grigi erano ancora in minoranza. La mano che reggeva il viso e si affossava nella guancia era bianchissima... Mia madre assunse un'aria di finta naturalezza: "Scrivo a padre Pio!". Il tono era di sfida.

Vedevo sul foglio la scrittura di mia madre, diritta e rotonda. C'era stato un breve arco di tempo – tra l'infanzia e la prima adolescenza – in cui mi ero sforzata di imitarla e ci ero riuscita, con bravura. Mia madre ne era rimasta irritata, tanto la mia grafia somigliava alla sua... Ma era passato presto... avevo subito cancellato, volutamente, con rabbia, tutte le tracce della sua grafia nella mia, mi ero accanita contro i resti che ancora persistevano, avevo forzato la mia scrittura ad abbandonare tutte le rotondità che in qualche modo la richiamavano... Era diventata oscura e appuntita, si inclinava leggermente a destra... La conoscevo bene, quella scrittura che mi era appartenuta ma non era più la mia. Mi sentii un'intrusa... Mi pentii della mia domanda... L'avevo buttata lì senza un vero interesse... La mia non era neppure curiosità, in fondo era un gesto d'affetto... Amavo mia madre quando era assorta in un'attività che mettesse in rilievo le mani affusolate, così bianche... Mani così io non le avevo...

Mia madre non avvertì, o non volle avvertire, il mio disagio. Continuò invece: "Solo lui può fare qualcosa per papà. Mi ha già scritto e dice che ha pregato per lui. Speriamo...". Aveva la voce rotta dall'emozione...

Quel pathos mi infastidiva. Quella sua espressione che diceva: "Guardate quanto soffro! Compatitemi!".

E io, non pativo? Avrei voluto poter sperare anch'io...

Tacqui. Sapevo che un qualunque accenno di scetticismo avrebbe rinfocolato il suo fervore... Lei scosse il capo, sconsolata: "Non so che cosa ho fatto per meritarmi una figlia come te! Tu non credi a niente!". Girò il viso al foglio, come provasse ripugnanza per me...

"A niente!" concluse in un soffio, come se quella terribile realtà le togliesse il respiro...

32.

IL CICLONE

Guido mi scrutava inseguendo pensieri suoi. Conoscevo quella sua espressione, la temevo... Di tanto in tanto mi lanciava una lunga occhiata, coinvolgendomi nel suo colloquio muto.

Stavo in guardia, attenta a non tradirmi con parole dette con leggerezza... Che Guido non desse sfogo alla piena vorticosa dei pensieri... Fingevo di non scorgere il moto nervoso delle palpebre, un ammiccare che non cercava l'intesa, l'impazienza dei sopracci-gli, i gesti a vuoto delle dita che si allargavano e si chiudevano inseguendo una conclusione che gli sfuggiva... Meglio evitare quello sguardo, non sfiorare le dita che si accanivano nell'aria, ricadevano sul tavolo... Mi concentravo nella mia occupazione casalinga, stoviglie da riporre nella credenza, i bicchieri per l'acqua sul ripiano in basso, i calici per il vino su quello più elevato, li osservavo a uno a uno in controluce, mi accanivo contro le gocce cristallizzate in residui calcarei... ero diventata all'improvviso una fanatica della trasparenza...

* * *

Somnath. Le iridi di Guido avevano cambiato colore. Non erano più nocciola dorato ma color terra bruciata, quasi nere... Scrutava i cumuli viola sulle cupole dei templi. La folla di dèi e demoni – rosso carminio e azzurro – si era spenta sotto l'occhio delle nubi. Poco più in basso, processioni di pellegrini... vedevamo la scia di turbanti bianchi, ondeggiavano...

Guido, in alto sul crinale, scrutava il cielo a portata di mano... La tensione dell'aria si scaricava nelle linee tese del volto... le dita tamburellavano impazienti sulla borsa di pelle... l'afa la rendeva pesantissima.

"*Where do you come from?*" La domanda veniva pronunciata come d'uso con il tono gentile ma deciso di un'affermazione. Guido si girò piccato. Un anno in India, sempre in mezzo alla gente, eternamente bersagliati da domande curiose... Finse di non sentire. Fece l'atto di scendere dalla piattaforma del tempio.

"*Where do you come from?*" ripeté l'uomo. Il tono era più energico, il gesto ondulatorio della testa avvolta di bianco sottolineava l'intonazione. Gli occhi nerissimi penetravano il forestiero. Era determinato a ottenere una risposta. La ottenne. Approvò con un'energica oscillazione del capo. Si informò sulla nostra destinazione. Guido gli fornì di malavoglia anche quell'informazione: eravamo diretti a Diu, al di là della striscia di mare. Il pellegrino questa volta non approvò, i suoi gesti divennero brevi e veloci, il turbante lasciò una scia bianco-violacea nell'aria. Seguì una spiegazione perentoria come le domande che l'avevano preceduta: "Non andateci, *very nice, very nice*, ma non andateci!". Indicò con gli occhi i nuvoloni. "Sono previste piogge, forse un ciclone..."

Un ciclone? Le solite esagerazioni! La pioggia, quella sì, l'aspettavamo. L'afa ci faceva ansimare a ogni gradino, ci premeva addosso nugoli di zanzare voraci, ci incollava gli abiti al corpo... Neppure le casacche di cotone tessute a mano, lunghe e larghe, per lasciare circolare l'aria, servivano: sudavamo da tutti i pori...

Eravamo reduci da notti insonni... Le pale del ventilatore si fermavano all'improvviso, ogni notte, come se non ce la facessero più a muovere lo spessore dell'aria... blackout a catena... Non c'era mai certezza... Non rimaneva che la rassegnazione... Io un po' l'avevo imparata, ma Guido se la prendeva con il ventilatore, con le centrali elettriche, con l'India intera... L'immobilità lo provocava... Giacevamo nudi sulle lenzuola, i nostri corpi erano esche per le zanzare... Aspettavano sulle pareti, in alto, dove non riuscivamo a raggiungerle neppure con gli asciugamani appallottolati... Si facevano beffe di noi... appena le pale si fermavano ci piombavano addosso... ci divoravano... Riprendevamo la caccia con la pila...

"Forse sull'isola non ci sono tante zanzare... Cercheremo una camera vicino al mare..."

Il faro in fondo al molo era l'unica fonte luminosa nel buio completo in cui era piombata Diu. Lo vedevo attraverso le imposte della finestra della nostra rest house. Era anche l'unico punto fermo. La pioggia scrosciava in orizzontale e sommergeva persino il mugghio della tempesta. A pochi passi da noi, davanti alle imposte chiuse, il mare prendeva possesso dell'isola. Scaricava masse d'acque sulla riva, inferocito, deciso a portarsi via tutto, molo, case, il vecchio forte. La pioggia lo imitava con altrettanta violenza. L'isola annegava, ma era impossibile dire se nell'acqua salata o in quella piovana...

Avevamo chiesto una stanza sul mare, davanti al forte di Diu, per goderci la vista. Invece eravamo nel buio più completo, a parte il faro in mezzo alle onde furibonde. Tutt'intorno a noi, pioggia. Per cinque giorni di fila. Possono essere molto lunghi cinque giorni. Il ciclone fece in tempo a raggiungere il suo apice, sconvolgere le coste dell'India da Goa al Gujarat, inondare campi e sommergere bestie e capanne... Centottanta miglia all'ora... Prima di quel momento non sapevo che cosa significassero centottanta miglia all'ora...

Le imposte cominciavano a cedere... dalle fessure entravano rivoletti d'acqua, scorrevano sul pavimento, formavano laghi che si allargavano... Cercavamo di tamponarli con i fogli dell'"Indian Express" ma era un giornale con pessime qualità assorbenti... L'umidità nella stanza era tale che avremmo potuto strizzare lenzuola e camicie, le parole si allargavano sul foglio umido su cui stendevo il diario di viaggio. Guido imprecava dal suo letto contro i fiammiferi: non riusciva ad accendere il *bidi*, la foglia di tabacco arrotolata, doveva soffiare come un mantice per mantenerlo in vita. Per qualche secondo rimaneva sospeso nel buio un puntino luminoso, una lucciola fuori stagione, poi si spegneva, accompagnato da una sfilza di maledizioni.

Eravamo prigionieri del ciclone insieme a un'altra coppia di imprudenti europei, gli impiegati della rest house e una colonia di passeri. Si erano rifugiati nella sala da pranzo al primo scroscio di pioggia; all'inizio si erano limitati a rintanarsi su una delle travi del tetto, poi avevano preso coraggio... saltellavano fra i tavoli, sopra le tovaglie, non si curavano del cameriere che li mandava via con un gesto stanco... le lampade a petrolio lo allungavano sul muro... era una luce opaca, lugubre... La sala da pranzo era piena di spifferi, eravamo esposti al vento, alla pioggia e alla famelica prepotenza dei passeri... Il cameriere però era impeccabile nella sua uniforme con i galloni d'oro... non era più tanto pulita... lui non aveva perso la sua flemma, né il fare ossequioso da usciere di grand hôtel... Non smetteva di fare inchini... si scusava con una litania di oscillazioni della testa, come se il ciclone fosse da addebitarsi a un disguido nel servizio... "*Sorry, very very sorry*," non poteva offrirci che lenticchie e riso bianco, *plain*. In cucina non c'era altro... non ci sarebbe stato altro, sempre che bastasse l'acqua... cominciava invece a scarseggiare.

Ci ritiravamo nella nostra stanza. Il faro era ancora là, diritto e fiero, il mare non ce l'aveva fatta a prendersi lo straccio di terra cui era abbarbicato.

Cercavo di leggere alla luce della torcia elettrica. Finché durava la batteria. Sempre che la pila di riserva non fosse troppo umida. Illuminavo il libro. Mi concentravo sulla lezione numero tre: hindi per principianti. Non avevo molte ambizioni: cercavo solo di imparare qualche espressione per conquistarmi le simpatie di chi non sapeva l'inglese... Molte parole suonavano note... me ne appropriavo contenta, volevo mettere Guido a parte della mia scoperta...

Guido se ne stava lungo disteso sul letto umido, un braccio a far da cuscino alla nuca, con l'altro si portava alla bocca un mozzicone di *bidi*. Non c'era verso di coinvolgerlo nei miei pensieri. Era esasperato dalla forzata immobilità. La malediceva continuamente. Il ciclone ci teneva nelle sue tenaglie! Che smettesse! Era la sola cosa cui riusciva a pensare. Uscire di lì. Uscire! Fremeva, schiacciava il *bidi* sul pavimento, cercava disperatamente di accenderne un altro...

La sua insofferenza cresceva di ora in ora. Il letto non riusciva più a contenerla. A poco a poco aveva invaso tutto lo spazio intorno, lo spazio che ancora ci apparteneva, il nostro spazio... Temevo la sua irrequietezza, presto avrebbe cercato uno sfogo qualunque...

"Ma come fai a concentrarti su queste sciocchezze, con quello che accade fuori!" "Il ciclone non passerà prima se ti affanni a pensarci!"

Era una risposta troppo ragionevole. Guido non desiderava qualcuno che gli rispondesse razionalmente, voleva sentire in me un'eco alla sua collera, cercava un alleato alla sua insofferenza. Non voleva essere distolto dai pensieri che lo dominavano, non tentava neppure di liberarsi dalla sensazione intollerabile che lo opprimeva. La sua impazienza era totale... Prese la mia risposta come una provocazione.

"Voglio uscire di qui, capisci?" Urlava. Come se io non fossi con lui, come lui prigioniera del ciclone, come lui sdraiata su un letto umido... "Abbi pazienza, smetterà!" "Tu con la tua pazienza asinina!"

Mi faceva torto. Neppure io ero paziente. Pazienti erano i contadini ammucchiati negli angoli delle stazioni, le contadine avvolte in veli, in attesa. Pazienti i bambini mezzi nudi, occupati a giocare con un nulla, in attesa. Avevano succhiato la pazienza dal seno delle madri. Non conoscevano altro che l'attesa. Stavano per ore, accoccolati, gli occhi che vagavano intorno, cercando un qualche sollievo alla noia...

Invece io cercavo di arginare l'impazienza, di non pensare all'accidente che ci teneva rinchiusi, proprio perché ero incapace di attendere... Come poteva farmene una colpa?

Ero riuscita a farmi scudo contro il ciclone, a ignorarlo persino, rifugiandomi in un esercizio astruso... Non riuscii a tener testa all'ingiustizia delle sue parole. Mi travolsero. Assorbirono la mia mente, mi costrinsero a concentrarmi unicamente su di esse... Ero ormai incapace di dedicarmi alla lettura.

Il vento scagliava contro la rest house una valanga d'acqua orizzontale. Lo strepito della pioggia sulle imposte attutiva il silenzio dentro, lo rendeva sopportabile...

Il gesto secco con cui Guido staccava il *bidi* dalla bocca, il breve volteggio della mano nell'aria, il tenue sforzo del lumino prima di spegnersi del tutto erano stranamente opachi e remoti... Una cortina umida era calata a dividerci...

La pioggia cessò quasi a un tratto. Nel cielo sopra Diu si fece largo una striscia di rosso. Un vento ancora impetuoso trascinava con sé nubi e uccelli. Il ciclone aveva danneggiato il forte ma i *conquistadores* erano ancora ritti e alteri, la mano guantata che reggeva la mappa, il dito che indicava il dominio, trionfanti in mezzo al disastro...

Sul lungomare, sciami di donne e bambini si affannavano intorno ai tronchi riversi, come corvi sulle carogne di cetacei trascinati a riva dal mare... e chi portava via i frutti a grappolo, chi tagliava i rami, chi raccoglieva noci di cocco. Un'alacrità severa, silenziosa, ovunque...

Camminavamo vicini, senza toccarci o parlarci, puntando occhi impazienti all'altra riva.

* * *

L'insofferenza gli alterava i caratteri del viso. Lo amavo, quel viso, quando era disteso e gaio, lo temevo quando come adesso vedevo trascorrere su di esso pensieri cupi. Non li avrebbe tenuti a lungo per sé... Volevo dirgli: smetti! Sei ingiusto con te... e con me pure! Usciremo da qui... Se solo non cediamo... Tacevo, invece... rimestavo dentro di me quelle parole, non le lasciavo trapelare, mettevo un'attenzione esagerata in quello stupido lavoro di pulire il vetro...

Eravamo ancora una volta rinchiusi tra pareti umide, senza poter far altro che aspettare che calasse il vento, incapaci di attendere, entrambi...

33.

IL VISCHIO

Viscum album*, vischio bianco, emiparassita di piante arboree. Emiparassita significa che completa la propria nutrizione a spese di altri vegetali...*

Le fialette contenevano un liquido trasparente. Guido ne spezzò una, vi introdusse l'ago...

Tra gli dèi della stirpe degli Asi, Baldur era il dio del sole, della pura luce e della giustizia. Loki, il suo nemico, istigò il fratello cieco di Baldur, Hödur, a ucciderlo con un ramo di vischio...

Tirai la pelle dell'addome, la afferrai tra le dita, mi guizzava via... Attesi che l'ago si infilasse nel cuscinetto che gli offrivo...

Rudolf Steiner fu il primo a introdurre il vischio nella terapia del cancro...

Il punto dove era entrato l'ago si fece subito rosso, la macchia si allargò, diventò una medaglia stampata sulla pelle, cominciò a prudere...

I preparati di vischio stimolano il sistema immunitario...

"Va bene, una reazione l'ha fatta..."

L'idea da cui nasce la terapia è quella dell'analogia tra la pianta parassita e le cellule parassite, anche il cancro cresce a discapito delle cellule sane e le distrugge...

"Si procede per analogia, dunque... Non è poco scientifico?"

La qualità della vita delle pazienti migliora in maniera significativa... Il corpo viene messo in allarme... scarica endorfine...

"Dovrei sentirmi felice, allora..."

Le pazienti hanno la sensazione di contribuire attivamente alla terapia...

"Dovresti fartela tu, da sola, l'iniezione!" Ci avevo tentato... Possibile che non riuscissi a infilarmi un ago nella pelle?

Il dolore si lascia sopportare più facilmente...

Ma io, l'unico dolore che sentivo, era quello dell'ago che perforava la pelle...

Gli alberi continuano a vivere per anni prima di soccombere al parassita che succhia loro la linfa vitale...

* * *

Un giorno di febbraio, piovoso. Avevo agganciato l'ombrello al carrello del supermercato. Ci incontrammo fra gli scaffali. Era tanto che non vedevo Elena, avevamo smesso di frequentarci. Eravamo troppo diverse... la comune provenienza di primo acchito crea un'illusione di affinità, ma non basta. Già al secondo incontro, mi irritò il suo tono di voce, era sempre troppo alto... Elena faceva domande dirette, perentorie, curiose... Mi veniva troppo vicino, forse aveva un difetto alla vista che non voleva confessare... Ignorava la distanza... Le davo risposte elusive, parlavo apposta sottovoce, stavo sulle mie...

Eravamo tutte e due extraterritoriali. Elena però esibiva questa condizione come un vanto. Appena possibile la sbandierava... già solo con il volume della voce... si imponeva sonoramente all'attenzione altrui... Con lei mi sentivo a disagio. A me non piaceva mettere in mostra la mia diversità, non mi sembrava di per sé un motivo di orgoglio. Elena invece se ne vantava. Si definiva danubiana per nascita e vocazione, ogni volta che lo diceva, gettava all'indietro la chioma bionda, un gesto di fierezza che ripeteva spesso... A Trieste l'atmosfera austro-ungarica si respira col soffio della bora, si succhia con il latte materno... Il Danubio era il *suo* fiume.

Io invece non avevo sorgenti illustri, mi ritenevo un'ospite modesta delle rive su cui ero capitata, un po' per caso, un po' per scelta... non potevo vantarmi né del caso né della scelta.

Quel giorno di febbraio, scoprii ben altre somiglianze tra noi due. Tra lo scaffale della pasta e il banco del pesce fresco, con la sua voce un po' troppo alta Elena mi disse: "Sono stata malata. Figurati, ho il cancro, al seno". Si guardava intorno, come a cercare testimoni, ma nessuno badava a noi, per fortuna.

"Come, anche tu?" Mi guardò senza neppure stupirsi, come

se si fosse aspettata che anch'io ne fossi affetta. Era solo impercettibilmente innervosita da quella coincidenza... Quando un malato incontra una persona sana è lui che ha il diritto di raccontare e di essere ascoltato. È una posizione di privilegio. Due malati possono tutt'al più rivaleggiare nella gravità del male... Oppure scambiarsi esperienze comuni... Ma Elena non poteva rinunciare al suo ruolo di sempre: era lei quella che la sapeva più lunga. Era stata operata... no, non un'amputazione totale, quella ormai non la faceva più nessuno! Era antiquata, passé, il suo medico l'aveva subito esclusa... Avevano tolto solo la parte infetta, il resto... che motivo ci sarebbe stato... Era sicura del fatto suo. Aveva scelto l'ospedale migliore, il professore più rinomato, la cura più appropriata...

Forse aveva ragione... Io ero stata consigliata male... non mi sentivo affatto sicura, io. Né dell'ospedale, né del medico, né della terapia... Ma non volevo parlarne in quello spazio angusto, appoggiate al carrello come due vicine che si sporgano dai rispettivi davanzali. D'altra parte, che bisogno c'era di un luogo speciale... Una malattia è una cosa normale, si può benissimo raccontarla in un supermercato... La lasciavo parlare, aveva il tono di chi dà per scontato che l'altro non sia ben informato...

La chemioterapia l'aveva fatta tutta in un colpo, in ospedale, è molto meglio... I capelli erano caduti, per un po' di tempo aveva portato una parrucca. Adesso li teneva corti... "Ti stanno bene," le dissi. Pensavo alla cuffia di ghiaccio... era stata una sofferenza, i miei però non erano caduti... non glielo dissi... Elena mi stava tenendo una lezione sui diversi tipi di intervento... Ogni tanto gettava all'indietro i capelli ricresciuti, biondo scuro... Intercalava le parole con risate troppo forti, come faceva sempre... chi l'ascoltava rimaneva stupito, non capiva perché ridesse... Io annuivo, con l'attenzione rispettosa che si ha verso i malati che raccontano le loro pene. Le espressi il mio dispiacere, le feci tanti auguri... lei non mi chiese niente, non mi augurò nulla. Tornammo ai nostri acquisti.

Non ci incontrammo più. Se ne andò di lì a poco, prima ancora dell'estate. È sepolta nel cimitero cittadino, non lontano dal Danubio, il *suo* fiume...

34.
LA LOGICA DI LAKATOS

Ci trovavamo ogni giovedì alle sette e mezzo in casa di Sabine. Sotto le sue finestre il Danubio lambiva i rami dei salici. Li avrebbe trascinati con sé, come faceva con i tronchi che annaspavano nel turbinio della corrente, ma quelli si tenevano stretti alla riva... Avrebbe portato via anche la riva... era furioso, ribolliva, in alto, sempre più in alto... solo il breve pendio a proteggere la strada e la città dalla piena...

Gli occhi azzurri di Paul seguivano l'indice puntato sulle parole: "La logica di Lakatos non si distingue in fondo dalle teorie dell'ottica goethiana che per l'imprescindibilità delle sue premesse". Gli occhi ammiccarono, contenti della brillante conclusione. Che fosse una conclusione lo dimostrava anche l'affievolirsi della tensione nel petto. Si lasciò ricadere all'indietro sulla poltrona di pelle scura.

Ora toccava a Sabine concludere con una replica altrettanto arguta. Dall'intensità del suo sguardo si capiva che la stava cercando. Il gomito sul bracciolo della poltrona, l'ovale del volto poggiato sul palmo della mano, i capelli che le spiovevano come una mantellina bruna tutt'intorno alle spalle... Sabine non tradiva tensione alcuna. Sapeva formulare espressioni scientificamente corrette e concise, capaci di aderire perfettamente alle volute di un pensiero avvezzo agli esercizi intellettuali... Con quale noncurante leggerezza, senza il minimo sforzo, le lasciava cadere! L'ammiravo. A me, ogni volta che mi accingevo a parlare, il cuore batteva in gola per l'emozione... Non riuscivo a frenarla... Le mie osservazioni erano sempre imprecise, vulnerabili a tutte le obiezioni, esagerate nella loro concretezza, inadeguate all'astrazione del discorso... Quella volta proprio non ce la facevo a stare al passo con loro... L'intervallo era stato troppo lungo, più per gli eventi che per il tempo trascorso... Non avevo ancora giustificato la mia assenza nelle settimane precedenti... Avrei dovuto dire qualcosa, spiegare, aspettavo il momento opportuno...

Con sollievo afferrai il tono conclusivo di Paul e l'accurata replica di Sabine: "In fondo, l'ottica goethiana ci è per molti versi più vicina dell'assolutismo della logica di Lakatos". Sabine volse verso di me gli occhi scuri, incorniciati dal velo di capelli, mi lanciava la palla per il commento finale... Non trascurava mai il suo tacito incarico di moderatrice. Mi affrettai a dichiararmi d'accordo, impacciata. Gli occhi cordiali di Sabine tornarono a volgersi a Paul. Aspettava cortesemente che fosse lui a dichiarare la discussione finita e a dare l'avvio alla seconda parte della serata... Paul taceva. "Allora, se siete d'accordo, andiamo a bere qualcosa..."

Nel vicolo, la nebbia che usciva a rotoli dal fiume ci fece rabbrividire. Sabine si strinse nelle spalle strette, si aggiustò la giacca troppo leggera... Si ostinava a negare l'inverno, o almeno il suo potere su di lei... Aveva sempre le braccia nude, ornate di bracciali orientali, quasi a nascondere la nudità fuori stagione... Paul era elegante nel loden. Facemmo qualche passo... Andavamo sempre allo stesso locale, però Sabine, per correttezza, quando già eravamo in movimento chiedeva: "Dove vogliamo andare?". "Al Rive gauche, come sempre."

Il Rive gauche non era esclusivamente riservato a quella parte della popolazione che di giorno ruotava intorno agli edifici del campus e di sera animava i vicoli del centro... accoglieva anche le generazioni di ex studenti, professori spettinati, accademici di tutti i gradi... erano eternamente assorti ad arrotolare il tabacco nelle cartine e a incollarne i bordi con la lingua come fossero francobolli... Sotto le volte affumicate il Rive gauche conservava ancora quell'aria permissiva degli anni settanta, ribelle al moralismo salutista dei più giovani... Nel locale era bandito il neon, gli abat-jour trionfavano...

Era novembre, il semestre appena cominciato, il locale brulicava di gente, annegava nel fumo, non c'era un posto libero...

Aspettammo in piedi... Ci ritrovammo poi seduti intorno a un tavolino di marmo, su divanetti rosso cardinale... La cameriera in jeans e maglietta scollata, la treccia sempre in procinto di tuffarsi in tazze e boccali, ci mise un po' a portarci la birra... Nei grandi specchi incorniciati d'oro, appesi obliquamente alle pareti, vedevo l'espressione troppo seria di Paul mentre studiava il menu scritto in francese: *soupe à l'oignon... ratatouille...*

I calici di *pils*, finalmente, adorni del loro collettino di carta... Brindammo... Il primo sorso, delizioso, il sapore amarognolo che scendeva in gola... Era il momento di spiegare la mia assenza, dire dov'ero stata, il motivo...

Sabine mi ascoltò attenta... Appena capì di che cosa parlavo ebbe un sussulto, le spalle si abbassarono, l'espressione di cordialità scomparve per un attimo dal viso ovale, sui lineamenti passò un lampo di angoscia, li deformò, gli occhi le si allungarono... Cercò rifugio sotto la cortina di capelli... Subito si riebbe... le spalle si rialzarono... Era pronta ad accogliere gentilmente il seguito...

Un guizzo negli occhi azzurri di Paul... fu lui a prendere la parola per primo: "Viviamo in una società a rischio...". Il viso si distese... Era più facile spostare la conversazione su termini generali: "Il rischio c'è, per tutti, nessuno escluso. Chernobyl è stata solo la punta dell'iceberg...". Si rivolse a me con impeto: "Ti sei mai chiesta che cosa spruzzino sopra la roba da mangiare? L'avvolgiamo con la pellicola per tenerla al fresco", sogghignò, "ma sappiamo con cosa è fatto il velo di plastica?". Mi strinsi nelle spalle, insicura... "Vedi?" Era sempre più perentorio. "E la carne? Ci si nutre senza pensare a che cosa ci mettiamo in bocca!"

Mi sentivo alle strette, cercai di giustificare la mia incoscienza, mi appigliai ad argomenti banali: l'eredità, i geni... "Nessuno nega la pluralità causale..." Paul non era disposto a cedere di un millimetro... La sua logica era stringente: come potevo pretendere di rimanere sana, se non facevo attenzione alla scelta basilare, quella del cibo... Sabine gli lanciò di sfuggita un'occhiataccia... Paul attenuò un po' il tono: "Non mi riferisco solo a te... Ci siamo dentro tutti". Fece un gesto con il braccio... non includeva solo noi tre, dentro l'abbraccio c'erano anche quelli in piedi al banco di marmo, quelli seduti sulle poltrone rosse e quelli che occupavano le sedie di paglia, con le loro sigarette storte che pendevano dalle labbra... Tutti condannati al rischio... Paul era partito come una locomotiva, incurante delle occhiate supplichevoli che Sabine gli lanciava. "È un rischio generalizzato, che sfugge a ogni ipotesi logica..." Quell'idea lo spaventava più ancora del cancro: non era la malattia di per sé a essere intollerabile, ma la sua ribellione al pensiero, la sua resistenza all'intelletto, la casualità... Paul non poteva arrendersi alla casualità... "Ci si appella passivamente al caso, alla legge genetica... Ma non è così." Paul sapeva il fatto suo... il motivo per cui la malattia sceglieva le sue vittime, c'era... "Si tratta di una scelta," concluse con decisione. "Inconsapevole, d'accordo, però sempre una scelta..."

Ero con le spalle al muro... Ero colpevole... La malattia che sbandieravo sotto le applique liberty, tra le poltroncine di raso, non era soltanto un inopportuno *memento mori*, una minaccia alla vanità dei sani: era un'offesa intollerabile al pensiero, era illogica...

* * *

Tornai al mio libro... mi sforzai di ritrovare il filo di interessi che "prima" erano stati così urgenti... Ero riconoscente a Guido perché non mi ostacolava... Sapevo che disapprovava che gli dedicassi tante energie... Ne valeva la pena? Solo se potevo contare su anni di salute. Negarne l'importanza sarebbe stato rinunciare al futuro... Ci sono malati che abbandonano tutto, dicono di voler cambiare vita, in realtà ci rinunciano... Io non volevo... Dovevo proseguire ciò che avevo iniziato...

Passavo le mattine al vicoletto. Però non riuscivo a concentrarmi, ero distratta, c'erano troppe cose ancora in sospeso... La signora Grainer, anche lei, a volte mi teneva il muso, non sapevo perché... non parlava... Facevo finta di niente... non le indicavo le tazze lasciate in disordine... A volte la sua flemma era proprio insopportabile... Tacevo, la sua presenza mi era così preziosa... L'aspettavo con ansia... sotto sotto avevo sempre quella paura, che un giorno non comparisse più, come facevano le donne delle pulizie... All'inizio sembravano contente, io magari un po' le viziavo, bevevamo insieme il caffè, si chiacchierava, venivano una volta, due... stavano per tre settimane, poi un giorno all'improvviso non venivano più... non che mi avvertissero, telefonassero, si scusassero, magari per dirmi che avevano trovato un posto migliore... Macché, non ero degna di un tale riguardo... Io un poco la sospettavo capace di fare altrettanto... Pensavo a Fabio, a come sarebbe rimasto deluso... Invece no, ogni mattina sentivo la signora Grainer ansimare su per le scale, fermarsi ai pianerottoli... Arrivava, rossa in faccia, sudata... Io mi tranquillizzavo... Aveva portato con sé il catalogo di Aldi... Si prendeva Fabio sulle ginocchia e cominciavano a sfogliarlo... Fabio puntava il dito sugli oggetti, lei gli diceva il nome... Avevo provato a oppormi: c'erano libri così belli, in casa, con le pagine rigide, lucide, disegni adatti all'età del bambino... libri con buchi dove mettere le dita e fuori ne usciva una figura, o un suono... Macché: lei si ostinava a indicargli le offerte speciali di Aldi... E Fabio ne era affascinato! Al diavolo i criteri pedagogici... fuggivo...

Heinrich Huismann mi telefonò in quei giorni... Al tempo in cui studiavo era assistente all'istituto, a Monaco, da allora eravamo amici... Gli avevano offerto una cattedra vacante, mi disse, per quel semestre, forse anche i prossimi... Non volevo aiutarlo? Poteva offrirmi solo un mezzo posto di assistente, se mi accontentavo...

Ma davvero! Che bellezza, figuriamoci! Se non volevo! Però subito dopo ci ripensai... E il bambino? Dovevo portarlo con me... E Guido, chissà se la cosa gli piaceva... Esitavo. "Coraggio," disse lui. "Comunque pensaci..."

35.

UN PRATO VERDE VERDE VERDE

Mi sentivo rinvigorita dall'inaspettata condiscendenza di Guido... Il progetto era realizzabile, a patto di saperlo organizzare. Pensare al necessario, saper far fronte all'imprevisto, prevedere l'improvvisazione. Dovevo organizzare la casa che avrei lasciato per quattro giorni alla settimana... che non precipitasse nel disordine e nella sporcizia... lasciare a ogni mia partenza una discreta riserva alimentare nella dispensa e in frigorifero, dovevo pensare anche a Guido... Organizzare il soggiorno a Monaco... ci voleva un'altra stufa elettrica, faceva ancora freddo... La suocera, senza di lei il piano non poteva funzionare... non le avevo ancora chiesto se era disponibile...

Organizzavo questo e quello nella mia testa, a letto, non riuscivo a dormire, mi agitavo... Mi addormentavo tardi, quei pensieri ancora mi rimescolavano...

Mia madre mi aspettava in fondo al tunnel, vicina quel tanto perché vedessi che mi parlava... non sentivo le parole, le leggevo sulle sue labbra: "Che cosa ho fatto per meritarmi una figlia come te! Una figlia cattiva, cattiva", diceva, e io vedevo che piangeva e mi si stringeva il cuore. "Una madre cattiva, cattiva," diceva, e adesso vedevo Fabio dall'altra parte che mi chiamava e piangeva anche lui...

Era inutile restare a letto, odiavo la stanza in penombra, l'aria greve, il respiro di Guido che a tratti si faceva più forte, fischiava, come non aveva mai fatto prima... Mi alzai, andai in cucina, presi un bicchiere, con quello in mano mi diressi verso la camera del bambino, socchiusi la porta... Dormiva dietro le sbarre del lettino bianco, dalle labbra usciva una specie di chiacchiericcio... Richiusi. Mi misi alla finestra... La piazza era immersa in una foschia umida, la luce diffusa, l'orologio della torre del vecchio municipio era il punto più luminoso della notte... Un autobus vuoto, schiavo di un orario inflessibile, passò e si fermò per poco... D'un tratto, da un vicolo uscì un grido sguaiato... sussultai, mi sporsi verso il vetro per guardare... rumore di cocci... imprecazioni sgangherate... la sagoma vacillante attraversò la piazza, si chinò verso la fontana della Giustizia, sembrò cadere, si rialzò, riprese a camminare strascinando i piedi, scomparve nel vicolo di fronte, seguita da un'eco di grida...

Trascino mio figlio sulla strada della mia ambizione... Però... chi ha detto che io debba restare ferma, lo porto con me... le donne andaluse portavano i bambini con sé *al campo*, legati sulla schiena, li mettevano in una culla appesa a un ramo... Le madri cattive sono quelle deluse...

Aspettai impaziente il mattino, volevo cominciare...

Prima di tutto dovevo organizzare le cose: cose da lasciare, cose da portare... Le necessità mie e del bambino erano traducibili in cose. Cose da sistemare nella macchina: pannolini, passeggino, giocattoli, biberon... Il martedì mattina andavo su e giù tra il quarto piano e il vicolo del Cancro dove era parcheggiata la macchina... facevo piano per non svegliare Fabio anzitempo. Quando tutto era pronto, sistemate nel cofano le cose, secondo l'ordine della loro priorità all'arrivo, mi accostavo al lettino e sollevavo il bambino... Si lasciava cambiare senza proteste, docile docile, e tutto infagottato nella tuta, biberon per il viaggio nella tasca, me lo portavo giù per le scale. In macchina lo legavo al seggiolino. Il movimento lo faceva addormentare... A volte invece rimaneva sveglio e scalciava e protestava con tutte le modulazioni a sua disposizione. Inserivo allora nel mangianastri una cassetta di canzoncine e alzavo il volume perché lui dietro sentisse bene: *Ho visto un prato / verde verde verde.* Fabio sgambettava contento e imitava le parole... *vede vede vede*, la erre proprio non gli riusciva...

Verde verde verde... Di prati verdi non ce n'era intorno nessuno, mentre scivolavo veloce sull'autostrada... Solo il grigio-bruno dei campi e la nebbia impigliata ai graticci del luppolo, spogli. Non nevicava e non faceva bel tempo: la strada era tutta così, grigio su grigio, il verde lo portavamo dentro, con noi, non lasciavamo trapelare niente fuori...

La neve venne tardi, quell'anno... I campi da bruni si fecero bianchi, i graticci del luppolo tesi come fili di seta brillavano di ghiaccioli. Ma per noi in macchina – io attenta all'insidia del ghiaccio – i prati rimasero *verdi verdi verdi* e il cielo sopra *azzurro azzurro azzurro* ogni martedì, da novembre a luglio, lungo tutta l'autostrada da Ratisbona a Monaco.

* * *

Maria era già ad attenderci sull'uscio. Ci aveva visti arrivare dalle finestre di via dell'Alsazia... Dal quarto piano non sfuggiva nulla di quanto si svolgeva per la strada... Aspettava paziente che raggiungessi la penultima rampa di scale, col mio carico a cavalcioni sull'anca... Ero ansante, non riuscivo a rispondere subito al saluto...

In quel breve tratto di tempo, quel poco che occorreva per superare i gradini che ci separavano – Maria non lasciava la soglia per venirci incontro, tanta era la paura che la porta le si richiudesse alle spalle –, la nonna si trasformava sotto il mio sguardo: il volto si distendeva nella gioia, gli occhi le lucevano di tenerezza, le parole fluivano abbondanti, ne usciva una sorta di parlottio infantile... era convinta così di farsi capire meglio dal bambino. Non le ho mai più visto sul viso una tale espressione di felicità come quando, raggiunta finalmente la porta, le consegnavo Fabio, anche lui scalpitante di gioia. I giorni passati al Quartiere Francese col nipotino tutto per lei, nel parco sotto casa, quando faceva bello, o al quarto piano, se era brutto, furono tra i più belli della sua vita, anche se non lo disse mai, e forse neppure lo sapeva, perché non si preoccupò mai della propria felicità.

Non avevo tempo da perdere, io... Già ero per le scale un'altra volta, a caricarmi le cose lasciate giù. Poi veloce accendevo la stufa, svuotavo le borse, mettevo le cose al loro posto e intanto impartivo alla nonna istruzioni e avvertimenti, la pappa alle undici, è già pronta, qui ci sono i pannolini, alle sei torno, il mio numero di telefono se ci fosse necessità di chiamarmi... Maria faceva fatica a seguirmi in quelle mie tirate senza respiro... Quando uscivo, non ero del tutto sicura che avesse davvero capito... Forse aveva fatto di sì con la testa per paura di contrariarmi, mentre rivolgeva teneri rimproveri al bimbo che le tirava l'orecchino...

Le prime volte, alla fine delle mie spiegazioni, quando ero ormai certa di non aver dimenticato nulla, di averle spiegato tutto, si faceva coraggio: "Scusa, scusa tanto... spiegami ancora, sii buona, come si accende il gas?". Aveva un tono tra il vergognoso e il supplichevole... Ricominciavo: "Tira un poco il pomello, avvicina il fiammifero al gas, così, vedi, dopo un momento si accende. Prova!".

Aveva paura, sbagliava di nuovo, l'odore del gas si spargeva intorno... la metteva in agitazione... Cercavo di rassicurarla... ricominciavo la dimostrazione... Dovevo andar via, mi aspettavano...

Un bacio al bimbo, ma già non mi badava più, preso dal giocattolo che gli aveva portato la nonna: una sfera di plastica e dentro un'oca gialla che nuotava in un liquido azzurro. Che orrore, avevo appena avuto il tempo di pensare, ma Fabio, in grembo a Maria, tutto beato si rigirava la palla tra le mani e faceva muovere l'oca gialla dentro... Lei era felice... gli diceva: "*Schön, wie schön*," e quell'"*ö*" di "*schön*" suonava come una lunga "e" tutta grondante tenerezza.

* * *

Heinrich Huismann era professore da poco e la sua cattedra non era nemmeno del tutto sicura. Il cartellino sulla porta del suo ufficio, nella palazzina liberty dell'istituto di sociologia, era stato cambiato recentemente. Prima c'era scritto "priv. Doz.", e cioè docente "privato": è un titolo ambiguo, induce a pensare che l'accademico che se ne fregia sia estraneo all'insegnamento universitario. È vero il contrario... Il docente privato, proprio per la necessità di uscire dall'ambivalenza di quel titolo, è tra quelli che più si sfiatano in conferenze e relazioni "pubbliche", che sacrificano il sonno per organizzare incontri e seminari e rischiano la salute a furia di scrivere articoli. Heinrich, per quella sua smania di diventare docente cattedratico, aveva strapazzato il cuore... "Sono morto due volte," diceva, "e per due volte mi hanno risuscitato." Era uscito dall'ospedale con un apparecchietto che portava a sinistra, sul petto, e con il fermo proponimento di moderarsi nel fumo, nel bere e nel lavoro, triplice causa della sua duplice morte.

Grazie a quei proponimenti, l'aria nell'ufficio del professor Huismann era diventata più respirabile e il numero dei bicchieri disseminati tra i cumuli di libri articoli manoscritti fotocopie si era notevolmente ridotto, così come quello delle bottiglie vuote... Ce n'era pur sempre una decina, pudicamente raggruppata in un angolo della stanza... che non desse nell'occhio...

A parte il consumo di fumo e di alcolici, ben poco era mutato nella vita di Heinrich: continuava a ramificare all'infinito le sue attività, a svolgerle contemporaneamente, a sobbarcarsi tutti gli impegni che gli venivano proposti, anzi, se li andava a cercare lui stesso... A dispetto dei medici, era rimasto fedele alla sua tesi: non il lavoro, ma l'insuccesso sul lavoro è dannoso alla salute... Prova ne era che le sue morti erano avvenute quando si era visto sfuggire sotto il naso la cattedra che riteneva già sua... L'aveva vinta un altro che non se la meritava affatto... c'erano dietro manovre politiche... Era la fine di tutte le sue speranze... anni di studi, di ricerca, di lavoro, buttati... Il cuore non aveva retto... La cattedra provvisoria alimentava nuove speranze...

Anche il caos nella sua stanza era rimasto immutato... Al riguardo non c'era nessuna proibizione medica: non risulta che il disordine sia dannoso alla salute. O alla reputazione di un professore, anzi. Nello studio di Heinrich il sapere era visibile, tangibile, accumulato sul tavolo e in ogni spazio a disposizione, strati su strati di sapere, scienza dappertutto, non un angolo libero, né sul tavolo, né sulle sedie, gli scaffali ne traboccavano... libri, riviste, fogli, tesi di laurea, manoscritti, ritagli, appunti... Lui in mezzo a quella marea ci stava benone, ci sguazzava! Non gli sfuggiva niente... era miracoloso come riuscisse sempre a trovare fra i libri la citazione che cercava, la pagina giusta, l'annotazione a margine! I visitatori, studenti e colleghi, non stavano in sé per l'ammirazione... Era un gioco di prestigio: nel caos di carta stampata c'era una logica nota a lui solo... un trucco... era il mago che trova nel mazzo, a occhi chiusi, la carta...

Heinrich capiva meglio di chiunque altro la mia condizione di reduce tra i sani e applicava anche a me la sua tesi: la migliore terapia è il successo...

Entravo nel suo ufficio trafelata, balbettavo qualche scusa per il ritardo, tiravo fuori gli appunti... Heinrich dissotterrava i suoi da sotto un plico della University of California... Mentre li cercava, gli capitavano fra le mani le bozze del libro dedicato al professor Nietschke, da consegnarsi alla cerimonia per il suo ottantesimo compleanno. Erano da correggere: uno dei compiti che mi erano affidati... Mancavano ancora due contributi, oltre al suo... "Speriamo che ce li mandino in tempo, arriva in fretta, luglio."

"Dov'eravamo rimasti? Ah, il colloquio con gli studenti..." Avrebbe preso lo spunto dal rituale dell'anello Kula presso le popolazioni della Polinesia...

Nel parlare Heinrich sollevava l'angolo sinistro della bocca... era un movimento quasi impercettibile, un tic... ne risultava una specie di sorriso... sul suo viso rotondo aleggiava un sorriso continuo... Sembrava fatto apposta a calcare l'ironia delle parole... Heinrich aveva spesso un tono semiserio... non ci fosse stata quella doppia morte, si sarebbe potuto credere che prendesse le cose alla leggera...

L'anello Kula era uno dei suoi temi preferiti: lo affascinava il concetto di una proprietà che non era di nessuno, ma veniva passata da uno all'altro, secondo un ordine stabilito, in un perpetuo scambio di doni... Heinrich aveva letto una nuova interessante interpretazione che applicava la teoria di Luhmann all'anello di Malinowski... L'articolo doveva essere da qualche parte... "Eccolo." Lo fece saltar fuori come il coniglio dal cilindro. Me lo porse con malcelata soddisfazione... l'angolo della bocca si era alzato un po' verso sinistra... "È appena uscito sull''American Anthropologist', ti consiglio vivamente di leggerlo."

Gli studenti del seminario mi aspettavano nell'aula al primo piano.

A pranzo mi trovavo con Johannes, l'altro mezzo assistente... Ci dividevamo fraternamente un unico stipendio... Eravamo accomunati da quel posto provvisorio, per il resto ci assomigliavamo solo per via dei capelli... anche lui li portava piuttosto lunghi, eternamente arruffati... I suoi erano biondicci... I baffi erano dello stesso colore... Johannes era un Frank Zappa in versione bionda... Portava sempre camicie a grossi quadri, abbottonate fino in cima: gli davano un'aria fra l'hippy e il seminarista...

Era l'assistente ideale: dotato di un acume notevolissimo, non si curava di metterlo in mostra... Taciturno e preciso, svelto e affidabile, era pronto ad accorrere alle chiamate del capo... Arrivavano alle ore più impensate... Heinrich, nell'urgenza di portare a termine un articolo o consegnare un manoscritto, si rivolgeva a lui anche a notte fonda...

Johannes non diceva mai di no... Non aveva una vita privata, non praticava nessuno sport, non viaggiava mai... Aveva un'unica passione che divideva, come la casa, come la vita, come tutto, con il fratello gemello: la chitarra. I due si assomigliavano come gocce d'acqua: stessi baffi biondicci e spioventi, stessi capelli in disordine, stesse dita gialle di nicotina, l'unghia del mignolo lunghissima, serviva per toccare le corde... Avevano anche la stessa voce, ma la usavano pochissimo... Johannes non parlava mai, partecipava ai discorsi degli altri in silenzio, sorseggiando *Weißbier*, la birra bianca, non beveva mai una birra che non fosse di grano, non gli piaceva proprio... La schiuma gli rimaneva sempre impigliata nei baffi... Quando la conversazione languiva invitavano Johannes a suonare... Lui non si faceva pregare, prendeva la chitarra, l'accordava brevemente, cominciava il suo assolo... Era bravo, un vero Segovia, aveva un piglio da gitano, lui così poco spagnolo... Quando Johannes suonava la chitarra, gli altri tacevano...

Quando invece parlava, come durante il seminario, sventagliava nell'aria le mani, come cercando un appiglio... Dai polsini delle maniche troppo lunghe uscivano allora i polpastrelli scuri, le unghie arcuate... le stesse dita nervose che si posavano sulle corde tese disegnavano segni nell'aria... Johannes metteva tutto tra virgolette, come se il mondo, chitarra a parte, fosse solo un modo di dire...

Era la fine del semestre estivo, si avvicinava la festa in onore dell'emerito professor Nietschke si avvicinava... La raccolta di saggi per l'Emerito aveva finalmente visto la luce... Johannes e io sapevamo qualcosa della fatica per sollecitare gli autori, che mandassero l'articolo promesso... Alcuni manoscritti erano arrivati tardissimo e incompleti... Il libro era una miscela di temi eterogenei, tenuta insieme da un'Introduzione di Heinrich che si sforzava di tirare un filo conduttore inesistente... Avevano faticato un bel po', lui a scriverla e Johannes a correggerla... Ma alla fine il libro faceva la sua figura, per la mole e l'elegante copertina grigio perla... Johannes era andato a ritirarlo in tipografia il giorno prima. Le quaranta copie formavano quattro belle colonne...

Era tutto pronto... Heinrich aveva provveduto allo spumante e alle bibite e aveva comprato un'infinità di sacchetti di noccioline salate e piccanti, di patatine e mini *brezel.* Io avevo distribuito il tutto nella grande aula del seminario adibita per l'occasione a sala di ricevimento... Erano state reclutate due studentesse perché provvedessero alla preparazione delle tartine...

Quella mattina, i campi lungo l'autostrada erano veramente *verdi verdi verdi*... Il luppolo che si avvitava intorno alle pertiche aveva già raggiunto una discreta altezza...

Purché non venisse un temporale... erano giorni che il cielo tutt'a un tratto impazziva: dalle finestre in via dell'Alsazia avevo assistito a veri *dies iræ.* Il bambino, fra le mie braccia, ne era rimasto terrorizzato...

Il giorno del festeggiamento per l'emerito professor Nietschke era invitato l'istituto al completo... Heinrich aveva la cravatta delle occasioni ufficiali, Johannes aveva indossato una camicia a scacchi bianchi e neri, di flanella pesante – era sempre vestito allo stesso modo, estate e inverno. A guardar bene si notava però che aveva messo un certo impegno a pettinarsi barba e baffi... Io avevo scelto un abito estivo... Era tutto pronto...

Arrivò per prima la rappresentanza degli studenti, poi i colleghi dell'istituto, poi gli autori... qualche ex assistente, tutte donne perché l'Emerito aveva sempre avuto un debole per il sesso femminile... Infine giunse un taxi e ne scese l'Emerito in persona. Sembrava appena uscito dalla *Marcia di Radetzky*... Era un Francesco Giuseppe redivivo, con basettoni, giacca tirolese, calzoni e soprabito in loden... Persino le scarpe, a barcaccia, chiuse da un lato con un nastro a frangia, erano in stile asburgico... Camminava eretto, salutava con un cenno della mano a destra e a sinistra, stringeva la mano ai colleghi più giovani... lasciò che le ex collaboratrici posassero baci fugaci sui suoi basettoni...

Heinrich batté brevemente sul tavolo con le nocche per esortare al silenzio, poi cominciò il suo discorso... Elogiò l'opera scientifica dell'Emerito, la sua fondamentale ricerca sullo *Spirito protestante tra i colonizzatori della Nuova Zelanda* che in maniera precisa e brillante continuava la tradizione di Max Weber... l'Emerito ne era degno discepolo... "Oserei dire che il discepolo ha per molti aspetti superato il maestro..." Heinrich alzò il viso sudato dal foglio e lo rivolse al pubblico... all'angolo della bocca si formava una piega leggera, come una specie di sorriso d'intesa... Passò subito a lodare l'altra sua massima opera, quella sulle *Origini dei quaccheri e loro diffusione nell'Europa del* XVIII *secolo* e ne sottolineò la portata e l'attualità. "Ancora oggi, a quarant'anni dalla pubblicazione, l'opera ha mantenuto intatto il suo valore... È un testo imprescindibile non solo nel campo della sociologia delle religioni ma per chiunque si interessi ai fattori che portano alla formazione e al consolidamento di una setta, fattori psicologici e sociologici che conferiscono agli adepti la loro capacità di confrontarsi con la complessità del reale..." Di nuovo quella specie di sorrisino ironico, appena impercettibile, sul volto di Heinrich, sempre più sudato... Alla fine porse all'Emerito uno dei libri dalla copertina grigio perla... Il professor Nietschke ringraziò per il suo fin troppo lusinghiero paragone con il Maestro... con la "M" maiuscola, ci tenne a sottolineare. La consapevolezza del proprio operato era ciò che gli dava forza e ottimismo negli anni della vecchiaia... Il ricordo dei tempi in cui era stato direttore dell'istituto gli teneva compagnia... Poteva dire di sé con orgoglio che non si era mai lasciato piegare, neppure negli anni di piombo, quando l'istituto era stato il fulcro della contestazione, mai che avesse ceduto... "Oggi, a ottant'anni, sono ancora particolarmente fiero della battaglia che ho condotto in nome dei valori della nostra tradizione..."

Qualcuno accennò un battimani, gli altri lo imitarono piuttosto tiepidamente... C'era ancora chi si ricordava dei bei tempi andati, quando l'Emerito, allora cattedratico a vita, aveva tiranneggiato gli assistenti, soprattutto le donne; la pallida signorina Lenz, che ora gli sorrideva con l'aria di una martire che abbia perdonato il suo torturatore, gli aveva corretto i saggi, quando non li aveva rifatti per intero, aveva rivisto le bozze e scritto le introduzioni... Eppure, negli anni di piombo era stata accademicamente immolata... per motivi politici, si diceva...

L'Emerito aveva preso gusto al discorso... enumerava i suoi successi, i suoi studi, ai suoi tempi la tradizione aveva ancora un valore... "Oggi i pensatori di peso sono rari, che dico, mancano del tutto..." Tanto più gradiva l'omaggio che gli veniva fatto... indicò la copertina grigio perla... Con tanto più piacere avrebbe letto i saggi scritti in suo onore... Si mise gli occhiali – per vanità li metteva soltanto quando doveva leggere da vicino –, aprì il libro, avvicinò gli occhi alla pagina... Alzò subito il viso, lo puntò verso Heinrich...

Heinrich si stava asciugando la fronte... colse il suo sguardo sgomento, alzò le sopracciglia, si appropriò subito di una copia del libro...

Gli ascoltatori, stanchi per i lunghi discorsi, avevano cominciato a spostarsi da un piede all'altro... L'aria si era fatta pesantissima, Heinrich non era il solo a servirsi del fazzoletto come di un asciugamano... Anche il professor Cella, attuale direttore dell'istituto, sudava visibilmente... Il professor Konrad, che era uno dei pochi seduti, appoggiava il braccio a un bastone e sembrava che piangesse... La signorina Lenz si tamponava con piccoli gesti il trucco che si scioglieva... Gli studenti avevano cominciato a servirsi di Coca-Cola e la tracannavano dai bicchieri di carta, anche loro sudavano... Johannes aveva due ampie mezze lune sotto le ascelle... Aveva arrotolato le maniche e stava appoggiato al muro accanto alla porta finestra che dava sul giardino... Cercai il suo sguardo... io ero in prima fila e non osavo attraversare la folla dei presenti... gli indicai la finestra, che per favore l'aprisse... Vidi volteggiare nell'aria un dito con un'unghia adunca... indicava l'esterno... Gli ippocastani agitavano le braccia, sul terrazzo piovevano petali rosa e foglie... i cespugli si piegavano, come se qualcuno li stesse fustigando... La striscia di cielo incorniciata dalla finestra era color piombo... Il pubblico cominciò a girarsi e a guardare alberi e cielo... il movimento fuori pareva li avesse contagiati... il vento si era infiltrato all'interno... L'aula del seminario ondeggiava...

L'Emerito aveva rialzato la testa dal libro... puntava un dito nodoso all'interno, come Mosè sulle tavole della legge... fremeva da capo a piedi... Heinrich era impietrito. Quando fu finalmente in grado di parlare, l'Emerito emise un grido roco: "Il mio nome!". I più vicini si precipitarono sul libro, io ne afferrai una copia... In prima pagina c'era la fotografia dell'Emerito, di diversi anni più giovane, e sotto il suo nome: Filibert Nietzsche... All'istituto lo chiamavamo tutti così, per scherno... toglievamo apposta la "k" e ci aggiungevamo la "z", circolavano barzellette sul suo stile *nietzscheano*, sulla nascita dei quaccheri dallo spirito della tregenda e via dicendo... Come avevamo fatto a non accorgerci che mancava la "k"? e la "z", chi ce l'aveva messa? Alzai gli occhi verso Heinrich: era pallidissimo... temetti un terzo infarto... le labbra gli tremavano... lanciava sguardi furibondi in direzione del suo assistente... Johannes non si era mosso dalla sua posizione... sorseggiava tranquillamente da un bicchierone di carta... chissà come aveva fatto a procurarsi la birra bianca... a un tratto però lo poggiò, vidi l'ampia schiena a quadretti mentre si girava... una mano impugnava la maniglia...

Un boato invase la sala... le tende si gonfiarono, si sollevarono, colpirono con violenza le teste più vicine alla finestra... Un carico di foglie e d'acqua si rovesciò nella stanza, le file si scompigliarono, tutti si ritrassero verso l'interno, circondarono il tavolo dell'oratore, attorniarono l'Emerito, lo superarono, raggiunsero la porta, andarono oltre, si radunarono nell'atrio, si affollarono intorno al buffet, i primi cominciarono a far saltare i tappi dello spumante, a stappare i vini, a servirsi dei tramezzini, e chi ficcava le mani nelle ciotole delle patatine, chi si portava alla bocca un bicchiere di carta... I tuoni arrivavano fin lì... sgangherati... improvvisi, facevano tremare i vetri, le porte, il ritratto di Max Weber... A ogni tuono seguiva un'eco di "oh!" e di "ah!", un roteare di occhi, di braccia, di gambe... Tutti si spostavano, si urtavano, si davano gomitate, facevano rovesciare i bicchieri, parlavano forte, più forte... i piatti erano già vuoti... Vidi l'Emerito che si faceva strada fra la gente, nessuno gli badava, si aprì un varco con il bastone, il loden sventolò per l'ultimo tratto di corridoio, davanti al portone, dove non c'era nessuno... Aprì la porta... una ventata di acqua, foglie e petali... Sulla strada, in mezzo all'uragano, era in attesa un taxi... L'Emerito aveva ancora in mano il libro con la copertina grigio perla, se lo mise in testa per ripararsi la calvizie, la pioggia lo inghiottì completamente... Il rombo del taxi che partiva fu sommerso da un tuono più profondo, prolungato... si srotolava lungo la strada, proprio sopra l'istituto...

Gli invitati erano sempre più allegri, avevano dato fondo al vino, c'era ancora la birra... Heinrich non aveva risparmiato... doveva aver comprato carrelli interi di alcolici, lo conoscevo... Lo vidi con un bicchiere in mano, semiseduto a un tavolo, intorno un crocchio di studenti, raccontava di una nuova versione dell'anello Kula, lo paragonava al leasing, tutti ridevano... Mi affacciai alla sala del seminario: Johannes si staccò lentamente dalla parete, prese da un angolo la chitarra, l'accordò, cominciò a cavarne dei suoni... Gli invitati si affacciarono alla porta, rifluirono nella sala, gli si fecero intorno... Johannes accompagnava la musica con un tentennamento della testa... l'unghia adunca cavava dalla corde lunghi suoni... la gente cominciò a battere le mani a tempo...

* * *

Era una notte incredibilmente bella... Il ciliegio pioveva petali sulla veranda... era un tappeto bianco... Ci eravamo appoggiate al parapetto, nel giardino fremevano candeline... Dall'alto pendeva una lampada e intorno una ridda di moscerini... Il viso di Corinna era illuminato in pieno. Il collo massiccio sulle spalle forti... Il corpetto del costume le stava bene, era fatto per donne come lei, generose, robuste... "Allora, come va il lavoro all'università?" "Non c'è male, no, anzi, bene..." "Ti sei presa un bell'impegno... venire a Monaco apposta, col bambino... Ma vale la pena?" "La pena... Non so, certo come soldi... è solo un mezzo posto... il guadagno effettivo è poco..." "Mi chiedo proprio chi te lo fa fare..." "Intanto è un inizio... I posti all'università sono così... non contano solo i soldi..."

Corinna scosse i capelli bruni; le labbra piene, da adolescente, si atteggiarono a disappunto: "Scusa, sai, se ti parlo schiettamente...". La breve pausa mi causò un'aspettativa dolorosa. "Ma non è molto meglio se rimani a casa a curarti il tuo cancro?"

D'istinto feci un passo indietro... Un uomo non avrebbe mai detto quella frase. Forse l'avrebbe pensata, ma detta no. Avevo sempre creduto che l'appartenenza allo stesso sesso avrebbe creato di per sé una sorta d'intesa, che cancellasse le gerarchie... Mi ero messa nelle mani di dottoresse... non perché le pensassi più brave, no, era appunto per quell'ingenuità... Che sciocchezza! Non erano le gerarchie a sparire, erano le barriere di delicatezza che venivano annullate... Tra donne ci si può parlare senza remore, l'interloquire è diretto, la brutalità è camuffata da schiettezza...

Forse la pensavano tutti come Corinna: ero una malata che rifiutava il suo ruolo, che caparbiamente perseguiva fini insensati, insensati per lei, in quanto malata... Ero marchiata e mi ostinavo a volerlo negare...

Rabbrividii, e sì che era una notte così bella e quel ciliegio che non smetteva di far piovere petali...

Ero fuori luogo, a sproposito... Il tono risentito di Corinna mi rivelava l'enormità delle mie pretese... Io non mi lamentavo, come aveva fatto mia madre, ma era peggio... Le lamentele, tutti le avrebbero capite, le avrebbero giustificate, se non approvate, mi avrebbero riconosciuto quel diritto, di lamentarmi... Quello di continuare la mia vita senza cambiare rotta non me lo riconosceva nessuno, chi lo sa... o forse solo quelli che come Heinrich erano morti due volte...

Dal buio del giardino mi giungevano voci maschili e risate, segno che gli uomini si divertivano.

Parlammo d' altro, da quel giorno parlammo sempre d'altro...

* * *

A fine luglio tolsero a me e a Johannes il nostro mezzo posto a testa e a Heinrich l'intera cattedra... Johannes accettò poi la redazione della rivista "Heimat", organo dell'associazione dei Sudeti, i profughi che alla fine della guerra avevano lasciato i paesi dell'Est... La maggior parte dello spazio era occupato dagli annunci mortuari... Non c'era molto da fare... Johannes non ebbe difficoltà a mettere tra virgolette rivista e Sudeti... le sue dita da gitano non si staccarono più dalla chitarra...

In quanto a Heinrich, era fermamente deciso a non rimetterci il cuore un'altra volta... Scelse l'esilio, gli Stati Uniti lo accolsero generosamente, gli diedero la sospirata cattedra...

In quanto a me, mi ritirai nel mio esilio privato: il vicoletto Verde...

* * *

A far le spese per la mancata carriera universitaria fu via dell'Alsazia... Non c'era più nessun motivo per tenere l'appartamento al quarto piano, nulla che giustificasse tante spese... Eppure ci costò non poca fatica separarcene...

Guido era affranto, ma neanche lui ne poteva più... Ogni venerdì preparare la fila di borse e sacchetti, i resti tolti dal frigorifero, i pampers, i vestiti, e trasferirci a Monaco... era diventato un peso... Obbedivamo a un obbligo che ci eravamo imposti da soli, per omaggio all'abitudine.

Io insistevo: "Viene il giorno che ci si deve disfare di ciò che resta della bohème studentesca...". Ci si porta dietro quanto c'è di riutilizzabile, il resto si cerca di distribuirlo ad altri, per evitare il dolore di farlo finire nell'immondizia... È un'offesa insopportabile... Le cose hanno ancora su di sé le nostre impronte, la traccia dei pensieri che le hanno accompagnate, le sensazioni che abbiamo provato toccandole... Come si fa a buttarle via solo perché non ci occorrono più? "Ne siamo poi proprio sicuri? Che non ci possano servire, un giorno, chi lo sa... le cerchiamo e loro non ci sono più..." Guido non cedeva... Quel pensiero faceva venire il magone anche a me... Bisognava agire in fretta, prima di avere il tempo di ripensarci... prima si fa meglio è...

Al pian terreno di via dell'Alsazia c'era una piccola libreria, L'Altra libreria... La parola "altra" era scritta come se fosse riflessa allo specchio, in caratteri rossi e un po' storti... Dentro, un'aura che sapeva di incensi, luce velata da paralumi di carta, un vibrare di sitar come sottofondo... Stipata alle pareti c'era la produzione "alternativa" dell'umanità intera: dottrine esoteriche di tutte le correnti, ideologie politiche delle sinistre mondiali... Il reparto utopie era particolarmente affollato di pubblicazioni... c'era posto per tutti... era la tolleranza universale...

Nell'Altra libreria ci si poteva immergere nella lettura, c'era un angolo apposta, con tanto di cuscini e stoffe indiane rosso vinaccia con i bordi in oro... Su richiesta, a prezzo modico, veniva servito un tè ayurvedico.

La gestiva una cooperativa. A occuparsene era una ragazza che si faceva chiamare Lakshmi, campionessa nella pratica di vita alternativa. Portava sempre delle gonnone indiane adorne di specchietti... era piuttosto tarchiata, non le donavano molto... A ogni passo tintinnava come un giullare... Viveva nel retrobottega, in tre stanzette che davano sul cortile, le divideva con tre gatti a strisce rosse. Anche lei aveva dei baffetti, però i suoi erano neri...

Lakshmi e i suoi gatti ereditarono quel che era rimasto dell'arredamento al quarto piano di via dell'Alsazia: il *flokati* di pura lana che un tempo era stato color panna, la sedia di paglia che mi ero portata dietro dalla Bismarckstrasse, il lampadario di carta, le opere di Lenin e una buona quantità di opuscoli bianco-rossi, omaggio della Ddr.

Lakshmi se ne andò con le braccia colme delle nostre cose... l'aiutammo a portare il resto al pianterreno...

Quando le tre stanze rimasero vuote, scorticata persino la moquette dal pavimento, staccata dagli innumerevoli ganci la tenda che aveva diviso le due funzioni della cucina, la loro nudità ci lasciò confusi... La povertà dell'ambiente, spoglio dei pochi veli, mi parve insopportabile... La vasca da bagno era addirittura oscena... le zampette deformi... lo smalto graffiato e giallo, pieno di macchie nere... da sotto compariva il ferro arrugginito... La tappezzeria a fiori era sporca e strappata in più parti... ora che non c'era più la credenza rossa a nasconderla faceva male agli occhi, vederla... Voltammo in fretta le spalle alla porta, ci precipitammo giù per le scale, lucide le prime due rampe strofinate con la cera d'api, opache quelle dei piani inferiori che da sempre conoscevano solo acqua e sapone...

36.
STORIA UNIVERSALE DELL'UMANITÀ

Non fosse stato così freddo, il mio vicoletto! Fuori un sole caldo, più che in estate... la gente era come trasfigurata, non ne voleva sapere di restare in casa, erano tutti per strada! Si era sparsa la voce: l'inverno sarebbe arrivato presto e sarebbe stato particolarmente duro... Nessuno sapeva chi avesse pronunciato per primo la profezia, ma tutti ci credevano... Bisognava fare provvista di luce, finché ce n'era... lasciarsi scaldare da quell'estrema estate, finché durava... Il sole splendeva dal mattino alla sera, tutti però guardavano il cielo con aria preoccupata: "L'inverno sarà gelido, quest'anno...". Alcuni cominciavano già a rattristarsi in anticipo: "Peccato che non durerà... Quest'anno farà particolarmente freddo..." C'era chi già metteva i soldi da parte: "Chissà quanto spenderemo di riscaldamento, quest'inverno!".

Il Danubio non era stato così basso da decenni... Le rive all'asciutto avevano riportato alla luce ogni sorta di spazzatura... Il ponte di pietra sopra i pilastri denudati aveva un che di impudico, era come se si fosse mostrato in mutande... Ma anche lì, c'era chi passava sul ponte, guardava l'acqua che scorreva pigra e lambiva fiaccamente i pilastri, aggrottava la fronte e diceva: "Speriamo che l'acqua non salga troppo quest'inverno... ne verrà giù di pioggia, e neve! Danni ne ha già fatti abbastanza lo scorso inverno...".

Io ero l'unica che pativa il freddo del presente... A volte non ne potevo più: vedevo la striscia di luce che si stringeva nel cortiletto, l'ombra che avanzava... Tenevo la porta aperta perché l'aria che veniva da fuori era più calda di quella dentro... Dal terrazzo sopra il mio soffitto scendevano le voci, le risa, la musica... Erano tornate le studentesse... erano come le rondini, solo che facevano al contrario: arrivavano all'inizio dell'autunno, ai primi freddi... Erano in anticipo... L'atmosfera era quella festosa delle ferie... Avevano messo fuori le sedie, prendevano il sole in bikini... io le vedevo solo quando si affacciavano sopra la mia grondaia... Avrei potuto sollevare il lucernario dell'atelier, che era semisferica come quella di un sottomarino, per spuntare sul terrazzo... Mi sarebbe bastato salire su una scaletta, afferrarmi con le mani, tirarmi su... non so come mi avrebbero accolta...

Tutto quell'agitarsi, chiacchierare, ridere sopra di me un po' mi infastidiva... era anche un po' invidia... Mi chiedevo chi mi costringeva al castigo di starmene sola, al buio... La signora Grainer se ne andava a spasso con il mio bambino, al parco, al caffè... io pativo il freddo nella mia grotta... A volte lo odiavo, il vicoletto... Cercavo scuse per scappare... Quel giorno ne avevo trovata una buona: la stampante non funzionava più... Dovevo comprare le cartucce... Chiusi tutto, in fretta, non potevo permettermi di perdere tempo... Mi tolsi il maglione e le calze di lana, mi infilai i sandali, uscii nel cortiletto, gettai uno sguardo veloce verso l'alto, salutai... Le ragazze risposero un po' sorprese...

Quasi mi scontrai con l'inquilina che avevo conosciuto all'inizio, quella strana ragazza vecchia... La signora Donauer mi aveva detto che faceva la pittrice... Era tutta colorata anche questa volta, parcheggiava la bicicletta rosa a pois verdi, sembrava avesse il morbillo... Accennò un saluto...

Incredibile il caldo che faceva! I vicoli traspiravano, i muri avevano assorbito calore e lo sputavano fuori, i caffè erano pieni... Nessuno lavorava, in quei giorni, il passaggio che portava dalla strada degli Ambasciatori al vicolo dei Galli rossi era affollato, non c'era un tavolino libero... Che fosse una festa nazionale e io non me n'ero accorta? Negozi, magazzini, ambulatori dentistici e studi legali dovevano essere vuoti...

E se avessi approfittato dell'acquisto fuori programma per attraversare il parco? Allungavo la strada, ma mi avrebbe fatto bene...

Era il parco più vecchio della città, gli alberi dovevano avere l'età delle case medioevali ed erano ugualmente sghimbesci... avevano l'artrite... o erano dei contorsionisti: i rami avevano preso posizioni innaturali, si attorcigliavano l'uno all'altro, scendevano fino a toccare il suolo, strisciavano sui prati... Magnifici prati, rasi, verdissimi... anche lì gente a prendere il sole, sdraiata, un'aria da scampagnata... Passai accanto allo spazio giochi...

Riconobbi subito la schiena larga della signora Grainer, le spalle spioventi, la nuca con i capelli radi... Non era sola: accanto a lei sedeva un uomo alto... era chino verso di lei, le falde del cappello di feltro le sfioravano la fronte... Le parlava sommessamente e intanto accarezzava la sua mano grassoccia... Indossava dei pantaloni corti, le gambe magre andavano a finire in un paio di sandali da francescano...

Cercai con gli occhi Fabio... non lo vidi immediatamente... Era mezzo sepolto dalla sabbia, intento a scavare buchi... lo faceva con cura, come se calcolasse bene le misure, poi ci metteva dentro un'automobilina, la faceva uscire, la svuotava, la caricava di sabbia... era concentratissimo nel suo lavoro... Rimasi un poco discosta, non lo volevo disturbare...

La signora Grainer mi vide... Mi salutò come se avessimo avuto un appuntamento in quel posto, a quell'ora... Fabio invece mise su un'espressione stupita: che io fossi lì era un'infrazione alle regole. Decise di ignorarmi e continuò il suo lavoro...

L'amico della signora Grainer si alzò subito, si tolse cerimoniosamente il cappello... "Mi permetta di presentarmi... Medard Holzmann..." Era da tanto che desiderava conoscermi... voleva sottopormi la sua opera... La teneva ben nascosta... però di me si fidava... Margot avrebbe di sicuro finito di scrivere l'ultimo capitolo, "vero, Margot?" Lui passava le notti a scrivere, lei i pomeriggi a battere a macchina... non riusciva a tenergli dietro... Lui era sempre avanti di molti capitoli...

Il giorno dopo, per le scale la signora Grainer ansimava come una vaporiera... Portava su entrambe le spalle delle borse di stoffa, di quelle con il ranocchio e la tartaruga che si baciano, marca di una catena di supermercati... erano mostruosamente rigonfie... a ogni passo rischiava di perdere l'equilibrio, quasi non ce la faceva a salire... si trascinava su un gradino alla volta... *La Storia universale dell'umanità* pesava...

Presi in consegna il malloppo, lo affrancai dall'involucro, lo rimisi in sesto sul tavolo di cucina... C'era un sottotitolo che chiariva le cose: "Interpretazione ecologica delle Sacre Scritture...". Anche l'autore sfoggiava un titolo e un bel nome latino: "Medardus Holzmannus, dottore in Scienze varie". L'opera iniziava con una frase lapidaria: "È già stato scritto tutto..." e proseguiva per oltre mille pagine a spiegare "perché l'umanità si muova "inevitabilmente" in direzione della propria distruzione provocando una "inarrestabile" catastrofe ambientale, come è detto nella Bibbia e perché i profeti e Nostradamus abbiano ragione, al contrario di quanto affermato dai signori ecc. ecc...".

Andai al vicoletto con l'ansia dentro... Non riuscivo a spiegarmi il mio malessere... era stato causato dalla profezia di Medardus... Mi era piovuto addosso il diluvio universale, di primo mattino, fra le tazze della colazione... Naturale che non fossi preparata... avevo in testa ben altre cose... assilli terreni... l'asilo a cui dovevo iscrivere Fabio... in marzo avrebbe compiuto tre anni... La *Storia universale dell'umanità* annunciava una catastrofe, a me personalmente, oltre che al genere umano...

* * *

Nel vicoletto Verde, proprio davanti al numero 1 c'era un asilo. Era quello della parrocchia di Sant'Emmerano, che si affacciava sulla piazza...

Andai a parlare con la direttrice, con una certa apprensione... Mi aspettavo una religiosa grigia, già sentivo addosso lo sguardo scrutatore, diffidente... Mi trovai di fronte una giovane carina, tutta sorrisi. Nonostante quello fosse un Kindergarten cattolico, disse, non rifiutavano di prendere bambini di religioni diverse... C'erano già diversi turchi, un vietnamita, un indiano, bambini croati... Si fermò, incerta... Di posti liberi in realtà non ne avevano, però, visto che io lavoravo lì vicino, avrebbero messo mio figlio sulla lista... "Appena ci sarà un posto libero, la chiameremo..."

37.
LE LOCOMOTIVE DEL VICOLETTO VERDE

Nel vicoletto Verde c'era un negozio di trenini. Oggi non c'è più... Erano miniature di trenini storici: ce n'erano di tutte le epoche e le misure. Il negozio era un ampio seminterrato, una specie di salone diviso da scaffali. Le finestre del retro si aprivano sul mio cortiletto. La vetrina invece dava sulla strada, era proprio davanti all'asilo... I bambini, all'uscita, vi si affollavano intorno e guardavano i modellini di vagoni e le locomotive... i più coraggiosi si spingevano oltre l'uscio... Dentro il negozio era montato un trenino intero, su uno scenario di rotaie e stazioni... Bastava che il signor Lang schiacciasse un pulsante e il paesaggio si animava, la locomotiva a vapore si metteva a correre intorno... Il signor Lang possedeva dei cataloghi bellissimi, non li dava via volentieri, ma se si insisteva ne tirava fuori uno da sotto il banco... Avevano le pagine lucide e fotografie di treni d'altri tempi che sembravano veri, altro che i Playmobil... Fabio passava ore a guardarli: erano meglio di qualunque libro, escluso forse *Il bruco che non era mai sazio*...

Quei trenini non erano giocattoli per bambini: i clienti del signor Lang erano adulti e anche piuttosto in là con gli anni. Dalla mia finestra li osservavo mentre parlavano, erano discussioni interminabili... consultavano cataloghi, verificavano modelli... Erano trattative serie, altro che gioco!

Per tutto il giorno mi giungeva un fischio di locomotiva... Ogni volta sentivo nel naso l'odor di fuliggine, quello dei treni dell'Indian Railway... Mi manca, ora, quel fischio...

Il signor Lang, quando per caso i nostri sguardi si incrociavano, mi salutava con un cenno della testa. Non ci eravamo mai scambiati più che quel saluto in lontananza, attraverso i vetri, dal basso all'alto e viceversa... Solo le rare volte che ci incrociavamo nell'atrio – di solito quando lui apriva la cassetta della posta – il buongiorno era ravvicinato...

Dal mio studio vedevo anche le altre finestre del seminterrato: una era interamente occupata da un'enorme pianta grassa con le foglie a cucchiaio... Non so come facesse a vivere e a fiorire – era sempre carica di piccoli fiori viola... Per appropriarsi della poca luce si era schiacciata contro la finestra, le foglie coprivano completamente il vetro, come le squame di un pesce che si strusciasse contro la parete di un acquario...

All'altra finestra sedeva la segretaria del signor Lang. Vedevo la massa di capelli rossi quando telefonava o parlava con un cliente... Quando beveva il caffè era spesso girata verso di me: capitava che i nostri sguardi si incrociassero... anche lei rispondeva gentilmente al mio saluto... Aveva sempre una sigaretta fra le dita...

A sentire la signora Donauer, era stata la Rossa a causare la rovina del negozio... Quel fallimento aveva fatto scandalo in città... il giornale locale non faceva che parlarne... "Lei non lo legge il giornale di qui? Fa male, bisogna sapere con chi si ha a che fare..." Il signor Lang provvedeva personalmente a far conoscere gli articoli che lo riguardavano: giorno dopo giorno attaccava alla porta del negozio ritagli di pagine di giornale, i passaggi salienti erano evidenziati in giallo... Ci sono ancora, anche adesso che il negozio è chiuso... nessuno ha pensato a staccarli...

Sempre secondo la signora Donauer, che mi parlava sull'uscio sussurrando perché non la sentissero le studentesse, erano stati loro a cercarsi quella disgrazia... Mi raccontava tutto per filo e per segno... io ero impaziente, volevo tornare al mio lavoro, ma lei niente, non se ne accorgeva, mi teneva ferma sulla soglia, al freddo...

L'errore più grave del signor Lang, l'inizio di tutte le disgrazie, era stato quello di portarsi prima nel negozio e poi a letto quella donna dai capelli rossi che non era buona che a comprarsi vestiti e a fumar sigarette... Si era proprio infatuato di lei... le chiedeva il suo parere su tutto, anche sui modelli dei trenini... Il negozio andava bene, era sempre andato bene... Il signor Lang era una persona seria, si era fatto una buona fama... aveva una clientela fissa che veniva da lontano a comprare trenini da lui. Finché aveva incontrato quella lì. La signora Donauer era indignata: "Come si fa a perdere la testa così!". Ne aveva proprio compassione... Faceva compassione anche a me... Il signor Lang era il tipo d'uomo che a prima vista suscita nelle donne l'istinto di consolazione... Era alto, magro, un po' impacciato nei movimenti e con un'aria perennemente melanconica... Ce l'aveva da sempre, sosteneva la signora Donauer, però da quando si era cacciato in quella brutta avventura era diventato ancora più triste... addirittura funereo... Il cappotto nero gli si era fatto così largo che sembrava starci due volte dentro e invece sotto non c'era spazio neppure per un briciolo di speranza...

Come poteva venirgli in mente di investire il capitale del negozio in un appartamento che non aveva mai visto? Con le mansarde bisogna starci attenti, lo sapeva bene la signora Donauer, possono essere umide... Invece la Rossa si era impuntata, voleva proprio una mansarda... e lì davanti, al numero 10 del vicoletto Verde! Va bene, era un'occasione, ma un appartamento non è un pacco di caffè che uno lo compra senza controllare i chicchi dentro! Invece loro l'avevano comprato alla cieca! A vendere era la Cassa di Risparmio e loro pensavano che ci si potesse fidare... "Chissà perché," diceva la signora Donauer alzando gli occhi al cielo, "la gente è convinta che le banche siano tutte ladre, ma che la Cassa di Risparmio faccia eccezione... Ha quella fama, del tutto immeritata, di stare dalla parte della gente comune... Si figuri lei l'ingenuità! Quando poi la videro, quella mansarda, capirono il guaio in cui si erano messi... Tutto il capitale non sarebbe bastato a renderla abitabile. Era un imbroglio vero e proprio, ma vai a dimostrarlo ai giudici! Provi lei a fare il processo a una banca, sia pure la Cassa di Risparmio..." Il signor Lang però non si dava per vinto, incaricò un avvocato dopo l'altro, perse i processi, si impuntò, voleva averla vinta a tutti i costi... Tutti, anche lei, la signora Donauer, avevano cercato di guarirlo da quella follia... Più gli dicevano: "Sei matto! Lascia perdere e salva il salvabile!", più lui si impuntava. La Rossa lo aizzava: "Tieni duro!". Erano malati di caparbietà... impazziti di ostinazione... vittime della loro cocciutaggine...

Il negozio fu ipotecato, tutti i beni, fino al più piccolo modello di locomotiva, vennero pignorati... Li vedevo dal mio nascondiglio mentre imballavano la roba in scatole di cartone... Il signor Lang prendeva uno per uno i trenini, se li rigirava tra le mani, li accarezzava...

Si abbarbicarono al loro appartamentino, lui si faceva sempre più magro e lungo, lei più larga, lui si rifugiava nella depressione, lei nei sonniferi...

“L’affitto non lo pagano da un anno, ma cosa vuole, non hanno più nulla con cui pagarmelo!”

L’unica cosa che portarono via dal negozio di trenini fu la pianta grassa: non era stata pignorata perché non erano riusciti a staccarla dalla finestra...

Una mattina vidi la Rossa che si affannava intorno alla pianta... Era tutta un sudore per lo sforzo... In quei mesi di assenza era diventata proprio grassa... La pianta faceva resistenza... per quanto la Rossa si affannasse e sudasse, non ce l’avrebbe fatta da sola... Uscii in cortile e le offrii a gesti il mio aiuto... Mi fece entrare nell’ex negozio di trenini. Per la prima volta vedevo il mio patio dal basso... Mi fece una strana impressione, era uno spazio così piccolo... però grazioso, con le rose che ero riuscita a far venir su, con il busto di donna in colata di cemento e l’anfora andalusa... Era un po’ come osservare una persona che si conosce bene senza che se ne accorga, coglierla di sorpresa, in un atteggiamento che non ci è noto...

Il negozio, vuoto, senza scaffali e traverse, sembrava una sala da ballo... era inondato di luce: chissà perché avevo pensato che fosse buio, mentre invece al buio ero io.

La segretaria aveva un’aria desolata: “Manfred vuole assolutamente la pianta. Vede, non ce la faccio neanche a muoverla! E poi grande com’è, dove la mettiamo nei nostri trenta metri quadrati? Ma era di sua madre, e sono vent’anni che è su quel davanzale”. L’aiutai a smuoverla... insieme la trasportammo fuori del seminterrato, posammo il vaso in mezzo al vicoletto. Vista in piena luce, la pianta dava un’impressione miserevole: era inclinata da un lato come un salice piangente, tutta contorta... vent’anni di sforzi per protendersi verso la luce l’avevano storpiata... La Rossa faceva smorfie per trattenere le lacrime... “Vuole che l’aiuti a portarla su?” Rifiutò energicamente... Il signor Lang sarebbe venuto ad aiutarla... Si asciugò il sudore con il braccio grasso e umido... La lasciai in mezzo al vicoletto, davanti a quello che era stato un negozio di trenini... La pianta era così storta che perse l’equilibrio... trascinò con sé il vaso di terracotta... Feci in tempo a vedere come si accasciava a terra... La Rossa la guardava... Continuava ad asciugarsi la fronte, con la disperazione di chi voglia cacciarsi di dosso l’esistenza...

38.
GORILLINO NON VA ALL'ASILO

Fabio aveva imparato a dire "no". È una paroletta semplice, "no", facile da dire in tutte le lingue... Fabio la conosceva in italiano e in tedesco: la pronunciava senza difficoltà, con un tono forte, deciso, che non ammetteva repliche... Gli piaceva proprio, la magica paroletta che gettava gli altri nella costernazione, li sollecitava ad alzare la voce, faceva cambiare loro espressione... Sapeva di averli in suo potere quando diceva "no", perciò lo diceva spessissimo, anche più volte di seguito: "no, no, no". Oppure "*nein, nein, nein*", a seconda della persona cui si rivolgeva, non sbagliava mai... Il "no", o il "*nein*", uno ce l'ha scritto sulla fronte e un bambino di tre anni è capacissimo di leggerlo, nella lingua giusta... Fabio diceva nel frattempo anche altre cose, per esempio: "Non voglio..." e il corrispettivo nella lingua paterna...

Lo guardavo con stupore... osservavo quella trasformazione... Conoscevo le diverse teorie, avevo letto il fai-da-te per le mamme di bambini da zero a tre anni, tutte però facevano cilecca all'atto pratico... Con la signora Grainer non discutevamo di teorie, ma venivano alla luce lo stesso... Fabio non voleva uscire? Lei si sedeva e aspettava senza battere ciglio che cambiasse idea... Fabio gettava a terra tutti i giocattoli? Lei li raccoglieva come se fosse stato un soffio di vento a buttarli giù... con la calma più assoluta... non commentava neppure l'accaduto... Fabio faceva a pezzi il suo libro preferito? La signora Grainer lo osservava serafica, come fosse stato carta igienica... Un giorno entrando nella camera trovai Fabio in mezzo alle rovine della casa di cartone che avevo costruito io per lui... Gli era tanto piaciuta! Ci aveva giocato così volentieri! Entrava, usciva, si nascondeva dentro... ci divertivamo insieme... Ora calpestava con gioia rabbiosa i pezzi di cartone, li sollevava, li buttava per aria... Quando mi vide, mi guardò con un'espressione cattiva... La signora Grainer sedeva su una sedia, un po' curva, le mani abbandonate in grembo, lo sguardo fisso davanti a sé...

Fu lei ad alleviarmi la fatica della decisione... All'improvviso non venne più... Non rispondeva al telefono... Dopo due settimane ricevetti una lettera: il bambino era diventato troppo impegnativo... non le rimaneva più l'energia per dedicarsi ad altre cose, non ce la faceva più... che lo salutassi da parte sua...

Non sapevo se rallegrarmi o no... Certo, i suoi metodi educativi... E poi la *Storia universale dell'umanità* mi aveva allarmata... c'era in quei fogli una qualche profezia che non ero riuscita a decifrare... mi teneva in ansia... Però andarsene senza preavviso! Ero furiosa... Cercai di convincermi che era meglio così, che battesse a macchina l'opera magna del suo Medardus e lasciasse a me il mio bambino... Respirai di sollievo... Ero stata un'incosciente! C'era un'oscura incompatibilità fra Nostradamus e il baby-sitting...

In fondo non era sgradevole essere obbligata a fare "solo" la mamma... Era una liberazione, una vacanza... Le circostanze mi impedivano di andare al vicoletto... Non dovevo costringermi ad andarci, lottare per ritrovare il filo interrotto... fuggire poco dopo averlo ritrovato, precipitarmi a casa, immergermi nel lavoro che mi aspettava... non c'era solo Fabio...

Però a lungo andare non avrei resistito... Il vicolo mi avrebbe richiamata... non potevo abbandonarlo...

Tornai a insistere dalla direttrice dell'asilo... Mi mostrai gentile ma decisa: "Non vorrei sembrare importuna... mi avevate detto... No, dalle altre parti non c'è posto... e poi è proprio davanti al mio studio... Capirete... Il mio lavoro è urgente... Fabio ha compiuto tre anni, deve imparare a stare con gli altri bambini...".

Per addolcirgli l'ingresso nella nuova vita sociale gli regalai uno zainetto, ci avevo incollato sopra una palma e una scimmia, ritagliate nel panno... era graziosa... "Ti piace?" Lui cominciò a scollare la stoffa... Mi ripresi lo zainetto... "Gorillino verrà con te!

Guarda, lo metto dentro...” Fabio tolse con rabbia il peluche dallo zaino, lo posò sul letto. “Gorillino rimane qui. Lui ‘non’ va all’asilo!”

Me lo trascinai dietro recalcitrante... Ero piena di rimorsi... Mi sentivo subdola, un vero giuda, un’ingannatrice di bambini, una madre-corvo... Cercavo di allettarlo: “L’asilo è bello... Ci sono tanti bambini, puoi giocare con la sabbia quanto vuoi...”. Lui scuoteva la testa: “È brutto... Non voglio giocare con i bambini, voglio restare con te!”.

Era uno strazio... un ricatto... uno sleale appello al mio amore di madre... Fabio sapeva suscitare in me sensi di colpa con perfida abilità... ne approfittava spudoratamente... Ero lì lì per cedere... Alle nove l’asilo chiudeva... Dovevo suonare... una delle maestre veniva ad aprirmi di malavoglia, mi guardava con rimprovero attraverso il sorriso forzato... Al momento della separazione Fabio mi si aggrappava alle gambe, piangeva, io cercavo di svincolarmi... Ero disarmata, vergognosa, irritata e dispiaciuta... ogni mattina.

La maestra faceva finta di niente, gli dava la mano e Fabio la seguiva docilmente... Neppure si girava a salutarmi... Come se non avesse mai desiderato altro in vita sua che andare all’asilo e io non fossi mai esistita... ero un po’ gelosa...

Infilavo il portone verde, in fretta, aprivo una porta, un’altra porta, un’occhiata al patio immerso nel gelo, accendevo le luci per creare un’illusione di calore. Vicky mi salutava rantolando... Da una remota profondità veniva alla luce il mio libro incompiuto... Ritrovavo la pagina, il punto dov’ero arrivata il giorno prima, l’avevo segnato con un asterisco, spesso era una parola tronca, un pensiero lasciato a metà... faticavo a riprenderlo... coraggio, come andava a finire la frase?, possibile che non abbia lasciato neppure un appunto, tra i fogli... Il movimento anarchico in Andalusia... Ancora un capitolo e poi ho finito la seconda parte... Il mio libro, nell’indice, era già pronto, lo consultavo spesso, “il paragrafo 2.1.2. è finito”, lo depennavo...

Ogni tanto uscivo dal portone e sbirciavo dentro il cortile dell’asilo, facendo ben attenzione a non farmi vedere... Con il bel tempo i bambini stavano fuori... Fabio era sempre con un bambinetto biondo... scavavano gallerie nel mucchio di sabbia, ci facevano passare automobiline e camion, erano tutti e due assorti nel lavoro, le guance rosse per lo sforzo di far parlare i veicoli... loro invece giocavano insieme senza dirsi una parola, mai...

Due ore e quindici minuti... Alle undici e venti andavo a riprendere mio figlio... Era un orario vessatorio, fatto apposta per convincere le mamme a desistere... Non valeva la pena portare i figli all'asilo, era meglio se li tenevano con sé a casa...

I bambini attendevano seduti sotto l'attaccapanni... erano già tutti infagottati, giacche a vento, tute imbottite chiuse fino al collo dalle cerniere lampo, berretti di lana calcati sulla fronte, le mani infilate nei guanti, i piedi negli stivali da neve... erano rossi in faccia per il caldo... scoppiavano... Era una tortura... Gli occhi spalancati fissavano la porta dell'ingresso... sguardi pieni d'invidia ai compagni che avvistavano le madri... Era una gara tra le mamme a chi arrivava per prima! Mi sforzavo di non fare tardi... mi faceva pena vedere Fabio seduto sul panchetto, imbottito come un eschimese... Gli leggevo in viso una lieve apprensione, come se non fosse ben sicuro di rivedermi, forse temeva di essere dimenticato... Me lo portavo nel vicoletto... A volte riuscivo a tenerlo occuparlo per un poco anche lì... Se c'era la neve la raccoglieva, ne faceva un mucchio e poi ci scavavano i buchi dentro... Chissà da chi aveva preso quell'istinto da talpa... Se il patio era asciutto gli davo i gessetti da cortile... Il cemento si riempiva allora di strade, verdi, rosse, gialle, e di parcheggi blu, tanti parcheggi... Il patio era un paradiso per automobilisti... Fabio, accoccolato fra le strade, con le guance rosse per l'impegno, si concentrava nelle manovre...

* * *

Un'altra estate...

Mettevo Fabio a letto... "Posso andare?" "Vai!" mi rispondeva Guido, scontento... Esitavo... sapevo cosa pensava... A volte lo diceva: "Possibile che ti interessi tanto a uno stupido libro? A che serve?".

Io non potevo lasciarlo... dovevo finire... finire...

Le sere erano dolci anche nel vicoletto... Vedevo i riflessi delle rondini nei vetri di fronte... Ne sentivo i garriti, in alto, sopra il cortile... Profumava di gelsomino come un patio andaluso... Quando entravo, la corrente faceva muovere i fogli... era un lieve saluto... Dalle finestre dei piani superiori mi arrivavano le voci, la musica... A volte non resistevo, richiudevo tutto, tornavo a casa, quasi correvo, il passaggio tra la strada degli Ambasciatori e il vicolo dei Galli Rossi era affollato... ragazzi e ragazze, i boccali di birra in mano, il televisore acceso, forse c'era una partita importante... gruppi in movimento, un viavai, una continua sfilata... Passavo in mezzo di corsa, mi sentivo malvestita, a disagio...

Guido alzava la testa dalla poltrona: "Già qui?". "Non ne avevo più voglia..." In realtà mi ero sentita sola... cercavo la loro vicinanza, quel breve esilio mi era sembrato insopportabile... Mi affacciavo sulla piazza: era tutta un tremolio di candele... Le pizzerie erano piene... Dal basso mi giungeva un brusio continuo, la musica che accompagnava il mangiatore di fuoco, i tintinnii dei piatti, dei bicchieri... Nel vicoletto invece i suoni mi arrivavano dall'alto... In entrambi i luoghi ero quella che guardava da fuori...

* * *

Tornò settembre... Il sole scivolava di sbieco tra i vicoli... a me ne arrivava soltanto un riverbero... La buganvillea ce l'aveva fatta a colorarsi di un viola rossastro, almeno sulla cima...

Una sera bussarono alla porta del cortiletto. Mi aspettavo che fosse la signora Donauer, invece era la pittrice... Stava sull'uscio, la invitai a entrare... Le era caduto un indumento nel cortile... Non l'avevo trovato? Si guardava in giro... Uno straccio era rimasto impigliato nello steccato dove si arrampicava il caprifoglio... glielo porsi, era una calza a righe rosse... La prese timidamente, come se si vergognasse... "Ho sentito che lei dipinge..." Accennò di sì con la testa... "Lei non è di qui, vero?" No, era di Berlino... Mi guardava spaventata, stava sulle spine... Nella penombra sembrava davvero vecchia...

* * *

Uscendo mi capitava di incontrare la signora Donauer e il figlio Albert che tornavano dal supermercato... Erano una strana coppia, specie se visti da dietro: lei piccolina e un po' gobba, lui con le spalle larghe ma cadenti e un che di molle addosso... i capelli biondo cenere gli arrivavano alle spalle, e in mezzo si apriva l'aureola della calvizie... Camminavano con passo misurato, carichi di sacchetti di plastica, come due vecchierelle. Dalla spalla destra del figlio pendeva una borsetta che a ogni passo gli batteva sui fianchi... La madre portava la borsetta a sinistra. Albert Donauer indossava sempre una maglietta bianca che si tendeva sul petto, sua madre era sempre in grigio... Li avevo visti andare a messa in quella medesima formazione... quando li incontravo per strada, mi salutavano gentilmente... Albert portava degli occhiali spessi, le pupille azzurre sembravano enormi...

* * *

All'asilo origliavo i discorsi delle altre mamme... Portavano i figli a scuola di musica... a danza... a ginnastica... al corso di pittura... al ritrovo per mamme e bambini... Era una gara, un vanto... Confrontavano offerte, prezzi, orari... "E lei, dove va?" Mi vergognai... Non andavo da nessuna parte... Dovevo rimediare... Iscrissi Fabio al corso di "canto e trastullo" per bambini in età prescolare. Due ore alla settimana. Lo vestivo, di corsa fuori, alle nove chiudevano... Lo lasciavo seduto al bancone, tra pennelli e matite da gigante... Io aspettavo fuori, con un libro, non valeva la pena tornare a casa...

Lui però del corso di canto e trastullo non ne voleva proprio sapere... Incollava di malavoglia i pezzi di carta colorata... ascoltava cantare gli altri... in silenzio... aspettava che venissi a riprenderlo... Ci rinunciai...

Colazione e ginnastica per mamme e bambini. "*Deve* andarci," mi aveva detto una vicina, mi aveva consigliato la maestra... "Il bambino è così timido..." Era fuori città. Ero sempre una delle ultime. Fabio si rifiutava di dormire alle sette di sera, come gli altri bambini, ma al mattino, quando iniziavano i corsi di musica, ginnastica, pittura eccetera, dormiva.

Prendo un biglietto per la colazione, cerco posto... "È libero?" Poso la tazza e la fetta di torta su un tavolino...

I bambini si inseguono, si rotolano fra i palloncini, saltano sui materassi, vociano, gridano, fanno a pugni, le mamme scambiano una parola con la vicina e due con i figli... Fabio non si stacca da me, non si unisce agli altri bambini, si limita a guardarli a bocca aperta... li ammira... Sono forti, prepotenti, fanno capriole come saltimbanchi... "Non vuoi andare anche tu?" Lui scuote la testa...

Le mamme confrontano i progressi dei figli... vanno a sciare, in bicicletta, a nuotare...

"È meglio se restiamo a casa, noi due..."

A casa illustravo sotto i suoi occhi una favola... lui seguiva il disegno e il divenire della storia... Leggevo ad alta voce, costruivamo insieme un castello con i cubetti grossi, colorati, adatti alle sue mani...

Alla fine Fabio fu ammesso nel gruppo che restava all'asilo fino al pomeriggio... Non avevo mai avuto tanto tempo libero a mia disposizione...

Prima delle quattro, nello spiazzo tra l'asilo e il portone verde si radunava una piccola folla di mamme. Erano ben divise per nazionalità: turche nei fazzoletti stretti sotto il mento, intabarrate in soprabiti grigi lunghi fino a terra, arabe ornate di ori finti, polacche, una piccola thailandese che se ne stava in disparte... Naturalmente c'erano le mamme del Palatinato: sorpassavano le altre già solo per l'imponenza dell'ossatura... Parlavano tra di loro con i toni ruvidi del dialetto locale, non rivolgevano la parola, e nemmeno un saluto, alle altre madri in attesa... Quando il portone dell'asilo si apriva ogni mamma andava a riprendersi il proprio bambino. Non tutte andavano via subito, alcune rimanevano in crocchio... bambini si rincorrevano... I più grandi e i più privilegiati avevano la bicicletta o il triciclo e lo esibivano.

Il bimbetto non la finiva più di suonare il campanello... aveva la forma di una trombetta e un suono come quello delle vecchie diligenze nei cartoni animati... La bicicletta però non era la sua... Il proprietario era uno dei bambini più grandi, di quelli che avevano già raggiunto l'età scolare, ma i genitori li facevano rimanere al *Kindergarten* per timore che la scuola li guastasse... Come generosamente disponevano della vita dei figli! In tal modo prodigavano loro uno o due anni di noia...

Quando il ragazzino vide il piccolo che strombettava con il suo campanello, si precipitò giù per gli scalini, gli si buttò addosso, cominciò a riempirlo di pugni... Il piccolo cercò di difendersi a calci, ma era decisamente in svantaggio... mingherlino, palliduccio... Si difendeva però, gli stivaletti colpivano a dovere l'avversario... L'altro era inferocito... Madri e bambini fecero cerchio intorno... nessuno che dicesse qualcosa, che cercasse di dividerli... neppure le madri dei due rivali... avevano sguardi assenti, come se non c'entrassero per niente... Erano questioni che i bambini dovevano risolvere da sé... La faccenda non si concluse tanto presto... Solo quando il più piccolo cominciò a piangere la madre se lo portò via dal campo di battaglia...

Fabio era rimasto tutto il tempo immobile a guardare la scena... Seguì con gli occhi il bambino sconfitto: "Piange. Gli ha fatto male". "Tu mi aiuti mamma, vero?" Mi guardò trepidante... Lo rassicurai... Mi strinse più forte la mano...

* * *

Avevo dimenticato la chiave del vicoletto... il tempo era troppo prezioso per perderlo tornando a casa... Suonai alla porta con su scritto: Gregor Donauer, pianista... Nessuno. Eppure la signora Donauer non doveva essere lontana a quell'ora, era di sicuro in qualche altra parte della casa... Mi spinsi nel corridoio, non mi ero mai avventurata più in là della prima rampa di scale... era una specie di cunicolo, semibuio... Il pavimento scricchiolava, il soffitto era basso. Da una parte e dall'altra si aprivano le porte degli appartamentini, delle stanzette, supponevo, con un angolo cucina... il bagno era in comune, in fondo al corridoio... La signora Donauer spuntò all'improvviso da una porta. "Mi sta cercando?"

Era l'appartamento della pittrice, non c'era dubbio... Quadri ovunque, sulle pareti, a terra, appoggiati uno all'altro, incolonnati sul tavolo, diritti sul letto... Su tutti era dipinta la stessa scena: un viso coperto dalle mani, tra le dita affioravano labbra chiuse... I colori, gli stessi in tutti i quadri: ocra e nero... Si portava addosso tutta la gamma dell'arcobaleno, si tingeva i capelli di viola e laccava di verde le unghie, per dipingere invece usava solo due colori...

Le tele però non erano uguali: su una il viso era lontano, non più di un punto perduto sullo sfondo nero, sull'altra, ingigantito, strabordava dalla cornice... In altri invece era doppio, due visi, uno di fronte all'altro, si guardavano allo specchio, coperti dalle mani... Era un viso senza età, liscio, eppure vecchio, senza espressione, oppure no, c'era un vago spavento in quegli occhi... Era il suo viso...

Un odore di muffa e di pittura acrilica... La signora Donauer spalancò la finestra... Alla luce l'ocra e il nero brillarono come fregi di vasi... presero rilievo...

"Se ne stava in mezzo ai suoi quadri..." La signora Donauer lanciò un'occhiata scontenta all'ambiente... "Non vendeva mai niente, non "voleva" venderli, i suoi quadri... Mi faceva pena, una volta le ho chiesto di vendermene uno... Macché! Ha rifiutato... Chissà ora dov'è finita... Ma lo sa lei che aveva marito e figli, a Berlino? Mi hanno telefonato... Sono venuti di persona, in tre, da Berlino... Non avevano più notizie... Chissà perché era scappata... venire qui a fare questa vita monastica... chiusa qua dentro... non ha voluto che le mettessi il riscaldamento... Glielo volevo mettere, le assicuro, non voleva... Ce n'è di gente al mondo!" Si portò l'indice alla tempia...

Sul tavolino da notte, un mazzo di rose secche infilato in un vaso, accanto i ritratti di due bambini...

Il giorno dopo la signora Donauer uscì fuori di casa apposta: "L'ha letto il giornale?".

L'errore era stato di cercarla sotto il ponte della ferrovia, dove andavano gli aspiranti suicidi della città... Ma lei era forestiera... Aveva scelto un posto dove l'acqua era bassa e facilmente raggiungibile... Dopo la chiusa la corrente è torbida, corre rapida verso il ponte di pietra, s'ingorga, prende forza, i tronchi che trascina galoppano sull'acqua che li tira... Aveva lasciato la bicicletta rosa a pois verdi tra i cespugli... con quel colore si mimetizzava... Per questo non l'avevano trovata prima...

39.

IL SENO CHE MI SPETTA

La dottoressa Gross era una donna dinamica. Operava fra un congresso e l'altro... Era brava e ambiziosa... Anche nella vita privata... Aveva tre bambini buoni e belli... Portava i tacchi alti, la gonna attillata, gli orecchini...

La signora chirurgo mi tastava, valutava l'elasticità della pelle... Alla fine disse: "Se fossi in lei, toglierei anche l'altro. La ricostruzione plastica è molto più facile e dà risultati più soddisfacenti quando viene eseguita su entrambi i seni. Non c'è più bisogno, mi capisce?, di uguagliare un seno all'altro".

Afferravo benissimo: è più facile creare qualcosa di perfetto che imitare l'imperfezione...

La dottoressa dava per scontata la mia approvazione... Nessuno ci tiene a conservare un difetto, anche se la natura l'ha creato così...

Passò a considerare il mio viso: "Ha le palpebre cadenti. Visto che c'è, si potrebbe intervenire anche in questo settore...". Da come lo diceva, c'era da pensare che ci fosse una relazione tra palpebre e seno... Ma io ero inflessibile... Secondo me le palpebre, nella gerarchia delle priorità, erano del tutto secondarie... intervenire con il bisturi mi sembrava una frivolezza... Non così per la dottoressa: ai suoi occhi ero un essere da rifare... Non riusciva proprio a capire perché mi dimostrassi così poco plasmabile...

* * *

Le donne stavano sedute intorno al tavolo delle conferenze, impettite e silenziose. Aspettavano che la dottoressa Gross, a capotavola, prendesse la parola... Era lei che aveva messo insieme quel gruppo...

Erano di età diverse... In comune, sotto le camicette ben stirate e i golfini, avevano quella mancanza e lo sforzo di celarla. A dire il vero alcune avevano già un seno nuovo, rifatto dalle abili mani della dottoressa... erano venute per fare da testimoni... Altre erano in lista d'attesa, alcune, in preda agli affanni della chemioterapia, dovevano aspettare... la maggioranza però era incerta...

Gli occhi rivolti a lei, l'unica intatta, straripavano di ammirazione... Volti tesi nello sforzo di capire...

"Si introduce sotto la pelle una specie di sacchetto gonfiabile... poi si gonfia con l'acqua, un po' alla volta, finché la pelle si è tesa e ha raggiunto le dimensioni volute... Se la parte da uguagliare è troppo abbondante, cioè se la mammella è troppo grossa, si opera anche sulla parte sana, la si riduce a giuste proporzioni... Questo procedimento ha diversi vantaggi, anche estetici..."

Le donne sedute intorno al tavolo erano immobili, solo i petti prosperosi si muovevano leggermente con il respiro... Non uno che avesse le "giuste" proporzioni... Ma i seni sono oggetti gonfiabili, plastici... si ingrandiscono e rimpiccioliscono a piacere, solo a farci un taglietto qui e uno lì...

Le pazienti già operate erano tutte un elogio per la dottoressa. Dalle loro parole non trapelava nulla dei solchi che trapassavano il petto, un campo di battaglia devastato dai ferri... cuciture aperte e chiuse come cerniere lampo... tentativi andati male... il corpo a volte si sottrae a tutto quel gran tendere e ridurre... I ricoveri... uno, due, sei, una trafila di ospedali, strascico della prima operazione, quella di allontanamento della parte malata...

Naturale che per rifare un seno ci voglia più tempo che a toglierlo... Tutte annuivano, convinte. L'attenzione, distolta dalla malattia, si spostava all'*expandor*, all'epidermide che non si dilatava abbastanza, alla mammella sana, troppo voluminosa... Anni di vergogna e paure tagliati via con il bisturi dell'ottimismo... La dottoressa Gross non dava tempo ai dubbi di farsi largo fuori del petto...

La signora che mi stava di fronte aveva qualche anno più di me, i capelli ondulati dalla permanente, un maglione di quelli lunghi che coprono i fianchi nella speranza di nasconderli... In mezzo al petto, come in una culla, un orsacchiotto spalancava gambe e braccia... *Teddy Bär* c'era scritto sotto in rosso. La signora che si portava sul cuore l'orsacchiotto si spostava nervosamente a destra e a sinistra... nel farlo faceva oscillare l'orsacchiotto... Non si decideva... A un tratto cominciò, togliendo la parola alla dottoressa: "Sono dieci anni, dieci anni. Da allora non mi sono più guardata allo specchio. Quando faccio la doccia giro la testa da un'altra parte. Al mattino mi alzo presto, prima delle sei, mi lavo, mi vesto e mi faccio trovare tutta a posto quando si svegliano gli altri. Non che debba andare da nessuna parte, faccio la casalinga... ma non voglio che mi vedano in vestaglia. Potrebbero notare qualcosa. I miei figli ormai sono grandicelli e ho il terrore che un giorno o l'altro se ne accorgano. Anche mio marito, ho paura che mi veda... mi spoglio in bagno e poi mi nascondo nel letto".

Aveva tante paure, la signora, anche dell'operazione... "Una paura del tutto priva di fondamento," disse la dottoressa a capotavola. "Può farsi visitare subito, se vuole... Fissiamo l'intervento e non ci pensa più!"

Anch'io ora la guardavo con ammirazione: con quale abilità riusciva a trasformare anche le più incerte in "sue" pazienti! Aveva dalla sua la magia del silicone... e quella dote: anche la realtà più grinzosa fra le sue dita si spianava...

* * *

C'era quel professore a Würzburg, così bravo...

Un'altra città sul fiume... Intorno però colli fitti di graticci. In quella stagione, nudi com'erano, davano una sensazione di mestizia...

La Residenza era gelida, pochi i turisti... Ma sopra il doppio scalone si apriva la volta di nubi striate di rosa... Era sospesa nell'aria, nient'altro a sostenerla che la sua leggerezza... I cavalli del sole scalpitavano nel vuoto, impazienti di scendere... restavano invece attaccati alla volta...

Al tempo dei bombardamenti, quando tutt'in giro i muri erano mucchi di calcina, la volta, denudata, esposta alla luce degli incendi, era rimasta incolume, celeste e lievemente striata di rosa...

In bilico sulle macerie, l'aurora...

Strano turismo il mio, un turismo ospedaliero... Nel vecchio ospedale non c'erano affreschi ma a ogni rampa busti in marmo, i benemeriti che erano passati su quelle scale in tempi andati, con i loro camici inamidati e il codazzo di studenti... Ma pazienti e visitatori che affrontavano i gradini in cerca di reparti introvabili non facevano caso alla loro barbuta fierezza... Neppure lo leggevano il cartello: *Vietato usare i vasi come portacenere.* Con noncuranza affondavano i mozziconi di sigaretta nella terra del Ficus beniaminus...

Era un piranesi di scale e corridoi... uno spreco di spazio... un dispendio di misure... Gli architetti avevano invece lesinato sul numero delle stanze, poche ma immense... i letti stavano fianco a fianco, sarebbe stato meglio metterli a castello...

L'impiegata della ricezione mi aveva dato spiegazioni precise... colpa mia se mi ero lasciata distrarre dai cuoricini disegnati sulle guance piene... Dai capelli le pendevano stelle filanti... sembrava una sirena emersa con un casco di alghe sulla testa... Naturale che avessi perso il filo... Ci misi un po' a ricordarmi che era Carnevale e addirittura lunedì grasso... è un giorno sacro, in Baviera... Il magro surrogato di festa tra i capelli dell'impiegata mi commosse... provai pena...

Mi avventurai per le scale alla cieca, cercando di decifrare i cartelli... mi trascinavo dietro la valigetta... pesava, nonostante il poco che ci avevo messo dentro. Nessuno a cui chiedere indicazioni... l'ospedale sembrava abbandonato... Dopo alcune rampe di scale mi riuscì di fermare un'infermiera... sui capelli, fissato con le forcine, portava un berrettino da clown... Mi fece strada tra i corridoi fino al reparto di chirurgia plastica... Lì mi affidò a una collega corpulenta, con un naso di cartapesta tenuto su dagli elastici. Forse era un'allusione...

L'operazione era fissata per il giorno dopo... Il professore infatti operava anche di martedì grasso... Era già tutto predisposto. Discusse le modalità dell'intervento, non mi rimaneva che compilare il questionario dell'anestesista e mettermi a letto ad aspettare. Non ero in vena di travestimenti; mi bastava quello da paziente... Diedi un'occhiata distratta al televisore: si protendeva dalla parete come la testa di una giraffa... Sotto, cinque donne discinte erano raccolte a semicerchio con lo sguardo puntato verso l'alto... Mi ritirai nell'isola del mio letto...

Il professore entrò con un ventaglio di assistenti. Io mi stavo ancora lavando i denti... mi vergognai... tutti quegli sguardi posati su di me... La pastiglia mi rendeva i movimenti lenti, facevo fatica a reggere lo spazzolino... Il professore mi sorrise con benevolenza. Gli assistenti sorrisero, benevolenti anche loro.

Il chirurgo era proprio un bell'uomo, non molto sopra i cinquanta, i capelli abbondanti avevano il grigio dei biondi, solo poco più chiaro del colore originario... Il professore mi invitò con gentilezza a mostrargli il petto. "Qui," disse rivolto metà a me e metà al suo seguito, "a sinistra c'è da impiantare una protesi, a destra da effettuare un ampliamento della mammella, allo scopo di raggiungere la dimensione 'ideale'." Mi sorrideva, incoraggiante... "Lei sarà la nostra prima paziente stamattina..." Era un onore...

Non capivo bene... non l'ordine degli interventi, ma il duplice intervento che mi stava prospettando... Maledetta la pastiglia... che cosa mi avevano dato? Mi rendeva lenta, anche a capire. Lo pregai di ripetere. "La mammella destra verrà ampliata per facilitare l'operazione di inserimento di una protesi di grandezza adeguata e per raggiungere risultati estetici più soddisfacenti."

Cercai di replicare... Forse non mi ero spiegata bene... non volevo che si operasse il seno sano.

Il professore aggrottò le sopracciglia, fece un gesto incredulo. "Ci dev'essere un malinteso. Ero convinto di averle spiegato ampiamente i motivi per cui, in casi come il suo, consigliamo un intervento da entrambe le parti. Data la sua altezza, *le spetta* un seno più ampio. Per motivi di estetica, capisce, di simmetria."

Mi scrutò per capire se avevo inteso: metteva l'estetica al di sopra di ogni altra considerazione... Ma c'era anche un altro argomento, di carattere più pratico. "Una protesi delle dimensioni del suo seno attuale è di più difficile installazione. Non è da escludere la possibilità di un incapsulamento." Mi guardava con aria severa adesso... Gli assistenti scuotevano la testa... la mia ostinazione era chiaramente incomprensibile... persino riprovevole... Le infermiere si erano immobilizzate... avevano un'espressione di disappunto... anche le pazienti mi disapprovavano... Imbarazzo... silenzio... la stanza ne era colma... Tutti pendevano dalle mie labbra...

Fui lì lì per cedere. Dirgli che andava bene, che operasse pure entrambe le parti, ero decisa a prendermi quel che mi "spettava". L'ultima scappatoia, prima di capitolare, da moglie pavida: "Vorrei consultare prima mio marito, se non le dispiace. Eravamo d'accordo così".

Il sorriso compiacente ricomparve sulle labbra del professore... gli assistenti sorrisero... le infermiere si rimisero in movimento... Bisognava cambiare l'ordine degli interventi... Lo stanzone fu pervaso da un'improvvisa frenesia, un armeggiare intorno ai letti, un brusio di consultazioni... un ondeggiare di camici... io ne ero esclusa... abbandonata al naufragio del mio letto, intontita dalla pastiglia e da quelle parole "le spetta, le spetta"... Un seno più grande, più bello, perché non volerlo, ero una stupida a rifiutare... adesso o mai più... ero ancora in tempo, in tempo... Scesi lo scalone, di corsa, passai davanti ai busti dei benemeriti senza vederli, ignorai i vasi-portacicche dei Ficus beniaminus, attraversai l'atrio, ritrovai nel sottoscala la fila dei telefoni. Purché Guido fosse ancora a casa... C'era, mi rispose, mi ricordò i ragionamenti fatti e rifatti tante volte: niente rischi inutili. Non intaccare quanto è sano. L'estetica. Cosa mai significa l'estetica. Non cedere...

Ridiscesi le scale portandomi dietro la valigetta, più pesante a causa dell'inutilità del trasporto. Qualcuno aveva messo una ghirlanda intorno alla testa baffuta di un professore d'altri tempi. Era martedì grasso... Tornavo con la mia valigetta... I colli intorno alla città, lungo il fiume, grondavano mestizia...

La mia testa appoggiata allo schienale rimbalzava a destra e a sinistra ai movimenti del treno, priva di volontà sua... Come se non avesse la misura che "le spettava"...

40.
ALBERTINA

Fu un febbraio pieno di ghiaccioli... stavano in fila sulla mia finestra come una frangia scintillante... entrando nel mio rifugio mi pareva di sentirli tintinnare... facevo attenzione... mi dispiaceva che si rompessero... Dalla finestra vedevo il merlo: saltellava guardingo sullo strato di neve... era sempre lo stesso, lo conoscevo... Anche la coppia di cinciallegre mi era nota: avevo appeso palline di semi alla grata dei rampicanti... le vedevano da lontano, atterravano con un voletto, si aggrappavano alla reticella, beccavano... Il merlo in basso raccoglieva bucce e semi sfuggiti al loro pasto... Incredibile quanti uccelli vivessero in città... non solo i passeri... c'era anche un pettirosso... In primavera avrei messo un nido di legno per le cinciallegre, mi piaceva che il patio si riempisse di uccelli... mi facevano compagnia...

Il mucchio di carta mi sommergeva, mi faceva paura... oddio, dovrò ancora leggere, correggere, rifinire... quando verrà quel giorno... Mi facevo coraggio: mancavano solo pochi capitoli, certo, lavoro ce n'era ancora, ma vedevo la fine... lo spiraglio mi dava lena, mi rimboccavo le maniche... Ce l'avrei fatta... Non mi chiedevo più perché quella fatica... Il fine era il libro... non volevo lasciare incompiuta la promessa fatta in Andalusia. Era una promessa fatta "anche" a loro... "Scriverò la vostra storia, la tua, Manolo, la tua, Pedro, e quelle delle vostre donne... le vostre fatiche, ma certo, sì, sono degne di essere scritte... La vostra storia... Mi dite che siete gli ultimi *jornaleros*? Forse avete ragione, tanto più sento l'obbligo di scrivere..." Ma scrivevo anche per me... Il tempo passato a cercare cooperative, a correre dietro a un'antica utopia! Non potevo tradirli... Non volevo restare a metà strada... Che c'entrava qui la malattia? Sì, c'entrava. Non ci pensavo più, non mi angosciava... ero tutta nel libro che volevo finire... Ce l'ho fatta, quasi... di nuovo mi fermavo...

Fabio all'asilo si ammalava spesso; sono nidi di germi, gli asili... era un contagio perenne... "È normale," diceva Guido. "Lo so." Tosse, raffreddore... Non dormiva, mi chiamava di notte, stavo china sul lettino finché si riaddormentava... Ero esausta... Le forze mi abbandonavano... Mi ammalai... tosse, raffreddore, non la finivo più... A volte mi sdraiavo, Fabio allora prendeva un libro e mi si accoccolava vicino, io gli leggevo... Di sera la febbre saliva... Strani quei rumori, così tante voci, un vociare continuo, credevo di essere in un bazar... "C'è una festa fuori, Guido?" D'estate nella piazza è un avvicendarsi continuo di feste, bancherelle e orchestre a tutto andare... ma non era la stagione...

Appena mi sentii meglio ritornai al vicoletto. Era un pomeriggio di venerdì. Guido mi lanciò un lungo sguardo di rimprovero...

Chissà come mai il vicoletto mi parve così cambiato, forse era l'assenza... non me n'ero accorta, eppure il tempo era passato... Non c'era più la neve, solo uno strato viscido sul pavimento... L'aria fresca mi fece subito tossire... Feci in tempo ad accendere Vicky... bussarono alla porta del cortile...

Albert attendeva con il suo fare incerto, mi guardava con gli occhi enormi... mi studiava... "Mia madre ha detto di consegnarle queste..." Erano le nuove chiavi del portone. Lo guardai con stupore, lui prevenne la mia domanda... "Mia madre è in ospedale... è caduta..."

Era andata come mi ero immaginata: si era messa in testa di pennellare un poco il soffitto dell'atrio... c'erano chiazze di umidità... stava in bilico sul solito sgabello, il barattolo della vernice in una mano e nell'altra il pennello... All'improvviso era entrato qualcuno... il rotolio di una bicicletta... Si era girata troppo in fretta, il barattolo le era scivolato dalla mano, un movimento brusco per riprenderlo... era caduta male... il bacino, proprio quello, una frattura grave...

Non avevo mai sentito Albert parlare così a lungo... a dire il vero, fino a quel momento non sapevo come suonava la sua voce... Suonava chioccia, senza timbro, con cadute brusche, come se fosse un ragazzo che stesse cambiando voce... Eppure, visto così da vicino, doveva avere qualche anno più di me... Stava impalato a guardarmi come se volesse aggiungere qualcosa... Aveva un che di indeciso, era timido e nello stesso tempo sfrontato...

"Ci sarebbe, ci sarebbe..." Gonfiò il petto, gli occhi saettarono, si allargarono, enormi, azzurri, viola... La voce gli venne fuori roca... fremeva di sdegno: "C'è stato un intasamento alla canalizzazione!" buttò fuori alla fine... "Davvero, mi dispiace, non so, lei di sicuro non ha notato, ero ammalata, sono qui oggi per la prima volta..." "Intasata! E lei sa, lei sa che cosa c'era dentro?" Mi venne vicino, quasi mi minacciava... indietreggiai... "Non so..." "Un assorbente igienico! Proprio così! Ecco che cosa ci hanno buttato dentro..." Era fuori di sé, tremava tutto, roteava gli occhi... Non era solo la rabbia per l'incidente, era qualcosa in più che non capivo...

Lasciai passare qualche giorno, poi suonai alla porta: "Mi scusi, sua madre come sta?". Sorrideva timidamente, era gentile... "Sono cose che durano a lungo, però questo week-end la dimettono..."

Ci si mise di mezzo anche il morbillo! Tutti ammalati, i bambini dell'asilo... Quella primavera le mamme – turche, arabe, polacche, quelle del Palatinato e anche l'unica thailandese – non fecero che vegliare su bambini ammalati... tosse, raffreddore, morbillo...

Fu Guido a scoprire l'annuncio sul giornale locale: "Il figlio Albert e i familiari annunciano la morte di Ingeborg Donauer... I funerali avranno luogo...".

L'autostrada che porta a Passavia lascia il Danubio ora a destra ora a sinistra e l'attraversa in più punti...

La campagna era di un verde ancora tenero, esitante... Parcheggiai nella piazza della chiesa... una facciata curva, barocca, bianca e ocra... Dunque era nata qui... Non mi ero mai chiesta da dove venisse, dall'accento non si capiva... Era come se fosse sempre vissuta nel vicoletto, nata e morta fra quei muri... Era tornata a casa, mi aveva detto Albert, ma era caduta per le scale, proprio sui tre gradini davanti... aveva battuto la testa... non aveva più ripreso conoscenza...

Nella chiesa un gruppetto di persone, i parenti stretti, cappotti scuri, cappelli... Del vicoletto c'erano solo il signor Lang e la Rossa, che non erano neppure più suoi inquilini...

Albert, con la maglietta bianca tesa sul petto, stava in un banco a destra, da solo, da una spalla pendeva la borsetta, gli arrivava al fianco... Mi fece un largo sorriso...

Al cimitero c'era la tomba di famiglia, in un angolo, quasi sotto il muro di cinta... Sulla lapide c'era scritto: *Gregor Donauer, pianista...*

* * *

La scomparsa della signora Donauer lasciò un vuoto nel vicoletto... Era stata una presenza costante... Non c'era più il suo controllo... Le biciclette aumentarono, era come se si riproducessero, l'atrio diventò un deposito di ruote, scheletri di metallo, cestini, biciclette di tutti i tipi... Il cassone verde rigurgitava carta, i bidoni di immondizia erano dilatati... eppure la nettezza urbana funzionava...

C'era un silenzio strano... Niente note di pianoforte dal salottino, niente musica dal primo piano... eppure anche lui suonava, la musica era il suo mestiere... che fosse lutto, quel silenzio? Mancava la sua voce, per le scale, nell'atrio, dappertutto... Quel silenzio opprimeva... Quando alla fine del semestre scomparvero anche i vasi di fiori dai davanzali e dal terrazzo sopra il mio cortile, il vicoletto prese un aspetto di abbandono... dava tristezza, mi stringeva il cuore... Chiudevo in fretta la porta alle mie spalle: il patio era un angolo mio, i miei fiori, anche se non erano belli, però un po' di colore l'avevano... mi davano gioia... Il merlo, almeno lui, non aveva smesso di fischiettare... Le cinciallegre che avevano fatto il nido nella scatola di legno ci tornavano, come avessero nostalgia, e sì che dalle uova non era uscito niente, come se anche a loro fosse mancato il sole, per fiorire...

Avevo spalancato la porta e la finestra per acchiappare un poco d'aria calda. All'improvviso, sentii dall'atrio un suono ripetuto: toc toc toc... Lasciai i fogli e uscii in cortile... nessun suono all'infuori di quello: toc toc toc... Aprii la porta e mi sporsi nell'atrio... Il rumore veniva dal ballatoio di legno, il passaggio tra l'appartamento dei Donauer e il salottino della musica... Era come se qualcuno camminasse avanti e indietro con un passo misurato e pesante... toc, toc, toc...

La sera dopo, lo stesso suono... Ogni sera lo stesso... Avanti e indietro: toc toc toc... Chi c'era nella casa della signora Donauer? Non vedevo Albert da settimane... Era scomparso... I giornali si ammucchiavano nella cassetta della posta, "Le Monde" abbracciato alla "Stampa", quelli locali sopra, formavano una pila, molti erano già sparsi sul pavimento... le réclame invadevano tutto, io raccoglievo i fogli, li buttavo nel cassone verde... toc toc toc, ora anche di mattina... Ogni giorno arrivando gettavo uno sguardo alla finestra del primo piano, quella che dà sull'atrio... c'era ancora un bicchiere macchiato di vernice con un pennello dentro e accanto un barattolino di colore...

Una mattina, entrando, vidi una donna salire la breve rampa di scale... La gonna grigia, dei polpacci chiari... scarpe con i tacchi... Scomparve dietro la porta dei Donauer... Mi rimase un'immagine di capelli biondicci...

Due giorni dopo lo vidi... Veniva verso di me, nell'atrio, teneva fra le braccia un fascio di giornali... La gonna grigia, doveva essere stata della madre, gli fasciava i fianchi stretti, la camicetta era sbottonata sul petto... sulle labbra, il rossetto arancione era un po' sbavato... Barcollava un poco nelle scarpe, come chi non abbia l'abitudine ai tacchi alti... Mi sorrise...

Non sapevo dove guardare... che cosa dirgli... come chiamarlo... Albert Donauer si era trasformato in Albertina... Mi guardava con il sorrisino di sempre, non sembrava neppure curioso (o curiosa) di sapere che cosa ne pensavo del cambiamento, di scoprire come avrei reagito... Era come se fosse sempre stato così, con le calze di nylon sulle gambe troppo magre, la gonna stretta, il pizzo del reggiseno che si intravedeva sotto la camicetta... Aveva solo qualche difficoltà con le scarpe, ogni tanto inciampava... A casa era più sicuro... Toc toc toc lungo il ballatoio, avanti e indietro... si esercitava...

* * *

L'atrio era allagato... non era acqua piovana... bolle di schiuma scorrevano lente verso il tombino centrale... Albertina era china su un secchio... Si era rimboccata la gonna nella cintura, come faceva la signora Donauer quando lottava con gli elementi, o con i muri... Si rialzò... strizzò uno straccio, mi sorrise... era contenta di quell'occupazione... Io però non sapevo come attraversare il pantano... "La donna delle pulizie non viene più," mi disse, e rituffò lo straccio nell'acqua torbida...

Nel vicoletto non c'era più nessuno, tranne me e Albertina... La incontravo mentre tornava con i sacchetti della spesa... Si era fatta più audace: la gonna nuova, con un bordo di pizzo, lasciava nude le ginocchia... Si tirava indietro i capelli per coprire la calvizie... A casa si metteva il grembiule che era stato della madre... Si dava da fare intorno con il pennello...

* * *

Avevo messo anch'io mano ai pennelli... Basta con il grigiore del patio, i tubi delle grondaie non mi piacevano... Avevo comprato un barattolo di colore azzurro... sul bianco delle pareti i tubi azzurri stavano bene... era davvero un patio mediterraneo... Mi piaceva... Avevo colorato anche le finestrine cieche che davano sul terrazzo, quelle che gli operai avevano ricoperto di pece... Diventarono buchi azzurri...

Albertina se n'era accorta... forse mi aveva spiata da una finestra del primo piano... La vedevo spesso vagare da una stanza all'altra e dare aria... Una volta mi salutava dal seminterrato da quello che era stato il negozio di trenini, una volta dal primo piano, un'altra volta si sporgeva dalla stanza del secondo piano, dalla stanza dove alle pareti c'erano ancora i quadri ocra e neri e le mani che nascondevano il viso. I parenti, mi aveva detto la signora Donauer, non erano più venuti a prenderli... lei non sapeva che farsene ma non aveva osato buttarli, per rispetto alla morta...

Albertina venne da me di corsa, bussò con energia, era furiosa... Puntò le dita tozze contro i tubi azzurri... le unghie rosicchiate erano laccate di carminio... "*Noi* non le abbiamo dato il permesso di dipingere i tubi!" Alzava le sopracciglia, spalancava gli occhi... Mi accorsi che non portava più gli occhiali... "Quel colore! Quel colore!" Le labbra color arancio fremevano d'indignazione... "Così... sgargiante! È indecoroso!"

41.
LA BEFANA DI PIAZZA NAVONA

In piazza Navona c'era la befana. Aveva un naso adunco e un neo proprio sotto le narici ed era seduta sulla slitta di Babbo Natale, dietro alle renne di cartapesta. Con la mano destra faceva cenno ai bambini che venissero, con la sinistra dava colpetti al cuscino di velluto rosso accanto a sé per indicare che dovevano prendere posto davanti al Babbo Natale fotografo. Fabio si teneva aggrappato alla mia mano e si stringeva al mio fianco... neppure io ci tenevo alla fotografia.

In piazza Navona c'era la giostra con le macchine e i cavalli e i bambini avevano le guance rosse a furia di "br br" e "brum brum". Fabio rimaneva incantato a fissarli e l'uomo della giostra sorridendo lo invitava a salire e a prendere posto al volante. Ma Fabio stringeva le labbra e scuoteva la testa tenendomi ben stretta per mano, caso mai qualcuno avesse voluto metterlo per forza su una macchina o issarlo su un cavallo, mentre lui voleva solo guardare, non si stancava mai di guardare. Io invece seguivo con gli occhi Guido, per non perderlo, e lui mi faceva dei gesti, che ci muovessimo, il tempo passava, perché il tempo è poco anche a Roma. Allora mi tiravo dietro il bambino recalcitrante, con la testa rivolta alla giostra, e cercavo di raggiungere Guido in mezzo alla folla.

Cadeva una pioggia così sottile che sembrava non bagnasse neppure e Fabio inseguiva i gatti, io inseguivo Fabio e Guido minacciava di non volerci inseguire più.

Ci ritrovammo in via dei Chiodaroli con i piedi bagnati e il sacchetto della pizza appeso al braccio, caldo e oscillante... Sgattaiolammo nell'albergo Sole cercando di nasconderlo... Era ancora l'alberghetto semplice semplice di vent'anni prima, la camera era su per giù quella di un tempo, il letto affossato nel mezzo, il lavabo minuscolo, un tavolo dal piano inclinato e alle pareti proprio niente, nemmeno una madonna o una veduta di Roma... Solo che adesso c'era in più una brandina e avevamo come unico lusso un bagno così stretto che Guido chinandosi sul lavabo batteva i gomiti contro la porta... Anche allora avevamo mangiato la pizza seduti sul bordo del letto, un bicchiere di vino in due... a quel tempo non ci vergognavamo... Ora invece la fetta di pizza nelle mani di Fabio mi provocava apprensione... mai lenzuola mi angosciarono tanto...

Finalmente fu pace... Mi ritirai allora sulla mia sponda di letto, protesa a raccogliere sulla pagina del libro la luce modesta dell'abat-jour... Lessi fino a tardi... La stanza era colma del loro respiro... Poi mi alzai, mi chinai sul lettino, era ridotto a un cumulo attorcigliato di coperte e lenzuola... da sotto uscivano due piedini... Rimisi tutto al loro posto, poi mi infilai nel bagno.

La luce improvvisa infastidì uno scarafaggio color bruno dorato... Mi tolsi la vestaglia... La lampadina sopra lo specchio faceva più ombra che luce... nel gioco di chiaroscuri ero tutta sporgenze appuntite, il naso proiettava un'ombra tagliente sulla guancia, l'ombra delle spalle cadeva sul petto, sul busto si disegnava l'ombra obliqua del seno...

Proprio lì sotto, all'attaccatura con le costole... il gioco dei chiaroscuri mise in rilievo ciò che era sfuggito alla luce del giorno e a quella di lampadine più potenti... Una piccola gobba, come un granello di riso, con la sua piccola ombra sulla pelle. Toccai la sporgenza, si lasciava prendere tra le dita senza far resistenza, coperta com'era dal mantelletto di epidermide... era docile... eppure lì nella curva del seno non aveva nessuna ragion d'essere, troppo simile com'era a quell'altra, solo di più modeste proporzioni.

Continuavo a guardarla, a toccarla... non avevo ancora avuto il tempo di pensare... già mi si accalcavano alla mente tubi di flaconi e corridoi d'ospedale... La spada mi era caduta addosso per davvero... lo sapevo che poteva succedermi da un momento all'altro... O forse no, mi sbagliavo, piano, non precipitare, non sai ancora nulla e cosa sono questi occhi umidi. Pensa ad altro, pensa! E zitta, tanto ora non puoi far nulla. Zitta, devi pensare agli altri!

Mi infilai nel letto, mi lasciai scivolare nel mezzo, appoggiai la guancia alla schiena di Guido, gli carezzai le spalle, piano piano, per non svegliarlo, il sonno gli era diventato così leggero negli ultimi tempi. A un suo respiro più forte mi immobilizzai, come un gatto sorpreso mentre si strofina contro un albero, mi spostai dalla mia parte tirandomi un angolo di coperta sulle spalle.

Zitta, non pensare, tenta di dormire, dormi!

Mia madre in fondo al tunnel... aveva il naso aquilino e un neo proprio sotto la narice e mi faceva cenno con la testa, che venissi, e il naso andava su e giù... Ma dietro alle mie spalle c'era luce e lì c'era Guido che si spazientiva e mi chiamava a gesti, che venissi, e trascinava il bambino per un braccio... La befana e l'uomo della giostra mi invitavano a raggiungerli... mia madre da dentro il tunnel sventolava la mano e il naso le andava su e giù...

Un canto stridulo, un gallo rinchiuso in un buco di cortile vicino, trafisse le persiane... Le ante, appena trattenute dal gancio, si accostavano e si allontanavano stridendo come un petto asmatico...

* * *

"Sono certo che non sia nulla, ma a ogni buon conto, per tranquillizzarla, è meglio vedere dentro." Ero ormai abituata a considerare il seno come una sorta di fodera che si apre e chiude a piacere...

Altri corridoi da percorrere, altre attese...

"Non è nulla, ma per essere sicuri lo togliamo."

Ero diventata un'esperta nella frequentazione di ambulatori e ospedali... una paziente professionista... Non dimenticavo mai la tessera della mutua, né il modulo con il timbro di un medico che mi affidava a un altro specialista... Non mi sbagliavo più di porta... Ma il lato più vantaggioso di quell'apprendistato era che a furia di essere oggetto di sguardi medici avevo imparato a guardare me stessa con lo stesso distacco... Il granello di riso che nel bagno romano mi aveva provocato tanti incubi non mi faceva più paura... Era stato consumato dalle molte mani che l'avevano tastato, soppesato, valutato... Si era ridimensionato prima ancora che il bisturi lo facesse sparire del tutto... Non era nulla davvero... ne restò un taglietto all'attaccatura delle costole... si faceva ogni giorno più pallido... una cucitura fatta con il filo da imbastire...

"Guarita?" Il dottor Zahn si strinse nelle spalle. "La salute non è che una condizione di assenza di sintomi..." sentenziò. Mi gettò uno sguardo pieno di significato, poi si sentì in dovere di illuminarmi anche sul piano meno filosofico della faccenda: "Comunque sia, secondo le statistiche...". C'era un piano quinquennale... Io ne ero al corrente, in verità, già sapevo che avrei potuto sentirmi al sicuro solo dopo cinque anni... È una malattia subdola: tu credi di averla scampata, non ti guardi più intorno, attenta a scovarne anche il minimo sintomo... t'illudi... e quella, paffete!, eccola lì, dietro la porta a tenderti un agguato... Uno, due, tre anni... Solo dopo aver varcato la soglia del sesto avrei potuto vivere come se fossi fuori pericolo... Così come vivono tutti... Come se non ci fosse, appeso in alto, un flacone che ci stilla gocce nelle vene... Come se la vita non fosse attaccata a un tubicino...

42.
LA PAROLA FINE

Fabio era cresciuto. Aveva imparato a esprimere i suoi desideri nella lingua di chi gli parlava... Ma se qualcuno gli diceva: "Che bravo, parli due lingue!" lo guardava imbambolato, perché non sapeva di parlare due lingue.

Anche il mio manoscritto era cresciuto. L'avevo scritto nella lingua che non era la mia. Ma se qualcuno mi diceva: "Che brava, scrivi in due lingue!" scuotevo il capo, perché tra la lingua mia e quella imprestata c'era un abisso di vent'anni e non ne sarebbero bastati altrettanti per colmarlo.

Tiravo le fila di una trama durata cinque anni. *I* jornaleros *sono contro le macchine che raccolgono il cotone: le distruggono con martelli e spranghe, le lasciano avariate nei campi, difendono così il lavoro che spetta a loro... È una lotta perduta, ma non si rassegnano: è un mestiere destinato a morire come tanti altri superati dalla storia...*

Un uccello giallo era andato a sbattere contro la finestra, mi ero spaventata... Era caduto nella lingua di luce, gli avevo visto il cuore che gli squarciava il petto... Da quel giorno sul vetro erano incollate silhouette di sparvieri neri, ad ali spiegate... Non mi piacevano. Non avrei voluto spaventare nessuno, ma quel petto giallo con le piume in subbuglio mi aveva costretto a farlo...

La coppia di cinciallegre vola avanti e indietro con piume e rametti nel becco... Il merlo è atterrato sulla grondaia azzurra, fischia, non la finisce più di trillare, riempie tutto lo spazio, tra la parete dove si arrampica il caprifoglio e la finestra con gli sparvieri incollati. Ma il merlo è grande, nero, lucido, non ha paura di silhouette di carta, smette di trillare solo quando esco fuori, allora piega la testa di lato, mi studia... Chi sono? Nemica o amica, che intenzioni ho? Non mi guardavano così anche i *jornaleros* che occupavano la *finca*? Tentenna ancora un poco prima di decidersi, poi apre le ali, spicca un volo fino al platano che sbuca al di là del cortile... Lì riprende il suo trillo, lo sento ancora mentre rientro nella mia grotta...

Ecco i tocchi. Ogni giorno sobbalzo a quel suono. Il mezzogiorno mi coglie alla sprovvista, tutti i giorni, io nella mia tana... I suoni mi arrivano attutiti... un clacson, un compressore da uno dei vicoli vicini... È raro che si apra una finestra e ne esca musica, a quest'ora le studentesse sono via, nelle aule, nei corridoi, nella caffetteria dell'università... Mi sembra di essere nella bambagia, anche la luce arriva scarsa, sono tra pareti che s'incurvano, tra le mie fotografie... è una zona uterina da dove ciò che è fuori è escluso, fino a mezzogiorno...

Veloce, salvo il testo, lo affido alla memoria di Vicky, una parte è già passata attraverso le mandibole gracchianti della stampante. Continuo a credere che le parole siano più al sicuro sulla carta, diffido di tanta invisibile memoria... il terrore di perderle mi ossessiona. Sono tornata nella mia caverna una sera, al buio, solo per accertarmi che fossero ancora nella macchina, uso il computer senza capirlo... Niente mi pare più prezioso delle righe che giorno dopo giorno aggiungo alle altre, nelle brevi ore del mattino, nelle mezz'ore rubate la sera, quando mi faccio coraggio, chiedo il permesso di uscire e rifaccio la strada...

Non oso pensare alla parola fine... eppure so che è vicina...

I rintocchi di Sant'Emmerano mi fanno emergere dalla mia oscura intimità... chiudo il sipario sull'Andalusia, spengo con un tasto il fulgore dei girasoli, esco in fretta nel mio patio ombroso, la striscia di sole è adesso nella sua massima espansione, un metro di luce, le corolle rosa si immergono, traslucide. Ma io ho già chiuso una porta dopo l'altra, ho percorso a passi lunghi, quasi correndo, il vicoletto, attraversato il vicolo dei Fabbricanti di padelle, la strada degli Ambasciatori, il passaggio dove i tavolini sono affollati di gente, con la coperta sulle spalle per non sentire il freddo che si ammucchia negli angoli...

* * *

Venne il giorno che scrissi l'ultima frase, quella che chiudeva il ventaglio dei capitoli, si riallacciava con l'inizio, concludeva il discorso durato cinque anni. Rimasi a fissare lo schermo...

Portai Fabio nel vicoletto proprio per riuscire a rileggerla... Speravo che giocasse un po' nel cortile, invece mi si era messo tra le gambe con una macchinina... voleva andare a casa... "Andiamo subito, ancora un momento, sii buono, per favore..."

Rilessi... Non avevo niente da aggiungere, era proprio la fine. Allontanai le dita dalla tastiera, mi rilassai sullo schienale... All'improvviso, non me ne accorgevo neppure, vennero fuori i singhiozzi, come se li avessi tenuti dentro tutto quel tempo e avessero aspettato la parola fine per uscire e sorprendermi così e bagnare la tastiera... Lo schermo mi si annebbiava davanti... Fabio interruppe la manovra di parcheggio per guardarmi stupito: "Dove ti fa male, mamma?".

Come dirgli che quel pianto era gioia?

Ringraziamenti

Ringrazio Carlo Buga che ha percorso in lungo e in largo il mio vicoletto, arricchendolo con i suoi suggerimenti e il suo entusiasmo. Grazie anche a Giovanna Salvia, come sempre attentissima lettrice.

INDICE

Stampa Grafica Sipiel - Milano, febbraio 2008